악녀라서
편하고
좋은데요?

악녀라서
편하고
좋은데요? 2

망고킴 장편소설

초판 1쇄 찍은 날 | 2023년 1월 6일
초판 2쇄 펴낸 날 | 2024년 4월 12일

지은이 | 망고킴
발행인 | 이진수
펴낸이 | 황현수

기획 | 정수민
편집 | 윤수진

펴낸곳 | 주식회사 카카오엔터테인먼트
등록번호 | 제2015-000037호
등록일자 | 2010년 8월 16일
주소 | 경기도 성남시 분당구 판교역로 221 6(일부)층

제작·감수 | KW북스
E-mail | paperbook@kwbooks.co.kr

ⓒ 망고킴, 2020

ISBN 979-11-385-8624-5 04810
        979-11-385-8622-1 (set)

악녀라서 편하고 좋은데요?

망고킴 장편소설

2

Yeondam

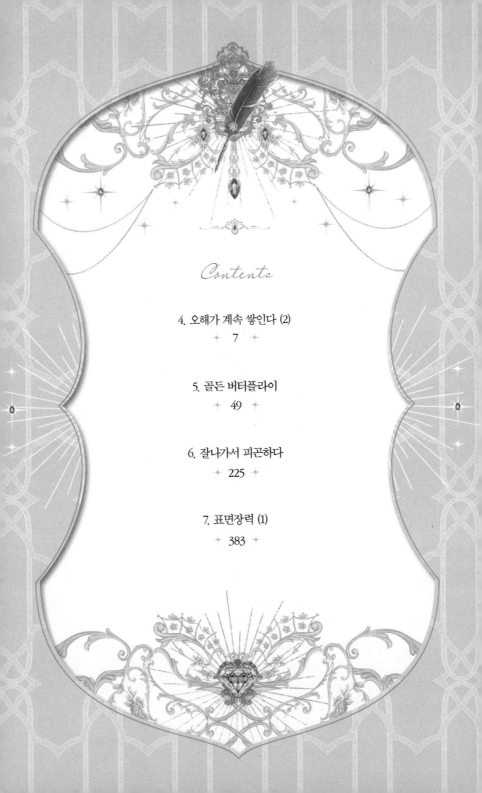

Contents

4

오해가 계속 쌓인다 (2)

"티에리. 입회서에 데보라 공녀의 사인 받아 왔나?"

5황녀의 집착이 가득 담긴 물음에 티에리가 머리를 긁적였다.

"죄송하지만 최근 공녀가 두문불출 중이라 못 만났습니다."

"왜?"

"앓아누웠다고 합니다."

"그럴 수가, 아프다니! 미래의 친한 친구로서 병문안하러 가는 게 맞겠지?"

"아뇨. 당분간 안 건드리고 내버려 두는 게 나을 겁니다. 단순한 화병이거든요."

"화나서 생기는 병에 걸렸다고? 어째서?"

"시모어는 사용인들의 입을 막고 쉬쉬하고 있지만, 공녀가 제국에 하나뿐인 핑크 다이아몬드를 분실했다는 소문이 있습니다. 무도회가 끝난 뒤에 멋모르고 야시장에 놀러 갔다가 소매치기에게 당한 모양이에요."

"저런!"

데보라 공녀가 뒷덜미 잡고 쓰러질 만했다. 제국에서 가장 유명한 보석을 잃어버렸는데 아무리 시모어의 공녀라도 아까울 수밖에.

최초 등장할 때부터 희소성으로 관심을 받은 그 보석은 이번 황실

무도회에서 그 유명세와 가치가 더욱 높아졌다.

'이시도르가 그 보석을 띄우는 데 지대한 공헌을 했지.'

공녀를 향한 시모어 공작의 애정과 이시도르의 인기까지 맞물려, 그 보석이 영애들에게 지독한 부러움을 안겨 주는 상징물이 된 것이다. 아마 시모어 공작이 낙찰받았을 때보다 가격이 훨씬 치솟았을 것이다.

"도둑놈들 손에 들어갔으니 그 보석은 벌써 암시장에 팔려 나갔겠어."

5황녀가 딱한 표정으로 혀를 내둘렀다.

"과거, 핑크 다이아몬드 낙찰에 실패한 필라프 몬테스가 데보라 공녀가 분실한 보석을 구하려고 한다는 소문도 있습니다."

5황녀의 미간이 좁아졌다.

"돌아가는 꼴이 보기 좋지는 않군. 만일 그 보석을 필라프가 몰래 구해서 미야 비노슈에게 선물한다면 데보라 공녀가 가만히 있겠나?"

"절대 가만있지 않겠죠. 이번엔 정말 공녀가 이성을 잃고 폭발할 수도 있겠어요."

티에리가 혀를 차며 중얼거렸다.

"끼잉. 낑!"

데보라 공녀의 걸음걸이에 어딘가 기운이 없어서 그런지 쿠키가 안절부절못하며 주변을 맴돌았다. 창백한 낯빛으로 입술을 지근거리는 그녀를 보며 블랑샤 마스터가 눈가를 좁혔다.

"공녀님. 굳이 제 앞에서까지 연기 안 하셔도 됩니다."

"너무 과몰입해서 나 자신조차 속이고 말았어. 그 보석을 잃어버린 것 같은 상실감이 들어서 마음이 아프군."

농담을 자못 심각한 얼굴로 중얼거리는 공녀를 보며 이시도르는 주먹을 세게 움켜쥐고 웃음을 삼켰다.

일주일 전.

"핑크 다이아몬드를 잃어버린 척하자고? 이게 설마 자네 계획의 전부는 아니겠지?"

맨 처음, 데보라 공녀는 마스터의 작전에 기막혀하며 반신반의했다.

"죄송하지만 이것이 시모어 공작님의 기분을 상하게 하지 않고, 보석을 되팔 수 있는 가장 쉽고 간단한 방법입니다."

"내가 그 보석을 잃어버렸다는 걸 누가 믿겠나? 감히 날 건드리려는 인간은 아무도 없어. 차라리 쥐가 고양이 방울을 훔쳤다는 말이 설득력 있지."

"그러니 가면을 쓰고 거리를 활보하는 축제가 가장 적당하죠."

"……."

"축제 야시장의 소매치기 중엔 손이 빠른 자들이 많습니다. 실력 있는 기사들도 종종 당하는데 호위기사가 있더라도 귀중품을 잃어버리는 상황이 전혀 이상할 것 없습니다. 다들 철없는 귀족 아가씨가 멋모르고 돌아다니다가 도난당했다고 생각할 겁니다."

"하아. 그러다 진짜 분실하면?"

"황실에서 나온 뒤, 공간 마법 주머니를 소환해서 그 안에 보석을 넣어 두고 잠시 잃어버린 척하세요."

잠시 고민하던 데보라 공녀가 결국 마스터의 제안을 수락했다.

"마스터, 이 사기극의 주인공이 되어 주는 대신 검은 항아리 앞에서 열리는 경매 초대장을 구해 줘."

"공녀님도 그 경매에 관심이 있으시군요."

마침 데보라 공녀는 특정일에만 열리는 악명 높은 경매 행사, '누아르 팟'에 대한 정보를 알고 있었다.

"안 그래도 그곳에 참석하는 걸 권유드리려 했습니다. 황실 무도회가 끝나는 시간과 경매 시작 시각이 맞물려서 이 사기극이 더욱 설득력 있어지거든요."

다만, 이시도르는 '누아르 팟'에 시모어 공작이 좋아할 만한 경매 물건이 나올 거라는 고급 정보는 숨겼다.

'미안하지만 그 정보는 내 진짜 몸이 점수를 따는 데 이용해야겠어.'

데보라 공녀는 6대 가주인 벨르몽이 집필한 책을 건넨 자신에게 기껍고 고마운 마음이 들 것이다. 가면 무도회에서 노는 걸 포기하고 아버지의 선물을 사기 위해 야시장에 들어갔다가 보석을 잃어버린, 꽤 괜찮은 그림이 연출되니까.

이런 상황에서 딸의 부주의함을 꾸짖는 아버지는 별로 없겠지.

이시도르는 설핏 눈가를 좁혔다.

데보라 공녀는 제가 건넨 6대 가주의 책을 제대로 써먹은 모양이었다.

'시모어 공작은 내 예상보다 더 데보라 공녀를 아끼는 것 같았고……'

공녀가 과감하게 잃어버린(?) 핑크 다이아몬드를 구하려는 자들을 나열한 리스트 안에는 이번에도 시모어 공작이 포함되어 있었다.

'그렇다고 시모어 공작님께 똑같은 물건을 두 번 팔 수는 없지.'

무엇보다 제 소중한 의뢰인이 원하지 않을 것이다.

"마스터. 핑크 다이아몬드 얼마에 팔았지?"

데보라 공녀가 특유의 예리한 음성으로 물었다.

"낙찰가의 2.5배에 팔았습니다."

마스터가 공녀를 처음 마주했을 때처럼 금화를 위로 튕긴 뒤 손등 위로 가볍게 낚아챘다. 그러곤 초대 황제의 흉상이 찍힌 앞면을 보여 주며 씩 웃었다.

"운이 좋았죠. 공녀님께서 무도회에서 그 보석의 가치를 높여 주신 덕분에 일이 잘 풀렸습니다."

"대체 어느 호구, 아니, 어떤 돈 많은 인간이 그 가격에 샀어?"

"희귀한 물건을 모으는 타국 컬렉터에게 팔았습니다. 돈이 남아도 는 인간이죠."

"타국이라. 귀찮은 일을 덜었군. 제국 내에서 이리저리 나도는 것보 단 먼 곳으로 보내 버리는 게 조용하고 뒤탈이 없긴 하지."

데보라 공녀 말대로 그쪽이 더 깔끔하긴 했다.

'약간의 손해를 보긴 했지만.'

핑크 다이아몬드를 구매할 의사가 있는 인물들과 은밀하게 접촉해 본 결과, 시모어 공작을 제외하면 몬테스 쪽에서 가장 높은 가격을 불렀고 그다음이 컬렉터였다. 하지만 이시도르는 필라프 몬테스에게 핑크 다이아몬드를 넘기지 않았다.

그는 복잡 미묘한 기분을 숨긴 채로 금화를 만지작거렸다. 이익만 좇아 움직이는 이시도르다운 결정이 절대 아니었기 때문이다.

게다가 핑크 다이아몬드는 추후 두 점 더 풀릴 예정이라 가치가 점 점 하락할 물건이었다. 필라프를 약올리기 딱 좋은 상황이 연출된다.

'그래도 영 안 내키는군……'

대부분 필라프가 공녀가 분실한 보석을 구하면 그것을 미야 비노 슈에게 선물하리라 생각하겠지만 이시도르는 동의하지 않았다. 남자 로서의 직감이었다. 어쩌면 무도회 마지막 곡이 시작되기 전, 자신을 노려보던 필라프의 표정 때문인지도 모른다.

그는 날카로운 비웃음을 머금은 채, 황제가 그려진 앞면만 양각된 불량 주화를 다시금 위로 던졌다.

'마스터, 내가 많이 사랑한다.'

마스터가 필요도 없는 분홍색 보석을 2.5배로 팔아넘겼다는 말을 듣는 순간 나는 진심으로 고백할 뻔했다. 동전을 던지는 족족 앞면만 나오는 저 행운의 남자를 끌어안고 둥기둥기하고 싶어졌다.

'역시 운 좋은 사람 옆에 있어야 나도 덩달아 운이 좋아지는구나.'

두 배로 되팔 테니 5 대 5로 나누자는 제안, 솔직히 반은 허풍인 줄 알았다.

'드디어 거액의 금화가 손안에 들어오네.'

그동안은 보석을 찔끔찔끔 팔아 가면서 비효율적으로 금화를 마련 했었는데. 나는 세차게 뛰기 시작한 심장을 다독이며 입을 열었다.

"이제 보석을 판 금액을 정산할 차례군."

"저는 의뢰 결과만큼이나 돈 계산도 확실합니다."

마스터가 손가락을 가볍게 움직였다. 이윽고 커다란 상자 네 개가 허공을 가로지르며 날아오더니 내 양옆으로 쿵 소리를 내며 떨어졌다.

"낑!"

눈을 둥글게 뜬 쿠키가 마스터 옆으로 황급히 뒷걸음질 치다가, 갑자기 애먼 금화 상자를 향해 이를 드러내며 으르렁거렸다.

'이게 말로만 듣던 현찰, 아니, 금화 박치기네.'

윤기가 흐르는 흑단목 상자 뚜껑을 열자 빈틈없이 들어차 있는 금화가 눈부시게 빛났다.

"보석 구매자가 보내온 상자입니다. 금액은 전부 확인했고, 이 모든 것이 공녀님 몫입니다."

인생 참 달구나.

나는 황홀한 기분으로 공간 마법이 걸린 주머니 안에 커다란 상자를 쓸어 담은 뒤, 애써 엄숙하고 근엄한 표정을 지었다.

"차를 한 잔 더 주겠어?"

그가 손가락을 흔들어 뜨거운 홍차를 부어 주었다.

"마스터, 이제 사업에 관한 이야기를 해 보지. 우린 동업자니까."

나는 홍차를 한 모금 마시며 진지한 음성으로 말했다. 샴페인을 터뜨리기엔 아직 일렀다. 고작 20억 정도에서 만족할 수 없는 상황이다.

이곳은 엄격한 신분제기 때문에 귀족 작위가 없으면 사회적인 제약이 많았다. 어느 정도냐면 기껏 받아 둔 특허증서마저 무용지물이 되어 버린다.

그깟 결혼 좀 안 한다고 귀족 신분이 사라지는 것도 서러운데, 매달 나오는 쏠쏠한 연금까지 없어진다니, 생각만 해도 우울하고 서글펐다.

'그러니까 100억까지 노빠꾸로 직진해야지.'

나는 의욕을 불태우며 주먹을 불끈 쥐었다.

"돈을 벌었으니, 이제 사업에 제대로 투자해 볼 생각이야."

"어디에 투자하실 생각입니까?"

"첫 번째, 입지."

"가장 중요한 부분이군요."

"돈이 좀 들더라도 유동 인구가 많은 호룬 지구 광장에 1호점을 세우려고 해. 마탑 근처에 있는 분수대 광장을 고려 중이고."

"아카데미 동문 쪽, 초대 황제의 분수대가 있는 곳을 말씀하시는 건가요?"

"자네는 그곳에 대해 어떻게 생각하지?"

"서문만큼 완벽하지는 않지만, 나쁘지 않은 장소입니다. 마법사들이 디저트 가게를 잘 이용하지 않는 것이 단점이라면 단점일 수 있겠죠."

"그 부분은 따로 계획이 있어. 그 근방 부동산을 알아봐 줘."

"알겠습니다."

"두 번째, 건물 외관과 내부 인테리어에 투자할 거야."

나는 몇 주 동안 틈틈이 그린 건물 외관 스케치와 내부 설계도를 꺼내 그에게 보여 주었다. 아마 백 마디 말보다 그림 한 장이 훨씬 이해하기 쉬울 것이다. 앞으로 세워질 카페의 분위기가 얼추 담겨 있는 스케치이기 때문이다.

'건축이 돈과 긴 시간을 투자한 내 진짜 전공이긴 하지.'

학부 시절 장학금을 타 보겠다고 밤 꼴딱 새우면서 그렸던 기말 과제보다 지금 그린 그림이 훨씬 그럴싸하다는 건 함정이었다. 고성능 하드웨어를 얻은 기분. 마나 감응력만 없을 뿐, 데보라는 몸으로 하는 건 대체적으로 잘했다.

"멋지네요. 이 그림 갖고 싶어요."

그림을 오래도록 감탄하는 기색으로 들여다보던 마스터가 어딘가 조르는 듯한 음성으로 말했다.

"이건 초안이라 앞으로 계속 수정해 나갈 거야."

"그런데, 이건 뭐죠?"

마스터가 건물 그림의 바로 옆 그림을 가리키며 물었다.

"아, 이걸 레티시아 상단의 이름으로 기부하자고 말하려고 했어."

참고로 〈레티시아〉는 내가 설립한 상단 이름이다.

'엄밀히 말하면 백 퍼센트 내 소유의 상단은 아니지만.'

마스터와 내가 지분을 나눠 가지고 있으니 레티시아 상단은 두 명의 이사를 둔 공동 법인이라고 할 수 있었다.

제국의 귀족들은 상업 활동에 적극적으로 가담하는 모습이 우아하지 않다고 여겼기 때문에, 이런 식으로 상단을 앞으로 내세우고 그 뒤에서 장사를 벌었다. 나는 악명이 드높아서 더더욱 정체를 숨겨 줄 상단이 필요했다.

마스터가 그림을 보며 가볍게 손가락을 두드렸다.

"이런 물건을 기부 채납하면 세금 감면 혜택이 분명 있을 겁니다. 호룬 지구 행정 부서에 미리 신청해 두는 게 낫겠군요."

내가 아이디어를 내면, 마스터가 곧바로 구체적인 방법을 제시해 주었다. 내 예상대로, 실무에 능한 동업자가 있으니 일의 능률이 장난이 아니었다.

'입지를 확정했고, 방향성도 정했으니 이제 슬슬 벨렉을 쪼아야겠어.'

나는 방심한 채 놀고 있는 노예 2호를 떠올리며 속으로 히죽거렸다.

필라프의 적갈색 눈이 번들거리며 빛났다.

"안 판다고 하면 빼앗아서라도 가져왔어야지. 너희는 내 명령이 아주 만만하게 들리나 봐."

그에게 복부를 세게 걷어차인 심복이 피를 토하며 바닥에 주저앉았다.

"정말 죄송합니다. 필라프 님, 부디 자비를……."

"말만 죄송하다 하면 다인 줄 알아? 네 하찮은 목숨을 구하고 싶으면 어떻게든 공녀가 잃어버린 보석을 구해 와."

고통으로 인해 정신을 반쯤 놓은 가신의 머리채를 쥐고 있던 필라프는 갑작스러운 부친의 호출에 욕설을 내뱉었다.

영지에서 돌아온 몬테스 공작은 최근 외아들을 시도 때도 없이 불러내 훈계하고 있었다. 3대 독자, 하나뿐인 자식에게 거는 기대가 컸기에 그만큼 간섭도 심한 편이었다.

"씨발, 그 영감탱이가 또 잔소리하려고 부르는군. 짜증 나게."

예상대로 부친은 마주하자마자 설교를 쏟아내기 시작했다.

"필라프, 미야 영애가 아무리 생명의 은인이라지만 적당히 좀 해라! 여자들이 하는 장신구와 네 이름이 매번 같이 오르락내리락하는 게 남사스럽지도 않으냐?"

"……."

"시모어 장남은 야만족과의 전쟁에서 공을 세우며 한껏 위세를 드높이고 있는데, 넌 대체 뭐 하는 놈이냐!"

시모어라는 단어에 필라프의 표정이 사납게 일그러졌다.

"그리 요란을 떨어댈 거면 그 보석을 손에 넣기라도 하든가! 시모어 공녀에게도 밀려서 비웃음이나 사고 말이야."

꽉 그러쥔 그의 주먹이 잘게 떨리기 시작했다.

"넌 기한이 오래 지나서 못 먹는, 썩은 음식이라고."

공녀는 감히 자신을 썩은 음식이라고 표현했다. 제 뒤를 지긋지긋할 정도로 졸졸 따라다녔으면서, 안면을 바꾸고 붉은 눈을 차갑게 빛내며 냉소했다. 그 싸늘한 눈초리가 떠오를 때마다 누군가 속을 긁는 듯한 더러운 기분이 밀려와서 견디기가 힘들었다.

모멸감으로 부들거리는 아들 앞에서도 공작은 아랑곳하지 않았다.

"필라프. 네 무능함만 사방팔방 선전하는 꼴이니, 이제 그 보석에 대한 미련은 접고 네 가신들도 그만 들볶거라. 인망이 중요하다고 내 몇 번을 말했거늘. 네놈이 반송장으로 만든 심복만 벌써 열 손가락이 넘어!"

"……."

"넌 그 분홍 머리 계집에게 할 만큼 했다. 더 퍼 주면 주제를 모르고 기어오를 테니 이제 그만하거라."

필라프는 입술을 빠르게 달싹이다가 꾹 말아 물었다.

문득 혼란스러워졌다. 사실 그는 미야 때문에 가신들을 짓밟으며 미쳐 날뛰는 것이 아니었다. 상처 입은 자존심을 조금이나마 회복해 보고 싶어 공녀가 잃어버린 보석에 집착하는 것이다.

그것을 들고, 그녀 앞에서 한껏 비웃어 주고 싶었다. 그 핑크 다이아몬드는 처음부터 네게 어울리는 물건이 아니었고, 네가 가질 물건도 아니었다고.

그것을 미야에게 준다고 말하면 무슨 표정을 지을까? 잃어버리고 나서 앓아누웠다는 소문이 돌 정도로 아끼는 물건이니, 무도회 때처럼 잘난 척하며 태연하게 굴지는 못할 것이다.

"필라프! 알았느냐?!"

묵묵부답인 채 우두커니 서 있는 아들에게 몬테스 공작이 대답을 강요했다. 끝끝내 입을 닫고 있는 필라프 때문에 진노한 공작은 결국 손을 들어 올렸다.

짜악-!

찢어지는 듯한 파열음과 함께 그의 양 뺨이 수차례 돌아갔다.

"멍청한 자식. 구속구를 걸고 지하 감옥에 처박혀 있고 싶으면, 계속 네 마음대로 하거라."

지하 감옥이라는 말에 필라프의 손등에 푸르스름한 핏발이 섰다. 필라프에게 이보다 효과적인 협박은 없었다.

"······죄송합니다."

"허튼짓 벌이지 말고, 당분간은 수련만 하면서 집에서 근신해. 알겠느냐?"

데보라를 비웃어 주고 싶었지만 현실은 시궁창이었다. 입가에 흘러내린 피를 손등으로 거칠게 훔친 필라프는 무력감과 패배감을 눌러 삼키며 고개를 숙였다.

"결과가 너무 좋지 않아요, 미야 님. 그분께서 분명 진노하실 거예요!"

마담 오펠리아가 초조한 기색으로 손톱을 짓씹었다.

'어떻게 일이 이토록 최악으로 흘러갈 수가······.'

필라프 몬테스를 파트너로 얻고도 무도회에서 두드러지지 못한 미야 비노슈는 결국 올해의 꽃이 되지 못했다. 순도 높은 신성력과 그간 해 온 꾸준한 선행 덕분에 사교계에서 잠시나마 거론되었지만, 데보라 공녀로의 기행으로 인해 흔적도 없이 묻혀 버렸다.

'수식에 특허를 걸고, 5황녀의 관심을 받다니!'

파격적인 색의 예복을 입고 나타난 비스콘티 가문 공자 때문에 계획은 더욱 어그러졌다. 다들 데보라 공녀가 그에게 대체 무슨 짓을 한 거냐고 쉼 없이 입방아를 찧어 대서 미야가 끼어들 곳이 전혀 없었다.

그뿐이면 다행이었다. 오펠리아가 연금술로 미야의 머리카락을 분홍색으로 바꾼 것에는 다 이유가 있었다. 미야의 분홍색 머리카락만 봐도 나일라 성녀가 연상되게 만들려 했건만, 이제 사교계는 분홍색을 보면 엉뚱하게도 비스콘티 공자를 떠올렸다.

설상가상으로 필라프는 근신령이 떨어져 발이 묶였다. 미야의 입지를 높여 주고, 금전적인 후원까지 아끼지 않던 이의 지원이 뚝 끊겨 버린 것이다.

"잃은 것만 많고, 얻은 것은 단 하나도 없군요."

피가 줄줄 흐를 정도로 손톱을 우악스럽게 물어뜯기 시작한 오펠리아를 보며 미야는 눈살을 찌푸렸다.

"마담 오펠리아. 그래도 대신관에게 제 신성력이 뛰어나다는 것을 공인받는 건 성공했잖아요."

미야의 중얼거림에 오펠리아가 으득 이를 매섭게 갈았다.

"여러 번 말하지 않았나요? 귀족들은 자극적인 이야기를 좋아한다고."

"……."

"신성력이 뛰어난 것? 물론 대단해 보일 수 있겠죠. 하지만 그 탁월함을 남들에게 어떻게 보여 주느냐가 훨씬 중요합니다. 아시겠어요?"

오펠리아의 목소리가 점점 더 날카로워졌다.

"대신관이 감탄하면 뭐 해요? 데보라 공녀 쪽이 훨씬 더 자극적이고 재미있으니, 사교계는 당신 같은 하찮고 초라한 몰락 귀족의 딸에게 전혀 관심을 주지 않잖아요?"

"……."

"무슨 수를 써서라도 올해의 꽃이 되어야 한다던 내 말이 장난 같았나요? 미야 님은 아무런 노력도 하지 않았어요. 이런 식으론 데보라 공녀처럼 태생부터 튀는 사람을 절대 이길 수 없다고요."

오펠리아가 미야의 가냘픈 어깨를 쥐어짜듯 움켜쥐었다.

그녀가 올해의 꽃이 되지 못해서 이 다음 플랜을 실행할 수 없게 되었다. 올해의 꽃에게만 주어지는 특전이 사라졌으니까. 명망 높은 귀부인을 샤프롱으로 지목할 수 있는 우선권을 가질 수 있는 기회였는데 미야가 허무하게 날려 버렸다.

"성혈을 만드는 데 얼마나 많은 희생과 노력이 필요한 지 알기는 하나요?"

마주한 눈이 선뜩하게 빛났다.

"당신을 올해의 꽃으로 만들기 위해서 그토록 많은 희생을 치렀는데, 결과가 이 모양이라는 건 정말 반성해야 할 일입니다."

오펠리아의 긴 손톱이 여린 살갗을 파고든다. 움푹 파인 상처에서 흘러나온 피가 미야의 하얀 옷깃을 적셨다. 피비린내는 정말 지긋지긋했다. 구역질이 날 정도였다.

'토할 것 같아. 다 죽여 버리고 싶어.'

살의가 피어오른다. 미야가 손바닥에 손톱이 파고 들어갈 정도로 세게 주먹을 그러쥐었다.

특히 그 시모어 여자. 피처럼 새빨갛던 데보라의 눈동자를 떠올린 미야는 구토감을 삼키며 입술을 질끈 깨물었다.

"핑크 다이아몬드를 잃어버렸다면서?"

깐족거리는 벨렉을 보며, 나는 코웃음 쳤다.

"핑크 다이아몬드, 몇 점 더 채굴됐다는 소식 못 들었어? 단물 죄다 빠진 그 보석에 더는 관심 없어."

나는 약 올리듯 벨렉에게 목에 걸린 화려한 목걸이를 보여 주었다.

"게다가 상심한 날 위해 아버지께서 이런 걸 사 주셨지."

6대 가주의 활약과 고뇌가 담긴 일대기를 읽고 감동한 나머지, 부친은 내게 장인이 한 땀 한 땀 만든 다이아몬드를 선물했다.

'이건 안 잃어버릴(?)게요. 아버지.'

물론 사업이 삐끗하면 나중에 잃어버리고 싶은 마음이 들 수도 있겠지만.

"……할 말이 뭔데 부른 거지? 그 목걸이를 자랑하려고 날 행차하게 만든 거면 가만 안 두겠어. 나는 눈코 뜰 새 없이 바쁜 몸이다."

인상을 구긴 벨렉의 맞은편에 앉은 나는 도면을 꺼내 그에게 내밀었다.

"이걸 제작해 줘."

계약서 제7항에는 '벨렉 시모어는 데보라 시모어가 원하는 아티팩트를 언제든 제작해야 할 의무를 진다'라는 조항이 적혀 있었다.

"설마 네가 그런 거냐?"

"그래."

"제법 손재주가 있었군."

벨렉이 조금 흥미를 보였다. 하지만 설계도 옆에 쓰여 있던 설명을 유심히 훑어보던 그의 얼굴이 점점 일그러졌다.

"이런 기이한 모양의 칼날이 초고속으로 회전하는 아티팩트를 제작해 달라고?"

"응."

"데보라. 설마 잘게 다져서 은닉해야 하는 시체라도 있는 건 아니겠지?"

뭐?

순간 귀를 의심했다. 시체를 다지다니! 너무하잖아. 그냥 믹서기인데.

'과일을 갈 거라고.'

카페를 여기저기 돌아다녀 본 결과, 이 세계에는 과즙을 짜서 만드는 주스는 있어도 건더기가 씹히는 생과일 주스는 없었다.

'분명 경쟁력 있는 메뉴야. 특히 여름에.'

나는 확신했다.

"데보라 네가 고문형 아티팩트 설계에 재능이 있을 줄은 몰랐다."

벨렉이 믹서기 그림을 뜯어보며 치를 떨었다.

'허, 누가 보면 범죄에 가담하라고 협박하는 줄 알겠네.'

나는 엄살을 부리는 그를 사납게 노려보았다.

"계약서에 여동생님께서 하는 일에 토 달지 말라는 조항이 있는데 모르나 봐?"

폼 안 나게 주방용품이라고 설명하는 것보다 협박하는 게 더 악녀다웠다.

"그딴 조항이 있었다고?"

벨렉이 믿을 수 없다는 듯 계약서를 가져왔다.

"대체 어디 있다는 거냐!"

"봐, 여기."

나는 보험사 약관처럼 계약서 귀퉁이에 2pt로 쓰여 있는 글자를 그의 눈앞에 들이댔다. 시력이 좋지 않아 돋보기를 꺼낸 그는 글자를 확대하자마자 펄쩍펄쩍 날뛰기 시작했다.

"이토록 사악하고 야비한 짓을 하다니! 이건 사기 계약이다!"

"왜 자꾸 엄살이지? 빠르게 회전하는 성인 도구도 제작하는 오라버니에게 이런 기구쯤이야 별거 아닐…… 읍읍!"

"알았어! 만든다고! 이 악마야, 제발 그만해라!"

그가 얼굴을 붉게 물들이며 울먹였다.

'잘생겨서 봐준다, 진짜.'

"하는 김에 이것도 만들어 줘. 동일한 메커니즘이니 어려울 거 없잖아?"

"알았어……."

나는 믹서기뿐 아니라 휘핑기도 만들어 달라고 들이댔다. 카페 메뉴를 다양화하고, 회전율을 높이고, 더불어 인건비까지 절약하기 위해 벨렉의 능력을 탈탈탈 갈아 넣을 생각이었다.

게다가 부수입도 있다.

"오라버니. 내가 기구 디자인을 했으니, 이 발명품에 특허를 걸 경우 권리의 30퍼센트는 내 거야. 계약서에 그런 조항도 있다는 것 알아 둬."

"수식 특허로 재미를 보더니 특허에 대한 환상이 너무 커졌구나. 이런 잔인한 기구를 너 말고 대체 누가 쓴다고."

"이 기구의 잠재력을 너무 얕보는데? 나중엔 나한테 고마워할걸. 깡통 은광 투자로 손해 본 것, 모조리 메꾸고도 남을 테니 최선을 다해 협조하는 게 좋을 거야."

"하여간 그놈의 허풍은!"

'허풍 아닌데.'

"최근 입 터는 능력이 부쩍 늘었단 말이지."

벨렉은 혀를 차면서도 돈을 벌 수 있다는 말에 아주 약간 솔깃한 기색이었다. 아무래도 아티팩트 연구원이다 보니 각종 부대비용이 많이 드는 모양이었다.

'넌 줄 잘 선 거야. 믹서기가 얼마나 유용한데.'

프랜차이즈 사업을 본격적으로 진행한다면 설비 투자라는 명목으로 마진을 남겨 가맹점주들에게 믹서기를 팔 생각이었다.

'물론 1호점을 대성공시켜야 한다는 전제가 뒤따르지만……'

믹서기 사용이 흔해질 경우, 분명 다른 디저트 가게나 레스토랑에서도 문의가 있을 것이다. 오히려 내 예상만큼 수요가 커진다면 벨렉이 과연 감당할 수 있을지가 미지수였다.

'뭐, 그건 벨렉이 알아서 하겠지.'

난 양심적으로 30퍼센트만 먹고, 대신 누워서 돈 벌 거니까.

'하, 이런 부작용이 생길 줄이야.'

나는 아카데미를 걷다가 눈을 질끈 감았다. 최근 아카데미 곳곳에서 연분홍색 셔츠를 받쳐 입거나, 분홍색 행커치프를 넣고 다니는 영식들이 종종 눈에 띄었기 때문이다.

이것들 또 아무거나 따라 하지. 남자는 핑크라는 말 취소다.

전혀 아름답지 않은 광경에 고개를 절레절레 저으며, 나는 마법 이론 학술회가 열리는 아카데미 동문 쪽으로 향했다.

무도회가 열리기 전 나는 마탑 연구원들로부터 개량 수식에 대해 발표해 달라는 초대장을 받았고, 지금 그곳으로 강의 자료를 들고 향하는 중이었다.

내가 초청받은 금일 학술회는 마탑 1층 강당에서 열렸다. 때마침 마탑으로 향하는 길이 내가 카페 입지로 간을 보고 있는 장소라서, 나는 주변을 유심히 둘러보았다.

'확실히 나일라 여신의 분수대가 있는 서문 쪽보다 디저트 가게 수가 적긴 하군.'

근처 상권을 관찰하며 광장을 지나는데, 뒤통수를 때리는 따끔한 시선이 느껴졌다.

'뭐지?'

나는 주위를 두리번거렸다.

'설마 저게 숨은 건 아니겠지?'

나는 상점 앞 가로수 뒤에서 빼꼼 얼굴을 내민 5황녀를 말없이 바라보다가, 그쪽으로 걸어갔다.

"그간 잘 지내셨습니까? 황녀님. 무도회 이후로 처음 뵙는군요."

"이럴 수가. 완벽한 은신이라고 생각했는데."

'주변에 있는 시녀들부터 어떻게 좀 하시지.'

"제가 남들보다 기척에 예민합니다."

"뛰어난 오감까지 지니고 있다니. 과연 시모어답군."

5황녀가 내게 단단히 콩깍지가 썬 것 같은데, 내 착각인가.

"과찬이십니다, 황녀님. 학술관으로 가십니까?"

"그렇다네. 그대도 그곳으로 가는 중이었나?"

"예."

"하하. 뭐 이런 기막힌 우연이 다 있담? 이 넓은 광장에서 이리 딱 마주치다니."

발연기를 하며 뒷짐을 진 5황녀는 뭔가 하고 싶은 말이 있는 듯 허공을 보며 헛기침을 했다.

'황녀가 왜 저러지? ……아!'

퍼뜩 이유가 떠올랐다. 입회서 때문이군.

"황녀님. 발표가 끝난 후 시간을 내어 입회서에 사인을 하겠습니다."

"큼. 최근에 있었던 불미스러운 분실 사건 때문에 심기가 어지러울 터. 입회를 재촉할 생각은 없었지만 내가 조급한 마음을 감추지 못했군. 하아."

"보석이야 차고 넘치니까요. 별일 아닙니다."

"그대의 호탕함과 기개가 참 마음에 들어. 입실론에 들어오면 절대 후회하는 일은 없을 거야. 무려 올해의 꽃이 입실론 리더 아닌가."

놀랍게도 이시도르가 압도적인 지지를 받아 올해의 꽃이 되었고, 이 황당한 결과에 누구도 토를 달지 않고 수긍했다고 한다.

'올해의 꽃에게 주어지는 특전은 어떻게 되는 거지? 이시도르에게 샤프롱은 필요 없을 텐데.'

소설에서는 미야가 올해의 꽃이 되어 모든 영애가 동경하는 귀부인을 선점하는데, 이렇게 황당하게 흘러간다면 내가 아는 원작의 내용과 크게 달라지게 된다.

'알 게 뭐냐. 나만 잘살면 돼.'

나, 요즘 꽤 잘나간다고.

나는 제국 인기인 중 하나인 5황녀와 함께 위풍당당하게 거리를 가로질렀다. 주변을 지나던 사람들은 5황녀를 동경 어린 눈길로 바라보다가, 내 존재를 깨닫고 황급히 길바닥으로 눈을 깔았다.

"자네와 있으니 짜릿하군. 마치 위험한 짐승과 다니는 느낌이다. 아슬아슬한 줄타기를 하는 기분도 들고."

5황녀가 뺨을 붉히며 중얼거렸다.

'이 사람, 약간 4차원인 것 같은데.'

〈입실론〉, 정말 괜찮은 곳인가?

갑자기 스멀스멀 올라오는 불안감을 삼키던 나는 주변 분위기가 심상치 않다는 것을 느꼈다. 마탑에 가까워질수록 황토색 로브를 눌러쓴 이들이 급격히 많아지기 시작한 것이다.

'나, 이거 뭔지 알아.'

공대생들의 유니폼인 체크 남방과 마법사들이 걸친 똥색 로브에서 정확히 같은 영혼의 향기가 났다.

'돌고 돌아 결국 공대라니.'

나는 괜히 격식 있는 차림으로 왔다고 생각하며 학술회가 열리는 강의실 안으로 들어갔다.

'아놔, 근데 왜 아버지는 여기 계시는 건데요.'

"왜 갑자기 긴급 소집을 하나 했더니 자랑하려고 데려왔군."

"이건 딸 자랑이다."

"즐기시게 맞춰드려. 레몽 꼴 나기 싫으면."

시모어 공작이 마탑에 출근한 장로들과 제 측근들을 모조리 데리고 강의실에 출몰했다.

'이게 웬 날벼락이지.'

순수하게 수식 스터디를 하러 온 마법사들은 핼쑥한 얼굴로 구부정한 허리를 추켜세웠다. 얼마 후, 데보라 공녀가 강단 앞으로 걸어 올라오자 여느 때보다 팽팽한 긴장감이 강의실에 감돌았다.

'표정 관리 잘해야 한다. 강의가 유치하고 서툴더라도 내색하면 안 된다.'

'난 내가 아는 모든 칭찬을 단전에서부터 끌어모을 것이다.'

'가소로운 것들. 나는 어린이 성가대 출신이지. 찬양가를 12절까지 부를 수 있다는 뜻이다.'

두뇌를 풀가동하며 치열한 똥꼬쇼를 기획하던 마탑 장로들은 이내 진심으로 공녀의 강의에 감탄했다. 수식 홍보를 위해 그녀가 대치동 1타 강사에 빙의해 열성적으로 강의했기 때문이다.

'오. 잘하는데?'

'이해하기 쉽게 설명하는군.'

'수식을 개량한 장본인이니 누구보다 개념과 활용법을 잘 숙지하고 있을 수밖에.'

장로들은 굳이 입에 발린 소리를 할 필요가 없게 되었다. 공녀의 강의가 끝나면, 입술이 부르틀 정도로 미사여구를 남발하기만 해야 하지만.

발표가 끝나갈 즈음, 시모어 공작의 눈치를 보던 장로가 슬쩍 운을 뗐다.

"아주 멋진 강의였어요."

"이 정도면 아카데미 정규 교수 자리에 임명해도 될 정도입니다."

"그렇고말고요."

팔짱을 낀 채 내내 냉엄한 표정을 짓고 있던 시모어 공작이 얇은 입술을 씰룩거리기 시작했다.

'좋아하신다!'

'딸 자랑은 역시 못 참지.'

그때였다.

짝짝짝.

어디선가 들려오는 경쾌한 박수 소리에 장로들의 눈초리가 뾰족해졌다.

'누가 감히 손뼉 소리를 내었어? 공녀가 분필을 채 내려놓지도 않았는데 말이야.'

"저, 감동했습니다."

알마레 백작이 감격한 얼굴로 기립 박수를 치고 있었다. 오페라 배우도 울고 갈 만한 연기력이었다.

"대가리에 피도 안 마른 새끼가 위아래도 없이 선수를 쳐?"

"인생은 타이밍입니다. 아시겠어요?"

"이렇게 비열하게 나온다 이거지? 증폭 마법으로 박수 소리를 키워야겠군."

이윽고 강의실이 떠내려갈 듯 우레와 같은 박수갈채가 쏟아졌고, 그렇게 데보라 공녀는 첫 강의를 성공리에 마쳤다.

———————◆———————

나는 눈가를 문질렀다.

시커먼 로브를 두른 음침한 사람들과 강의를 참관하러 온 시모어 공작 때문에 긴장감은 배가되었고, 뒤늦게 피로가 물밀듯이 몰려왔다.

'피곤해.'

녹초가 된 상태로 강의실에서 나온 나는 감격한 5황녀와 맞닥뜨렸다. 그녀가 생선을 본 고양이처럼 노란 눈을 반짝거린다.

"데보라 공녀, 천둥 같은 박수 소리 들었나? 그 자리에 있던 마법사들 모두 그대에게 반한 게 틀림없어. 마치 나처럼 말이야."

5황녀가 갑자기 사랑을 고백하면서 입회서와 깃펜을 내밀었다.

나는 괜한 불안감이 샘솟아 약관을 꼼꼼히 살펴보았다. 혹시 2pt 크기로 숨겨 놓은 독소 조항이 있을지도 모른다.

"그대의 그 신중함도 마음에 든다. 날 이렇게 애타게 한 여자는 자네가 처음일세. 손에 땀을 쥐게 하는군."

그녀가 보채듯이 부채를 강하게 펄럭였다.

'뭐가 됐든 필라프가 있는 아라크론보다는 낫겠지. 빨리 집에 가서 쉬고 싶다.'

"여기에 하면 됩니까?"

"그래."

나는 미적거리며 서명한 뒤 입회서를 건네주었고 5황녀는 흡족한 얼굴로 웃었다.

"낙장불입…… 아니, 여하튼 입실론은 아주 좋은 곳이네. 리더가 제국에서 가장 잘생겼고, 그대처럼 유능한 인재가 아주 많지. 입단을 환영하네."

음. 방금 낙장불입이라는 수상한 단어를 들은 것 같은데?

'설마, 너무 피곤해서 환청을 들은 거겠지.'

내내 골머리를 썩던 사교 클럽 문제가 간단하게 해결되었으니 좋은 일이라고 애써 생각했다. 하지만 〈입실론〉이 약간 이상한 멤버들로 구성되어 있다는 사실을 알게 되는 데엔 그리 오랜 시간이 걸리지 않았다.

"축하드립니다, 공작님."

데보라 공녀가 성황리에 강의를 마친 것에 이어, 5황녀의 적극적인 추천으로 〈입실론〉에 입회했다는 소식이 들리자 보좌관이 축하 인사를 건넸다.

"내 딸이니 그 정도는 당연하지."

대수롭지 않다는 식으로 말하지만, 공작의 입꼬리가 아주 미세하게 올라가 있다는 것을 보좌관은 기민하게 눈치챘다.

"공녀님께서는 앞으로 더욱 화려하게 빛나실 겁니다."

"그나저나, 나 때는 입실론이 압도적이었는데 최근에도 가장 잘나가나?"

"예, 단연 가장 인기 있는 클럽이죠."

"누가 리더지?"

"이시도르 비스콘티 경입니다. 아, 그리고 보니 공녀님의 무도회 파트너였죠. 외모도 수려하지만 황태자 전하께서 아낄 정도로 건실하고 재능 있는 청년······."

비스콘티 공자에 관한 정보를 읊던 보좌관은 공작의 차가운 표정을 보고 입을 다물었다.

"흠흠. 여하튼 그렇습니다."

"그놈, 감히 내 딸을 제치고 올해의 꽃이 됐지."

비스콘티 공자와 절친한 사이인 황태자가 장난식으로 밀어붙였는데 다수가 적극적으로 찬동하는 바람에 엉뚱한 결과가 나왔다. 봄꽃 축제는 진지한 분위기의 행사가 아니었기에 다들 이번 일을 유쾌하게 받아들이는 분위기였다.

시모어 공작을 빼면.

"그놈은 뻔뻔하게 그걸 또 냉큼 받아?"

"그, 그러게 말입니다."

보좌관은 직업 정신을 발휘해 맞장구쳤다.

"사내놈이 너무 번드르르해서 마음에 안 들어. 그런 놈들이 꼭 얼굴값 하는데 말이지."

제국에서 둘째가라면 서러운 외모를 가진 시모어 공작이 얼굴값 운운하자, 보좌관은 내심 어이가 없어서 한동안 말을 잇지 못했다.

"데보라! 정녕 입실론 입회서에 서명한 게냐. 아무 데나 덥석 사인을 하다니. 그러면 안 된다."

내 입회 소식을 들은 시모어 공작의 반응은 예상과는 정반대였다.

'이유가 뭐지?'

시모어 공작은 한때 〈입실론〉 리더였고, 공작 부인도 〈입실론〉 단원이었기에 분명 점수를 딸 수 있을 줄 알았는데.

"입실론은 아버지처럼 뛰어난 선배가 많은 클럽이라고 알고 있습니다. 그래서 기뻐하실 줄 알았습니다."

공작은 한숨을 내쉬며 고개를 절레절레 저었다.

"클럽은 문제가 없는데 리더가…… 쯧! 명문 클럽 리더라는 것들이 하나같이 그 모양이라니 기도 안 차는구나."

"……."

이번에도 이시도르가 문제였나 보다.

"대체 뭘 믿고 그런 뺀질이 놈한테 완장을 맡긴 건지! 말세야, 말세. 나라의 미래가 걱정되어 속이 갑갑하구나."

난데없이 제국에 앞날에 대해 걱정하던 공작은 정원 산책을 하다 말고 피곤하다며 별채로 들어갔다.

'하긴, 7클래스 마도사 눈에 다들 얼마나 하찮아 보이겠어.'

나이 들면 요즘 것들을 무시하는 풍조는 이곳도 비슷하다고 생각하며 나는 목덜미를 긁적였다.

[데보라 공녀의 입회를 두 팔 벌려 환영합니다. -입실론 일동]

'아오! 저건 또 뭐야?'

교정을 가로지르던 나는 사교 클럽 홍보 게시판 근처 대문짝만하게 붙어 있는 낯뜨거운 현수막을 보고 당혹스러운 기분을 느꼈다.

"멋지지 않습니까?"

묻지도 않았는데 누군가가 스르르 뒤에서 튀어나와 설명했다.

'깜짝이야.'

"5황녀님께서 저 환영 문구를 걸도록 직접 지시하셨습니다. 아라크론 쪽에 자랑하고 싶으셨나 봅니다."

검은 눈과 마주치자 티에리 오르고가 씩 웃는다. 아래로 축 처진 눈매와 부스스하게 헝클어진 검은 고수머리가 잘 어울렸다. 특유의 경박한 분위기가 저 수려한 외모를 죄다 깎아 먹고 있긴 하지만.

"그렇게 싸늘하게 보시니 괜히 심장이 철렁하네요. 저는 마음이 여린 편이라서요."

전혀 안 무서운 목소리로 티에리가 능청을 떨며 가슴을 쓸어내렸다.

"지난번 무도회 때 아쉽게 따로 통성명을 안 했으니 제 소개를 할게요. 티에리 오르고입니다. 뭐, 일단은…… 검사죠."

그는 형인 디에라와 달리 그리 성실한 타입은 아니었다.

"데보라 시모어다."

근엄하게 대답하자 그가 목덜미를 긁적였다.

"소문대로 차갑네요. 아주 조금만 상냥해도 예뻐서 인기 많을 텐데."

"그대는 소문대로 가볍군. 불면 날아가겠어."

"하하, 이것 참. 반박할 말이 없네."

실실대는 티에리와 대화를 나누는데 저 멀리 거대한 덩치의 남자가 살기를 풍기며 이쪽을 향해 다가왔다.

"너 이 자식, 딱 걸렸어."

티에리의 얼굴에 난감함이 스친다.

"이제 막 공녀와 재밌는 이야기를 나누려는 참인데, 불청객이 찾아왔네요. 이만 가 볼게요. 심심하면 프랫 하우스로 놀러 와요. 난 늘 거기 음악실에 있거든."

"야, 이 사기꾼 새끼야. 6번 말에 넣으면 무조건 대박 날 거라면서! 근데 정작 네놈 새끼는 3번에 넣었더라?"

"경주마 컨디션은 언제든 바뀔 수 있다는 거 몰라? 융통성은 빵이랑 바꿔 먹었나."

"이 자식이 뚫린 입이라고!"

황급히 도망가는 티에리와 덩치의 대사만으로도 무슨 상황인지 순식간에 파악되었다.

'경마장에 드나드나 보네. 그나저나 어떻게 저런 양아치 한량이 입실론에 들어왔지?'

내가 알고 있는 그 대단한 명문 클럽이 맞나? 혹시 〈입실론〉이라는 동명의 사이비 클럽이 하나 더 있는 건 아니겠지?

왠지 모를 착잡한 기분을 삼키던 나는 메종드에 가기 위해 마차로 향했다. 어제저녁 마스터에게서 맛있는 케이크를 발견했다는 쪽지가 왔기 때문이다.

'괜찮은 부동산 매물을 찾았다는 의미겠지.'

이젠 내 집처럼 드나드는 메종드에 발을 들이자마자 점장이 자리로 안내했고, 나는 메뉴판을 뒤적였다.

'어라, 왜 없어?'

나는 당혹스러운 기분으로 메뉴판을 펄럭거리다가 점장을 불렀다.

"이곳에 적혀 있던 커피는 어디 갔지?"

"송구하지만, 그 음료는 전혀 팔리지 않아서 결국 메뉴에서 뺐습니다."

'원두는 이제 들여오지 않는 건가?'

나는 초조한 기분으로 마스터에게 달려갔다.

"마침 잘 오셨습니다. 동문 광장 앞 건물이 매물로 나왔더군요."

집무실 맞은편 의자에 착석하자마자 마스터가 카페 사업을 벌일 부동산 위치와 가격이 적혀 있는 서류를 내밀었다.

'가격이 괜찮은데?'

입지 좋고, 면적도 꽤 넓다. 게다가 지하까지 딸린 3층짜리 건물이었다.

"가격이 생각보단 싸군."

"동문이라서 그렇습니다. 아카데미 서문 쪽, 여신의 광장에서 이런 매물을 잡으려면 금화를 두 배 이상 들여야 합니다."

"여신의 분수대라는 상징물의 가치 때문이겠지."

랜드마크는 이곳에서도 꽤 중요한 역할을 했다.

"그런데 재밌는 사실을 하나 발견했습니다. 부하들을 시켜서 일주일간 지나다니는 사람을 세 보았더니 유동 인구는 건물 가격만큼 차이가 나지 않더군요."

"서문 광장 쪽은 여신의 분수대 때문에 거품이 끼었고, 동문 부동산은 저평가되었다는 뜻이군."

"그렇습니다."

마스터가 빙긋 웃었다.

"좋았어. 이 건물을 바로 계약하지. 기부 채납 건은 어떻게 됐지?"

"허가가 났습니다. 덕분에 상단 일 년 수입에 대한 세금 감면 혜택도 주어졌고요."

뭐든 척하면 척이네. 조별과제로 따지면 리무진 버스 기사에게 얹혀 가는 수준이었다.

'승차감이 이렇게까지 좋을 일인가.'

그간 운이 더럽게 나빠서 조별과제를 할 때마다 힘겹게 홀로 버스 운행을 해 왔던 나로서는 신선한 충격이었다.

'설마 학부생 사 년 내내 카톡을 씹고 나무위키를 자료랍시고 긁어서 보내는 조원들만 걸렸던 건, 지금을 위한 추진력이었나?'

"공녀님. 입지를 정했으니, 이제 뭘 어떻게 파느냐가 중요합니다."

그의 말에 나는 암울한 과거 회상을 멈추고 가방에서 서류를 꺼냈다.

"내가 가게 메뉴 리스트를 구성해 봤어."

내가 내민 종이를 흥미로운 기색으로 훑던 마스터가 중간 즈음에서 슬쩍 미간을 좁혔다.

"다 좋은데 여기, 커피는 빼는 게 어떻습니까?"

"어째서? 난 커피가 가장 경쟁력 있는 메뉴라고 생각해."

"왜죠?"

"메종드에서 이 음료를 먹은 뒤로 수면 시간은 줄고 집중력이 높아졌거든. 잠을 덜 자도 졸리지 않아서 그 시간에 연구를 더 할 수 있었지. 커피 덕분에 개량 수식을 더 빠르게 개발할 수 있었어."

마스터를 설득하기 위한 밑밥을 깔기 위해, 일부러 메종드에 올 때마다 쓰고 맛없는 커피를 한 잔씩 마셨다.

'아주 고역이었지.'

"정말입니까?"

"종업원에게 확인해 봐. 내가 늘 커피를 마시고 갔다고 대답할걸. 그 음료에 대단한 효과가 있는 게 분명해."

"집중력 증진에 효과가 있으면 차라리 약재상에게 유통하는 게 낫겠네요. 색깔과 맛, 둘 다 전혀 호감을 주지 못하니까요."

"메종드에서는 커피를 어떤 식으로 만들지?"

"원두를 으깨서 거름망에 넣은 뒤 뜨거운 물을 부어 우려냅니다."

"점원에게 설명을 들으니 볶은 콩으로 만든 음료라던데, 이미 한 번 가공을 거쳐서 들어오는 거야?"

"네. 페르딘 공국의 상인이 생두를 볶아서 보내 주죠. 원두와 생두의 가격 차이가 크지 않아서 시간 절약을 위해 전자로 선택했습니다."

왜 메종드 커피가 더럽게 맛없었는지 대충 이유를 알 것 같았다.

'로스팅 상태가 좋지 않은 원두를 보내 줬거나 메종드에서 원두 보관에 실패했거나, 둘 중 하나야. 신선도가 떨어지니 향과 맛이 형편없었던 거고.'

원두는 로스팅 후 2주 사이가 가장 맛있는 시기라고 알고 있다. 나는 잠시 고민하다가 입을 뗐다.

"싱싱한 생두를 들여와서 바로 볶는 건 어떨까?"

"재료 준비 과정이 오래 걸리고 번거로워지기만 할 텐데요."

마스터는 내가 커피에 왜 이토록 집착하는지 이해할 수 없다는 표정이었다. 제국에는 차 문화가 융성했기 때문에, 야만족이라고 무시당하는 작은 공국의 음료가 끼어들 자리는 없다고 생각하는 게 틀림없다.

하지만 난 꼭 팔고 싶었다.

'당장 내가 아이스 아메리카노가 너무 먹고 싶다고.'

한번 빠지면 절대 못 헤어 나오는 이 악마의 음료를 어떻게 포기할 수 있겠어.

'사실상, 나를 위한 메뉴지.'

라면과 치킨까지는 어떻게든 참아 보겠는데 커피 없이는 앞으로 남은 인생을 즐겁게 살아갈 자신이 없었다.

"마스터. 주방 인력을 구하면 그들과 연결해 줘. 레시피 개발에 직접 참여할 테니까."

"의욕이 대단하시네요."

"그만큼 확신이 있는 거야. 수식 개발의 1등 공신, 커피. 난 이걸 잘팔 자신 있어."

내가 자꾸 빡빡 우겨대며 입을 터니 마스터도 솔깃한 얼굴을 했다.

"실험 삼아 마셔 봐야겠군요. 석 잔 정도 마시면 제대로 효과가 나겠죠?"

"……음, 일단은 마셔 봐."

"이쪽이 프랫 하우스 본관입니다."

신입 회원인 내게 〈입실론〉 시설에 대해 소개하던 이시도르가 문득거뭇한 눈가를 문질렀다. 늘 상큼하던 그의 얼굴에 피로감이 깔리자퇴폐적인 분위기가 물씬 흐른다.

'다크서클을 소화해?'

볼수록 경이로운 외모였다.

"이시도르 경, 자네 오늘따라 피곤해 보이는군."

뒷짐을 진 채 내 옆에 붙어 있던 5황녀가 끌끌 혀를 찼다.

"······도무지 잠이 안 와서 며칠 제대로 못 잤습니다."

"무슨 고민이라도 있나?"

"그런 건 아닙니다."

"규칙적인 생활을 해야지. 수면 부족이 피부에 해롭다는 것은 상식이네. 자네는 제국의 꽃이자 우리 입실론의 얼굴임을 늘 잊지 말게!"

주변에서 올해의 꽃이라고 주변에서 어지간히 놀려댔는지 이시도르의 표정이 음산해졌다.

"황녀님, 수업은 안 들어가십니까?"

"하루 정도는 빠질 수 있는 거 아니겠나?"

"매일 빠지시는 것 같아서 말씀드리는 겁니다. 황녀님께서 황족 최초로 아카데미에서 제적을 당하실까 봐 황태자님의 걱정이 이만저만이 아닙니다."

황녀는 갑자기 안 들리는 척하면서 부채를 빠르게 펄럭였다. 그녀의 입을 다물게 만든 이시도르가 고풍스러운 남색 지붕의 커다란 건물로 안내했다.

"이 건물을 입실론에서는 학술회와 각종 모임 용도로 이용하고 있습니다. 그리고 이 왼쪽은 영애들만 이용하는 별채입니다."

명문 클럽은 아카데미 근방에 프랫 하우스라는 거대한 건물을 가지고 있었고, 남성과 여성용 살롱이 따로 있었다.

'고작 사교 클럽 주제에 알짜배기 땅에 건물을 소유하고 있다니. 여기 귀족들의 돈 지랄은 상상을 초월해.'

운 좋은 건 〈입실론〉의 프랫 하우스가 내가 오픈할 카페 건물 근처에 있다는 것이다. 이곳 휴게실에서 탱자탱자 시간을 보내다가 카페 사업이 어떻게 진행되고 있는지 종종 구경 갈 생각이었다.

"이 왼쪽 홀에는 선배들의 후원으로 만들어진 도서관이 있습니다. 저 복도는 작품 기부를 받아 상설 전시관으로 꾸몄죠."

아카데미 존재 목적 자체가 사교 클럽인 만큼, 내부는 물론 외부의 지원도 대단했다.

'우리나라의 끈끈한 학연을 연상시키는군.'

시모어 직계인 내가 만약 4대 클럽 안에 못 들어갔다면 추후 사교 계에서 꽤나 무시당했을 것이다.

'그래서 데보라가 나이가 찼음에도 작년에 입회하지 않고 올해 아라크론이 회원을 받기를 기다린 거였어.'

나는 내심 혀를 차며 주변을 둘러보았다.

"취미 활동을 위한 공간도 많이 있습니다. 마법 연구실도 있고 합주실도 있으니 관심 있으면 이용해요."

이시도르의 다정다감한 목소리를 들으며 나는 명화와 조각이 늘어선 아름다운 건물 내부를 천천히 둘러보았다.

'이런 건물을 공짜로 사용하다니. 진짜 개이득이네.'

"아, 그리고 입실론 내에 각종 동아리가 있으니 관심 있으면 신청하세요."

"데보라 공녀!"

그때, 부채로 입가를 가리고 있던 5황녀가 갑자기 내 이름을 격하게 불렀다.

"네?"

"마나 연구 동아리에 들어오게. 나와 함께 심도 있게 마법에 대한 주제로 토론해 보자고."

'이럴 목적으로 날 데려왔군.'

그래도 마법 관련 연구는 시간 낭비는 아니었다. 비록 난 마나 감응력은 없지만, 마나라는 무궁무진하고 잠재력 높은 에너지를 활용해 돈을 버는 것에 대해서는 관심이 많았다.

"그러죠."

내 쿨한 답변에 그녀의 노란 눈동자가 감격으로 넘실거렸다.

VIP 고객님이고 나보다 한 단계 높은 황족. 가깝게 지내서 나쁠 거 없지.

"황녀님. 벌써 세 시입니다. 교수가 늦게 들어온다지만, 지금은 출발하셔야 합니다."

정말 출석 일수가 위험한지, 옆에 있던 시녀가 걱정스러운 얼굴로 황녀에게 속삭였다.

'데보라도 제적 정도까지는 아니었는데.'

티에리에 이어 5황녀도 좀 수상했지만, 단순히 기분 탓일 거라 정신 승리하며 넘어갔다.

"으음. 아쉽지만 슬슬 가야겠군."

그녀가 갑자기 날 힐끗거리며 초조하게 손을 꼼지락거리기 시작했다.

"무슨 일이시죠?"

"흠! 이제 같은 사교 클럽 소속인데, 힘찬 악수라도 한번 하는 건 어떨지?"

"좋습니다."

내가 손을 가볍게 맞잡자 황녀가 환하게 웃는다.

"조만간 또 보지!"

그녀는 분수처럼 양손을 여러 번 흔들며 마법학부 쪽으로 뛰어갔다. 이시도르는 점점 작아지는 5황녀의 뒷모습을 말없이 바라보다가 뭐라 작게 중얼거렸다.

"……귀찮은 게 또 생겼네."

"뭐라고?"

"이 근처 산책이나 하자고요. 긴히 드릴 말도 있고."

"중요한 이야기를 하기엔, 이시도르 경이 오늘 유독 피곤해 보이는데."

"말하고 걸어 다닐 힘 정도는 있어요."

피식 웃은 그는 고즈넉한 길이 있는 방향으로 걸었다. 그와 나 사이에 내려앉은 침묵이 조금 어색해서, 나는 머뭇거리다가 입을 열었다.

"지난번 이시도르 경이 낙찰받아 준 그 책은 아버지께 선물로 드렸어. 굉장히 좋아하시더군."

"공녀가 유용하게 썼다니 다행이군요."

"시모어 6대 가주님이 쓴 책인지 어떻게 알았어?"

"문자를 분리해 좌우 반전으로 뒤바꿔 쓰는 사람은 아주 드무니까요. 제가 아는 한 딱 한 사람뿐이죠."

"그렇군."

대답을 하고 나니 할 말이 없다. 왠지 뻘쭘한 기분으로 자카란다 나무가 심어진 가로수길을 나란히 걷는데 세찬 바람이 나와 그를 지나갔다.

나무가 흔들리면서 연보라색 꽃이 눈처럼 떨어져 흩날렸다. 허공에서 꽃잎을 가볍게 낚아챈 이시도르가 내게 그것을 건넸다.

"가져요."

그가 여우처럼 살랑거리며 살짝 눈웃음을 쳤다.

"덕분에 내가 올해의 꽃이 되었으니까 주는 선물."

"……."

"아마, 남성 파트너에게 분홍색 예복을 입힐 생각을 하는 사람은 세상에 공녀 하나뿐일걸."

"잘 어울릴 것 같으니까 시도한 거야. 안 어울리는 사람한테는 절대로 안 입혀."

내 안구는 아주 여리고 소중하거든.

"하하, 그렇구나. 은근히 기분 좋은데요."

그가 천사처럼 미소 지으며 꽃을 내 손바닥 위에 떨어뜨렸다. 따지자면 이시도르 덕에 보석을 비싼 가격에 되파는 데에 성공해 천문학적인 액수의 돈을 손에 쥐게 된 나는 조금은 민망한 기분으로 그가 주는 꽃을 만지작거렸다.

"그거 받았으니까, 이젠 무르지도 못하겠네요."

"뭘 말이지?"

"샤프롱 선택권. 어차피 내게는 필요 없으니까 날 올해의 꽃으로 만들어 준 공녀가 갖는 게 이치에 맞지 않나?"

'헐! 대박.'

나는 내적 환호를 삼켰다. 이시도르는 방금 내게 굉장히 특별한 권한을 양도했다. 올가을에 있을 데뷔탕트를 빛내 줄 명망 높은 귀부인을 내 멋대로 찍어 강제로 차출할 수 있다는 뜻이었으니까.

이 좋은 카드를 어떻게 제대로 활용할 수 있을까? 생각지도 못한 보너스를 얻어서 조금 얼떨떨했다.

"이시도르 경, 나는 주는 건 사양 안 해. 좋은 건 더더욱."

"솔직해서 좋네요. 좋으면서 어설프게 사양하고 에둘러 거절하는 거 별로 안 좋아해서."

그나저나 왜 자꾸 나한테 막무가내로 퍼 주는 거지? 설마, 호구의 질량도 일정하게 보존되는 법칙이 있나? 이 세계에선 내가 호구 짓을 안 하니, 이분이 대신해 주는 건 아니겠지?

잠시 뻘한 생각을 했다가 이내 고개를 저었다. 이시도르를 단순히 착하고 다정한 사람이라고 단정 짓기엔 왠지 모를 수상함이 남아 있었다.

'사람을 은근히 잘 다루는 것 같아. 어딘가 능구렁이 같은 구석도 있는 것 같고.'

"잘 받을게. 이번에도 유용하게 쓰겠어."

일단은 고마운 제안이라 나는 꽃을 만지작거리며 말했다.

"대신 이건 내가 가질게요."

불현듯 흰 장갑을 낀 커다란 손이 가까이 다가오더니 그가 말없이 내 어깨에 떨어진 꽃을 천천히 가져갔다. 부드러운 손길이 스르륵 어깨를 스친 순간 예고도 없이 가슴 한구석이 내려앉았다.

퍼뜩 머릿속에 섬광처럼 떠오르는 한 가지 가정 때문이었다.

이시도르가 내게 건네는 다정한 호의, 즉 오지랖의 이유.

'서, 설마. 나를…… 조, 조, 조, 조, 좋…….'

에, 에이, 설마.

내가 필라프더러 도끼병이라고 욕할 처지가 아니네!

"산책, 이나, 하지."

갑자기 머리가 실타래 엉키듯 뒤죽박죽되어서 나는 뻣뻣한 말투로 대답하고는 전방을 빤히 응시하며 걸어갔다.

"천천히 가요. 행군하는 군인보다 더 빠르네."

그가 내게서 가져간 꽃을 만지작거리다가 급히 따라온다. 딱딱하게 걸음을 옮기면서 나는 그 몽글몽글한 가정을 애써 머릿속에서 지워냈다.

'정신 차려. 난 악녀고, 여긴 피폐 소설이야.'

솔직히 이시도르가 날 좋아할 이유가 없다. 그에게 잘해 준 기억도 없고, 나는 평판이 더없이 나쁘다. 그간 데보라를 따라다녔던 시녀들이 나에 대한 소문을 더욱 악의적으로 부풀렸으니까.

'차라리 나를 통해서 뭔가 얻어내고 싶은 게 있다고 생각하는 게 더 합리적이야.'

속에 도사린 의심이 또 한 번 부풀어 오르는 동시에 이시도르가 더욱 신경 쓰였다. 천진한 미소와 손가락이 스쳤던 목덜미에 머문 감각을 애써 머릿속에서 몰아내며, 나는 걸음을 더 빠르게 재촉했다.

5

골든 버터플라이

'카페 오픈도 이제 얼마 안 남았네.'

시모어의 화원은 각양각색의 장미가 화사하게 피어 나날이 화려해 졌다. 나는 만개한 꽃 사이를 거닐면서 초조함에 잠겼다.

'시간 정말 빨라.'

고민을 많이 한 입지 선정을 끝낸 이후로는 사업이 물 흐르듯 빠르 게 진행되었고 계절은 봄에서 후덥지근한 여름으로 접어들었다.

실무적인 것은 블랑샤에서 진행하기 때문에 기획을 맡았던 나는 최 근 갑자기 할 일이 없어지게 되었다. 하지만 몸이 편해지니 오히려 초 조함과 긴장감이 커져서 죽을 맛이었다.

'잠이 안 와.'

인생 2회 차고, 먼치킨 동업자도 껴 있다지만 생애 첫 사업이다.

'마스터에게 프랜차이즈 사업을 하겠다고 큰소리 땅땅 쳤는데 반응 없고, 장사도 안되면 진짜 괴로울 것 같아.'

설비와 인테리어에 투자한 돈이 워낙 많아서 망하면 타격이 컸다.

"하아."

목돈을 더 마련하고 싶은데, 경매장에서 건진 낡은 철검은 아무리 뜯어 봐도 어떻게 사용하는 건지 도무지 모르겠다.

'디에라처럼 성수 알이 있어야 아티팩트의 가치가 드러날 텐데.'

아버지한테 성수 알이나 구해 달라고 졸라 볼까. 하지만 막상 그런 부탁을 하려니 망설여졌다.

'양심이 너무 아파.'

핑크 다이아몬드를 잃어버린 지(?) 얼마 안 됐으니 당분간 자중해야 할 것 같았다.

나는 싱숭생숭한 기분을 끌어안고 화원을 서성이다가 도서관으로 걸음을 옮겼다. 멍하게 있어 봐야 걱정만 많아지니까.

"데보라 공녀님! 오셨어요?"

내가 오랜만에 도서관에 등장하자 책을 정리하고 있던 아린이 얼굴을 붉히며 내게 쪼르르 달려왔다.

'오, 귀여워.'

가벼운 디자인의 에메랄드색 원피스와 녹색 실핀이 잘 어울린다. 얼마 전 받은 월급으로 이것저것 산 모양이었다. 연구비뿐만 아니라 아카데미 내에 도는 소문을 물어다 주는 대가까지 지급하기 때문에, 그녀가 내게 매달 받는 돈은 적지 않았다.

'친절하지 않은 대신에 계산만큼은 확실하게 해야지.'

딸 같다며 잘해 주지만 돈에는 인색한 고용주보다, 까다로워도 돈 많이 찔러 주는 고용주가 더 낫다.

"어떤 책을 찾으시나요?"

그간 도서관 자료를 열심히 눈에 익혔는지 그녀가 의욕적으로 말했다.

"마나 수식의 이론에 대한 자료, 기초적인 것으로 준비해 줘."

"네."

그녀가 수식이 있는 쪽으로 뛰어간 사이, 나는 책상 위에 놓여 있는 수상한 종이쪽지를 집어 들었다.

"흐음."

벨렉이 찾는 서적에 대한 설명이 적힌 쪽지였다.

'저자만 지목해서 도서를 찾기 까다롭게 해 놨군. 이렇게 흔한 이름이면 동명이인도 제법 있을 텐데.'

왠지 고의성이 느껴진다.

'노예 2호 주제에 감히 노예 1호에게 텃세를 부리다니.'

한편으론 참 대단하다. 나한테 그리 수모를 당했는데, 아직도 벨렉은 정신을 못 차린 모양이다. 놈은 아린이 실수를 하면 트집을 잡아 쫓아낸 뒤에 자신의 가신을 다시 앉힐 생각인 게 틀림없다. 다행히 아린이 똑똑해 내가 개업 준비에 정신이 팔렸던 와중에도 잘 대처한 것 같았고.

'가문의 사서가 갖는 권한이 생각보다 크긴 하지.'

사서를 가신으로 두면 사비가 아닌 집구석 공금으로 원하는 책을 바로 구할 수 있다는 장점이 있었다. 나도 아린에게 넌지시 부탁해서 돈 주고도 못 구하는 유명 로맨스 작가의 소설 초판을 들여왔다. 예전에 신간으로 보이던 책 중에 벨렉에게 유용한 아티팩트 관련 서적이 유난히 많았던 건 우연이 아니었다.

나는 쪽지를 내려놓고 도서를 훑는 아린에게 다가가 말을 걸었다.

"사서 일은 할 만해?"

"네. 재밌어요. 전 책 읽는 것을 정말 좋아하거든요. 희귀한 마법 서적을 접할 기회를 주셔서 감사드려요."

'다행히 이 일을 엄청 좋아하나 보네.'

"그럼 정규직 가야겠군."

아린은 사서 경험이 없어서 일단은 빈자리에 임시로 채용된 상태였다.

"네?"

내가 한국말로 중얼거려서 알아듣지 못한 아린이 고개를 갸웃했다.

"제대로 활약해서 아버지에게 눈도장 찍자는 뜻이야. 내가 원하는 기간만큼 네가 일할 수 있도록."

"더 열심히 하겠습니다!"

그녀의 연두색 눈동자가 의욕적으로 반짝거렸다.

"경력이 없는 것을 만회하려면, 성실한 것도 중요하지만 눈에 띄는 일을 해야 해."

"저만의 특별함을 보여 줘야 하는군요."

"그래."

아린의 얼굴에 고민하는 기색이 스쳤다.

"방법이 있어. 도서 검색이 쉽도록 목록 카드를 만드는 거지."

나는 아린에게 색인, 즉 인덱스의 개념에 관해 설명해 주었다. 대학교 2학년 여름 방학 내내 학교 도서관 사서로 일했기에 나는 자료 조직 방법에 대해서 잘 알고 있었다.

내 설명이 길게 이어질수록 아린의 눈이 커졌다.

"이런 식으로 카드에 번호와 도서 정보를 표기한 뒤 저자, 제목, 주제별로 분류하면 정말 찾기 빠르겠네요."

그녀가 감탄사를 내뱉었다.

"이해가 빠르군."

나는 종이 위에 열었다 닫았다 할 수 있는 링을 그렸다. 바인더나 다이어리에 쓰는 그 고리였다.

"색인 카드에 구멍을 뚫은 뒤, 이 링을 이용하면 카드를 자유자재로 넣었다 뺐다 할 수 있어. 책이 계속 늘어나도 도서 목록을 관리하기 쉬워지는 거지."

아마 이곳은 링 제본 방식이 없는 것 같았다. 아린이 저렇게 놀란 표정을 지은 걸 보면.

"정말 기발하네요! 도서 목록 관리가 훨씬 쉬워지겠어요."

"이 색인을 시모어 도서관에 잘 도입한다면 아마 능력을 인정받을 수 있을 거야. 아버지께 부탁해서 인력을 빌려줄게."

"감사합니다! 열심히 해 볼게요."

"급한 일은 아니니 천천히 시간 날 때 진행해."

"재밌을 것 같아요."

'엄청 성실한 타입이네. 나는 100억 때문에 강제로 성실하게 살고 있는데.'

"그럼, 수고해."

의욕을 불태우는 그녀를 바라보다가, 기초 수식 이론서를 집어 들고 2층으로 향했다. 다른 책을 더 참고해야 할 수도 있어서 도서관에서 작업할 생각이었다.

도서관 2층으로 걸어 올라가자, 창가에서 햇살을 받으며 책을 읽고 있는 엔리크가 보였다. 나는 바로 눈가를 짚었다.

'너무 귀여워.'

기분 좋은 듯 의자 밑으로 작게 흔들리는 다리를 보자마자 현기증이 났다. 따스한 볕 아래에서 꼬리를 살랑살랑 흔드는 새끼 고양이 같았으니까.

내 기척을 느꼈는지 엔리크가 눈을 둥글게 떴다.

"안녕."

나는 잠시 머뭇대다가 조심스럽게 인사했다. 엔리크가 큰 눈을 느리게 깜빡이다가 고개를 꾸벅했다.

다행히 지난번처럼 얼굴을 붉으락푸르락하면서 도망치지는 않는다. 그렇다고 귀여워하면서 대뜸 들이대면 눈을 사납게 뜨고 경계할 게 뻔해서 일부러 멀찍이 떨어져 앉았다.

나는 엔리크에게 관심 없는 척, 도도하게 가방에서 노트를 꺼낸 뒤 수식 책을 뒤적였다.

'아, 일하기 싫어서 미치고 팔짝 뛰겠네.'

월정액 고객층을 더 많이 확보하기 위해, 나는 아이도 이해할 수 있도록 방정식을 쉽게 풀이한 교재를 출판할 생각이었다. 『수학의 X석』의 저자가 벌어들였을 천문학적인 저작권료를 생각하니 도무지 가만히 있을 수가 없었다.

내 수식책이 어린아이 지능 발달에 도움이 된다고 은밀하게 소문을 낸 뒤, 마법사가 아닌 귀족들에게도 왕창 팔아먹는 거지. 낄낄.

이리저리 돈 벌 궁리를 하던 나는 턱을 괴며 짧게 한숨을 내쉬었다. 왜 난 엄청난 부자인데 이 좋은 날씨에 나가서 놀지를 못하는 걸까.

그 빌어먹을 작위만 사면 그 이후로는 손가락 하나 까딱 않는 날백수로 살 거라고 누차 다짐하며 원고를 쓰다가, 뺨을 찌르는 시선을 느끼고 고개를 들어 올렸다. 내 공책을 빤히 보던 엔리크가 갑자기 헛숨을 삼키며 고개를 급히 책에 처박았다.

'어? 설마 수식에 관심 있는 건가?'

"엔리크."

"꾹!"

내 부름에 어지간히 놀랐는지 아이가 갑자기 딸꾹질하기 시작했다.

"끅! 흐끅!"

엔리크가 눈가에 눈물을 그렁그렁 매달며 입을 양손으로 꼭 틀어막았지만 역부족이었다. 손을 뻗어 들썩이는 작은 등을 조심스레 다독여도 딸꾹질이 잦아들 기미는 보이지 않았다. 도리어 당황한 듯 귓불과 뺨이 점점 빨개질 뿐이었다.

결국 설렁줄을 흔들어 시종에게 물을 가져오도록 했다. 물을 한 모금 마신 엔리크가 색색 숨을 몰아쉬었다.

"괜찮아?"

아이는 대꾸 대신에 손끝이 하얘지도록 책을 세게 쥐고 자리에서 벌떡 일어났다. 도망치려고 시동을 거는 자세라서 나는 엔리크의 옷깃을 재빨리 낚아챈 뒤 몸을 들어 올렸다.

품에 안긴 작은 몸이 활어처럼 거칠게 파닥거린다. 물론 난 힘이 몹시 세기 때문에 꿈쩍도 하지 않았다.

"놔요!"

"엔리크. 혹시, 내가 고안한 수식에 관심 있어?"

차마 부정은 못 하겠는지 거친 움직임이 조금 잦아들기 시작했다.

"궁금하면 설명해 줄게."

"……왜요?"

엔리크의 커다란 눈동자에 의구심과 불안감이 들어찼다. 이제 와서 착한 척하면 수상함만 더 커질 게 뻔해서, 잠시 고민하다가 입을 열었다.

"내 업적은 더 많은 마법사가 알아야 해. 이 몸의 위대함과 천재성을 제국에 널리 퍼트릴 거다."

중2병 걸린 악당처럼 중얼거리자 엔리크가 당혹스러운 얼굴로 입을 살짝 벌렸다.

"그러니까, 여기 앉아."

나는 씩 웃으며 내 옆자리를 탁탁 두드렸다. 아이가 눈을 데구루루 굴리더니 슬그머니 자리를 잡았다.

'아유, 착해.'

동그란 정수리를 마구 쓰다듬어 주고 싶은 충동을 억누르며 수업을 시작했다.

날 가느다란 눈초리로 힐끗대면서 내내 진위를 의심스러워하던 엔리크는 과외를 시작하자 집중하는 모습을 보였다. 보통 이 나이 때 애들은 산만하고 시끄러워서 수업하기 힘든데 엔리크는 정반대였다.

"어려우면 말해. 더 쉽게 설명해 줄 테니까. 알았지, 엔리크?"

"네에……."

엔리크가 뺨을 조금 붉게 물들이며 기어가는 목소리로 대답했다.

'흐음.'

이해를 못 했어도 적극적으로 질문할 것 같은 스타일은 아니라서, 개념 설명 후에 쉬운 문제를 몇 개 내서 엔리크에게 내밀었다.

"이거 한번 풀어 볼래?"

조그마한 손을 꼼질거리면서 삐뚤빼뚤 답을 채워 넣은 엔리크는 내가 문제지를 가져가자마자 긴장한 얼굴로 마른침을 삼켰다.

"어려웠을 텐데 포기 안 하고 다 풀었네. 대단한데."

나는 문제를 채점하기 전, 혼잣말하듯 중얼거렸다. 어린아이에게 과정이 아니라 결과에 대한 칭찬을 건네는 건, 다음에도 잘해야 한다는 부담을 줘서 좋지 않다고 들었다.

의도가 담겨 있는 칭찬은 더 나쁘다.

"도희는 착하니까 엄마 외출한 동안에 동생이랑 놀아 줘. 알겠지?"

"도희가 심성이 가장 고우니까, 언니한테 양보해야지."

한때는 부모님의 저 말이 칭찬같이 들려서 좋았던 것 같은데, 갈수록 내겐 부담과 족쇄가 되었다.

회상에 잠긴 채 문제를 채점한 나는 만점짜리 쪽지 시험지를 엔리크에게 돌려주었다. 그리고 별말 없이 바로 다음 진도를 나갔다.

엔리크는 아까와는 달리 집중을 못 하고 쪽지 시험지를 만지작거렸다.

"피곤해?"

"아, 아뇨. 더 할래요."

엔리크가 황급히 고개를 저었다.

"그럼 딱 십 분만 더 할게."

집중력이 뛰어나고 머리가 좋지만, 그래 봐야 아직 어린애라 적당 선에서 과외를 끝냈다.

"오늘은 여기서 끝. 이 몸의 가르침이 워낙 뛰어나서 벌써 끝내는 것이 아쉽겠지만 이다음에 진도를 더 나가겠어."

"네에."

'낚였어.'

'다음'이라는 밑밥을 던졌는데 냉큼 무는 걸 보니, 경계심이 한풀 꺾인 게 틀림없다. 아니면 그만큼 마법에 관심이 많거나.

"다음 주 이 시간에 또 보자. 꼭 다음 주가 아니라도 언제든 내 시종에게 언질 줘서 약속을 잡으면 돼. 난 바쁘고 귀한 몸이지만, 제자 양성에는 시간을 아끼지 않지."

"……네."

자화자찬이 너무 심했는지 엔리크가 어딘가 머뭇대는 기색으로 중얼거렸다.

"흠! 출출한데 화원에서 달고 맛있는 초코케이크를 먹어야겠군."

이번에도 제발 낚여라. 초콜릿이라고. 초코.

"누님, 전 그럼 나가 보겠습니다. 귀한 가르침 감사합니다."

하지만 엔리크는 깍듯하게 인사한 뒤 책과 문제지를 옆구리에 끼고 도도하게 도서관 밖으로 나갔다.

'진짜 가는 거니?'

관심사에만 흥미를 보이다가 츄르가 다 떨어지면 별 볼 일 없다는 듯 떠나는 고양이 같다.

'어린애가 초콜릿에 저렇게 무반응인 게 말이 되냐고.'

아버지 닮아서 단 걸 싫어하나?

'……설마, 딸기파야?'

나는 충격에 빠져 있다가 뒤늦게 정신을 차렸다. 공통의 관심사가 생겼으니 앞으로 조금 더 가까워질 기회가 생길 것이다.

'역시 시모어 남자들, 하나같이 쉽지 않아.'

벨렉 그놈은 어찌나 엄살이 심한지 모른다. 차일피일 주방용품 제작 마감을 미루는 것도 모자라, 틈만 나면 사기 계약이라는 멍멍이 소리나 하고 말이야.

'게다가 내 딸 하나뿐인 가신인 아린까지 괴롭혔어.'

두고 보자. 나는 도끼눈을 뜬 채 도서관에서 나왔다.

그리고 그날 저녁, 시모어 공작에 찾아가 도서관 자료 조직 관련한 약식 보고서를 건넸다.

"어떻습니까? 아버지."

"진행하거라. 네가 아카데미 도서관 사서보다 낫구나."

공작이 보고서를 훑으며 칭찬을 건네다가 문득 눈가를 좁혔다.

"데보라, 까다롭고 시간이 많이 소요되는 작업일 것 같은데 직접 하려는 건 아니겠지?"

"제 가신이 지휘할 인력만 충원해 주시면 됩니다. 제가 직접 선별해 온 인재라서 분명히 잘할 겁니다."

문득 공작의 입가에 흐릿한 미소가 떠올랐다가 사라졌다. 난 그가 기분이 좋다는 것을 눈치채고 재빨리 요구 사항을 내밀었다.

"아버지. 자료 조직이라는 것이 번거롭고 어려운 일이니만큼, 성공적으로 완수했을 경우 제 가신을 정식 사서로 채용해 주셨으면 합니다."

"물론이다. 네가 뛰어나다고 했으니 어려 보여도 잘하리라 믿는다."

'좋았어.'

"그나저나 최근에 부쩍 더 바빠 보이더구나."

일전에 공작에게 4천을 땡겨 달라고 말하며 사업하겠다고 큰소리 땅땅 치긴 했지만 그 이후의 진행 상황은 보고하지 않았다. 그리고 시모어 공작은 내가 진짜 상행위에 뛰어들 거라곤 상상도 하지 않는 눈치였다.

'그러니까 그냥 말하지 말자.'

장사는 귀족들에게 선호 직종이 아니라 잘해야 본전치기다. 차라리 사업이 성공 궤도에 오르고 수익이 무시 못할 정도가 되었을 때 공개하는 게 더 나을 것 같았다.

"세미나 준비 때문에 바쁩니다."

나는 느지막하게 대답했다.

"아아, 이번엔 마탑 중위급 관료들이 참석하는 세미나에 초대되었다고 들었다. 요즘 네가 마법계에서 나보다 더 자주 거론되는 것 같구나."

은근히 뿌듯해하는 공작을 보며 나는 더욱 뻔뻔하게 말했다.

"마법사들의 기대를 충족시키기 위해, 조만간 새로운 수식을 발표할 예정이라 정신없습니다."

여름도 되었으니 겸사겸사 월정액 요금을 높일 생각이었다.

"언제쯤?"

'가게 오픈 이후, 좀 한가해지면 하는 게 낫겠지.'

나는 힐끔 달력을 곁눈질하며 중얼거렸다.

"조만간요."

벌써 가게 오픈 디데이가 코앞으로 다가오고 있었다.

[D-7]

Coming Soon

그윽한 홍차와 ○○

"저건 뭐야?"

아카데미 동문 광장 건물에 걸린 거대한 현수막에 삼삼오오 지나다니던 사람들의 시선이 쏠렸다.

"다음 주에 저곳에 디저트 가게가 개점한다는 뜻 아닌가? 최근에 요란하게 공사하는 것 같던데."

"나도 그 정도는 파악했어. 그런데 저기 비어 있는 두 글자가 궁금해서 말이야."

"일부러 비워 둔 것 같군. 낱말 게임처럼."

"왜지?"

"그걸 나에게 물으면 어찌 알겠나."

보는 사람에게 묘한 호기심만 남긴 채 하루가 지나갔고, 다음 날 현수막이 바뀌어 달렸다.

[D-6]

Coming Soon

향기로운 꽃차와 ○○○ ○○○

"이번엔 여섯 글자네. 6일 남았다고 일부러 의도한 건가?"

"대체 왜 저렇게 칸을 비워 둔 걸까?"

"가게 주인장에게 물어보고 싶은데, 아직 6일이나 남았다니……."

"오다가다 계속 궁금하게 만든단 말이지. 잠들기 직전에도 갑자기 떠오르더라고."

"개점하기도 전에 저런 이상한 현수막을 걸어 놓은 것 자체를 처음 봐. 가게 상호를 걸어 둔 것도 아니고 말이야."

"덕분에 나나 자네나 지나다니면서 은근히 신경 쓰고 있잖아. 궁금해서라도 가게에 한번 들르고 싶긴 해."

호기심을 불러일으키는 현수막에 대해 이야기하는 행인들이 점차 늘어나기 시작했다.

[D-4]

부드러운 밀크티와 ○○○

"저 레퍼토리만 계속 반복되는군."

"가게 메뉴 소개가 틀림없어."

"과연, 그런 것 같군."

하지만 예상을 깨듯 3일을 남기고는 특이하게도 과일이 쓰여 있었다.

[D-3]

달콤한 복숭아와 ○○○, 그리고 멜론

"복숭아? 왜 갑자기 과일가게인 척하는 걸까."

"퀴즈 놀이도 아니고."

개점 이틀 전이 되자 가게에 대한 사람들의 관심은 더욱 증폭되었다. 의문의 현수막에 관한 대화에 끼려고 일부러 동문 광장 쪽으로 구경 오는 이들까지 생겼을 정도였다.

[D-2]

소중한 만남을 설레는 기분으로 기다리고 있습니다.

"저건 또 뭐야?"

감성적인 문구를 이해할 수 없다는 얼굴로 바라보던 이들은 힘센 장정 스무 명이 힘을 합쳐 들고 오는 거대한 물체를 보고 눈을 찌푸렸다. D-2라고 쓰여 있는, 하얀 천에 둘러싸인 의문의 물체가 디저트 가게 건물 근처 분수대 옆에 세워졌다.

"광장에 들어온 것을 보면, 기부한 시설물인 모양인데."

"아무래도 저 디저트 가게에서 기부한 것 같지? 공개하는 날짜가 같으니까."

"감질나게 왜 바로 공개를 안 하고 계속 궁금하게만 만드는 거야. 답답하게!"

귀족이 가져야 할 덕목 중엔 어떤 상황에도 여유를 잃지 말고 서두르지 않으며, 느긋한 자세로 품격을 지키라는 항목이 있었다. 하지만 과도한 어그로에 슬슬 참을성을 잃는 사람들이 생겼다.

"아직도 이틀이나 남았다니, 이게 말이 되냐고. 난 매일 이곳을 지나다녀서 더 신경 쓰여."

"답답하군."

오픈 전날.

기존의 하얀 현수막과는 전혀 다른 현수막이 걸렸다. 전보다 더 크고 심지어 바탕이 보라색이었다.

"드디어 가게 이름이 나왔군요."

"고대어로 반가운 만남이라는 뜻이네요."

<아르망>

가독성 좋은 글자로 매끄럽게 쓰여 있는 글자 위엔 도식화된 인장이 그려져 있었다. 그 인장의 세련된 디자인에 한 번씩 감탄하면서도 구경꾼들은 내심 의아함을 드러냈다.

"인장이라니? 디저트 가게가 맞긴 해?"

"……오늘 하루만 참으면 알게 되겠지."

"소식통에 의하면 디저트 가게가 맞네."

"누가 그러는데?"

"내 친구가."

딱 일주일 만에 〈아르망〉에 대한 입소문은 호룬 지구 내에 자자하게 퍼졌다. 이젠 아카데미 학생을 포함해 기사, 마법사, 황실, 심지어 신관들까지 기다렸다.

아르망이라는 수상한 가게의 오픈식을.

디데이의 아침이 밝았다.

'밤 꼴딱 새웠어.'

나는 내내 두근거리는 심장 때문에 한숨도 이루지 못한 채로 아침을 맞이했다.

가게 개점 시각은 10시.

'지금 출발하면 얼추 맞춰서 도착하겠네.'

무거운 눈꺼풀을 비비며 설렁줄을 흔들자, 하인들이 아침 식사를 준비했다. 속이 부대껴서 차만 마신 뒤에 곧장 외출 준비를 했다.

차창 밖으로 호룬 지구의 정경이 빠르게 스쳐 지나간다. 동문 광장과 가까워지자 심장이 고막 바로 옆에서 뛰는 것처럼 커다란 소리를 냈다.

'오픈까지 딱 이십 분 남았어.'

로브를 눌러쓰고 광장 골목 근처에서 내린 나는 회중시계를 보며 가게가 있는 곳으로 걸어가다가 기함했다.

'저게 다 뭐야. 설마 내 손님이야?'

꽤 많은 사람이 내 가게 앞에서 우글거리고 있었기 때문이다.

마치 해외 유명 브랜드가 처음 상륙했을 때, 혹은 한정판 아이템이 풀렸을 때 이른 아침부터 대기하는 사람들을 보는 것 같았다. 근처를 지나가다 저게 뭔가 싶어서 기웃거리는 사람까지 가세해서 가게 근처 인파는 점점 늘어나기 시작했다.

'설마 이 정도로 잘 먹힐 줄은 몰랐네.'

그간 현수막을 이용해 호기심을 불러일으키는 바이럴 마케팅을 했는데, 예상보다 훨씬 반응이 좋다. 아카데미에서 내 가게 현수막에 쓰인 문구의 답이 뭔지에 대해 이야기하는 학생을 본 적도 있었다.

왜 굳이 메뉴 소개로 보이는 문구에 공란을 뒀는지를 궁금해했고, 기부 채납물까지 등장하자 더 큰 관심을 가졌다. 이 세계 사람들은 광고와 정보의 홍수 속에서 살지 않기 때문에, 독특한 마케팅 방식이 더욱 의식을 점령하기 쉬웠던 모양이다.

그 와중에, 근처 영애들이 두런두런 수다를 떠는 소리가 들려서 나는 귀를 쫑긋 세웠다.

"이 가게, 오늘 오픈하는 거 맞죠?"

"나도 궁금해서 못 참고 와 봤어요."

영애들뿐 아니라 영식들도 제법 있었다.

"여기 디저트 가게가 맞아?"

"그렇다고 들었네만. 디저트 가게에 왜 저런 거창한 모양의 인장이 있는 건지 모르겠군."

어떤 영식은 내 기부 채납물을 손가락으로 가리켰다.

"난 내 상사가 저 물체가 뭔지 알아보고 오라고 그저께부터 갈궈 대서 여기 와 있네. 거참. 가게 하나 여는데 참 시끄럽고 요란하게 군단 말이지."

"너무 불평하지 마. 괜찮은 대화거리가 생기잖아. 사교계 유행에 민감한 사람 같기도 하고."

"뭐, 그건 그렇지."

'역시 사교계에서 화제가 되는 게 중요해.'

영향력 있는 귀족들이 입방아를 찧기 시작하면, 들불 번지듯이 번져 나가 이슈가 된다.

입소문의 위력을 실감하면서 나는 천 속에 감춰져 있는 커다란 물체를 올려다보았다. 저것은 상단에서 호룬 지구 행정실에 허가를 받아 기부한 물건이었다.

가게 오픈을 10분 남기고 가게 직원들이 나와서 천 주변에 단단하게 묶여 있는 노끈을 풀기 시작했다.

"오오!"

"정말 멋지네요."

"너무나 아름다워요."

천이 스르륵 내려가고 물체의 정체가 드러나자 사람들이 감탄사를 터뜨렸다.

'일단 주변 반응은 좋군. 저거 때문에 돈 제법 많이 깨졌지.'

호룬 지구 행정실에서는 내가 기부한 저 고퀄리티의 공짜 시설물을 쌍수를 들고 환영했다. 무려 1년간 상단의 세금 감면 혜택까지 얻을 수 있었다.

'시계탑'.

내가 이 광장에 기부 채납한 물건이다. 약 7미터 높이의 시계탑으로, 상급 마력석을 집어넣은 데다 최고의 시계 기술자를 섭외했기 때문에 시간에 오차가 거의 생기지 않는다고 들었다.

중요한 건, 시계를 보기 위해 고개를 올렸을 때, 내가 디자인한 로

고와 카페 상호인 《아르망》을 볼 수 있다는 것이다.

명품 시계처럼 '아르망'을 작게 넣은 것도 일부러 의도한 것이다. 너무 노골적이면 귀족들이 반발심을 느낄 테니까. 랜드마크와 간접 홍보 역할을 동시에 하는 시설물인 셈이다.

'1호점 대박 났으면 좋겠다.'

곧 있을 오픈을 앞두고 양손을 간절히 모으고 있을 때였다.

댕– 댕– 댕–

10시가 되자 시계탑에서 정각을 알리는 청아한 종소리가 광장에 울려 퍼졌다.

'시계탑에 정시 알람 기능도 있었네. 엄청 좋은데?'

마스터가 제국 최고의 시계 기술자에게 맡겼다더니, 이런 부가 기능을 넣어 줬을 줄이야. 소리에 이끌려 시계를 바라보면 아르망 가게 이름도 함께 보는 셈이다.

종소리가 멎자마자, 가게 앞을 가리고 있던 인장이 그려진 보라색 천막이 마치 예술 작품 공개하듯이 스르르 내려갔다. 왠지 극적인 광경이라서, 내 가게인데 나조차 감동하고 말았다.

"오오. 멋지네요."

"제법 그럴듯하군."

로고와 스펠링이 적힌 간판이 모습을 드러냈다.

복잡한 창살을 모조리 걷어내고 시원한 느낌을 주게끔 외관을 설계했다. 이곳 디저트 가게에서는 테라스 자리가 가장 인기가 많으므로, 저렇게 큰 창을 설치해도 나쁘지 않으리라 판단했다.

'채광도 더 좋을 테고.'

나는 내 손길이 닿은 첫 가게 앞에서 짙은 감회에 젖어 들었다.

'등록금이 잘 녹아 있네.'

졸업 심사를 앞두고 이 세계에서 악녀에게 빙의한, 불쌍한 건축공학도의 눈물이 담긴 작품이었다. 종잣돈은 무려 핑크 다이아몬드.

저 3층짜리 건물에 얼마나 구구절절하고 기막힌 사연이 담겨 있는지 아무도 모를 것이다.

'마스터가 스케치대로 잘 구현해 줬구나.'

내가 진한 감동에 잠겨 있는 동안 주변에 모여 있던 사람들은 선뜻 발을 떼지 않고 머뭇댔다.

"흠. 들어가도 되는 건가?"

"오픈이 열 시니까 당연히 들어가도 되겠지."

"어서 갑시다!"

로브에 매달린 커다란 후드를 더 깊게 눌러쓴 나는 관중들을 부추기며 안으로 후다닥 발을 들였다. 내 뒤로 우르르 돈다발, 아니, 고객님들이 몰려들었다.

첫 영업이 시작되었다.

이시도르는 제 소유의 건물 옥상에 걸터앉아 장사를 막 시작한 맞은편 건물을 물끄러미 내려다보았다. 아르망 개업을 준비하느라 그는 요 몇 달간 눈코 뜰 새 없이 바빴다.

'잘되는군.'

굉장히 성공적인 시작이었다. 오픈 첫날부터 아르망은 사람으로 인산인해를 이루고 있었다.

성공을 예상하긴 했지만, 왠지 모를 안도감이 밀려온다. 그는 게임을 즐기듯 사업을 벌여 왔기에 결과를 앞두고 이토록 마음 졸인 적이 없었다. 그런데 이상하게도 어젯밤에는 잠을 설쳤다.

어쩌면 함께 일한 동업자 때문인지도 모른다. 보통 상단 운영을 하는 귀족은 수완 좋은 상인에게 가게를 맡겨 놓은 뒤 신경을 안 쓰고 방치하는 경우가 대부분이다. 하지만 공녀는 굉장히 적극적이었다. 저보라색 인장부터 시작해, 메뉴, 가게 외관, 내부 인테리어까지 데보라 공녀의 손길이 고스란히 담겨 있었다.

'홍보 방식도 재미있었어.'

그녀는 사람의 이목을 끌어들이는 방식을 알고 있었다. 실제로 장사를 해 본 적은 없을 텐데도.

모든 과정을 함께했기 때문인지, 내내 동분서주한 그녀가 낙담하는 모습은 보고 싶지 않았다.

'뭐, 사실…… 잘 안 될 수가 없긴 한데.'

다만, 모든 일을 백 퍼센트 장담할 수는 없으니 내심 결과에 신경 쓰고 있었나 보다. 그는 시계탑 앞에 모여드는 사람들을 바라보며, 오랫동안 옥상에서 시간을 보냈다.

"드디어 말로만 듣던 아르망에 들어왔네요. 무려 두 시간이나 기다리다니."

"사람이 이렇게 많이 몰릴 줄이야. 놀랐어요."

무리를 지어 가게 안으로 들어온 귀족 영애들이 들뜬 얼굴로 수다를 떨며 채광이 좋은 곳에 자리를 잡았다.

"여기 예쁘네요."

"그러게요. 분위기 좋은데요."

"어?"

메뉴판을 살펴보던 영애의 눈에 호기심이 떠올랐다.

"그런데, 세트 메뉴가 대체 뭘까요?"

"홍차와 스콘을 함께 판매하고 있습니다, 손님. 다른 세트도 있으니 천천히 확인하세요."

주변에 있던 점장이 친절하게 설명했다.

"아아, 그래서 현수막에 '그윽한 홍차와 ○○'이라는 문구가 있었군요. 음료와 페어링되는 디저트를 상상해 보라는 뜻이었어요."

[A SET : 그윽한 홍차와 스콘]

"그럼 꽃차는?"

"꽃차에는 생크림을 듬뿍 올린 케이크를 세트로 판매하고 있습니다."

[B SET: 향기로운 꽃차와 생크림 케이크]

"그 여섯 글자는 생크림 케이크였어요."

"밀크티는 마카롱이었군요."

[C SET: 부드러운 밀크티와 마카롱]

'세트 메뉴'라는 다소 생소한 개념을, 오픈 준비 당시 의문의 낱말 퍼즐을 통해 영애들은 쉽고 즐겁게 받아들였다.

"역시 홍차엔 고소한 스콘이죠. 쌉싸름한 맛이 나는 밀크티엔 달콤한 마카롱이 제격이고요."

"꽃차와 케이크는 처음 듣는 조합이라 더욱 기대되네요."

흥미로워하던 그녀들은 뭔가에 홀린 듯 하나같이 세트를 주문하기 시작했다.

'이렇게 주문하는 게 메뉴를 따로따로 주문하는 것보다 더 가격이 싸.'

품위를 지키기 위해 티는 안 내지만, 그들은 내심 금전적 이득을 본 듯한 즐거움을 느끼고 있었다.

"A 주시오."

"예, 손님."

바쁜 마법사들이나 디저트에 관심이 없는 영식들의 경우엔 굳이 복잡한 차와 디저트의 이름을 입으로 말하지 않아도 간편하게 메뉴를 주문할 수 있어서 세트를 선호했다.

선택지가 단 3개뿐이라는 것도 편했다. 뭘 먹을지 복잡한 고민을 할 필요가 없었으니까.

'각각 주문하는 것보다 싸군. 마침 출출했는데 잘됐어.'

스콘에 홍차. 평범하지만 누구나 호불호 없이 좋아하는 조합이었다.

'고소하고 맛있는데? 다음엔 C세트를 한번 먹어 볼까?'

마법사가 잠시 멈칫거렸다.

'아니지, 저기, 영애들이 먹고 있는 생크림 케이크가 더 맛있어 보이는군. B세트에 도전해 보자.'

그들 역시 카페에서 즐겁게 시간을 보내다가 돌아갔다.

아르망에 들렀던 손님들은 현수막 속에 쓰여 있던 글귀의 정체가 세트 메뉴라는 것이라고 이야기하면서, 가게에 도움이 되는 입소문까지 퍼뜨렸다.

"하하. 그런 기발한 메뉴가 다 있군요. 심지어 따로따로 사는 것보다 가격이 더 싸다니. 맛은 어때요?"

"맛있어요. 신선하고 향 좋은 찻잎을 쓰더군요. 빵 굽기도 적당하고요."

"가게 분위기도 좋고 채광도 좋아요. 뭐랄까, 마치 테라스에 있는 것처럼 가게가 탁 트여 있는 느낌이 든달까요?"

한편, 독특하고 아름다운 외관에 끌려 아르망에 들렀던 아카데미 건축 교수들에게 디저트는 안중에도 없었다.

"건축가가 누굴까요?"

"뜯어볼수록 굉장히 섬세하고 아름다운 곳이었어요."

"유리와 철을 적극적으로 활용해 건물의 골조가 드러나다 보니, 재밌게도 건축물이 가볍고 세련되어 보여요."

"간간이 보이는 기하학적이면서도 양식화된 곡선도 몹시 인상적이었습니다. 안에 들어가니, 마치 숲에 온 듯 차향이 짙어지는 느낌이었어요."

"그것도 다 의도한 겁니다."

건물 내부 설계도면을 그리는 교수가 단언했다.

"좋은 향이 잘 순환하도록 내부가 일직선 구조로 이루어져 있었어요. 동선도 좋고, 테이블 사이 간격도 시원시원하고요."

흔한 의자와 테이블조차 딱딱하고 각진 모서리가 없어서 편안한 분위기를 조성했다. 과감하게 트여 있는 창에서 들어오는 채광 때문에 따뜻한 색상의 고급 목재와 바닥재가 더욱 돋보였고.

"블라인드를 이용해 매시간 조도와 채광을 조절하는 모습도 인상적이더군요."

점원이 블라인드의 긴 끈을 내려 실내 조도를 조절하는 모습을 본 교수가 말했다.

"외관과 내관과의 조화도 참 좋았어요."

유기적인 곡선의 흐름이 양쪽에 살아 있었고, 인장과 동일한 색의 보라색 포인트 컬러도 눈에 띄었다.

"설계자 얼굴을 보고 싶을 정도입니다. 상당히 치밀하게 기획한 건물이에요."

"그러게요."

건축에 대해 모르는 사람들도 아르망이 시간을 보내기 좋은 쾌적한 공간이라는 느낌을 충분히 받았다.

오픈 첫날뿐 아니라, 그다음 날에도 아르망은 사람들로 문전성시를 이뤘다.

세트 메뉴.

현대에서는 흔한 구성인데, 이곳 사람들에게는 신선한 개념이었나 보다. 내가 처음 메뉴판 구성을 해서 가져갔을 때 마스터 역시 세트 메뉴를 보고 호기심을 느끼는 얼굴이었다.

"생각보다 더 효과가 좋군요."

지난 일주일간 〈아르망〉의 매출 전표를 보며 나는 고개를 가볍게 주억거렸다.

'오픈발 감안하고서도 진짜 잘 팔렸네.'

"바쁜 마법사들이나 근방 행정관들은 차는 마셔도 디저트는 잘 안 먹는데 이런 식으로 세트로 묶어 파니 잘 팔리는 모양입니다."

마스터는 손가락으로 탁자를 톡톡 두드렸다.

"입지가 동문 광장임에도 불구하고, 디저트 매출이 상상 이상으로 잘 나왔어요. 예상하셨습니까?"

"물론 예상했지."

설마 이 정도로 잘 먹힐 줄은 몰랐지만 난 허세를 부렸다.

'흠! 능력 있는 거물처럼 보여야지.'

계속 마스터 버스 타려면.

"차만 마시던 손님들도 세트 메뉴를 선택해서 평소보다 두 배를 소비하고 있습니다."

그는 이 현상을 재미있어 했다. 그리 대단한 액수를 깎아 준 것도 아닌데 다들 합리적인 소비라고 굳게 믿고 있었으니까.

"안 해도 되는 소비를 한 건데, 푼돈 좀 아꼈다고 본인은 소소한 이익을 봤다고 생각하겠지."

나는 음흉한 미소를 간신히 억눌렀다.

"잘됐어요. 세트 메뉴가 얼마간 아르망의 좋은 마중물 역할이 되어 줄 겁니다."

마중물? 그의 말이 어딘가 의미심장하게 들려서 나는 눈가를 살짝 좁혔다.

'뭔가, 내가 간과한 문제가 있나?'

세트 구성은 단골들이 질리지 않도록 매달 조금씩 바꿔 나갈 생각이었다. 가장 잘 팔리는 A세트의 경우, 스콘에 바르는 잼의 맛을 계속 바꿔서 재미를 줄 생각이었고.

'기분 탓이겠지.'

하지만, 마스터의 '얼마간'이라는 말이 무슨 뜻인지 알게 되는 데엔 그리 오랜 기간이 걸리지 않았다.

[세트 메뉴 팝니다!]

나는 세트 메뉴를 그대로 흉내 낸 디저트 가게 앞을 지나며 씁쓸함을 삼켜야 했다.

마스터의 그 말에는, 세트 메뉴 전략은 개나 소나 다 따라 하기 쉽다는 의미가 담겨 있었다. 맛이나 품질로 차별화한 게 아니고, 자본이 크게 들지도 않기 때문에 세트 메뉴는 경쟁 업체에서 빠르게 흉내낼 수 있던 것이다.

'내가 이곳 상인들을 너무 얕봤어.'

세트 판매 전략의 이점을 깨닫고 먼저 따라 하기 시작한 건, 아카데미 서문 쪽 광장에 있는 디저트 가게들이었다.

'표절하는 것들 다 재수 없는데, 저기가 제일 짜증 난단 말이지.'

내가 현수막에 걸었던 것처럼 묘한 여운을 남기는 문구와 함께 세트 메뉴 구성을 크게 홍보한 곳.

<나리아>

나일라 여신의 분수대라는 강력한 랜드마크가 있는 아카데미 서문 광장에서 제일 잘나가는 디저트 가게였다. 알짜배기 입지에 세워진 나리아는 황실 중앙 관료의 딸들이 많이 찾아가는 곳으로 유명하기도 했다.

나일라 여신의 이름과 비슷한 발음과 뉘앙스를 가진 상호명만 봐도 가게 주인에게 사업 감각이 있다는 게 느껴졌다.

내가 서문 쪽 상권을 피한 이유는 부동산에 거품이 꼈기 때문이기도 하지만, 나일라 여신 분수대 앞 광장이 경쟁이 유독 심한 탓도 있었다. 시장 조사를 위해 〈나리아〉에 들어가 메뉴판을 바라보던 나는 가볍게 혀를 쳤다.

'여긴 세트를 주문했을 때 내 가게보다 더 많이 깎아 주네.'

재밌는 점은, 나리아 근처에 있는 다른 디저트 가게는 이보다 가격을 더욱 많이 내렸다는 것.

'묘한 방향으로 흘러가는군.'

이 와중에 또 한 가지 예상 못 한 일이 생겼다. 나는 서문 쪽 디저트 가게를 시장 조사하다가 우연히 이런 대화를 듣게 되었다.

"나리아 앞에 저 현수막은 뭘까요?"

"저거, 아르망 따라 한 거잖아요! 아르망에서 가장 먼저 현수막에 세트 메뉴를 걸어서 홍보했어요. 낱말 퍼즐처럼요."

"아르망. 들어 본 것 같은데, 동문 쪽에 있죠? 거긴 어때요? 맛있어요?"

"맛있어요. 거기 생크림 케이크 꼭 가서 먹어 보세요. 천상의 맛이에요."

재밌게도 이미 자리 잡은 유명한 가게가 내 가게 홍보 역할을 해 주고 있었다. 역시 너무 노골적으로 표절하는 건 역풍으로 돌아오기 마련이다.

'너희들은 열심히 치킨 게임이나 해라.'

가격 때문에 정작 중요한 맛과 품질도 떨어지면 더욱 좋다.

'세트 메뉴는 내가 가진 카드 중에 아주 일부분일 뿐이라고.'

난 지금부터 시작이었다.

첫 카드는 '신메뉴.' 가게 개점 후, 여러 번의 시음회를 통해 이 메뉴를 테스트하며 상품성은 충분히 확인했다.

'반응이 엄청 뜨거웠다고 들었지.'

타이밍도 적당했다. 날씨가 더욱 더워지고 있었다. 지중해성 기후인 아스테이아 제국 수도의 여름은 고온 건조했다. 습도가 높지 않아서 쾌적한 날씨를 자랑하지만, 내리쬐는 태양 빛은 몹시 뜨거워서 딱 그 메뉴가 당기는 시기였다.

[시즌 한정 스페셜 음료]
안녕! 여름.
스무디 삼총사와 함께
아르망에서 달콤하고, 시원하고, 건강하게 여름을 맞이하세요!

"믹서기 가져와."

"네!"

"더 빨리빨리 움직여!"

거대한 덩치의 파티시에가 짝짝, 손뼉을 치며 카리스마 있게 주방을 지휘한다.

한때 황실에서 일했으나, 황궁 요리사들의 치열한 정치 싸움에 밀려 〈메종드〉로 이적했던 디저트 명장, 마일로. 이번엔 호른 지구 신생 가게 〈아르망〉의 메뉴 개발을 맡게 된 그는 최근 폭풍처럼 불어닥친 주방 내의 변화에 정신이 하나도 없었다.

"마일로. 이분은 레티시아의 상단주 중 한 분으로, 새로 오픈하는 디저트 가게 메뉴 개발에 직접 참여하고 싶다고 해서 오셨네."

메종드 점장과 함께 나타난 수상한 여자는 얼굴을 가리는 로브를 음침하게 눌러써서 정체를 파악하기 힘들었다.

'하여튼 귀족 놈들이란. 겉으로만 점잖은 척하지, 알고 보면 괴짜들 천지야.'

속으로 혀를 차고 있는데 그녀가 이상한 마도구를 꺼내기 시작했다.

'뭐, 뭐지? 저 이상한 물건은?'

그 이후에는 신세계가 펼쳐졌다.

위이이이잉!

이상한 소리와 함께 과일을 비롯한 온갖 재료가 순식간에 형체도 알아볼 수 없이 갈려 나가기 시작했다. 다소 섬뜩하면서도 놀라운 광경이었다.

"상단주께서 이건 믹서기라고 명명하셨네. 가격이 제법 나가는 것이니, 날이 녹슬지 않도록 관리 잘하게."

또 다른 기계는 휘핑기가 매달려 있었다. 크림이 순식간에 구름처럼 부풀어 오르는 모습을 보며 마일로는 경악했다. 그간 크림을 만들기 위해서는 팔에 근육통이 생기도록 죽기 살기로 휘저어야만 했는데, 저 휘핑기는 말도 안 되는 속도로 혼자 회전하고 있었다.

"이건 '혼자서도 잘하는 휘핑기'라고 명명하셨네."

첫눈에 보기에도 몹시 유용해 보이는 마도구는 각각 3개씩이나 제공되었다.

'주방 시설까지 신경 쓰는 고용주라니.'

보통 귀족들은 사용인들 사이에서 일어나는 일에 관심이 일절 없다. 그저 명령하면 수행해야 하는 도구라고 생각하지.

왠지 모를 감동이 밀려왔다. 더불어 앞으로 저 물건들을 통해 얼마나 시간을 절약할 수 있을지, 디저트 생산량과 품질을 얼마나 높일 수 있을지 짐작도 되지 않았다.

"이건 내가 제작한 레시피다. 그대가 설탕의 양을 조율해 가며 손님들 입맛에 맞게 개량했으면 좋겠군."

그녀가 홀연히 남기고 간 스무디라는 레시피. 믹서기를 이용해 얼음과 과일을 함께 간 것뿐인데, 아이스크림보다 신선하고 시원한 맛이 났다.

게다가 레시피를 공유한 〈레티시아〉의 상단주는 신메뉴 개발을 만족스럽게 완료할 때마다 엄청난 보너스까지 약속했다.

'간만에 의욕이 솟는군.'

황실 파티시에를 때려치우고 나온 것도, 그가 명예보다는 돈을 추구하기 때문이었다. 마일로는 스무디를 더욱 완벽한 맛으로 출시하기 위해 개발에 박차를 가했고, 마침내 스무디 삼총사가 완성되었다.

마일로는 그것을 디저트계의 상큼한 천사들이라고 표현했다.

"스무디가 뭘까요?"

"포스터에 그려진 그림은 참 예쁘던데요."

영애들이 호기심 어린 얼굴로 대화를 나누고 있을 때였다. 멀쑥하고 깔끔한 복장을 한 종업원이 트레이에 음료를 담고 걸어왔다.

그는 흰 셔츠에 짙은 보라색 바지를 입고 있었다. 셔츠 포켓엔 아르망의 인장 모양 배지가 달려서 곧바로 점원임을 알아볼 수 있었고, 어딘가 전문성이 느껴지기도 했다.

"스무디, 시음해 보시겠어요? 손님."

종업원이 싱그럽게 웃으며 트레이를 내밀었다.

"아르망에서는 네 시부터 다섯 시까지 손님분들을 위한 신메뉴 시음회를 열고 있습니다. 이것은 과일로 만든 '스무디'라는 여름 시즌 음료입니다."

주황, 노랑, 연두. 세 가지 색상으로 이루어진 음료가 작은 유리잔에 시음용으로 담겨 있었다.

"어머, 포스터에 그려진 그림과 정말 색깔이 똑같네요."

"색이 정말 예뻐요."

"종류별로 모두 시식해 보세요. 과일로 만든 건강한 음료입니다."

종업원의 권유에 영애들은 호기심 어린 얼굴로 작은 잔을 집어 들더니, 신중하게 맛을 봤다.

"이 연두색은 청포도로 만든 건가 봐요."

"이 주황색은 멜론이군요."

"노란색은 달콤한 복숭아 맛이네요."

문득, 그들의 머리에 퍼뜩 스쳐 가는 문구가 있었다.

〈달콤한 복숭아와 ○○, 그리고 멜론〉

현수막으로 디저트 메뉴를 소개하다가 과일가게 같은 문구가 갑자기 등장했었는데, 바로 이 세 가지 제철 과일 음료 때문인 모양이었다.

원래 다른 음료를 먹을 생각이었지만 영애들은 생각을 바꿨다. 입에는 이미 달콤하고 시원한 맛이 감돌고 있었다. 여름과 너무 잘 어울리는 음료. 가벼운 시음만으로는 감질났다.

"난 멜론 스무디 시킬래요."

"……난 복숭아요!"

곧 긴 유리잔에 색색이 담긴 음료가 나왔다. 마시자마자 머리가 짜릿할 정도의 청량감이 온몸을 강타했다. 스무디에 푹 빠져 있던 영애들은 몹시 만족한 얼굴로 자리에서 일어났다.

"맛있었어요."

"또 오고 싶네요. 아이스크림도 아니고, 저런 메뉴는 정말 처음이에요."

그때 문 쪽을 지나치던 그녀들의 눈에 포스터 한 장이 보였다.

[신규 회원 가입 기간에 아르망의 단골로 가입하셔서 특별한 이벤트와 혜택을 누려 보세요!]

[77번째, 111번째, 333번째, 555번째, 777번째, 1,111번째 회원님께는 황금별의 행운이 찾아갑니다!]

"황금별?"

"한번 가입해 볼까요?"

"재밌을 것 같아요."

그들이 관심을 보이자 출구에서 대기하고 있던 종업원이 다가와 단골 고객 가입 방법을 설명해 주었다.

"이름과 서명을 적은 회원 카드를 만드시면, 바로 아르망의 회원이 되십니다."

아르망 인장이 워낙 예쁜 탓에 쿠폰북 역시 매력적으로 보였고, 영애들은 바로 회원으로 가입하고 싶다고 말했다.

종업원이 곱게 접힌 양피지를 펼치자, 그 안에는 별 모양의 빈칸 열두 개가 그려진 종이가 붙어 있었다. 그가 빈칸에 아르망 인장이 새겨진 도장 두 개를 찍어 주었다.

"퍼플 회원이 되신 것을 진심으로 축하드립니다. 남은 슬롯을 모두 채우시면 실버 회원으로 승격되시고, 작은 선물을 드립니다."

"어? 잠깐만요, 제가 76번이라는 건!"

"설마, 내가 77번째 회원?!"

중간에 서 있던 영애의 눈이 화등잔만 하게 벌어졌다.

"단골 회원 가입 이벤트, 첫 번째 당첨을 진심으로 축하드립니다!"

종업원이 손뼉을 치자, 카페 안이 잠시 쥐 죽은 듯 고요해졌다가 떠나갈 듯 왁자해졌다.

"선물 당첨이래요!"

"진짜 주는 거였어요?"

재미있는 볼거리에 곧 광장 분수대에 있던 사람들도 우르르 몰려와서 구경했다. 점장이 직접 나와서 77번째 회원이라는 명패와 고급스러운 보라색 케이스에 담겨 있는 별 모양 순금을 건넸다.

"저에게 이런 행운이! 믿기지 않아요. 어쩐지 오늘 꿈자리가 좋더라."

영애는 울먹일 정도로 몹시 감격했다. 그리고 그 광경은 고스란히 입소문이 되어 회원 가입을 하려는 손님이 더 많이 몰리기 시작했다.

"신메뉴는 도장을 두 개나 준대요."

회원 가입 이벤트는 신메뉴인 스무디를 홍보하는 역할도 톡톡히 해 주고 있었다. 더불어 당첨이 안 되더라도 도장을 두 개씩이나 받으면 남은 빈칸을 모조리 채우고 싶은 욕망이 발동하기 마련이다. 게다가 제국 사람들 모두가 선호하는 순금을 주는 행사라서, 아르망은 첫날부터 연일 화제가 꺼질 줄을 몰랐다.

신규 회원 가입 손님에게 당첨 혜택을 주는 것. 새로 오픈한 가게가 알차게 누릴 수 있는 이벤트였다.

'기존에 있던 가게에서 저런 이벤트를 하면 단골들의 원성만 커지기 마련이지.'

회원 카드를 만들게 하고, 도장을 적립하게 유도하는 것은 단골을 모으는 기본적인 마케팅 수법이기도 하다.

'그나저나 스무디가 잘 팔려야 할 텐데.'

스무디 한 잔을 파는 게 홍차와 케이크를 세트로 팔 때보다 이윤이 더 높았다. 제철 과일은 원가가 싸고, 좋은 찻잎은 늘 원가가 비싸기 때문이다.

'스무디. 남는 게 많아서 잘 팔리면 진짜 대박 메뉴인데.'

이 메뉴는 운이 좋긴 했다. 벨렉은 손꼽히는 천재답게 내 예상을 뛰어넘는 믹서기를 만들어 냈다.

'진짜 잔인한 도구라고 생각했나 봐.'

그가 만든 믹서기는 뼈까지 갈아 버릴 기세의 저세상 회전력과 파괴력을 가지고 있었다.

'성능이 진짜 좋아. 내구성은 말할 것도 없고.'

제발 스무디가 제국인들에게 잘 먹히길 바라면서, 나는 마차에서 내렸다. 스무디는 스무디고, 오늘은 수식 월정액을 인상하기 위한 세미나 때문에 마탑에 가야 했다.

'아, 그 전에 입실론 동아리 모임도 가야 하지.'

5황녀의 마나 연구 동아리.

그 동아리만 생각하면 당혹감과 의아함이 밀려왔다. 5황녀와 나, 그리고 코빼기도 안 보이는 회원. 딱 세 명으로 구성되어 있는데 어떻게 그걸 동아리라고 소개할 수 있는 거지?

왠지 이상한 계약을 한 것 같아서 나는 코를 훌쩍였다.

'가기 싫어.'

그것을 떠올리자 발목에 추라도 단 것처럼 발걸음이 무거워졌다.

남성 살롱은 안 가 봐서 모르겠고, 〈입실론〉 여성 살롱은 두렵고 기묘한 분위기를 가지고 있었다. 벽에 길게 늘어서 있는 현실적인 모양의 구체 관절 인형들 때문이다.

살롱에 발을 들이는 순간, 인형들이 날 빤히 주시하는 느낌이 들어서 등골이 서늘해졌다. 심지어 눈을 깜빡이는 인형들도 있었다.

난 귀신, 오컬트 이런 거에 진짜 약하단 말이야.

'여섯 명의 입실론 간부 중 인형사가 있다고 들었지만……'

인형사는 실에 마나를 불어넣어 인형을 움직이는 이들로, 높은 경지의 인형사는 군대처럼 인형을 이끌고 다닐 정도라고 들었다.

과거, 전쟁에서 인해전술을 담당했으며 몹시 희귀한 직업군으로 손꼽혔다. 신기에 가까운 손재주와 마나 컨트롤 능력이 필요하므로 진입 장벽이 높았기 때문이다.

그래, 다 좋은데 왜 군이 살롱에 인형을 전시했느냐 이거다. 집에서도 충분히 할 수 있는 건데.

'5황녀는 언제 오는 거지?'

"데보라 공녀!"

인형들 사이에서 홀로 식은땀을 흘리고 있는데, 황녀가 늘 함께 다니는 시녀들과 함께 반가운 얼굴로 살롱 안으로 들어왔다.

"황녀님, 오셨습니까."

나도 모르게 안도하면서 그녀에게 빠르게 다가갔다.

"오! 공녀가 이렇게 나를 반겨 줄 줄이야. 역시나 내가 직접 지시한 입회 환영 현수막이 마음에 들었나 보군."

입회 환영 현수막은 사교 클럽 게시판뿐 아니라 아카데미 교정 여기저기에 걸려 있어서 나는 괜스레 창피한 기분을 느껴야만 했다.

'설마 아직도 걸려 있지는 않겠지?'

5황녀가 직접 지시한 현수막을 거둘 수 있는 사람은 황제와 황태자 외엔 존재하지 않았기 때문에 더욱 암담해졌다.

'마음은 고맙지만 과해……'

"요즘 현수막에 문구를 써서 여기저기 거는 것이 유행인가 본데, 내가 유행을 앞섰다. 하하."

그녀가 기쁜 듯 호쾌하게 웃는다.

"……신경 써 주셔서 감사드립니다."

"그대가 마음에 들어 하니 나도 기뻐. 그나저나 조만간 자네가 마탑에서 새로운 논문을 발표한다는 이야기를 들었는데 기대하고 있네."

나는 그녀와 근황에 관해 몇 마디 나눈 뒤, 마나 관련 논문 스터디를 시작했다. 그러나 얼마 하지 못하고 최근 마탑에서 크게 화제가 된 논문을 읽어 내려가다 멈칫했다. 뒤에 있는 인형에서 달그락대는 소리가 났기 때문이다.

'무, 무섭다고!'

5황녀가 미간을 좁히며 혀를 찼다.

"집중하고 있는데, 저 인형 때문에 거슬리는 모양이군."

공포에 떠는 내 표정을 5황녀는 멋대로 해석했다.

"괜찮습니다."

"하아, 미슐은 언제까지 이 살롱에 저 음침한 인형을 내버려 둘 셈인지 모르겠네."

역시 나만 음침하다고 생각한 게 아니었어.

"아, 미슐 그랑베르에 대해 제대로 소개를 안 했군. 입실론 간부 중 한 명이고 보다시피 인형을 만드는 인형사인데 치사하게 양다리를 걸치고 있지."

"양다리요?"

"내 동아리 소속이면서 다른 동아리를 운영 중이야."

5황녀가 토라진 얼굴로 투덜거렸다. 마나 연구 동아리에 그나마 한 명 있던 다른 부원이 저 인형사였나 보다.

'또 다른 4차원일 것 같은…… 아냐, 너무 부정적으로 생각하지 말자.'

그랑베르 후작은 황실 육군 사령관이다. 그야말로 알짜배기 인맥과 접점이 생긴 셈. 중앙 사교계에서 유명한 인싸들과 잘 어울리고 있는 거라고 나는 여러 번 정신 승리했다.

인형사인 미슐 그랑베르는 오래전부터 미식 동아리를 운영하고 있었으며, 까다로운 미식가로 제국에서 제법 유명했다.

미식은 인형 만들기 이외에 그녀가 가진 유일한 취미였다. 그녀는 맛있는 가게 리스트 책자를 만들어 주변 사람들에게 돌리기도 했고, 최근엔 본격적으로 식문화와 관련한 논문을 쓰고 있었다.

'오늘은 새로 생긴 디저트 가게를 가 볼까.'

아르망.

전부터 가려고 점찍어 두고 있었다. 맛있는 케이크를 상상하자 그녀의 퀭한 눈에 생기가 돌아왔다.

'사람이 왜 이렇게 많아?'

하긴. 오픈 초엔 호기심 때문에 손님이 많이 몰리기 마련이다. 특히 여긴 홍보를 좀 시끄럽게 했다고 들었다.

'근데 저기 티에리와 기욤은 왜 있는 거지?'

경마장이나 도박장에나 어울리는 얼굴들이 디저트 가게에 있어서 미슐의 눈가에 의아함이 지나갔다.

"1,091번째라니. 정말 아슬아슬했군."

"그러니까 내가 딱 십 분만 있다가 줄 서자고 했잖나."

"자네가 언제!"

미슐은 티격태격하며 저 멀리 사라지는 둘의 뒷모습을 미심쩍은 기분으로 바라보다가 주변을 둘러보았다.

'뭔가 요란한 이벤트를 하는 모양이군.'

확실히 홍보는 재밌게 잘하는 모양이다. 사람들이 몹시 즐거워 보였다. 하지만 다 사족일 뿐, 결국 맛이 가장 중요했다.

'줄이 아직도 기네. 어쩌지.'

그래도 오랜만에 밖으로 나왔는데 성과 없이 돌아가는 건 아쉬웠다.

'날씨도 좋고.'

그녀는 별수 없이 대기 줄에 인형 하나를 세워 두고, 광장 분수대 앞에 앉아 시간을 보냈다. 사람 대신 인형이 서 있는 광경에 손님들은 잠시 기겁하다가, 이내 그랑베르의 장녀가 왔다면서 수군거렸다.

일주일 내내 골방에 틀어박혀 인형만 만지던 그녀의 파리한 얼굴 위에 뜨거운 햇살이 작열했다.

'더워.'

공격당한 흡혈귀처럼 어깨를 움츠리고 있던 미슐은 30분 만에 간신히 가게 안에 들어갈 수 있었다. 더운 날씨 때문에 자연스럽게 시원한 음료를 찾게 된다.

"차가운 거. 차가운 거……."

유령처럼 작게 중얼거리는 그녀에게 점원이 시음용이라며 스무디라는 것을 가져다주었다.

"어어?"

한 모금 마신 순간, 그야말로 머릿속에서 폭죽이 터졌다. 과일이 통째로 들어간 듯한 이 생생한 식감은 대체 뭐지.

'놀랍군.'

갈증이 순식간에 사라지고 짙은 청량감이 식도와 배 속으로 퍼진다. 게다가 입에는 과일을 한 입 깨문 듯한 상큼함이 남아 있었다. 아이스크림보다 들척지근한 느낌이 적어서 더욱 시원하게 느껴졌다. 정말 계절에 잘 어울리는 음료였다.

스무디를 호로록 마신 뒤, 곧장 퍼플 회원으로 등록한 그녀는 다음 날에도 아르망에 나타났다. 시녀 대신 인형을 데리고 다니기 때문에 그녀의 등장이 더욱 튀었다.

유명한 미식가라는 미슐 그랑베르가 아르망에 연달아 4일간이나 나타났다는 소문이 암암리에 퍼졌다. 최초의 실버 회원이 되었으며, 그녀의 원픽이 바로 스무디라는 사실 또한.

'잘되고 있네.'

나는 오늘도 아르망 앞에서 줄을 서 있는 고객들을 흐뭇한 기분으로 구경하다가, 오후 일정인 세미나 강의에 참석하러 마탑으로 걸음을 옮겼다.

'또 오셨군.'

이제 아버지의 등장은 전혀 놀랍지 않다. 조만간 새로운 수식을 발표한다고 말했더니 시간을 내어 참석한 모양이다. 오늘 세미나는 마탑 중위 관료가 모이는 자리. 마침 오늘 발표할 내용이 이 사람들에게 몹시 유용했다.

허공에 분포한 마나 곡선의 흐름을 바꿀 때 유용하게 써먹을 수 있는 3차 방정식 논문 발표를 마치자 커다란 박수가 쏟아졌다.

'마법사들은 도도하고 콧대 높다고 들었는데. 리액션이 생각보다 좋단 말이지.'

강의가 아니라, 마치 오페라 공연을 끝낸 것 같은 느낌? 손수건으로 콕콕 눈가를 찍으면서 내게 다가오는 마법사도 있었다.

"가슴을 저미는 명강의에 뜨거운 감동의 눈물이 멈추지 않는군요. 아, 제 소개를 하죠. 저는 마탑 9층의 관리인, 알마레 백작이라고 합니다."

마탑은 고층으로 올라갈수록 뛰어난 마법사가 있었다. 13층이 아버지가 계신 곳이고 11층과 12층이 장로들이 있는 곳이니, 젊은 나이에 고속 승진한 셈이었다.

그때, 덩치 큰 중년 마법사가 갑자기 나와 알마레 백작 사이를 비집고 들어왔다.

"이 새파란 놈이 위아래도 없이! 큼큼. 본인은 마탑 6장로인 케시시 후작이라고 하오. 공녀의 뛰어난 논리력, 사고력, 통찰력, 창의력, 통합적 추론능력과 노력에 이마를 치며 역시나 시모어 공작님의 딸이구나, 했소이다."

랩처럼 말을 속사포로 내뱉는 남자를 보며 나는 당황했다.

"마탑에 오면 언제든 11층으로 올라오시오. 본인이 연구실을 견학시켜 드리리다. 껄껄."

"……역시 어린이 성가대 출신다우시군요."

'9층 관리인에 심지어 장로? 여기 중위급 관료 세미나 아니었나?'

왜 이런 거물들이 등장한 거지?

그 이후에도 무수한 악수의 요청이 있었다.

"아직 못 보여 준 게 많은 아이일세. 너무 띄워 주지 말게."

근엄한 표정을 한 아버지가 뒷짐을 지고 다가오며 제지했지만, 유독 케시시라는 저 6장로는 입을 멈추지 않았다.

'시모어 남자들은 성격 안 좋아서 두 번 말하는 거 싫어하는데.'

"케시시 장로. 조만간 저녁이나 한번 하지. 오늘은 내 딸과 저녁 식사 약속이 있어서 먼저 가 보겠네."

'역시 가차 없이 말을 끊었군.'

"따님과 오붓하게 식사라니! 너무 부럽습니다, 공작님. 저는 시커먼 아들놈들만 잔뜩…… 아이고! 전생에 무슨 죄를 지었는지."

"자네 엄살은……. 이만 가자꾸나, 데보라."

역시, 마탑주쯤 되니 사회생활 따위 대충 해도 되는구나.

"데보라, 오늘 네가 먹고 싶은 걸 말하거라."

"스테이크요."

마침 출출해서 아버지에게 야무진 고기 먹방을 보여 줄 수 있을 것 같았다.

"헉, 방금 마탑주님께서 입꼬리를 1밀리미터가량 들어 올리며 웃으셨습니다."

"세상에……."

"다들 들었습니까? 방금 마탑주님께서 따님께 식사를 하자고……."

뒤에서 웅성거리는 이상한 대화가 들렸지만 스테이크 때문에 이내 까맣게 잊혔다.

✦

"상반기 마법학부를 대표하는 우수 학생이 데보라 공녀라는 것에는
모두 이견이 없군요."

아카데미 마법학부 학장, 베르트 후작의 말에 나이 지긋한 교수가
머뭇거리다가 입을 열었다.

"뛰어나다는 것, 인정합니다. 하지만 데보라 공녀가 프리미엄 개량
수식을 마탑에서 곧바로 공개를 해 버리는 바람에…… 후우."

교수가 시름 깊은 얼굴로 한숨을 내뱉는 것을 보며 베르트가 턱을
가볍게 문질렀다.

제 조카는 최근 마탑에서 열리는 학회에 적극적으로 참석해 본인
이 연구한 논문의 가치를 계속 높이고 있었다. 게다가 이번엔 이론을
더욱 업그레이드했다고 크게 자랑하고 다녔다.

'프리미엄이라니. 잘 가져다 붙였어.'

듣기에 꽤 거창하고 그럴싸해서, 공녀가 발표한 논문 내용이 뭔지
궁금해하는 이들이 많다고 들었다.

"아직 공녀의 신분은 학부생인데, 아카데미를 전혀 거치지 않고 발
표를 하다니요."

"다소 독단적인 행보가 아닌가 싶습니다."

"카일 교수는 이미 징계를 받고 좌천되지 않았습니까! 학부 차원에
서 데보라 공녀의 상한 마음은 충분히 달래 줬다고 생각합니다."

콧대 높은 교수들이 서운해하는 모습에 베르트 학장은 묘한 기분

을 느꼈다.

'그만큼 제 업적을 잘 홍보하고 있다는 뜻이겠지. 교수들이 아쉬워할 정도로.'

문득 그의 머릿속에 진상 규명회를 열어 달라고 야무지게 청하던 데보라의 목소리가 떠올랐다.

'당돌한 녀석.'

겉으로는 억울하다고 읍소했지만 사실 그 상황을 교묘하게 이용하고 있었던 게 틀림없다.

'재밌는 구석이 있단 말이지.'

베르트 학장은 잠시 회상에 빠져 있다가 입을 열었다.

"하반기부터 아카데미 안에서도 데보라 공녀가 논문을 발표할 기회를 종종 마련해 주도록 합시다. 외부에서는 마법학부에서도 공녀를 지원하는 것처럼 보일 테니."

이미 일이 이렇게 된 거, 뒤늦게라도 슬쩍 숟가락을 얹겠다는 전략이었다. 어차피 데보라 말고는 딱히 추천할 학생이 없었다. 마탑에서 현재 가장 주목하고 있는 신성인데, 정작 학부에서 다른 학생을 추천하면 진상 규명회 때처럼 이쪽 꼴만 더 우스워진다.

"과연 응할까요?"

데보라 공녀의 성격이 만만치 않은 걸 아는 젊은 교수가 불안해했다.

"내가 잘 설득해 보겠네. 그럼 합의는 끝난 거로 알고 난 이만 일어나겠소."

베르트 학장은 마법학부 회의를 신속하게 마무리한 뒤 자리에서 일어나 아카데미 본관 중앙에 있는 총장실로 향했다.

판게아 아카데미에서는 학기가 끝날 때마다 까다로운 심사를 통해 우수한 학생을 선발한 뒤 명예의 전당이라는 곳에 이름을 올렸다. 명예의 전당은 아카데미 설립 당시부터 존재한 건축물로 그만큼 제국에서 역사가 길고 의미가 깊은 곳이었다.

그리고 학장과 교수들은 내심 자신이 속한 학부에서 전체 수석이 나오길 바랐다. 전체 수석은 명예의 전당 꼭대기에 월계수 장식과 함께 이름이 올라갔고 그 밑에 학생의 전공과 학부가 적히기 때문이다.

'우리 학부 학생을 잘 어필해야 해.'

묘한 긴장감이 내부에 오가는 찰나, 아카데미 총장이 엄숙하게 입을 뗐다.

"그간 아카데미에서는 제국을 이끄는 내로라하는 인재를 길러냈습니다. 인재는 제국의 미래이기에 높은 성장 가능성과 잠재력이 있는 학생에게 수석이 돌아갔으면 합니다. 또한⋯⋯."

'왜 저분께서 이 자리에 계시는 거지?'

베르트 후작은 총장 옆에 앉아 있는, 현자라고 불리는 노인을 보며 눈가를 가늘게 좁혔다.

한차례 연설을 끝낸 총장이 드디어 학부 추천인을 받겠다고 말했다. 베르트 후작은 노인에게서 간신히 시선을 떼고 입을 열었다.

"데보라 시모어 학생은 전체 수석을 받을 자격이 충분합니다."

유례가 없을 정도로 파격적이고 수준 높은 논문이며, 단순히 학계

차원에서 머무는 게 아니라 실용성도 높으니 자격이 충분했다.

"또한, 데보라 시모어 학생은 지난 학기에 비해 교양 과목의 성적이 월등하게 높아졌습니다."

베르트 학장의 말을 들으며 인문 관련 학부 교수들이 고개를 주억거렸다.

"그만큼 절치부심했다는 의미입니다. 발전하기 위해 노력하면 성과가 따른다는 것을 다른 학생들에게 본보기로 보여 줘야 합니다."

말을 마친 베르트 후작은 내심 미묘한 기분을 삼키며 턱을 문질렀다.

'본의 아니게 계속 이 자리에서 조카들을 추천하게 되는군.'

로자드와 벨렉은 아카데미 재학 시절 시도 때도 없이 마법학부 1등을 차지했다. 쌍둥이는 머리가 좋기로 유명했으니 그렇다 쳐도, 데보라를 추천하는 날이 오게 될 줄은 꿈에도 몰랐다.

얼마간 교수들 간에 토론이 있었고, 이윽고 신학부 학장이 입을 열었다.

"미야 비노슈 학생은 신성력의 순도에 있어서 그 누구도 따라갈 학생이 없습니다. 아카데미 역사에서도 손꼽힐 정도며, 헬레이아에서 온 주교마저 감탄했을 정도입니다."

"주교까지!"

"또한, 신성력을 통한 선행을 꾸준히 베풀고 있습니다. 나일라 여신의 정신까지 본받으려 노력하는 학생이니, 만인의 본보기가 될 것입니다."

치열하고 긴 토론 끝에, 데보라 시모어와 미야 비노슈로 후보가 좁혀졌다. 신학부 학장은 몹시 못마땅한 얼굴이었다.

"마나를 제대로 다루지 못하는 학생이 마법학부인 것도 수상한데, 전체 수석까지 하는 건 어불성설 아닙니까?"

베르트 후작의 얇은 입매가 차게 굳었다.

"어불성설? 하긴, 데보라 시모어의 논문을 제대로 이해하지 못했으니 그런 말을 할 수 있는 거겠죠."

은근한 무시가 담긴 발언에 신학부 학장이 눈을 부릅떴다.

"뭐, 뭐요?"

"마나 감응력이 없다는 불리한 조건을 극복하고 실용적이고 탁월한 논문을 쓴 것이니 더 대단한 것 아닙니까?"

"불리한 조건? 마탑주를 아버지로 둔 학생이 과연 불리하다고 할 수 있습니까?"

"미야 비노슈는 아카데미에서 어떤 업적을 자력으로 이룩했습니까? 타고난 신성력 말고."

"내가 의견을 내도 되겠소?"

그때였다. 내내 총장 옆에 잠자코 앉아 있던 노인이 살짝 손을 들며 그들을 제지했다. 초로의 노인이 가진 위엄에 그 자리에 있는 모든 교수가 마른침을 삼켰다.

장폴 루이비스는 그만큼 거물이었다. 은퇴한 명예교수지만, 현역 때 총장을 지냈고 현재는 명문가 가주들과 고위급 인사들에게 정치적, 군사적 조언을 해 주고 있었기에 발언력이 강했다.

"본인이 얼마 전, 시모어의 가주님과 대화를 나누다가 그곳에서 아주 재밌는 것을 발견하게 됐네."

장폴이 뜬금없는 말을 하면서, 둥근 링에 매달려 있는 카드 더미를 꺼냈다. 마치 열쇠 꾸러미 같은 모습이었다.

"그것은 무엇입니까?"

"색인이라는 것일세. 정보의 지름길이라고 할 수 있지. 색인을 통해

원하는 도서에 빠르게 접근할 수 있다네."

장폴이 쇠 링을 열어 카드를 나눠 준 뒤 도서 색인이 가진 기능에 관해 설명하기 시작했고, 교수들은 그것의 편의성에 대해 빠르게 이해했다.

"이것만 있으면, 책을 찾는 데 삼십 분도 걸리지 않네. 빠르면 오 분 안쪽이지. 이 작은 카드 안에 도서에 대한 중요한 정보가 전부 요약되어 있어."

"누가 이런 것을 고안한 것입니까?"

"이런 제본 방식이면 도서 리스트를 관리하는 것도 편하겠군요."

"시모어의 가신입니까?"

장폴이 고개를 가볍게 저었다.

"은퇴한 내가 총장실까지 온 건, 이런 대화에 끼기 위해서가 아니라 이 색인을 아카데미 도서관에도 도입하자고 총장께 제안하기 위함이었어."

그가 느릿느릿 말을 이었다.

"그런데, 이런 뛰어난 시스템을 고안한 학생이 마침 이 자리에서 거론되어서 그냥 넘어갈 수 없었네."

시모어 가주가 가문에서 관리하는 도서관을 견학시켜 주며 제 딸이 인덱스라는 것을 개발했다고 은근슬쩍 자랑했을 때, 장폴은 얼마나 놀랐는지 모른다.

"시모어 도서관이라면, 설마 이걸 만든 사람이……."

"말도 안 돼."

누군가 무심코 속내를 작게 중얼거렸다가 다급히 입을 다물었다. 장폴이 신학부 교수를 노려보며 쯧 혀를 찼다.

"말이 안 되긴, 말조심하게. 데보라 시모어 학생이 고안해 낸 게 맞네."

'정말 여러 번 놀라게 하는군.'

베르트 후작은 내심 헛웃음을 삼킬 수밖에 없었다. 마나 감응력이 없다는 약점을 이런 식으로 극복하다니. 내심 감탄스럽기도 했다.

"인덱스가 제국 도서관과 자료 분류 체계 전반에 가져다줄 변화. 그리고 데보라 시모어 학생이 보여 준 지혜에 대해 깨달았다면 내가 어떤 의견을 가졌는지도 충분히 이해했을 것이네."

장폴의 말이 끝나자, 총장실에 기나긴 침묵이 내려앉았다.

결국, 올해 학부 전체 수석은 그 누구도 감히 상상조차 못 했던 학생이 차지했다.

'……대박!'

메종드 케이크 상자에 들어 있는 스무디 매출 전표를 확인하자마자, 나는 미친 듯이 베개를 두들겨 팼다.

'진짜 많이 팔았어. 역시! 먹힐 줄 알았다니까.'

게다가 은근슬쩍 수식의 월 서비스 요금을 올렸는데, 우리 호갱님들께서는 신경도 안 쓰는 분위기였고 외려 가입자가 훌쩍 늘어나는 기현상이 일어났다.

'프리미엄 개량 수식으로 홍보하길 잘했지.'

프리미엄. 그것은 모두를 끄덕거리게 만드는 마법의 단어였다.

'고급스러워 보이는 건 어딜 가나 잘 먹히는군.'

나는 히죽거리며 황실 사법부에서 보내온 두둑한 돈주머니를 열었다. 이번 달 특허로 수금한 돈은 지난달의 딱 두 배다.

'번거롭지만 그동안 마탑에 강의를 다닌 보람이 있었어.'

나는 금화, 은화, 동화가 골고루 들어 있는 가죽 주머니를 들여다보며 눈을 반짝거렸다. 특허 유효기간은 무려 15년. 사실상 연금 복권에 당첨된 셈이었다.

행복한 노후를 구상하며 침대 위를 구르고 있던 나는 테이블에 놓인 편지 봉투를 뒤늦게 발견하곤 자리에서 일어났다.

아카데미로부터 온 편지였고 내용은 더 뜻밖이었다.

'음? 내가 아카데미 수석을 했다고?'

⋯⋯혹시 스팸 메일인가?

하지만 아카데미 총장 사인까지 정성스럽게 위조해 내게 이런 장난을 치는 미친놈이 제국에 있을 리 없다.

'뭘 잘했다고 1등이지?'

마법사들의 우상인 시메온의 수식을 개량했으니, 학부 내 우수 학생 정도는 될 수도 있을지도 모른다고 생각했다. 하지만 인성을 내다버린 학생에게 전체 수석 자리를 대뜸 내주다니.

'아카데미는 학생의 도덕성을 그리 중요하게 여기지 않나 보군.'

이렇게 인재가 없다니. 제국의 앞날, 이대로 괜찮은가?

아버지가 아스테이아의 미래를 걱정한 이유를 알 것 같아서 혀를 차다가 멈칫했다. 편지 하단에 쓰여 있는 거액의 장학금을 보자 모든 의구심이 사라진다.

'제일 중요한 걸 왜 이렇게 작게 적어 놨어?'

어른이 돈 주시는데 사양하면 예의가 아니지. 흠흠.

공돈을 흐뭇하게 바라보던 나는 불현듯 소설 속 내용이 머리를 스쳐 지나가서 편지지를 툭 떨어뜨렸다.

그러고 보니 소설에서 엄청난 신성력발로 전체 수석이 된 미야 비노슈는 아카데미에서 받은 거액의 장학금을 보육원에 기부했었다. 덕분에 미야에 대한 사교계의 평판은 더욱 좋아졌고, 몰락 가문의 여식인 그녀를 은연중 무시하던 〈아라크론〉 회원들에게도 조금씩 인정받게 된다.

반면 이 일이 촉매제가 되어 원작 속 데보라의 질투와 열등감은 걷잡을 수 없이 커지게 되고, 그녀는 악역답게 점점 파국으로 걸어갔다.

'그런데, 그 대단한 수석 장학금을 내가 받아 버렸네.'

나쁠 건 없는 상황인데, 왠지 모르게 찝찝한 기분이 가시지 않아서 침대에 털썩 누웠다.

미야는 뭐 어차피 잘 살 테니까, 걔를 걱정하는 건 아니다. 사실 마음이 싱숭생숭한 이유는 하나였다. 원작에서 보육원 아이들에게 갔던 돈을 내가 꿀꺽하려니 영 내키지 않았다.

나만 보며 이기적으로 살기로 다짐했건만 차마 아이들한테까지는 독해질 수가 없었다. 엔리크가 귀엽게 느껴지고, 별 이유 없이 마음이 가는 것과 비슷한 맥락이었다.

'하필 왜 내가 전체 수석이냐고. 갑자기 상황이 귀찮아졌잖아.'

천장에 매달린 화려한 샹들리에를 바라보며 멍하니 누워 있던 나는 퍼뜩 좋은 아이디어를 떠올리고 몸을 벌떡 일으켰다.

"어때? 마스터."

새로운 사업 아이디어라면서 기획서를 가져온 데보라 공녀가 루비처럼 새빨간 눈동자를 반짝거린다.

이시도르는 묘한 기분으로 말없이 그녀의 얼굴을 마주했다. 그는 공녀의 이번 제안이 의외라고 생각하면서도, 왜인지 모르게 그녀답다고 느끼는 모순에 빠져 있었다.

데보라 공녀는 사람의 심리를 교묘하게 이용하기도 하고 원하는 것을 얻기 위해 듣도 보도 못한 수단과 방법을 동원하지만, 이상하게도 탐욕스럽거나 극악무도하게 느껴지는 사람은 아니었다.

'소문과는 전혀 달라.'

그런 점이 그녀를 더욱 특별하게 보이게 만들고 끊임없이 그의 흥미를 불러일으켰다. 다만, 오늘은 유독 그간 묻어 둔 감정이 선명하게 그 형태를 드러냈다. 열을 가하던 물이 갑자기 부글거리면서 걷잡을 수 없이 끓어오르듯이.

이시도르가 내부에서 일어나는 짙은 파문 때문에 한동안 말이 없자, 공녀가 꼼꼼하게 작성한 제안서를 보여 주며 자신의 의견이 얼마나 괜찮은지 설득하기 시작했다.

"단순한 일회성 기부가 아니야. 아르망 어린이 재단을 만들고 정기적인 기부를 해서, 아르망이 지역 사회에 공헌하고 있다는 것을 많은 사람에게 알리는 거지."

그녀는 차를 한 모금 마신 뒤 말을 이었다.

"또, 더 사업이 커지면 아르망 장학 재단을 만들어 좋은 인재를 끌어오고……."

데보라 공녀는 지금 아카데미에서 받은 수석 장학금을 전부 보육원 아이들에게 기부하겠다고 말하고 있었다. 과연 제국에서 손꼽는 악녀가 이런 제안을 하리라고 어느 누가 상상이나 할까.

"좋은 의견이라고 생각합니다. 사실, 놀라서 바로 대답을 못 드렸네요."

그가 한 박자 늦게 말했다.

"뭐가 놀랍다는 거지?"

공녀가 이해할 수 없다는 듯 모양 좋은 눈썹을 슬쩍 들어 올린다.

"데보라 공녀님의 자비롭고 상냥한 면모를 볼 수 있어서 솔직히 감동했습니다."

돌연 보랏빛을 띤 긴 속눈썹이 잘게 흔들린다. 그녀의 날렵한 눈가가 점차 붉어지기 시작했다.

"나, 난 허투루 선행이나 하는 그런 따뜻한 마음을 가진 사람이 아니다!"

공녀가 갑자기 버럭 목소리를 높여서 이시도르가 움찔 손끝을 떨었다. 공녀의 손가락을 핥던 쿠키 역시 눈을 둥글게 뜨며 슬그머니 이시도르 뒤로 숨었다.

"이건 캠페인이야. 공익 캠페인!"

"……."

"기부는 기업의 이미지를 높일 수 있는 효과적인 방법의 하나지."

데보라 공녀가 목에 핏대를 세우며 열변을 토하기 시작했다.

"아르망으로부터 도움을 받은 아이들과 학생들은 미래에 탄탄한 고객층으로 성장할 거야! 걔들이 다 돈이라고."

"……."

"또한, 후원 재단을 만들면, 분명히 시계탑을 기부했을 때처럼 황실에서 주는 세금 감면 혜택이 있을 터! 나는 이익이 없으면 절대 움직이지 않는다. 알아들어?"

"공녀님의 의도는 잘 알겠습니다."

이시도르가 슬쩍 웃었다.

"아카데미 장학금은 공녀님 뜻대로 상단 이름으로 기부 처리해 드리겠습니다. 재단을 만들 경우, 얼마나 절세 효과가 있는지 황실 행정실 쪽에 문의해 확인해 드리죠."

"그래. 그리 진행하지."

그녀는 이내 차갑고 도도한 얼굴로 부채를 펼쳐 빠르게 펄럭거렸다.

……설마, 쑥스러워하는 건가?

이시도르는 붉게 달아오른 그녀의 동그란 귓불을 보며 무심코 귀엽다고 생각하다가, 주먹을 꾹 그러쥐었다.

'지금 무슨 생각을……'

혼란에 빠져 있을 때 그녀가 탁, 부채를 접으며 분위기를 환기했다.

"신메뉴 론칭에도 성공했고, 아르망의 신규 회원도 끌어모았으니까 이제 다음 스텝으로 가야겠어."

붉은 입술을 끌어 올린 그녀가 자신만만하게 말했다.

"이제 마상 시합 시즌을 앞두고 있으니까 이 시기가 가장 적당하지."

이번 건은 데보라 공녀가 꽤 공들이던 사업 아이템이었다. 동업 초기 상호를 판다는 개념은 아이디어의 아주 일부일 뿐이라는 단언처럼, 그녀는 그간 기발한 사업 전략을 공격적으로 구사해 왔고 독특한 아이템을 출시했다.

한산했던 동문의 디저트 가게를 순식간에 문전성시로 만드는 탁월한 사업 감각과 짧은 기간 보여 준 장사 수완만으로도 내로라하는 상단주들이 기함할 텐데, 그녀가 지금 시도하려는 것은 앞선 것들을 모두 잊게 할 만큼 특이하고, 파격적이었다.

"성공한다면 큰 이익을 거둘 수 있겠지만, 이질적인 부분이 있어서 아마 초반에는 고객들이 받아들이기 쉽지 않을 겁니다."

그가 동업자로서 우려를 담아 조언했다.

"사실, 이 아이템에 물꼬를 터 줄 적임자가 한 명 있긴 해."

데보라 공녀가 부채를 만지작거리며 비밀스럽게 말했다.

"그자와 접촉해 보겠습니다. 누구죠?"

"이시도르 비스콘티."

'……?'

왜 또 나야?

그때, 우당탕, 집무실 뒤에서 물건 쏟아지는 소리가 들리더니 바닥에 깔린 부연 안개가 위아래로 일렁거렸다.

"무슨 소리야?"

데보라 공녀가 눈을 좁히며 주변을 두리번거렸다.

"……책장에서 물건이 떨어졌나 봅니다."

이시도르는 미겔을 언젠가 제대로 한번 족쳐야겠다고 다짐하며 그녀에게 물었다.

"그런데, 그자가 적임자라는 건 무슨 뜻입니까?"

"솔직히 이시도르 경은 굉장히 잘생겼잖아. 자네 조사대로 제국 최고의 미남이라서 머리만 가볍게 쓸어 올려도 사교계가 들썩거리지."

'흠.'

이시도르는 자꾸만 올라가려는 입술을 말아 물며 목덜미를 만지작거렸다.

'내가 잘생겼다는 걸 데보라 공녀도 잘 알고 있긴 하군. 그동안 남자 보는 눈이 형편없다고 생각했는데.'

역시 필라프에 대한 콩깍지는 벗겨진 게 틀림없다.

틀림없겠지?

"……안목이 뛰어나시군요."

사실, '안목이 정상으로 돌아왔다'가 더 적절한 표현이긴 하지만 기분이 좋아져서 그는 넌지시 칭찬을 건넸다.

"……흐음."

그때, 공녀의 눈매가 여우처럼 가늘어졌다.

"왜 그러시죠?"

"자네 사심이 충만하다 못해 수상할 정도라서. 난 그런 것에 편견은 없지만……."

그녀가 애매한 눈초리로 의미심장한 말을 중얼거린다.

'설마, 지금 내가 날 좋아한다고, 생각하는……?'

또다시 바닥에 깔린 안개가 일렁거리기 시작했고 이시도르는 새카만 장갑이 팽팽해지도록 주먹을 꽉 그러쥐었다.

"그런 거 아닙니다."

그가 음산하게 뇌까렸다.

"근데, 꼭 마스터 본인이 칭찬받은 것처럼 좋아하니까 그러지. 수상하게."

예리한 지적이라서 이시도르는 다급히 둘러댔다.

"그동안 공녀님께선 그자를 수상하게 여기고 경계하면서 조사까지 부탁하셨잖습니까? 심지어 제 조사 자료는 못 믿는 눈치셨고요."

"그렇긴 했지."

"그런데 그사이 심경의 변화가 생기신 것 같아서 조금 놀란 것뿐입니다. 그자가 수상하면, 함께 일을 도모할 생각도 하지 않으셨을 테니까요."

"……."

"이제 좀 그자에 대한 의심이 사라지신 겁니까?"

당황한 와중에도 그는 질문에 개인적인 궁금증을 풀기 위한 떡밥을 섞었다.

"솔직히…… 매우 수상하지."

살짝 미간을 좁힌 그녀가 부채를 손바닥 위에 빠르게 두들겼다.

'아직도?'

젠장. 날 그토록 경계하는 이유가 뭐야?

황제파 가문인 비스콘티와 대척점에 있는 원로원 가문의 영식과 영애조차 이시도르 개인에게는 호의적이었다. 그만큼 그는 사교계에서 평판이 좋았다.

'본체로 나쁜 짓 한 적 없는데.'

그는 구린 일은 무조건 블랑샤 마스터의 모습으로 벌였다. 가벼운 예로, 마법을 이용해 루이 가젤의 낙마 사고를 낸 것을 들 수 있었다.

"수상하다면서 중요한 일을 맡기려 하다니. 모순 아닙니까?"

뾰족한 눈으로 퉁명스럽게 중얼거리는 마스터를 가만히 바라보던 공녀가 부채를 만지작거리다가 입을 열었다.

"하지만 자네도 내 계획을 들으면 바로 이해할걸?"

그녀의 새빨간 눈이 마치 생선을 본 고양이처럼 번들거렸고, 이시도르는 왠지 모르게 불안한 기분으로 바짝 마르는 입술을 한 번 핥았다.

'뭘 꾸미는 거지?'

마스터에게 아르망 재단 설립에 대한 의뢰를 마치고 별채로 돌아온 나는 석연찮은 기분으로 붉은 석양이 지는 창밖을 내다보았다.

"이제 좀 그자에 대한 의심이 사라지신 겁니까?"

순간 마스터가 내 심중을 떠보는 듯한 느낌을 받았는데, 내가 너무 예민한 건가?

'마스터를 의심하고 싶지는 않은데.'

본격적으로 동업을 시작한 이후로 내가 그에게 느끼는 고마움은 점점 커지고 있었다.

'그래, 고맙다는 단어 말고는 달리 설명이 안 돼.'

그는 최강의 버스 운전기사였다.

'승차감 미쳤어.'

조별과제 할 때마다 남이 떠먹여 주기를 기다리는 진상들만 만나 왔던 나로서는 더더욱 마스터의 추진력과 유능함을 뼈저리게 실감할 수 있었다.

'살다 살다 내가 팀원 덕을 볼 줄이야.'

마스터에 대한 내 첫인상은 분명히 두려움이었다. 안개가 낀 집무실에 앉아 있던 그는 무저갱처럼 어둡고 공허해 보였기 때문에 섬뜩함을 자아냈다.

그런데 어느 순간부터 그는 나의 가장 큰 이해자이자 든든한 조력자가 되어 있었다. 일견 무모해 보일 수 있는 내 사업 기획이나 홍보 방식을 적극적으로 지지해 주었고, 도움이 되는 조언을 아끼지 않았다. 특히, 새로운 건축 양식의 건물을 짓는 것은 그의 노력이 없었다면 절대 불가능했겠지.

게다가 마스터는 오늘 장학 재단을 만드는 것까지 흔쾌히 찬성했다.

'그 남자는 황금만 좇는 냉혈한이 아니었어.'

하지만 마스터를 향한 고마움이 나날이 깊어지는 것과 별개로 정작 내가 그 사람에 대해 제대로 아는 것은 없었다.

'정체가 뭘까?'

은유법을 종종 사용하기에 일단은 귀족일 거라 추측하고 있었고, 사업 수완이 뛰어난 것을 보면 장남은 아닐 것 같았다.

'이곳 귀족들은 상업을 천시하는 경향이 있으니까.'

물려받을 영지가 있으면 굳이 사업에 관심을 두지 않았겠지. 몇 가지에 근거해서 그의 정체를 추론하던 나는 이내 머리를 마구 헤집었다.

'진짜 아는 게 없네.'

소설 속 황태자조차 비밀 조직의 수장이라는 것 외엔 그에 대해 아는 게 별로 없는 듯 보였다. 그런데 그런 치밀하고 견고한 마스터가 이시도르만 엮이면 석연찮은 모습을 보여 왔다.

'포커페이스를 잃는 것 같은 느낌?'

특히 오늘 더 수상했단 말이지.

'단순한 남팬은 아닌 것 같아.'

나는 푸르스름한 어둠이 깔릴 때까지 이런저런 추측을 해 보다가, 이시도르에게 편지 한 장을 썼다.

'어쨌든, 이 일의 적임자는 이시도르뿐이니까.'

마상 시합이 점점 가까워져 오기 때문에 서둘러야 했다.

마상 시합은 제국에서 가장 인기 있는 경기로, 초대 황제의 탄신일이 있는 8월 중순에 가장 큰 규모의 토너먼트가 열렸다.

유명한 무인들이 출전하는 경기를 구경하기 위해 사람들이 수도로 구름같이 모여들기 때문에, 호룬 지구의 유동 인구가 많아지는 시기이기도 했다.

올해 여름은 아르망으로 인해 아카데미 동문 광장이 유난히 북적거리는 가운데, 더위를 식히는 상쾌한 바람이 주변을 한차례 훑고 지나갔다.

"와."

"미쳤다."

비현실적인 외모를 가진 남자의 화려한 금발이 부드러운 곡선을 그리는 이마 위로 가볍게 흐트러진다.

흰 셔츠가 펄럭일 때마다 두툼한 양감을 가진 유려한 몸선과 근육이 드러나서 마치 장인이 공들여 조각한 남신상을 보는 듯한 착각마저 불러일으켰다.

"세상에, 순간 진짜 조각이 움직이는 줄 알았어요……."

"머리끝부터 발끝까지 완벽한 사람이 있다니. 소문보다 더 잘생겼어요."

"어떻게 밤도 아닌데, 별처럼 반짝거릴 수가 있을까요?"

"존재 자체가 빛이기 때문 아닐까요?"

모두가 광장 분수대 앞에 앉아 있는 천사 같은 남자에게 한 번씩 시선을 빼앗길 수밖에 없었다.

신이 자로 재 가며 신중하게 만든 듯한 황금 비율의 이목구비. 남

자가 무슨 올해의 꽃이냐고 혀를 내두르던 영식들조차 무릎을 꿇게
만드는 외모였다.

그때였다. 누군가를 기다리는 듯, 긴 다리를 꼬고 분수 앞에 앉아
있던 이시도르가 컵을 들어 올렸다.

'여기서 마시는 건가?'

그 이후, 더 의아하고 놀라운 장면이 벌어졌다. 그가 컵을 들고 어
딘가로 천천히 걸어갔다.

'걸어 다니네?'

그리고 그가 도착한 곳에는, 전혀 상상치도 못한 인물이 서 있었다.

나는 이시도르가 테이크아웃을 자연스럽게 홍보하는 광경을 보며
역시나 협찬엔 그만 한 적임자가 없다고 생각했다.

'그는 이 세계에선 대형 광고판이나 다름없으니까.'

예상대로 그는 새로운 형태의 서비스를 아주 근사하고 매력적으로
보여 주었다. 광고라는 것을 아는 나조차도 괜히 한번 따라 해 보고
싶을 만큼.

"여기, 데보라 공녀가 먹고 싶어 하던 복숭아 스무디."

이시도르가 장난스럽게 웃으며 스무디가 담긴 컵을 내밀었다.

"고마워."

그가 내민 컵을 받아 들자, 사람들의 시선이 더욱 진득하게 달라붙
었다.

"잘 마실게."

나는 아랑곳하지 않고 보란 듯이 스무디를 홀짝거리며 〈입실론〉 프랫 하우스 방향으로 걸음을 옮겼다. 겉으로는 태연한 척했지만, 사실 내 심장은 150bpm으로 격렬하게 뛰고 있었다.

'이 세계 재벌 3세를 음료 셔틀로 써먹다니.'

어쩌면 주변의 평판이 사람을 만드는지도 모른다.

'나…… 왠지 점점 더 막 나가고 뻔뻔해지는 것 같아.'

프랫 하우스 산책길을 걸으며 스무디를 마시고 싶다는 내 부탁을 받은 이시도르가 얼마나 황당했을지 짐작도 가지 않았다.

"산책하면서 차 마시는 거 낭만 있고 좋은데요."

선뜻 스무디를 사서 날 기다려 줬을 뿐 아니라, 기분이 퍽 좋아 보이는 그를 보며 나는 또다시 복잡한 기분을 느껴야 했다. 지난번에 생각났던, 그가 날 조, 조, 좋…… 하여튼 그 도끼병 같은 가정이 자꾸만 떠올랐기 때문이다.

그런데 아무리 머리를 굴려 봐도 그가 날 좋아할 이유가 딱히 없는 것 같다.

'물론 내가 얼굴은 엄청 예쁘긴 하지.'

하지만 이유가 단순히 외모라면 소설 속에서 데보라가 나왔을 때 이시도르가 그녀의 조력자로 나왔을 것이다.

골똘히 생각에 잠겨 있는데 이시도르가 날 불렀다.

"공녀?"

"아, 응?"

"뭘 그렇게 진지하게 생각하고 있어요? 무슨 고민 있어요?"

"그, 저, 저녁 뭐 먹을지 생각하고 있었어."

뇌를 점령한 대상이 천사처럼 아름다운 얼굴을 코앞에 들이밀어서 나도 모르게 이상한 변명이 튀어나왔다. 그의 에메랄드빛 눈동자에 찰나 당혹감이 스쳐 지나갔다.

"저녁 식사에 밀리다니 좀 섭섭한데요. 하긴, 식사는 중요하긴 하니까. 공녀는 어떤 음식을 좋아해요?"

그는 당황한 기색을 금세 지우고 화제를 돌렸다.

"아무거나 다 잘 먹어."

"나도 그래요. 가리는 거 없이."

이시도르가 자연스럽게 말을 이어가며 소소한 질문을 건넸다. 오페라나 연극은 좋아하냐, 어떤 동물을 좋아하냐, 취미가 뭐냐, 기타 등등.

'이시도르는 고양이를 좋아하는군.'

입 안에 달콤하게 퍼지는 복숭아 스무디를 홀짝거리면서 그와 시시콜콜한 대화를 주고받았다. 이윽고 그가 꽃나무 아래 벤치로 다가갔다.

"잠깐 쉬었다 갈래요?"

나는 시야가 높은 게 좋아서 늘 굽이 높은 힐을 신고 다녔다. 그런데 그의 눈엔 조금 불편해 보인 모양이다. 이시도르가 벤치에 손수건을 깔아 줬고 나는 조금 머쓱한 기분으로 손수건 위에 앉았다.

'원래 제국 남자들은 이렇게 매너가 좋은가?'

괜히 쑥스러워서 컵 끝을 지근지근 깨물며 먼 곳으로 시선을 던졌다.

우거진 녹음 탓에 싱그러운 향이 사방에서 물씬 풍긴다. 나무 위에서 지저귀는 작은 새들을 가만히 올려다보는 내게 이시도르가 문득 말을 걸었다.

"공녀. 곧 있을 마상 시합 구경 오죠?"

"응."

데보라는 마상 시합을 좋아하기 때문에 매년 경기를 관람했다.

"나 거기 선수로 참석해요."

맛있는 음료와 귀여운 새 때문에 잠시 풀어져 있던 나는 그의 말에 또다시 위화감을 느꼈다. 소설 속 마상 시합에는 이시도르가 등장하지 않았으니까.

'디에라 오르고가 활약하는 파트라서 생략된 건가?'

현시점, 원작의 흐름은 대충 이러했다. 데보라의 괴롭힘이 극에 달하고, 필라프는 그런 미야를 온갖 선물로 달래며 위로해 주지만 제대로 된 방패 역할을 해 주지는 않는다.

'도리어 데보라의 패악질을 이용해 미야가 제게 정신적으로 의지하게 만들려고 하지.'

필라프가 쓰레기라고 독자들에게 본격적으로 원성을 듣는 시점이었다. 미야는 필라프에게 말로는 고맙다고 하지만 의외로 냉정해서 그에게 마음을 주지는 않았고, 이때 비집고 들어온 캐릭터가 바로 디에라 오르고였다.

필라프와 디에라.

두 잘난 남자의 기 싸움만으로도 재밌으니, 다른 서사를 짧게 단축했을 수도 있다. 하지만 아무리 디에라 오르고가 활약하는 파트라 해도 이시도르가 아예 등장하지 않는다는 건 좀 이상했다.

'마스터의 조사대로 이시도르가 디에라 뺨치는 뛰어난 검사라면, 시합에서 디에라의 맞수로 나와야 하잖아?'

나는 복잡하게 떠오르는 의문을 삼키며 그를 마주했다.

"혹시 내가 질 것 같아요?"

이시도르의 물음에 나는 고개를 저었다.

"아니. 이시도르 경이라면 잘하겠지. 좋은 결과 있을 거야."

일단 내가 아는 마상 경기 우승자는 디에라지만 이시도르에게 예의상 좋은 말을 해 주었다.

'PPL해 줬으니 이 정도 립서비스는 해 줘야지.'

"그럼 시합장에서 날 응원해 줘요."

그가 눈 밑에 살짝 애교 살이 접힐 정도로 눈웃음을 쳤다.

"날 응원한다는 의미로 내게 손수건을 주면 더 좋고요."

금빛 속눈썹이 나비처럼 나풀거리는 광경을 보니, 손수건뿐 아니라 가진 거 전부 내놓아야 할 것 같은 압박감이 들었다. 호구 본능이 당장 드리라고 외치고 있어서 나는 다급히 입 안 여린 살을 사리물었다.

정신 차려!

'지금 스무디 사 준 대신에 손수건 달라고 은근히 돌려 말하는 것 같은데. 맞지?'

마상 시합에서 레이디들은 자신이 응원하는 무인에게 손수건을 건넸다. 손수건을 얼마나 많이 받느냐가 기사가 가진 실력과 인기의 척도이기도 했다.

'역시, 공짜는 없군.'

결국, 내가 가장 아끼는 장미 자수가 박힌 고급 손수건을 꺼내 그에게 선물로 건넸다.

"고마워요. 공녀 덕분에 우승할 수 있을 것 같네요."

손수건을 가져간 그가 해사하게 웃는다. 그의 부드러운 미소에 심장이 철렁 어디론가 굴러떨어지는 것 같았지만, 난 그런 감각을 애써 외면하며 손을 꾹 그러쥐었다.

"공자님. 마상 경기에 출전하신다고요?"

"어."

"왜죠? 흙먼지 날리고, 땀 냄새 난다고 질색하셨잖습니까?"

주군이 난데없이 마상 시합 훈련을 하고 들어와서, 미겔이 의아한 얼굴로 물었다.

이시도르는 땀이 맺힌 날렵한 턱을 가볍게 문질렀다. 원래 시합에 나갈 생각이 전혀 없었지만, 그는 다분히 충동적으로 신청서를 냈다.

"경기에서 우승하면 황실에서 괜찮은 보물을 주니까."

이시도르는 미겔에게 건성으로 둘러대며, 자그마한 고양이로 변신한 쿠키의 발바닥을 만지작거렸다.

"캬아악!"

성질을 내면서 허우적거리길래 쿠키를 놔주었더니, 책상 위에 고이 올려 둔 공녀의 손수건을 낚아채서 냄새를 맡기 시작했다. 곧장 뾰족한 이를 드러내며 입을 벌리는 쿠키를 보며 이시도르가 다급히 팔을 뻗었다.

"쿠키, 안 돼!"

"아르르!"

"물어뜯으면 간식 없어."

고작 손수건을 두고 애완동물과 기 싸움을 하는 주군을 흐린 눈으로 바라보던 미겔이 스르르 뒤로 사라졌다.

말린 생선을 꺼내 어르고 달래가며 간신히 손수건을 사수하는 데 성공한 이시도르가 한숨을 짧게 내쉬며 의자에 몸을 기댔다. 공녀와 빼닮은 화려한 장미가 수놓아진 손수건을 한동안 바라보던 그는 이

내 수건을 곱게 접었다.

'마상 시합……'

요란스럽기만 하고 시끄러운데다 귀찮은 경기. 하지만 평소처럼 방관하고 있으려니 괜히 심사가 비틀렸다.

마상 시합에 출전한 기사에게는 단상 위에서 관전하는 레이디들의 관심이 집중되었고, 제대로 활약하면 일약 스타덤에 오른다. 간단히 말해 멋있는 척 어필하기 좋은 무대라는 뜻이다.

게다가 그는 과거에 언뜻 시모어의 공녀가 마상 시합을 좋아한다는 정보를 본 적이 있었다. 시합을 관전하다가 마음에 드는 기사가 있으면 공녀도 누군가에게 손수건을 건네려 할 텐데, 그게 왠지 마음에 안 들었다.

'나도 못 받은 걸 애먼 놈이 받는 건 자존심 상하지.'

이시도르는 애써 유치한 생각을 떨쳐내면서 간식을 물어뜯는 쿠키를 쓰다듬었다.

"미야 영애. 혹시, 내게 손수건을 줄 수 있습니까?"

디에라 오르고가 머쓱한 말투로 말했다. 미야가 봉사 활동을 하는 치료소가 마침 흑기사단 병영 근처라, 그는 휴식 시간에 직접 그녀를 찾아왔다.

"손수건이요?"

"음, 초대 황제 탄신일에 열리는 마상 시합에 나가서요……"

미야가 커다랗고 맑은 눈으로 빤히 쳐다보자 디에라는 목덜미를 문지르며 말끝을 흐렸다. 오로지 검에만 몰두해 왔던 그는 여자와 대화하는 것에 영 익숙하지 않았다. 제게 처음으로 좋은 인상을 준 영애 앞이라서 더욱 어색했다.

"지금은 손수건이 이것밖에 없어서요."

"아……."

환자의 피가 묻어 있는 손수건을 꾹 움켜쥐고 있던 미야가 좋은 생각이 났다는 듯 손뼉을 짝 쳤다.

"혹시 시합 당일에 드려도 될까요? 깨끗한 손수건을 준비할게요."

"그거면 됩니다."

약속을 받아내자마자 디에라가 무뚝뚝한 얼굴로 사라졌고, 미야는 오늘 있었던 일을 마담 오펠리아에게 보고했다. 사실은 치마 안에 새 손수건이 있었는데 일부러 주지 않았다는 사실까지.

"디에라 오르고는 마상 시합의 강력한 우승 후보이니, 손수건은 경기장에서 직접 건네주는 것이 더 보기 좋죠."

마담 오펠리아가 모처럼 그녀를 칭찬했다.

'계획대로 착착 진행되어 가는군.'

봄꽃 축제 이후 자극을 좀 받았는지 미야가 그나마 최근에 노력이란 것을 하고 있었다.

하지만 기분이 좋았던 것도 잠시, 마담 오펠리아는 그날 저녁 귀에 들어온 소식에 얼굴을 사납게 일그러뜨렸다.

'데보라 시모어가 아카데미 수석을 차지했다고?'

아카데미 전체 수석은 방학이 끝나고 새 학기가 시작될 때 공식적으로 발표했지만, 누군지 알아내려면 얼마든지 알아낼 수 있었다. 그리고, 오펠리아는 당연히 미야 비노슈의 수석을 예상했었다.

'대체 왜?'

어떻게 이런 일이 생길 수가 있는 거야. 미야의 신성력을 모두에게 알리기 위해서 얼마나 노력했는데!

심지어 교주가 선교하러 나오는 시간에 맞춰 나가 직접 치유력을 보여 주기도 했다. 신전이 미야를 인정하도록. 평판이며 능력이며, 데보라 시모어보다 훨씬 앞서 나가고 있다고 생각하고 있었는데 도통 믿기지 않았다.

'데보라 시모어는 마나를 다룰 줄도 모르는 반푼이인데 어떻게 마법학부 수석을 해? 시모어라서 특혜를 받은 건가?'

미간을 좁히고 있던 그녀는 손끝에 맺힌 비릿한 핏물을 손수건으로 훔치며 이를 꾹 악물었다.

한편, 시모어 공작 역시 데보라가 수석을 했다는 사실을 전해 듣고 놀라움을 금치 못했다.

"정말인가?"

"그렇습니다. 어제저녁 공녀님 앞으로 아카데미 총장이 보낸 편지가 도착했고, 교수에게도 전해 들었습니다."

"호오."

"축하드립니다. 두 공자님도 수석을 한 번씩 차지하셨는데, 시모어의 위명이 나날이 높아지겠군요."

보좌관의 보고를 듣던 시모어 공작이 문득 고개를 기울였다.

"그런데 그 아이는 왜 이 사실을 내게 바로 보고를 안 하는 거지? 충분히 자랑할 만한데."

공작의 중얼거림에 보좌관이 잠시 머뭇거리다가 입을 열었다.

"각하. 최근 공녀님은 탁월한 성과를 보여 주고 있습니다."

"그렇지."

"자만할 수 있는 상황임에도 타인에게 과시하지 않으며, 도리어 겸허하면서도 긍지 높은 모습으로 마법사들에게 지식을 공유하고 있다고 들었습니다."

"흐음……. 자네 말은, 그 아이가 지금 내게 겸양의 미덕을 보여 주는 거라, 이건가?"

"그렇습니다."

남에게 허영과 과시를 일삼지 않는다는 것은 그만큼 스스로에 대한 자신감이 생겼다는 뜻이기도 하다. 데보라의 별 의미 없는 행동을 한껏 과대 포장한 공작은 진지한 얼굴로 턱을 문질렀다.

"확실히 그 아이가 최근에 여유가 생겼어. 제 수족을 데려와서 똑똑하게 부릴 줄도 알고."

시모어 공작은 제 딸의 가장 큰 약점이 바로 인망이라고 생각했다. 시모어의 공녀임에도 불구하고 그녀를 믿고 따르는 아랫사람들이 없다시피 했으니까.

하지만 최근엔 그 오랜 확신조차 흔들리고 있었다. 아카데미에서 스카우트해 온 가신에게 능력을 선보일 기회를 마련해 주었고, 탁월한 발상으로 수족을 요직에 꽂아 넣는 수완까지 발휘했다.

'역시, 철이 들었단 말이지. 예전 같았으면 희귀한 보석과 값비싼 드레스나 사 달라고 졸라댔을 텐데.'

코앞의 보상보다, 더 먼 곳을 내다보다니.

'하루가 다르게 성장하고 있군.'

시모어 공작은 데보라가 들었다면 땅을 칠 생각을 하며 흐릿한 미소를 지었다.

'이러다 진짜 곧 100억 찍는 거 아닐까?'

로브를 쓰고 아르망 주변을 탐색하던 나는 이시도르가 가진 파급력에 혀를 내두를 수밖에 없었다.

'예상을 훨씬 뛰어넘네.'

광장 분수대 벤치에서 다리를 꼰 채 컵을 들고 있는 귀족 영식들이 잔뜩 속출하기 시작한 것.

한때는 절로 미간이 찌푸려지게 했지만, 지금은 내 사업에 도움이 되는 꼴불견들이었다. 게다가 다들 돈 좀 있고 사교계 유행에 관심이 많아 보였다.

'의도하긴 했다만, 진짜 저거까지 흉내 낼 줄은 몰랐어.'

근데 왜 나를 따라 하는 영애도 있지?

종종 스무디를 들고 분수대 근처를 산책하는 영애들도 있어서 나는 신기한 기분을 느꼈다.

'아, 알겠다. 이시도르 후광 효과구나!'

나는 그의 위력에 내심 감탄하며 고개를 주억거리다가, 주변 탐색을 마치고 마차 안으로 들어갔다.

'일단 가볍게 시범을 보이는 건 성공한 것 같아.'

테이크아웃.

공간의 제약 없이 음료를 판매할 수 있으므로, 나는 꼭 이 아이템을 성공시키고 싶었다.

이전 생애, 아르망과 비슷한 규모의 카페에서 아르바이트할 때 테이크아웃 매출이 홀 매출과 비슷하거나 6 대 4까지 올라가는 것을 확인했다. 잘 도입만 된다면, 두 배 이상으로 매출을 끌어 올릴 수 있는 유일한 사업 아이템이었다.

'가능성이 아예 없는 것 같지도 않고.'

날씨가 좋고 푸른 잔디밭과 공원이 많아서 제국 사람들은 피크닉을 자주 즐겼다. 이 때문에 샌드위치나 케이크를 포장해 주는 서비스가 보편화되어 있었다.

'음료 포장도 안 될 거 없지.'

바구니에 무거운 찻잔과 주전자를 넣고 다니는 것보다 간단하게 테이크아웃 하는 것이 더 편하지 않을까?

처음 카페 사업을 구상했을 때부터 머릿속에 가지고 있던 아이디어였다. 그래서 나는 일전에 아린 오슬롯과 계약서를 쓸 때 수(水) 속성 저항 마법, 즉 '방수' 기능에 관해 연구해 달라는 조항을 넣었다.

호룬 지구에는 제법 큰 규모의 제지 공장이 있었고, 종이에 방수 마법을 걸면 테이크아웃 용기에 대한 고민이 쉽게 해결되기 때문이다. 아린 오슬롯은 꽃에 보존 마법과 향 증폭 마법을 걸 수 있는 속성 변형 마법사니 방수 마법도 해낼 수 있을 것이라 추측했고, 예상대로였다.

난 아린과의 대화 내용을 회상했다.

"가능할 것 같아요. 명검이 녹슬지 않도록 공녀님께서 말씀하신 것과 비

숫한 계열의 속성 마법을 건다고 도서관에서 본 적도 있고요."

아린은 진지하게 설명했다.

"마나가 많이 필요하겠지?"
"긴 지속력이 필요하지 않은 물건이라면, 마나가 크게 소모되지 않아요. 시간이 가장 큰 문제거든요."

일회용 종이컵인데 굳이 방수 기능을 오래 지속시킬 필요가 없었다.
그날, 나는 그녀를 끌어안고 방방 뛰고 싶은 충동을 느꼈다. 위엄을 지키기 위해 차마 그렇게까지는 못 했지만.
"공녀님, 오셨어요!"
"그래."
내가 엄숙한 얼굴로 등장하자 연구에 몰두하고 있던 아린이 반색하며 다가왔다.
나는 그녀에게 시모어 가신들이 머무는 별관 건물 내부 공간을 연구실로 쓰라고 내주었다. 책상 위에는 마력석과 종이컵이 잔뜩 나뒹굴었고 종이에는 연구 결과들이 빼곡하게 적혀 있었다.
'왠지 감동인데.'
스무디도 대박 났으니 보너스나 더 줘야겠다고 생각하던 나는 책상 위에 곱게 놓여 있는 손수건을 보고 내심 웃음을 삼켰다.
'아린도 마상 전투에서 응원하는 기사가 있나 보네.'
누군지 조금 궁금하긴 하다.
"아, 여기 앉으세요. 차, 차를 내와야 하는데."

그녀가 허둥거렸다.

"차는 괜찮아. 연구 내용만 확인하고 갈 거야."

고용주와 단둘이 있는 게 불편할 것 같아서, 난 센스 있게 빠른 퇴장을 예고했다.

"요즘 마탑 강의 때문에 많이 바쁘신가 봐요."

그런데 그녀가 갑자기 커다란 눈동자를 촉촉하게 물들여서 나는 움찔 놀랐다.

'뭐, 뭔가 실수했나?'

"건강 챙겨 가면서 하세요."

"그러지."

그녀의 부담스러운 시선에 나는 식은땀이 난 손을 만지작거리며 중얼거렸다.

"아, 그리고 저를 위대한 시모어 가문의 사서로 정식 채용되게 힘써 주신 거, 정말 감사드려요."

"네가 그만큼 책에 대한 애정을 보여 줬으니 아버지께서 능력을 인정하신 거야."

"헤헤. 이제 진짜 공녀님의 제대로 된 가신이 된 것 같아서 정말 기뻐요. 아! 연구 결과 보여 드려야 하는데, 잠시만요."

그녀가 종이컵 수십 개와 함께 실험 결과가 쭉 나열된 도표를 가져왔다.

"이 컵이 마나를 가장 획기적으로 절약한 속성값이에요."

그녀가 건넨 컵은 지금 출시한 것보다 훨씬 미세하게 마나가 코팅되어 있었다. 혹시나 해서 물을 부어서 테스트해 보니 종이가 하나도 젖지 않았다.

산출된 마나의 총량을 보니, 마법진만 치밀하게 제작하면 마탑에 쓰레기처럼 굴러다니는 폐급 마력석으로도 다량의 종이컵을 생산할 수 있을 것이다.

'제작 비용이 싸지 않았다면, 테이크아웃은 오래전에 포기했겠지.'

"유지 기간은?"

"24시간 정도예요."

"나쁘지 않군. 이 속성값에 마법 기술 특허를 걸어야겠어."

한번 맛 들이니 특허의 늪에서 빠져나올 수가 없었다. 계약서상에 적혀 있는 특허 수익 분배는 5 대 5.

'아린이 다 했는데 내가 5를 꿀꺽하다니. 사실상 노예 계약서나 다름없긴 하지……'

노동력을 착즙당하는 그녀를 나는 아련한 기분으로 바라보았다.

'하지만 낙장불입이란다.'

내 의미심장한 시선을 느꼈는지 그녀의 자그마한 어깨가 움츠러들었다. 가뜩이나 사나운 인상인데 내가 빤히 노려봐서 놀란 모양이었다.

"그…… 공녀님."

이 와중에도 아린이 머뭇거리면서 말을 걸었다.

"뭐지?"

"아, 이거 제가 만든 건데, 별거 아니지만, 그래도……"

뱀 앞의 다람쥐처럼 어깨를 부들부들 떨던 그녀가 불쑥 책상 위에 곱게 접혀 있던 손수건을 내밀었다.

내, 내 거였니?

'마상 시합에 나가는 기사한테 주려던 게 아니었나 보네.'

"왜 이걸 나한테?"

"공녀님을 생각하면서 만들었어요. 부디, 받아 주세요."

나는 얼떨떨한 기분으로 그녀가 내민 보라색 손수건을 받아 들었다.

'어? 이거 차갑네.'

쿨팩 같은 기능을 하는 손수건이었다. 게다가 향수를 뿌렸는지 좋은 향기까지 났다.

"마상 시합을 구경하실 때 분명 더울 테니, 땀 닦을 때 사용하세요. 시원할 거예요."

"잘 쓰지."

당장 손목에 감으면 시원할 것 같아서 손수건을 묶자 그녀가 갑자기 헉, 하고 격한 헛숨을 들이켰다.

'흠, 뭐지?'

이윽고 아린의 코에서 코피가 주르륵 흘러내렸다. 허둥대던 그녀가 손수건으로 다급히 코를 틀어막고 눈물을 글썽였다.

"재, 재성해여. 이렁 숭한 꼬를 보이다니."

'나 때문에 과로해서 코피가 터진 거군.'

악녀로 살기로 누차 다짐했건만, 쓸데없이 양심에 가책이 느껴졌다.

"쉬엄쉬엄하도록."

일을 잔뜩 떠맡긴 내 주둥이에서 나올 말은 아니다만.

"저능 지굼 주거도 여하니 엄써여……."

코맹맹이 소리로 뭐라 웅얼대는 아린이 불쌍해서 나는 자리에서 급히 일어났다.

"겅녀님, 다으메는 꼭 차를 대저팔게여."

'무슨 말을 하는지 못 알아듣겠어.'

"음. 그래. 난 이만 가 보겠어."

나는 그녀가 편하게 쉴 수 있도록 도망치듯 연구실에서 나왔다.

'유난히 날씨가 덥네.'

오늘은 마상 시합 당일.

나는 쨍한 하늘을 올려다보며 눈가를 찌푸렸다. 구름 한 점 없는 맑은 날씨였다. 작열하는 강렬한 태양 때문에 눈이 부실 지경이었다.

후덥지근한 경기장 근처는 사람들로 북새통을 이루고 있었다. 마상 시합은 제국에서 가장 인기 있는 경기였고, 특히 초대 황제 탄신일에 열리는 토너먼트는 규모가 워낙 커서 돈 주고도 입장권을 못 구하는 경우가 속출했다. 콘서트 표를 못 구한 아이돌 팬처럼 미련 많은 표정으로 경기장 주변을 맴도는 사람들까지 있었다.

물론 시모어 가문은 이 자리를 빛내기 위해 황실에서 직접 초대했기 때문에 예외였다. 귀족들은 시합을 가까이에서 구경할 수 있는 맨 앞 상석에 앉았고, 그 뒤 좌석에는 준귀족과 평민들이 자리를 잡았다.

경기장에는 텁텁한 모래바람이 자욱하게 피어올랐다. 여기저기서 말이 우는 소리와 거친 말발굽 소리가 들려왔고, 각종 기사단의 인장이 그려진 깃발이 사방에서 펄럭거렸다.

나는 시모어 가문 사람들이 자리 잡은 차양막 아래에 앉아 기사들이 대기하고 있는 막사를 바라보았다. 긴장되는 듯 어수선하게 돌아다니는 사람도 있고, 더운지 투구를 벗고 있는 기사도 있었다.

마상 전투는 오러 운용이 허가되는 경기가 아니라서 순전히 기술과 육체적인 힘, 순발력을 활용해야 했다. 말을 다루는 능력과 전투 센스를 확인할 수 있어서, 이곳은 각종 기사단의 인재 스카우트의 장이기도 했다. 낙마로 인한 부상의 위협이 있어 황족들은 참여하지 않았으며 기사들은 단단히 중무장하고 경기에 임했다.

뿌우우우—

이윽고 커다란 나팔 소리와 함께, 첫 번째 전투가 시작되었다. 철갑주를 입은 기사가 투구를 벗고 기합을 내뱉자 관객석에서 흥분에 찬 함성이 울려 퍼졌다.

"시끄럽군."

황제까지 와서 관람하는 경기라서 마지못해 참석한 시모어 공작은 번잡스러운 분위기가 마뜩잖은지 인상을 슬쩍 찌푸렸다.

"하여간 기사라는 놈들은 요란하고 야만적이란 말이지. 뇌까지 근육으로 이루어져 있을 것 같아."

팔짱을 낀 시모어 공작은 신랄하게 중얼거리며 경기를 관전했고, 벨렉 역시 무표정한 얼굴로 앉아 있었다. 마상 시합은 아이들에겐 어울리지 않는 자리라서 엔리크는 참석하지 못했다.

'나도 왜 저기 열광하는지 진짜 모르겠다.'

데보라는 틈만 나면 마상 경기를 구경 나갈 정도로 열광하면서 좋아했던 것 같은데, 나는 아니었다. 긴 창이 몸통과 방패, 투구 등을 명중시킬 때마다 우레와 같은 함성이 쏟아졌지만, 내 눈엔 아슬아슬하고 위험해 보일 뿐이었다.

'그리고 더워……'

사람들이 내뿜는 열기까지 더해져 시간이 지날수록 경기장은 후덥지근했다.

아린이 선물로 준 시원한 손수건을 꺼내서 펼치는 중 어디선가 지긋한 시선이 느껴졌다. 부친이 왠지 모르게 탐탁잖은 표정을 짓고 있었다.

'더워서 컨디션이 안 좋으신가 보군.'

"아버지께서 갖고 계세요. 마법이 걸린 거라 시원할 거예요."

아린의 선물이긴 하지만 경로 우대도 있으니 부친에게 손수건을 잠시 빌려주기로 마음먹었다.

"특이한 물건이구나."

"제 가신이 만든 겁니다."

"아아, 네가 아카데미에서 데려온 그 아이. 제법 영민해 보이더군. 잠재력이 높아 보이니 얼마든지 후원해 주마."

나는 시모어 공작에게 슬쩍 아린을 영업했고, 아버지는 흥미로운 얼굴로 손수건을 만지작거렸다.

"저, 저…… 가식적인."

벨렉이 치를 떨며 뭐라 꿍얼거렸지만 못 들은 척했다.

한편, 경기장의 열기는 점점 고조되었고 흑마를 타고 등장한 남자로 인해 주변 분위기는 숫제 폭발할 듯했다.

"디에라 오르고다!"

"와아아아!"

"심판자! 심판자!"

신분의 고하와 관계없이 죄인에게 공정하게 검을 휘두르는 디에라는 제국에서 남녀노소 모두에게 큰 인기를 누리고 있었다.

디에라가 금욕적이고 단정한 미모를 뽐내며 경기장을 천천히 돌자 함성은 더욱 커졌다. 제발 받아 달라며 애타게 손수건을 흔드는 귀족 영애를 매정하게 스쳐 지나간 그가 갑자기 말에서 내리더니, 좌석 뒤

쪽에 앉아 있는 미야를 향해 다가가 손을 뻗었다.

놀란 얼굴을 한 미야가 잠시 허둥거리다가, 작은 손가방에서 손수건을 꺼내 건네준다. 칠흑 같은 갑주를 걸친 디에라가 핑크빛이 도는 손수건을 받아 드는 그 장면은 제법 그럴듯했다.

"레이디에게 승리의 영광을 가져다주겠습니다."

그가 투구를 쓰고, 무거운 마상 창을 기세 좋게 흔들었다.

'아놔, 근데 쟤는 혼자서 십오 분을 잡아먹네.'

저 멀리 쭈구리처럼 자신의 차례를 기다리는 상대방이 이젠 불쌍할 지경이었다. 아무리 소설 속 주연 중 하나라고 해도 좀 너무한 거 아니냐고.

나는 어이가 가출하는 것을 느끼며 디에라의 경기를 관전했다. 실력이 워낙 압도적이라 시합은 시시할 정도로 금방 끝났다.

"꺄아아아악!"

"뭐, 뭐야."

그때였다.

디에라의 등장으로 인한 열기가 식기도 전에 갑자기 대기를 찢어 버릴 듯한 비명이 지축을 뒤흔들기 시작했다.

'헐, 나 이거 뭔지 알아.'

때는 고1. 아이돌에 푹 빠져 공방까지 다니던 시기, 연말 시상식에서 들었던 함성이다.

"이시도르 비스콘티 님!"

디에라와 강렬한 대비를 이루는 백금색 갑주와 백마를 타고 나타난 금발 미남의 등장에 경기장이 발칵 뒤집혔다.

신분, 나이와 관계없이 경기에 구경 온 여성들이 보내는 압도적 지지에 남자들의 굵직한 고함이 흔적도 없이 묻힐 정도였다. 그를 향해 손수건을 막무가내로 던지는 영애들도 있었다.

'진짜 로맨스 소설을 찢고 나온 것 같네.'

왜 마상 창 시합이 로맨스 단골 소재로 나오는지 알 것 같은 기분? 그의 미모에 어느 정도 익숙해졌다고 믿었던 나조차, 갑주를 입은 군신 같은 모습엔 감탄할 수밖에 없었다.

투구를 쓰기 직전, 이시도르가 내 쪽으로 시선을 던지며 천사 같은 미소를 지어서 나는 움찔 놀랐다.

"분명 날 보셨어요!"

"아닌데요! 분명 날 향해 웃어 준 건데요?!"

어차피 이시도르 눈에는 전부 다 새우젓으로 보일 텐데 내 근처 귀족 영애들이 핏대를 세우며 거친 논쟁을 벌였다.

"기사가 아니라 마치 오페라 배우가 나온 것 같군."

고지식한…… 나쁘게 말하면 꼰대 기질이 있는 시모어 공작은 이시도르를 날라리 보듯 하며 못마땅한 음성으로 중얼거렸다.

한바탕 파란을 일으킨 이시도르가 시합이 시작되자마자 말을 몰고 섬광처럼 달려 나갔다.

"헉, 저 손수건은 누가 준 거죠?"

"어머, 어머."

"꺄악, 안 돼애애!"

뒤늦게 그의 창 손잡이에서 내가 건넸던 손수건이 펄럭이는 것을 발견한 나는 괜히 머쓱한 기분을 느꼈다.

'비싼 손수건이라 재질감이 좋으니까 묶어 둔 거겠지.'

레이디가 기사에게 손수건을 주는 건 흔한 일이니까.

묘한 기분을 몰아내려고 딴생각을 하며 손가락을 만지작거리는 사이, 이시도르가 순식간에 상대편의 창을 두 동강 내며 시합이 끝났다.

'오러를 다룰 수 없는 경기인데, 저렇게까지 완력이 세다고?'

믿을 수 없는 광경에 절로 입이 벌어진다.

경기장에도 짧은 정적이 흘러내렸다. 외모가 너무 뛰어나기 때문에 내가 이시도르가 가진 기사로서의 역량을 과소평가한 것 같았다.

그가 디에라 못지않은 압도적인 경기력을 보여 주자 관중석이 더욱 시끄러워졌다. 우승자를 두고 내기를 하는 사람들 때문에 분위기가 과열된 것이다.

그 뒤로도 우승 후보로 점쳐지는 유명한 무인들이 나와 토너먼트를 치렀다.

'이제 슬슬 나타날 때가 됐는데.'

모두가 시합 내용에만 관심을 가질 때, 나는 초조하게 기사들이 대기하고 있는 막사 근처를 응시하고 있었다.

현재, 가장 더운 시각인 두 시가 조금 넘어가고 있었다. 나는 회중시계를 힐끗 곁눈질했다.

'왜 아직도 안 오지?'

한 달 전부터 호룬 지구 행정실에 요청해 둔 일이고 이미 황실의 승인이 났다.

'설마 인제 와서 안 된다고 하는 건 아니겠지?'

불안해하는 중, 큰 짐을 들고 기사들이 머무는 막사 근처로 가는 가게 직원들과 일꾼들이 보였다.

'도착했네.'

나는 내심 긴장한 채, 경기장 막사 쪽에서 일어나는 상황을 지켜

보았다.

'덥다.'

정오가 지나고, 지표면이 가열되면서 막사 안도 찜통처럼 후끈해졌다. 오릭스 미르케인은 낡은 손수건으로 땀으로 젖은 이마를 문질렀다.

'이 정도일 줄은⋯⋯.'

여름이라서 더우리라는 것을 익히 예상했지만, 무거운 갑옷 때문에 체감 온도가 더욱 높았다.

그는 추운 지방인 북부 출신이라, 이런 후덥지근한 날씨에 특히나 약했다. 출전 선수들과 비교해 상대적으로 어린 나이인 오릭스는 시합 경험도 많지 않아서 숨 막히는 긴장감과도 싸워야 했다.

올해 열일곱 살인 오릭스는 작년, 자신과 여동생에 대한 경제적 지원을 끊겠다는 형의 협박으로 영지에서 나와 군대에 지원했다. 기숙사에 있는 여동생에게 생활비를 보내기 위해서였다. 압도적인 체구가 눈에 띄었는지 수도에 있는 기사의 눈에 들어 훈련생으로 지내다가 올해 처음 마상 시합에 나왔다.

다행히 마상 시합은 오러를 다루는 경기가 아니라서 그는 뛰어난 동체 시력과 타고난 신체 능력을 활용해 제법 높이 올라올 수 있었다. 대진운까지 따라줘서 무려 본선까지 올라왔는데 전혀 예상치 못한 복병과 맞닥뜨렸다.

갑주 안으로 땀이 고여 뚝뚝 바닥으로 떨어졌다. 오릭스는 현재 약간의 탈수 증상을 겪고 있었다. 고위 귀족 가문 출신 기사들은 컨디선을 관리해 줄 시종을 쓸 여력이 있지만, 무명 기사단의 훈련생인 그는 그럴 여유가 없었다. 당장 입에 풀칠하며 살기도 힘들었다.

"후우."

불볕더위 때문에 손수건이 흥건해질 정도로 땀이 끊임없이 흘러내린다. 이런 몸 상태로 시합에 나가면 날아오는 창을 제대로 피하지 못하고 낙마할 게 뻔했다.

'하필이면! 보여 준 것도 없는데.'

컨디션이 좋을 때는 상대방이 기권하는 바람에, 정작 오늘 큰 무대에서는 단 한 번도 활약하지 못했다.

'그동안 운이 좋더라니.'

자신의 존재를 많은 이들에게 널리 알리고 한 걸음 더 나갈 절호의 기회인데, 이대로 포기하기에는 너무 아까웠다. 하지만 눈앞이 어지럽고, 몸에서 힘이 자꾸 빠져나갔다.

그때, 누군가가 불쑥 물이 든 컵을 내밀었다.

'뭐지?'

"제국의 무위와 영광을 드높이는 기사님들을 위해 아르망에서 준비한 음료입니다."

단정한 유니폼을 입은 사용인들이 찻주전자를 들고 다니며 막사에 있는 기사들에게 음료를 나눠 주고 있었다.

'아르망?'

그는 의아한 기분으로 보라색 인장이 찍혀 있는 컵을 바라보았다.

'컵이 엄청 가볍군. 종이로 만든 건가?'

컵을 감싼 종이에는 가게에서 음료를 포장해 갈 수도 있다는 안내와 함께, 안에 든 음료에 대한 간략한 설명이 쓰여 있었다.

'수분 보충, 갈증 해소.'

마침 목이 말라서 얇은 레몬이 떠 있는 투명한 음료를 한 모금 마신 오릭스는 움찔 놀랐다. 액체의 목 넘김이 좋았기 때문이다. 밍밍하면서도 달착지근한 가운데, 살짝 감도는 레몬 향 때문에 상큼하게 느껴지기도 했다.

'뭔지는 모르겠지만 이거 괜찮네.'

그는 음료를 천천히 마시며 조금 뭉클한 기분을 느꼈다. 물에 얇은 레몬을 띄워 체하지 않게끔 배려했었던 모친이 생각이 나기도 했다.

열일곱이면 아주 어리지도 않지만 그리 많지도 않은 나이이다. 세상에 홀로 남은 것 같은 절박한 기분을 느끼고 있었기 때문에 이들의 호의가 더욱 달게 느껴졌다.

그는 순식간에 음료를 모두 비우고 숨을 한번 돌렸다.

"어?"

문득, 땀을 훔치던 오릭스가 짧은 감탄사를 터뜨렸다. 머리가 멍하고 더위 때문에 죽을 맛이었는데 갑자기 정신이 조금 든다.

그는 자리에서 일어나 빠르게 몸을 움직였다. 보통 물을 잔뜩 마시고 나면 물이 위장에서 출렁거리는 느낌이 드는데, 그런 거북한 느낌이 치솟지도 않았다.

'몸 상태가 괜찮아졌어.'

주변에 앉아 있던 기사들도 비슷한 효과를 느꼈는지 고개를 기웃거렸다.

"이 음료수에 무슨 마법을 부린 거지? 물과 조금 다른데 괜찮군."

"성수를 탄 거 아닐까?"

"성수는 상처를 치료하는 거잖아. 갈증 해소 기능이 있다는 말은 들어 본 적도 없네."

때마침 하늘에 구름이 끼면서 맹렬한 태양의 기세도 점점 누그러들고 있었다.

'다음 경기, 잘할 수 있을 것 같아.'

제 차례가 되자 오릭스는 지인에게서 빌린 낡은 투구와 긴 창을 들고 자리에서 일어났다.

그리고 그날, 그는 마상 시합에서 가장 큰 이변을 일으켰다.

이온 음료.

'일명 스포츠 음료지.'

내가 아르망 인장이 박힌 종이컵에 담아서 뿌린 것이다. 격렬한 운동을 해 땀을 많이 흘리면 수분은 물론 전해질 균형이 깨지는데, 이온 음료는 빠른 전해질 흡수를 도와준다.

'소화도 더 잘되고.'

과거에 보건 관련 교양을 듣다가 이온 음료, 즉 경구 수액을 만드는 방법에 대해 배운 적이 있었다.

'의외로 제작 방법이 간단했어.'

1리터 이상의 물에 설탕 6스푼, 소금 반 스푼을 섞으면 쉽게 이온 음료가 완성되었다. 별거 아니지만, 투명한 음료 안에 얇은 레몬 슬라이스를 장식으로 넣어 언뜻 그럴듯해 보이게끔 했다.

기사들 표정을 보니 반응이 나쁘지 않은 것 같다. 나는 막사와 가까운 맨 앞자리 명당에 앉아 있었기 때문에 시합 참가자들의 분위기가 생생하게 느껴졌다.

마침 16강 토너먼트를 앞두고 잠깐의 인터벌을 둬서 내 근처 귀족들은 오늘의 주인공들이 음료를 마시는 것을 호기심 어린 얼굴로 바라보고 있었다.

"저기, 탑처럼 높게 쌓은 건 뭐죠?"

내 근처에 앉아 있던 귀족 영애가 입을 열었다.

'뭐긴 뭐야. 쇼맨십이지.'

관객들의 이목을 끌기 위해, 나는 높게 쌓아 둔 종이컵을 들고 다니면서 기사들에게 음료를 나눠 주라고 미리 당부했다.

"컵인 것 같은데요?"

"컵을 저렇게 높게 쌓고 다닌다고요? 깨지면 어쩌려고 저러는 거죠?"

그때 어떤 영애가 두 영애의 대화에 자신만만하게 끼어들었다.

"종이로 만들어서 괜찮을 거예요."

"종이는 젖잖아요. 근데 어떻게 물을 담을 수 있나요?"

"그 위에 미약한 수속성 저항 마법을 걸었더군요. 얼마 전에 아르망에서 봤어요."

"신기하네요. 야외에서 사용하기 간편해 보이기도 하고요."

"네. 저런 식으로 음료를 외부에서 산책하면서 편하게 마실 수 있더라고요. 요즘 유행인 거 모르셨어요?"

'잘한다, 잘해.'

영애가 부채를 펄럭이며 새치름하게 잘난 척하는데, 내심 옆에서 더 부추기고 싶어졌다.

"근데 뭘 마시는 걸까요?"

더불어 땡볕에서 고생하던 기사들이 달게 목을 축이는 광경은 관중들에게 꽤 긍정적인 광경으로 비쳤다.

"맛있나 봐요. 더 마시는 기사도 있어요."

기사들은 내 가게의 홍보 대사 역할을 충실하게 해 주고 있었다. 음료 회사가 운동선수들에게 스포츠 음료를 무료로 협찬하는 것과 비슷한 맥락이었다. 특히나 오늘 마상 경기는 이전 생애로 따지면 올스타전에 비유할 수 있을 정도로 인기 있었다. 홍보에는 이보다 더 좋은 무대가 없었다.

"정말 달게 마시네요."

"이렇게 더운데 뭔들 맛이 없겠어요?"

"하지만 고위 귀족 출신 기사들도 마시고 있잖아요."

가장 고무적인 일은 이 자리의 인기 스타인 이시도르와 디에라도 아르망에서 준 음료를 벌컥벌컥 들이켜고 있다는 것.

'둘 다 고맙다.'

이 정도면 내 소기의 목적은 200퍼센트 이상 달성했다. 테이크아웃의 필요성과 간편함을 눈앞에서 직접 보여 주었고, 신메뉴인 이온 음료까지 성공적으로 선보였으니까.

편한 마음으로 남은 경기를 관람하던 나는, 경기 내용이 전혀 예상 밖으로 전개되어 고개를 갸웃했다.

'디에라가 저렇게까지 고전하다니. 이상하네.'

현재 마상 시합은 4강전이 진행되고 있었다. 당연히 디에라가 낙승하고 결승까지 빠르게 올라갈 것이라 예상했으나, 다크호스가 나타났다.

앞선 두 번의 경기에서 크게 활약한 무명 기사가 디에라를 상대로 도 제법 잘 싸우고 있어서, 모두가 손에 땀을 쥐고 있었다. 저 무명 기사는 신기하게도 덩치가 큰데도 움직임이 민첩해서 디에라의 직선적인 공격을 잘 피해냈다.

그는 저돌적으로 달려드는 디에라의 창을 유연하게 흘려보냈다.

탕!

또 한 번의 공방이 벌어졌고, 무명 기사가 디에라의 어깨를 강하게 치고 지나갔다. 반면, 디에라의 창은 나무 방패를 치고 허무하게 튕겨나갔다.

'방금, 저 무명 기사가 더 높은 점수를 냈어.'

말 그대로 엄청난 이변이 벌어져서 경기장에는 쥐 죽은 듯한 정적이 깔렸다.

디에라가 오늘 처음으로 상대방에게 한 판을 내주었다. 삼세판이라 4강전의 승자가 나온 것은 아니지만, 오르고 가문의 천재가 듣도 보도 못한 기사에게 한 판을 빼앗겼다는 것 자체가 충격적이었다.

스코어는 1 대 1.

마지막 경기는 더욱 치열하게 진행되었고 총 다섯 번의 합을 주고받은 끝에 디에라가 무명의 기사를 상대로 아슬아슬하게 승리했다. 하지만 심판이 디에라에게 조금 더 관대했다는 느낌을 지울 수 없었다.

'어쩌면 당연하긴 하지.'

디에라는 검술 명가인 오르고 공작가 출신이니. 재밌는 건, 도리어 승자보다 패자인 저 무명 기사가 훨씬 주목을 받고 있다는 것이다.

"저자는 누구죠? 어려 보이는데."

"허름한 갑옷이나 타고 있는 말만 봐도 유명한 기사단 소속이 아닌 듯한데 정말 대단하군!"

"앞으로 저 기사를 스카우트해 가려고 유명 기사단에서 눈에 불을 켜겠군요."

디에라는 상처뿐인 승리를 거두고 가까스로 결승으로 올라갔다.

남은 4강전에서는 이시도르와 청기사단 소속인 세리그 가문의 삼남이 마주했고 이시도르가 그리 어렵지 않게 이기고 올라갔다.

'디에라의 상태가 별로 안 좋아 보이는군.'

결벽적이고 정의로운 디에라는 어딘가 편파적이었던 일전의 경기 내용이 신경 쓰이는지, 굳은 얼굴로 자리하고 있었다. 결국 디에라는 첫판부터 제대로 된 기량을 보여 주지 못했고, 이시도르의 공격에 허무하게 말에서 떨어져서 지고 말았다.

"올해 우승자는 백기사단의 부단장인 이시도르 비스콘티 경입니다!"

와아아-!

뜨거운 열기 속에서, 나는 결과를 두고 홀로 짜게 식을 수밖에 없었다.

'디에라 쪽에 돈 걸었는데.'

소설로 스포당해서 경기 결과를 아는데 내기 도박을 안 하는 건 바보짓이라고 생각했다.

'땅 짚고 헤엄치기 아니냐고.'

이시도르가 내심 신경 쓰여서 거액을 베팅 안 한 게 불행 중 다행이라고 해야 하나.

'소설 내용과 또다시 달라졌어.'

분명 소설에선 필라프가 우승한 디에라를 격렬하게 질투하는 장면이 나왔다. 하지만 몬테스 가문의 인장이 매달려 있는 차양막 아래엔 몬테스 공작과 공작 부인 외엔 아무도 없었다.

'그러고 보니 필라프는 어디로 증발한 거야?'

소설 내용과 현재 상황이 달라서 혼란스러워하던 중, 부드러운 목소리와 함께 기사단 단상에서 내 이름이 들려왔다.

"오늘 승리의 영광을 행운과 무운을 빌어 준 데보라 영애에게 돌립니다."

이시도르가 창 손잡이에 묶여 있던 손수건을 풀어서 가볍게 흔든다. 원래 이쯤에선 열광적인 환호성이 터져 나와야 하는데, 그의 말이 끝나자마자 관중석엔 어색한 정적이 내달렸다. 모두 함께 짜기라도 한 것처럼 내 쪽으로 고개를 돌린다.

'아놔, 이건 또 무슨 상황이야…….'

우승자가 영광을 레이디에게 돌리는 것. 흔한 일이었는데 하필 대상이 개망나니인 나라서 분위기가 이상해졌다. 강한 의문과 도무지 믿을 수 없다는 눈빛. 일전에 무도회에서 익히 느꼈던 시선이었다.

'이시도르가 빛이라면 난 어둠 그 자체니까.'

중2병 같은 생각을 하며 나는 미간을 슬쩍 좁혔다. 경악한 표정으로 날 바라보던 귀족들은 내 살벌한 표정에 눈치가 보였는지 다급히 고개를 돌리고 눈을 깔았다.

타이밍 좋게 우승자를 축하하는 공연이 열려서 분위기는 어찌어찌 수습되었지만…….

'갑자기 주목받았더니 속이 울렁거려.'

난 소심한 편이라서 주목 공포증 같은 게 있었다.

"방금 손수건을 세 번 흔든 거 맞지? 역시 이시도르 경도 나처럼 협박을 받는 거였군."

"데보라에게 살해 협박을 받고 있다면, 행커치프를 창가 방향으로 세 번 흔들게."

지난번 무도회에서 제가 한 말을 회상하며 벨렉이 자못 심각한 얼굴로 중얼거렸고, 난 내심 어이없는 기분을 느꼈다.

'나 이시도르 협박하고 있는 거 아니라고!'

집으로 돌아가는 마차 안은 쥐 죽은 듯 고요했다. 나와 아버지 모두 말이 없었기 때문이다. 부친도 고단해 보여서 나는 말을 아꼈다.

리무진 뺨치는 승차감 좋은 마차에 몸을 기대어서 쉬고 있는데, 집에 도착할 무렵 시모어 공작이 얇은 입술을 달싹거렸다.

"데보라, 그놈……."

"네?"

"아니다."

또다시 침묵을 길게 늘어뜨리며 날렵한 턱을 손으로 매만지던 그가 갑자기 딴소리했다.

"남편감으로는 아무래도 뛰어난 마법사가 낫겠지. 기사나 정령사 나부랭이들은 너와 수준이 안 맞아서 지적인 대화 자체가 불가능할 터이니……."

'뭐, 나, 남편?'

피곤해서 멍 때리다가 청천벽력 같은 단어가 귓전을 때려서 정신이 번쩍 들었다. 아직 결혼 적령기가 2년이나 더 남았는데, 100억도 못 모았는데, 루이 가젤이 톰슨가젤로 변해서 쫓아오는 악몽을 아직도 꾸는데, 무슨 그런 끔찍한 단어를 꺼내는 건지.

곧 데뷔탕트를 앞두고 있으니 슬슬 간을 보는 건가?

5성급 호텔 뺨치는 시모어 가문의 인프라를 오래 누리고 싶었던 나는 황급히 입을 열었다.

"저, 저는 당분간 연구에만 전념할 것입니다. 그 외의 것은 끼어들 틈이 없습니다."

"연구?"

"예. 마법석부터 시작해 얼마나 연구할 것이 많은지, 24시간이 모자랄 지경입니다."

눈을 이글거리며 마법에 대한 열정이 얼마나 대단한지 떠들기 시작하자, 매서웠던 공작의 눈이 커졌다.

"그리고 지금은 더욱 깜짝 놀랄 일을 진행하고 있죠. 하. 하."

절박하니 입이 저절로 미친 듯이 움직이며 아무 말 대잔치를 벌였다.

"네가 그토록 열정적일 줄은 몰랐구나. 하긴, 새벽까지 공부하는 모습을 사용인들이 자주 봤다고 들었다."

'그건 아마 카페 설계도 그리느라고 밤을 새운 걸 텐데.'

학부생 때의 과제는 힘들기만 하고 재미없었는데, 내 소유의 가게라고 생각하니 그렇게 신나고 즐거울 수가 없었다.

"시모어 핏줄이고 아버지 딸인데, 지식에 대한 끝없는 갈증은 당연한 거죠."

시모어 공작이 내게 유리한 오해를 하는 것 같아서 나는 임기응변식 아부를 잊지 않았다.

내 학구열에 감동했는지, 시모어 공작은 더는 결혼에 관한 이야기를 꺼내지 않았다. 오히려 내 머리를 나름 다정스레 한 번 쓰다듬어 주기까지 했다.

"그래, 열심히 하거라."

"예."

'후, 잘 넘어간 것 같다.'

역시 공부하는 척을 해야 부모님들은 자식의 미래에 간섭을 안 한다. 하지만 오늘따라 100억이 절실해지는 것은 어쩔 수 없었다. 동시에 마상 시합 도박으로 허무하게 날린 100골드가 몹시 아까워졌다.

하, 100골드면 스무디 몇 잔을 팔아야 하는 거야?!

원작에서는 분명 디에라가 우승이었는데⋯⋯. 내가 뜬금없이 아카데미 수석이 된 것에 이어, 원작이 또다시 비틀려서 머리가 아프다.

원작에서 마상 경기는 꽤 중요한 내용이기 때문이다. 그간의 미야의 봉사와 노고가 만인에게 인정받는 파트니까.

'미야가 성녀의 현신 같다는 이야기가 이때부터 나오기 시작했다고.'

경기에서 승리한 디에라 오르고의 우승 소감은 꽤 파장이 컸다.

"이번 우승의 영광을 의료원에서 환자를 돌보는 데 몸을 아끼지 않는 미야 비노슈 영애에게 바칩니다. 또한, 나일라 성녀님의 발자취를 따르는 그녀의 아름다운 헌신에 제 검을 바치겠습니다."

연말 시상식 뺨치는 디에라의 감동적인 소감에 여주인공은 수많은 관중의 환호를 받게 되고, 그녀는 이번 마상 경기의 주인공이 된다.

하지만 그건 소설이고, 현실은 나 때문에 분위기가 싸해졌지⋯⋯.

이시도르의 오지랖 때문에 본의 아니게 여주인공을 제치고 내가 주목을 받거나 이득을 보는 상황이 계속 발생하는 것 같다.

'왜 이시도르는 내게 오지랖을 부리는 걸까?'

처음엔 그가 아버지에게 뭔가 얻어내고 싶은 게 있을지도 모른다고 의심했다. 타운 하우스 가격의 다이아몬드를 선물받은 상황이니, 시모어 공작이 날 아낀다고 생각할 수 있기 때문이다.

하지만 그의 목적이 내가 아닌 공작이라면 6대 가주의 책을 순순히 넘긴 게 설명되지 않는다.

'그 책으로 아버지와 거래할 수 있었을 텐데.'

그렇다고 이시도르가 날 좋아한다고 가정하는 건…….

'왠지 좀 위험해.'

심장과 혈압에 매우 안 좋다.

경고등에 불이 들어와서 그간 판단을 애써 미뤄 두고 있었는데, 이시도르에 대한 마스터의 묘한 태도로 인해 퍼뜩 스쳐 간 생각이 있었다.

이시도르와 마스터, 둘이 모종의 관계가 있는 게 아닐까? 소설에는 없는 이시도르라는 인물이 끼어든 건, 어쩌면 마스터와 관련이 있는 거 아닐까?

게다가 둘 사이에는 내가 간과하던 연결고리가 하나 있었다.

'황태자.'

이시도르는 황태자의 친우이고, 마스터는 황태자의 책사다. 마스터가 이시도르를 이미 알고 있으면서 시치미를 뗐을 수도 있다.

물론 내 추측일 뿐, 물증은 전혀 없지만.

'이시도르를 다른 정보 길드에 의뢰해 볼까?'

만일 조사 결과가 다르다면 꽤 근거 있는 추론이 되겠지…….

"공녀님, 물 온도는 어떠세요?"

고민에 잠겨 있을 때, 시중을 드는 하녀가 질문을 건네서 퍼뜩 정신이 들었다.

"조금만 더 차갑게 해 줘."

"네, 공녀님."

나는 사용인들의 부드러운 마사지를 받으며 휴식을 취하다가 가운을 입고 침대에 누웠다.

'피곤한데 잠이나 자자.'

몸이 무거운데 오늘 많은 일이 있어서 그런지 잠이 오지 않는다.

필라프는 사라졌고, 우승자가 바뀌었다. 경기 내용도 이상해졌다. 디에라가 무명 기사한테 털리다가 이시도르에게 3초 컷 당하다니.

하지만 황당하게 흘러간 경기에 대한 의문이 풀리는 데에는 그리 오랜 시간이 걸리지 않았다. 다음 날. 마상 시합에서 큰 이변을 일으켰던, 거구의 무명 기사가 아르망으로 찾아왔기 때문이다.

훗날 무패의 창기사라고 불리는 오릭스와의 첫 만남이었다.

마상 시합의 열기가 아직 식지 않은 수도에서는 이번에 활약한 기사들 이야기가 한창이었다.

"이번 마상 시합의 스타는 오릭스 미르케인이지. 들어 본 적도 없는 시골 영지에 타고난 무골이 숨어 있을 줄이야."

"아직 정식 기사가 아닌 견습생이라서 여기저기서 모셔 가려고 난리라고 들었네."

인생역전이라며 다들 부러워했다. 하급 귀족 가문 차남이나 삼남들은 대다수가 군대나 고위 귀족 사병으로 들어가 정식 기사가 되고 싶어 하기 때문이다.

"오러를 다루는 훈련만 한다면 기사 작위를 받는 것도 시간문제겠어."

또한, 오릭스의 경우 마상 시합을 할 때마다 가문 기사단 대표로 내보낼 수 있으니 활용도도 높았다.

"그나저나 그자는 어떤 곳을 선택할까? 황실 기사단에 들어가기엔 나이가 많으니 문제가 있을 테고."

"소문엔 그랑베르 후작가로 마음 굳혔다던데."

"음? 세리그 공작 가문에서 이미 스카웃해 갔다던데……"

"벨루지 백작가 아니었나?"

유수의 가문들의 이름이 마구잡이로 거론되었다. 사실 여부는 중요하지 않다. 그만큼 오릭스가 뜨거운 감자라는 증거였다.

그리고 얼마 지나지 않아, 오릭스의 행방이 정해졌다. 오르고 다음 가는 검술 명가인 세리그 공작가를 점치던 영식들은 의외의 가문 이름이 나와서 모두 놀랐다.

"시모어?"

오릭스 미르케인은 아르망으로 직접 찾아와서 나를 반나절이 넘게 기다렸다.

마상 시합 중에 지독한 조갈이 나고 머리가 어지러워서 쓰러질 것 같았는데 이 가게의 음료로 컨디션을 회복했습니다.

그는 음료를 보내 준 귀인에게 반드시 은혜를 갚고 싶다고 아르망 점장에게 간절히 청했고, 결국 오릭스와 나는 아르망 지하에서 독대하게 되었다.

'이게 바로 나비효과라는 거군.'

이온 음료를 먹고 탈수 증상이 나아져 오릭스의 경기력이 좋아졌고 마상 시합의 결과가 소설과는 전혀 딴판으로 바뀌었던 것이다.

"귀인께 은혜를 갚고 싶습니다."

그가 몹시도 간절한 말투로 말했다.

그나저나 진짜 열일곱 살 맞아? 멀리서 봤을 때는 이 정도는 아니었는데, 실제로 마주하니 마치 야생의 곰을 만난 느낌이었다. 통나무처럼 두꺼운 목과 팔, 부리부리한 눈과 짙은 눈썹을 지나가는 스크래치까지.

'진짜 강해 보인다.'

그래 봐야 고등학생. 별거 아닐 거라고 방심했던 나는 약간 쫄 수밖에 없었다.

"골격 자체가 쓸 만한 자입니다."

보기 드문 무골이니 기사 서약을 미리 받아내라는 마스터의 조언이 피부에 절절하게 와닿는 순간이었다.

"흠. 내게 은혜를 갚고 싶다고?"

나는 떨림을 감추기 위해 목소리에 최대한 힘을 담아 물었다.

"예. 저는 귀인께서 베푼 자비 덕에 기사회생한 것이나 다름없습니다."

그는 거액의 3등 상금을 받아 당장 급했던 여동생에게 보낼 기숙사비를 마련할 수 있었고, 좋은 기사가 될 기회를 얻게 되었다고 설명했다. 이번 마상 시합에서 활약을 못 하면 돈을 벌기 위해 기사를 포기하고 용병단으로 들어갈 생각이었다고 했다.

"절박한 상황이었는데, 그 음료는 제게 큰 도움의 손길이었습니다."

그의 소처럼 커다란 눈동자가 일렁거렸다.

"제게 평생 못 잊을 빛나는 순간을 선물해 주셔서 감사합니다."

감동만 하고 맨입으로 넘어갈 수도 있는데, 이를 지나치지 않고 직접 보답하겠다고 찾아왔다는 것은 성품이 그만큼 올곧다는 의미겠지.

코끝이 찡해진다.

'노예 3호로 정말 적합해.'

"그대의 깊은 뜻은 잘 알았어."

나는 잠시 뜸을 들이다 입을 열었다.

"그런데, 어떤 식으로 내게 은혜를 갚을 셈이지? 기사 훈련을 받으면 강해지겠지만, 지금 오릭스 그대가 가진 것은 육체적인 힘 말고는 없지 않은가."

그가 결의가 담긴 얼굴로 입을 열었다.

"제 미천한 힘이나마 귀인을 위해 쓰고 싶습니다. 어머니께서는 사람이 은혜에 보답할 줄 모르면 짐승과 다를 바가 없다고 늘 말씀하셨습니다."

"내가 누구든, 내 밑에서 일하겠다는 건가?"

"예."

유수의 귀족 가문에서 스카우트 제의가 있었을 텐데, 날 위해 더 높게 올라갈 길을 포기하겠다니.

'고지식한 점이 마음에 들어.'

그의 우직한 얼굴을 가만히 바라보던 나는 얼굴을 가린 로브를 슥 내렸다. 마주한 오릭스의 눈이 화등잔만 하게 커지고 입이 슬쩍 벌어졌다.

'놀란 모양이군.'

하긴 시모어의 악녀를 모르면 간첩이지. 하지만 먼저 은혜를 갚겠다고 나선 건 오릭스다. 내가 주군으로 영 마음에 안 차도, 저 성격에 한 입으로 두말하진 않겠지?

나는 입꼬리를 슬쩍 끌어 올렸다.

"내가 누군지 아는 얼굴이군."

"죄, 죄송하지만 제가 무지하여 귀인께서 누구신지 잘 모릅니다. 수도로 올라온 지 얼마 안 됐기 때문에 이곳 물정에 어둡습니다."

"음? 방금 아는 눈치였잖아?"

"그, 그게 너, 너무나 아름다우셔서요. 놀랐습니다. 죄, 죄송, 화, 황송합니다."

'이시도르가 그 난리를 쳤는데 어떻게 모를 수가 있어?'

그가 어쩔 줄 모르며 말을 더듬었고 나는 잠시 침묵하다 입을 열었다.

"난 데보라 시모어다."

"허헉! 위대한 시모어의 공녀님을 뵙게 되어 무한한 영광입니다!"

'그나마 시모어는 뭔지 아는 모양이군.'

그가 목덜미를 벌겋게 물들이며 바짝 고개를 조아렸다.

"내가 긴 연구 끝에 제작한 '슈퍼 에이드'가 자네처럼 뛰어난 무인에게 도움이 되어 기쁘군. 은혜를 갚고자 이리 찾아온 모습에도 감명을 받았어."

은혜라는 단어를 강조하며 한 발짝 다가가자, 그가 긴장한 듯 붉어진 얼굴로 목울대를 일렁였다.

"그대가 보답할 기회를 주지. 시모어 기사단에 입단시켜 줄 테니 그 안에서 오러를 배우고 힘을 키우게."

난데없이 시모어 기사단에 편입당한 그는 얼떨떨한 표정으로 영광이라는 말만 반복했다.

'시모어 기사단이면, 오릭스에게도 나쁘지 않은 선택지지.'

그가 실제로 스카웃 제의를 받은 가문은 세리그와 벨루지, 이 두 군데라고 알고 있다. 시모어는 그들과 비교해 전혀 꿀리지 않는다.

'오히려 더 낫지.'

시모어가 마법을 대표하는 가문이라고 해서 기사단이 약할 것이라는 건 편견이다. 시모어는 무시무시한 기량을 가진 사병단을 구축하고 있었다. 개중 '우로보로스'라는 가주 직속 조직은 인간 병기들이 모인 집단이라서 혹자들은 그들을 시모어의 개라고 불렀다.

뭐, 간단히 말하면 시모어 기사단도 엄청 좋다는 뜻이다.

"영광, 또 영광입니다. 공녀님."

"말로만?"

"네?"

"이건 앞으로 내 가신으로 일하겠다는 계약서다."

"아아……."

"오릭스 경은 그냥 여기 사인만 하면 돼."

계약서를 읽으며 어리바리하게 서 있는 그를 가만히 바라보던 나는 종이를 흔들면서 재촉했다.

"사인!"

"아, 넵!"

잉크가 묻어 있는 깃펜을 솥뚜껑만 한 손으로 쥔 그가 잘게 떨며 아래에 서명했다.

벨렉의 사례로 하나 깨우친 것이 있다.

계약서란 상대방이 정신없을 때 번갯불 콩 볶아 먹듯이 빠르게 받아내는 게 이득이라는 거.

나는 오릭스와의 계약서를 보며 입가에 떠오르는 비열한 웃음을 간신히 삼켰다. 그 안엔 정식 기사가 되면 나와 기사 서약을 맺고 평생 충성을 바치겠다는 조항이 있었으니까.

검성 디에라를 몰아세운 진흙 속의 진주이자, 마상 시합 3위에 빛나는 스타. 화제의 인물 오릭스 미르케인을 내가 몸소 스카우트해 오자, 시모어 공작은 놀라워하면서 은근히 기쁜 티를 냈다.

"제법 쓸 만한 놈을 데려왔구나. 맷집도 있어 보이고. 시모어의 뒤를 지키는 튼튼한 방패가 되어 주겠어."

나는 아버지의 말에 재빨리 맞장구를 쳤다.

"오릭스의 재능이 빛을 보고 그가 정식 기사가 될 수 있도록, 시모어 기사단에서 개빡시게…… 아니, 체계적으로 훈련시켜 주셨으면 합니다."

"물론이다. 뼛속까지 시모어에 어울리는 기사로 만들 생각이다."

'고생길이 열렸군.'

좀 미안하지만, 오릭스가 하루빨리 오러를 다루는 정식 기사가 되어 내 뒤를 지켜 줬으면 하는 바람이었다.

"데보라 공녀님께 은혜를 갚고자 했는데, 도리어 더 큰 은혜를 입게 되었습니다."

오릭스는 가혹한 훈련을 받으며 데굴데굴 구르는 와중에도 나를 원망하지 않았다고 한다. 외진 영지에서 못난 형의 열등감 때문에 재능을 발휘하지 못하다가 갓 상경해 무명 기사단에서 고생하던 오릭스는 마법이 접목된 시모어만의 체계적인 기사 훈련에 감동하였는지 내게 거듭 감사 인사를 전했다.

"공녀님께서 사람이 아닌 몬스터를 데리고 온 것 같다."
"저 괴물을 쩔쩔매게 만드는 데보라 공녀님은 대체⋯⋯."

또한, 오릭스의 남다른 괴력에 시모어 기사단장조차 혀를 내두르는 모양이었다.
'타고난 무골이 맞네. 정식 기사까지 얼마 안 걸리겠는데?'
시모어 가신들이 머무는 병영에 잠시 들른 나는 2미터짜리 창을 나뭇젓가락처럼 가볍게 휘두르는 오릭스를 구경하다가 천천히 별채 쪽으로 걸음을 옮겼다.
'전혀 예상치 못한 복덩어리가 굴러들어 왔어.'
이온 음료와 테이크아웃을 홍보하기 위해 선수들에게 협찬한 것뿐인데 얻어걸렸다.
'하긴, 전해질 성분이 탈수 증상에 효과적이긴 하지.'
마상 시합 이후, 아르망에서는 '슈퍼 에이드'라는 이름으로 이온 음료를 런칭했다. 레모네이드, 체리 에이드 등 에이드 카테고리에 넣어서 판매하고 있으며, 나중에 차별화 전략으로 가지고 갈 기능성 음료의 연결고리이기도 했다.

빠른 갈증 해소엔 슈퍼 에이드.

그리고 집중력 증강과 두뇌 활성화엔 커피.

커피를 팔기 위한 큰 그림의 일부라고 해야 하나.

"커피, 괜찮더군요. 잘 포장하면 팔 수 있을지도 모르겠습니다."

쓰고 맛없다고 학을 떼던 마스터도 의뢰가 많을 때 종종 커피를 애용하는 것 같았다. 그 시커먼 악마의 음료를 마시면 몸이 붕 뜨는 기분이 들고, 급할 때 약 두 배에 가까운 업무를 해치울 수 있다고 그가 혀를 내둘렀다.

'커피는 언제쯤 론칭하는 게 좋을까⋯⋯.'

아르망이 이제 막 자리 잡는 중인데, 쓰고 색깔도 비호감인 커피는 아직은 나설 때가 아닌 것 같기도 하고.

'바리스타가 없다는 것도 큰 문제야.'

그래도 마상 시합을 통해 테이크아웃이라는 사업 아이템과 이온 음료를 수많은 제국인 앞에서 선보였다.

'황실에서 경기장에 음료 반입을 허락해 줘서 정말 다행이었지.'

이 일을 따내는 데 시계탑이 정말 큰 역할을 했다. 시계탑이라는 비싸고 유용한 시설물을 돈 한 푼 안 들이고 유치하는 데 성공한 공로로 행정실은 윗선에서 큰 칭찬을 받은 모양이었고 아르망에 호감을 느끼고 있었다.

최근엔 아르망 어린이 기부 재단까지 설립했으니 더욱 건실해 보이고 믿음이 갈 수밖에.

'흠. 좀 약발이 있나?'

[시합 이후의 매출입니다.]

나는 메종드 케이크 상자 안에 담겨 있는 매출 전표를 별생각 없이 펼쳤다가 눈을 의심했다.

'진짜 이만큼 팔았다고?'

결과는 초대박이었다.

마상 시합 이후, 아르망은 자주 거론되었다. 아르망의 인장이 떡하니 박혀 있는 컵이 수많은 관중에게 노출되었고, 그럴듯한 이야기까지 추가된 덕분이었다.

"작열하는 뜨거운 태양 아래에서 당장에라도 쓰러질 것만 같았던 오릭스는 그 음료를 마신 뒤 기운을 차리고 맹활약을 했다더군."

오릭스의 지인의 지인의 지인이 흥분하며 떠들어댔다.

"그 시합이 너무도 절박했다지 않나. 그 음료가 오릭스에게 기사가 될 마지막 기회를 준 거야."

사람들은 극적인 이야기를 좋아한다. 누구에게도 주목받지 못했던 무명 기사의 성공담은 모두가 좋아하는 서사였고.

"지금 오릭스는 시모어에서 좋은 대우를 받는다지?"

"하루가 다르게 실력이 늘고 있다는 소문을 들었어. 그 콧대 높은 시모어의 기사들이 감탄할 정도라고 하더군."

"흠! 빨리 가보자고. 오릭스가 뭘 마셨길래 이 난리인지."

수다를 떨며 아르망으로 향했던 영식들은 동문 분수대 앞, 정식 기사단 제복을 입은 무리를 보고 동경의 눈빛을 했다.

그들은 컵을 하나씩 들고 있었다.

"이게 자네가 마상 시합에서 마셨던 그 음료라고? 기대했는데 영 밍밍하잖아. 맛도 미묘하고."

"싱겁긴 하지만 상큼한 느낌이 들지 않나?"

"뭔지 모르겠지만 목으로 술술 잘 넘어가긴 해."

"힘들 때 마셔야 극적인 효과를 볼 수 있어. 괜히 슈퍼 에이드겠나? 그 땡볕 무더위에서 이 음료를 마셨을 때, 마치 오아시스를 만난 느낌이었지."

마상 시합에 참석했던 기사들에게 이온 음료는 깊은 인상을 남겼다. 그때의 기분을 떠올리며 동료들과 함께 아르망에 들르는 기사도 있었고, 훈련이 끝나고 기진맥진한 상태에서 이온 음료를 가져가는 기사들도 있었다.

"여기가 그 소문의……."

"맞아요."

유명한 기사들이 자주 드나드는 가게라는 입소문이 퍼져 나가자, 멀리서도 찾아와 그들과 똑같은 음료를 마시며 기분을 냈다. 유명인이 단골로 찾아오면 그 가게가 대박이 나는 것과 비슷한 이치였다.

게다가 훤칠하고 몸 좋은 기사들은 주요 고객들인 영애들에게 근사한 볼거리를 제공하기도 했다.

엔터테인먼트 회사가 괜히 사옥 1층에 카페를 차리는 것이 아니다. 가게를 오고 가는 기사들이 잘 보이는 2층 창가 자리는 단연 핫플레이스였다.

아르망과 동문 광장 분수대 주변은 연일 사람으로 바글거려 문전성시를 이뤘다. 게다가 날씨가 따뜻해서 테이크아웃 수요가 많았고, 이온 음료는 단가가 싸기 때문에 순이익이 순식간에 두 배 가까이 뛸 수밖에 없었던 것이다.

"뭐야. 왜 나리아 매출이 반 토막으로 떨어진 거지?!"

아카데미 서문에서 디저트 가게와 각종 상점을 운영하는 대형 상단주 브루노는 나리아의 최근 매출 전표를 보자마자 버럭 화를 냈다.

"제길. 이 상태가 이어지면 세리그 공작님께 약속한 금액을 맞춰 드릴 수가 없잖아."

준귀족인 그는 세리그 공작 가문의 가신으로, 매달 거액을 상납하는 대신 세리그 공작가의 비호를 받고 있었다. 황실 몰래 비자금을 빼돌려 공작의 뒷주머니를 채워 주는 대가이기도 했다. 가문을 운영하는 것은 돈이 많이 들기 때문에, 세리그 공작은 사업 수완이 좋은 브루노를 제법 아꼈다.

하지만 공작의 신뢰는 어디까지나 금화를 많이 가져다주는 것을 전제로 했다. 서문에서 운영하는 가게 중 가장 매출이 높았던 나리아가 부진해지자 브루노는 노발대발할 수밖에 없었다.

"이유가 뭐냐고! 왜 대답을 빠릿빠릿하게 안 해?"

"큭!"

브루노가 집어 던진 재떨이를 맞은 나리아 점장이 피가 흐르는 이마를 움켜쥔 채 침통한 표정으로 입을 열었다.

"그…… 세트 메뉴 가격을 계속 경쟁적으로 낮추다 보니, 판매량은 올랐을지 몰라도 순이익이 높지 않습니다."

할인율은 높지만, 사실 판매량이 대단히 많이 오른 것도 아니었다. 그들이 주요 타깃으로 한 귀족 영애들은 단순히 물건이 싸다고 좋아하는 이들이 아니었다. 도리어 대놓고 할인 경쟁하는 모습을 천박하다고 생각했다.

또한, 가격을 내리다 보니 품질에 문제가 생겼다. 브루노가 요구하는 하루 매출을 맞추기 위해 점장은 차 한 잔당 들어가는 찻잎 그램 수를 줄일 수밖에 없었고, 까다로운 고객들은 맛이 예전 같지 않다는 것을 귀신같이 눈치채고 발걸음을 뚝 끊었다.

하지만 이런 주요 타깃 층의 특성을 간파할 만큼 나리아의 점주는 예리하지 않았다.

"그래서? 그게 다야?"

"아무래도 그…… 아르망 때문에 아카데미 동문 쪽으로 손님들이 몰린 것도 원인 중에 하나라고 생각됩니다."

"그 빌어먹을 가게……! 어떤 놈이 운영하는지는 모르겠지만, 머리가 꽤 비상한 놈이야."

브루노가 금반지를 낀 두툼한 손으로 책상을 탕탕 두드렸다.

아마 그쪽 상단주는 잔꾀가 많은 늙은 여우 같은 놈이 틀림없었다. 별 해괴한 짓거리로 손님들의 관심을 끌었고, 사사건건 브루노의 심기를 거슬렀다.

"아르망이 가게를 홍보하는 솜씨가 보통이 아닙니다."

"그래서 내가 괜찮은 건 똑같이 흉내 내라고 말했잖아!"

브루노가 상단의 부피를 거대하게 키울 수 있었던 건 세리그 가문에서 주는 특혜 덕도 있지만, 영세한 가게의 아이디어를 마구잡이로 빼먹기 때문이었다.

"말씀하신 대로 그쪽처럼 신규 단골 회원 가입 행사를 열고 쿠폰을 만들었습니다만, 이상하게 효과가 잘 나지 않습니다."

부랴부랴 따라 해 봐도 아르망만큼 폭발적인 반응을 끌어내지 못했다. 도리어 왜 갑자기 신규 고객을 대우하느냐는 기존 단골들의 따가운 눈총만 받았을 뿐이었다.

"누가 아무나 다 베낄 수 있는 것만 베끼래? 가게 레시피를 빼 오라고. 레시피!"

"아아, 네! 알겠습니다. 상단주님."

"그곳 주방에서 일하는 놈 하나 살살 꼬셔서 돈을 많이 먹이면 비법을 누설하겠지. 스무디 같은 잘 팔리는 거 알아 오라고 해!"

"아, 얼마 전엔 기사들한테 인기 있는 음료가 나왔다던데요."

"그래. 그것도 빼 오고."

"음료를 가게가 아닌 외부에서 마신다는데 그건 어쩔까요? 이건 레시피도 아니고, 마법 기술이 적용되어서요."

"별 희한한 짓거리를 하는군. 그래 봐야 잠깐 유행하다가 말겠지."

그가 기름진 턱살을 긁적이다가 뱁새눈을 가늘게 떴다.

"그러고 보니, 아르망은 차가운 음료를 주력으로 판매하니 조만간 크게 흔들리긴 하겠어. 흐흐."

"아아, 가을이 오면 날이 시원해지니 스무디 인기가 없어지겠군요."

"멍청하게 한 철만 반짝하는 음료를 팔다니. 내가 그곳 주인장을 너무 높게 평가한 것 같기도 하군."

"곧 손님이 확 떨어지겠어요."

"어차피 그곳은 동문이라 성장하는 데 한계가 있어."

브루노가 두툼한 손을 여러 번 까딱이자 점주가 재빨리 담배 파이프를 가져다주었다.

그간의 장사 경험으로 미루어 봤을 때 가게는 장소가 가장 중요했다. 그리고 제국인들은 나일라 여신의 분수대가 있는 서문 광장 쪽으로 지나다니는 것을 선호했다. 괜히 서문 광장 주변 부동산 가격이 두 배 이상 높게 형성되어 있는 게 아니다.

지금은 잔재주로 어찌어찌 잘나간다 쳐도, 결국엔 허무하게 사라질 거라고 비웃으면서 그는 연기를 길게 내뱉었다.

매출이 빵 터졌다 했더니 바로 사건 사고가 터져 버린다.

'하, 인생.'

레시피 유출이라니.

"슬슬, 견제가 들어오는군요. 브루노 상단의 운영 방식입니다. 초장부터 찍어 누르는 것."

비웃듯 입꼬리를 끌어 올린 마스터가 금화를 높게 던졌다가 가볍게 손으로 낚아챘다. 그가 주먹을 펴자 또다시 초대 황제가 있는 행운의 앞면이 나왔다. 나는 동전 앞면을 가만히 바라보다가, 내 옆에서 눈을 반짝이는 쿠키의 머리를 쓰다듬었다.

"갸르릉."

귀를 쫑긋대며 골골 소리를 내던 쿠키는 캣닢 주머니를 만졌던 내 손바닥을 쿵쿵거렸다.

"레시피를 빼 가려고 맴도는 놈들이 있다는 건, 우리가 그만큼 위협적이라는 뜻입니다."

다행인 건 브루노에게 레시피 유출 제안을 받은 아르망 직원이 곧바로 점장에게 이 사실을 보고했다는 것이다. 아르망이 '인센티브 제도'를 운영하고 있기에 가능한 일이었다.

우수 직원을 평가하는 기준에는 경쟁 업체에 대응하는 태도도 포함되어 있었고, 직원은 기다렸다는 듯이 점장에게 이 사실을 알려서 포상을 받았다.

기실 마도구가 스무디의 핵심이기 때문에 레시피를 유출하는 것 자체가 불가능하기도 했다. 이온 음료 같은 경우, 마스터가 이미 조합해 둔 음료를 주방에 내보내라고 명령해 뒤서 직원들이 아는 게 없는 건 매한가지였다.

하지만 기밀 유출을 막은 것과는 별개로, 상도덕 없는 브루노 상단이 몹시 거슬리고 짜증 나긴 했다.

'세트 메뉴도 그렇고, 쿠폰까지 대놓고 베끼더니 좀도둑질까지 하려 해?'

어설프게 흉내 내면 하지 않으니만 못하기에 일전엔 그냥 넘어갔지만, 이번 일은 선을 넘었다.

"어쩔까……."

나는 미간을 찌푸리며 관자놀이를 문질렀다.

"그쪽에 가짜 레시피를 흘리겠습니다. 원가가 높고 인건비가 아주 많이 드는 쪽으로요."

'역시 사람 조지는 거 하나는 타고났어.'

내심 혀를 내두르다가, 그들을 더욱 곤란하게 할 방법이 퍼뜩 떠올랐다.

"벨렉 오라버니의 마도구에 건 특허권을 이용해야겠군."

마도구를 판매할 경우에 30퍼센트가 내 지분이니, 여타 요식업체에서 믹서기나 휘핑기 판매 문의가 오면 유통을 하려 했다. 실제로 메종드에서 자동 휘핑기를 구매해서 쓰고 있었고.

다른 상단은 다 쓰는 물건, 나 홀로 사용 못 하면 타격이 크겠지?

"앞으로 브루노 상단과는 어떤 것도 거래하지 않을 거야."

마음에 들지 않는 놈은 배제할 수 있다는 것. 특허의 강력한 장점 중 하나다.

"브루노 상단에서 운영하는 가게와 점주 목록을 모두 뽑아서 블랙리스트를 만들겠습니다."

마스터가 가볍게 한숨을 삼키며 말을 이었다.

"공녀님을 적으로 돌리면 끊임없이 경쟁에서 도태되겠군요. 심지어 수식 특허까지 독점하고 계시니……."

"수식 특허엔 마스터 지분도 있잖아."

"그때 한 발 걸쳐 둔 것, 늘 행운이라고 생각하고 있습니다."

그가 피식 웃는다.

'내가 더 행운이지.'

솔직히 마스터에게 뜯기는 돈은 아깝지 않다. 블랑샤의 인력풀과 각종 유통망 덕분에 아르망 1호점이 빠른 속도로 궤도에 올랐다. 혼자서는 절대 불가능한 속도였다.

'나는 기획과 아이디어에만 집중하면 되기 때문에 편해.'

그와는 기브 앤 테이크라는 균형추를 잘 유지하고 싶었다. 손발이 잘 맞는데 굳이 긁어 부스럼을 만들기 싫다. 이시도르의 정보를 다른 정보 길드에 문의해 보는 것을 계속 망설이는 이유이기도 했다.

'여기저기 들쑤시다가 들키면 마스터가 어떻게 반응할지 예상이 안 돼.'

"아! 마스터."

"네?"

"이시도르 경은…… 아, 아니다."

대신, 아쉬운 대로 슬쩍 떠봤다.

"왜 말을 하다가 멈춥니까?"

그가 미간을 살짝 좁혔다.

"그냥, 별거 아니라서……."

"별거 아니라도 궁금합니다."

"알고 싶으면 9골드 99실버를……."

말장난이 끝나기도 전에 그가 테이블 위 탑처럼 쌓인 금화 10개를 집어 내 쪽으로 밀어줬다.

'맙소사, 저 수전노가 돈을 준다고?'

역시! 이시도르 이야기가 나오면 반응이 평소와 조금 다르다. 마스터와 이시도르의 관계에 대한 의심이 더욱 깊어졌지만 나는 애써 태연하게 말했다.

"진짜 별거 아니야. 마상 시합에서 이시도르 경의 활약이 인상 깊었다는 말을 하려고 했어. 자네 말대로 검술이 뛰어나더군."

"……."

"역시 테이크아웃 홍보를 부탁하길 잘했지. 이시도르 경이 하면 다 따라 한다니까."

마스터는 별말 없이 차에 각설탕을 하나 넣었고, 나는 그의 반응을 살피며 10골드를 챙겨 넣었다.

'오늘은 여기까지만 하자.'

여하튼, 레시피 유출 문제는 해결되었지만 아직 문제가 남아 있다.

"마스터. 다음 시즌 메뉴 준비는 어떻게 되어 가?"

"직원이 좋은 아이디어를 냈습니다."

그가 아르망 점장으로부터 올라온 기획서를 건넸다.

"흐음. 괜찮은 아이디어네."

아직은 날이 더워서 스무디가 잘나가지만, 쌀쌀해지면 약발이 떨어지는 시기가 온다. 이젠 다른 시즌 메뉴로 손님을 관심을 끌어들여야 하기 때문에 아르망에선 이미 가을 메뉴를 준비 중이었다.

"그 시즌 메뉴라는 것, 처음엔 번거롭게 느껴졌지만 진행할수록 재밌고 괜찮군요."

"거봐. 잘될 거라고 했잖아."

나는 여봐란듯이 어깨를 으쓱했다. 시즌 메뉴는 일종의 한정판 전략이었다.

'이 시기가 아니면 못 먹는 특별한 음료니 기간 내에 한 번은 먹어야 할 것 같은 압박감을 주지.'

시즌 스페셜 메뉴는 쿠폰 도장 두 개를 제공하기 때문에, 손님들에게는 더 특별한 음료를 마신다는 즐거운 착각을 심어 주었다.

제철에 나오는 풍부한 식자재를 써서 원가를 대폭 절감할 수도 있고 고객을 위해 다양한 메뉴를 개발하는 가게라는 건설적인 이미지도 누릴 수 있다.

'점원들 분위기도 좋아졌다는 소식을 들었지.'

좋은 아이디어를 낼 경우 인센티브를 받기 때문에 다들 적극적으로 시즌 메뉴 개발에 참여하는 모양이었다. 자신이 참여한 메뉴가 실제 출시되면 점원들의 소속감과 자부심은 더욱 높아질 것이다.

"아, 그리고 내가 마도구를 하나 구상하는 중인데……."

마스터의 눈에 호기심이 스쳤다. 그는 믹서기나 휘핑기도 몹시 흥미로워했다.

"일단 테스트를 해 보긴 해야 하지만, 왠지 만들 수 있을 것 같아. 마침 일의 적임자인 벨렉 오라버니가 한가한 것 같더라고."

나는 벌써부터 나오려는 한숨을 가까스로 삼켰다.

'제일 까다로워.'

2호 노예는 늘 바쁜 척하며 엄살을 피워대서, 한가할 때 미리미리 닦달해 둬야 했다.

벨렉은 제게 다가오는 데보라를 보자마자 반사적으로 흠칫 어깨를 떨었다.

'내가 여동생에게 쫄다니.'

하지만 약점 잡힌 게 너무 많아서 어쩔 수 없었다. 켕기는 게 하나 더 생겼고.

'시발.'

박람회에 출품할 아티팩트 준비 때문에 최근 마탑에만 틀어박혀 있던 벨렉은 오랜만에 시모어 도서관에 들렀고, 내부 자료 분류 시스템이 극적으로 바뀌어 있음을 깨달았다.

"도서 목록 카드함이라? 누가 이런 걸 들여온 거지? 설마 이걸 네가 고안한 게냐?"

제발 아니길 바랐는데, 데보라가 데려온 것으로 추정되는 영애는 기분 나쁠 정도로 해맑게 대답했다.

"데보라 공녀님입니다!"

왜인지 모르게 싸한 기분이 등골을 훑고 지나갔다.

벌집을 건드린 듯한 불길한 감각을 삼키며 타운 하우스 화원 근처를 산책하고 있을 때, 독사 같은 여동생과 맞닥뜨린 상황이었다.

'어쩐지 최근에 집에 오기 싫더라.'

"이거 만들어 줘."

성큼성큼 다가온 데보라가 뻔뻔스러운 얼굴로 설계도를 내민다. 이번에 그녀는 고속 회전과 동시에 하단에 열을 가하는 기능이 있는 기괴한 마도구를 그려 왔다.

기능을 대략적으로나마 유추할 수 있을 만큼 정교한 도면이라 소름 끼쳤다. 메커니즘에 대한 이해가 높아서 내심 공격형 마도구의 설계도를 맡기고 싶을 정도였다.

"데보라, 요즘 마도구로 무슨 짓을 벌이는 거냐? 시모어에서 감쪽같이 덮어 줄 수 있는 건 하급 귀족 정도까지다. 그 이상은 너도 재판에 회부될 수 있다."

"그런 거 아니야."

데보라가 떨떠름한 음성으로 중얼거렸다.

"뭘 아니야! 보아하니 열을 가한 독액에서 나온 독가스를 은밀하게 살포하는 마도구인데!"

독가스뿐 아니라, 이런 기계에 매직 미사일 기능을 넣으면 군용 무기로 상당히 위협적일 것 같았다.

"또 날 의심하고 모함하네."

"의심을 안 하게 생겼나? 감히 시모어의 후계이자, 하늘 같은 오라버니에게 독소 조항이 있는 노예 계약서를 들이밀다니. 야, 이 사기꾼아!"

벨렉은 깨알만큼 작은 글씨가 빼곡이 적힌 계약서를 떠올릴 때마다 부아가 치밀어서 자다가도 벌떡 일어났다. 살다 살다 그런 양아치 같은 계약서는 처음 봤다.

그때였다. 데보라가 묘한 눈빛으로 입꼬리를 끌어 올렸다.

"누가 오라버니야?"

"뭐?"

"날 누나라고 부르기로 했잖아."

순간, 예전에 제 입으로 나불거렸던 헛소리가 머리를 섬광처럼 스쳐 지나갔다. 아까부터 느꼈던 섬뜩함의 정체가 바로 이것이었다.

데보라가 기다렸다는 듯 녹음 기능 아티팩트를 가볍게 두드렸고 그곳엔 지우고 싶은 십 분간의 긴 대화가 녹음되어 있었다.

—내가 허풍이 아니라는 걸 증명하면 어떡할 건데?

―하! 내가 데보라 너에게 친히 누나라고 부르지.

"이건 마, 말도 안 돼."

적나라한 증거에 너무 당황한 나머지, 벨렉의 목소리가 거칠게 갈라졌다.

"도서관 사서 문제를 제대로 해결하면, 오라버니는 내게 누나라고 부르기로 약속했지. 그 중요한 발언을 내가 설마 그냥 넘겼겠어?"

"치, 치사하게 홧김에 한 말실수를 녹음하다니! 그러고도 네가 정녕 품격 있는 귀족가 레이디라고 할 수 있어?"

벨렉은 창백해진 얼굴로 쏘아붙이다가, 데보라의 손에 들린 마법석을 재빨리 빼앗으려 했다. 하지만 운동 신경이 어찌나 좋은지 데보라는 민첩하게 뒤로 물러났다.

"미안하지만 이걸 부순다고 해도, 내 손에 다양한 복사본이 있어. 난 이런 마법 아티팩트가 아주 많거든."

"이런 미친."

"설계도대로만 잘 만들어 주면, 나를 누나라고 부르는 일은 없을 테니까 걱정하지 마."

데보라가 뱀처럼 눈을 가늘게 좁혔다.

"물론 내 가신에게 괜히 심술을 부리면 마음이 좀 바뀔 수도 있겠지만."

가신을 걱정하는 척하면서 자연스레 자신을 협박하다니. 명분까지 챙기는 데보라의 꼼꼼함에 벨렉이 치를 떨었다.

"뭐 이런 사악한 악마가……."

"내가 진짜 악마라면, 이 음성 녹음을 로자드 오라버니에게 아주 비싸게 팔았겠지. 그러니 악당 정도로 해 두자고."

'로자드에게 판다고?'

미처 거기까지는 생각 못 해서 등골이 서늘해졌다.

성격 나쁜 로자드는 아마 녹음된 제 음성을 듣자마자 폭소하며 배를 잡고 뒹굴지도 모른다. 벨렉은 한 끗 차이로 로자드보다 늦게 태어나긴 했지만, 입이 찢어져도 그에게 형이라고 부르지 않았기 때문이다.

자존심이 걸린 호칭 문제가 나오자 그는 다급히 태세 전환을 했다.

"데보라. 사실 나는 아티팩트 만드는 게 세상에서 제일 재미있다. 맡겨만 줘. 최대한 빠르게 제작해 줄게."

"종종 진행 상황 구경하러 올게. 도면 중앙 부분 설계가 완벽하지는 않거든. 그럼, 수고."

데보라는 자신을 동생 대하듯 어깨를 가볍게 두드린 뒤 홀연히 떠났다.

홀로 남은 벨렉은 고구마가 백 개쯤 얹힌 것처럼 답답해진 명치를 퍽퍽 치다가, 긴 머리칼을 쥐어뜯었다. 이 끔찍한 상황에서 벗어나려면 하루빨리 데보라를 결혼시키는 수밖에 없는데, 아버지를 만족시킬 적당한 마법사가 떠오르지 않았다.

애먼 놈을 데리고 오면 오히려 자신이 집에서 쫓겨날지도…….

아니지, 애초에 건실한 비스콘티 공자를 협박해 장식처럼 달고 다니는 제 여동생에게 장가올 남자가 존재하기는 할까?

그는 몹시 암담한 얼굴로 관자놀이를 짚었다.

'에휴.'

벨렉과 대면하고 나면 기가 쭉쭉 빨렸다. 능력치는 사기급이지만 다루기가 보통 까다로운 게 아니었으니까. 뭐 하나 시키려면 십 분 이상 입씨름을 해야 한다. 마치 범죄에 가담하는 사람처럼 질색했으니까.

어차피 결과는 똑같은데, 왜 벨렉은 늘 의미 없는 반항을 반복하는 걸까?

'이 집 둘째 놈보다 막내가 훨씬 더 의젓한 것 같아.'

엔리크는 너무 조숙해서 탈이긴 하지만.

'날 진짜 스승으로 깍듯하게 모실 줄이야.'

"절 위해 시간 내주셔서 감사합니다."

"훌륭한 가르침 주셔서 감사합니다, 누님."

녀석의 어른스러운 말투에, 왠지 나까지 나이 많은 할배가 된 기분이었다. 가까워지고 싶어서 적당한 핑계를 대며 둘러댄 건데 내 의도와 자꾸만 다른 방향으로 흐르는 느낌이 든다.

'어? 엔리크잖아.'

양반은 못 되는지, 저 멀리 엔리크가 보였다. 더운 열기를 품은 바람이 아이의 은색 머리카락을 가볍게 훑고 지나갔다.

8월에 핀 꽃은 유난히 화려했지만, 만개한 장미꽃 앞에 인형처럼 우두커니 서 있는 엔리크는 왜인지 모르게 무채색으로 보였다. 백지처럼 창백한 얼굴을 한 엔리크가 이내 빠르게 수풀 사이를 빠져나가 별채 쪽으로 사라져 버렸다.

'뭐지? 방금 굉장히 우울해 보였는데.'

큰 짐을 진 듯한 작은 뒷모습이 눈에 밟혀서 나는 미간을 좁혔다.

"석차는 1등이지만, 지난 학기에 비해 2등과 차이가 크게 나지 않는다고 들었어요. 도련님."

"이분은 시모어 공작님께서 도련님을 위해 특별히 붙여 주신 수도에서 가장 유명한 가정 교사예요. 다른 가문 영식들에게는 이런 기회조차 주어지지 않아요. 가주님을 실망시키지 않고 가주님께 미움받지 않으려면 더욱 열심히 해야 해요."

유모인 마담 카릴의 말대로 열심히 하고 노력해야 한다는 건 알지만 엔리크는 손 하나 까딱하기 싫었다.

아이는 여름에 쥐약이었다. 더위가 양어깨를 사정없이 짓누르는 듯한 느낌이 들었기 때문이다. 특히 8월이 되면, 물먹은 솜옷을 입은 것처럼 몸이 무거워졌다.

'피곤해.'

가정 교사가 놓고 간 산더미 같은 숙제를 풀던 엔리크가 멍한 얼굴로 영웅 서사가 그려져 있는 태피스트리를 내려다보았다.

'숙제, 마저 해야 하는데.'

자꾸만 몸이 축축 늘어졌다.

엔리크는 밤마다 새카만 늪으로 빠져드는 불쾌한 꿈을 꿨다. 뱀이 스멀스멀 다리를 옭아매 발버둥 칠 수도 없었다.

악몽에서 깨어난 뒤엔, 두려움에 다시 잠이 들 수가 없어서 엔리크는 한동안 뜬눈으로 뒤척였다. 아이라서 체력이 약한데 밤에 제대로 잠을 못 자니 낮에는 무기력해질 수밖에 없었던 것이다.

텅 빈 표정으로 태피스트리 위 용사를 집어삼키려는 독사를 눈동자로 덧그리던 엔리크는 퍼뜩 스쳐 가는 생각에 몸을 일으켰다. 독사하면 바로 떠오르는 사람 때문이었다. 머리가 멍했는데 순간 정신이 번쩍 들었다.

'오늘, 데보라 누님의 과외가 있는 날이었어!'

잊고 있던 사실을 떠올린 순간 등골이 서늘해지는 것을 느꼈다.

'바보같이!'

약속했었다. 스승이 되어 주는 대신, 매주 이 시간에 도서관에 나가기로.

"도련님! 또 책 보러 도서관에 가세요? 오늘 숙제는 다 하셨어요?"

유모가 엄한 얼굴로 불러 세웠지만, 엔리크는 대꾸도 하지 않고 다급하게 별채 밖으로 뛰쳐나가 도서관으로 내달렸다.

다 끝이다. 누나는 그리 너그러운 사람이 아니니까.

아득해진 기분으로 숨을 헐떡거리고 있을 때 시야에 하얀 얼굴과 보랏빛 머리카락이 들어왔다.

"더운데 천천히 오지."

"하아, 하아, 기다리게 해서 죄송해요. 누님. 약속한 건데, 잘 지켜야 하는데……."

"고작 이 정도 늦은 걸로 화내지 않으니까 걱정하지 마. 난 제자한테 관대하거든."

그녀의 반응은 뜻밖이었다. 심지어 따뜻한 빛을 품은 눈동자로 자신을 바라봐서 엔리크는 파드득 놀라며 고개를 숙였다.

'이상해.'

아이에게 누나는 자신을 사나운 눈초리로 쏘아보는 독사 같은 사람이었다. 못마땅한 감정을 굳이 숨기지 않는 누나에게 엔리크는 고슴도치처럼 더욱 바짝 가시를 세울 수밖에 없었다.

하지만, 요즘은 데보라 누나가 어떤 사람인지 점점 혼란스럽다. 수업 중, 자신을 보는 눈길이 다정하게 느껴질 때도 있었다. 앞뒤가 안맞는 문장이 나오는 시문학보다 그녀가 훨씬 더 어려웠다.

'방심하면 안 되겠지.'

가시를 거둬들이면 더 아프게 물릴지도 모른다. 하지만 조마조마한 기분을 느끼면서도 엔리크는 뭔가를 확인하듯 매주 누나가 있는 도서관으로 찾아가고 있었다. 단순히 수식에 큰 흥미를 느껴서만은 아니었다.

"이리 와."

누나가 탁탁, 옆자리를 두드린다.

조심스레 자리에 앉자 그녀가 설렁줄을 흔들어 하인에게 음료와 과자를 가져오라고 일렀다.

"오늘 날씨 참 덥다. 그치?"

자못 부드럽게 들리는 목소리가 귓가를 간질였다. 기분이 더욱 이상해져서 엔리크는 물방울이 맺힌 컵을 만지작거리며 은빛이 도는 숱많은 속눈썹을 내리깔았다.

"엔리크."

"네?"

"이거 마신 다음, 들어가서 쉬어. 더운 날 무리해서 공부하면 더위먹어."

'들어가라고?'

갑작스러운 축객령에 덜컥 가슴이 내려앉았다.

"제가 지각해서 죄송……."

"잠깐만."

그녀가 어딘가 다급한 음성으로 말을 끊었다.

"안색이 안 좋으니 쉬라는 뜻이었어. 하지만 네가 배움의 뜻이 강하니 오늘은 기존에 한 것을 복습하자."

누나가 교재를 펼쳤다. 그녀의 필체는 어딘가 각진 듯 독특한 느낌이 들었기 때문에 직접 쓴 책이라는 것을 누구나 알 수 있었다. 그간 많은 가정 교사를 만났지만 직접 교재를 만드는 선생님은 누나뿐이었다.

'정말 날 수제자로 키우겠다는 뜻일까?'

자신은 그동안 누나가 내 준 문제를 한 번도 틀린 적이 없으니까.

'하지만 누나는 내 쪽지 시험 결과에 별로 관심이 없는데.'

유모는 등수와 성적이 낮아지면 가주님의 기대에 못 미칠 거라면서 매서운 눈으로 훈계했다. 하지만 누나는 그와 반대였다.

"문제가 까다로웠을 텐데 늘 끈기 있게 다 풀려 하는구나."

그녀는 언제나 과정을 중시했고, 어렵고 새로운 것을 시도하는 것 자체가 대단하다고 격려했다.

"헉, 귀, 귀엽."

"네?"

"그, 글씨가 귀엽다고. 동글동글. 하, 하."

종종 이상한 말을 건네서 혼란스럽긴 하지만, 이상하게도 조금씩 긴장이 풀렸다. 엔리크는 단단하게 굳어 있던 어깨를 늘어뜨리고 누나의 음성에 귀를 기울였다.

"여기선 덧셈을 해야 해. 그리고, 숫자를 대입하면……."

수업할 때 누나 목소리는 유독 부드러웠다. 높낮이가 적당해서 자장가처럼 들릴 정도였다. 이미 아는 내용을 복습하는 중이라, 담담한 목소리에만 귀를 기울이던 엔리크는 어느 순간 고개를 꾸벅꾸벅 떨어뜨리기 시작했다.

'으아, 졸려…….'

조용조용한 목소리를 듣고 있자니 자꾸만 눈꺼풀이 무거워졌다. 눈앞에서 커튼처럼 살랑거리는 긴 보라색 머리에서는 몸을 나른하게 만드는 기분 좋은 향기가 났다.

예민한 아이는 눈앞의 상대가 독사가 아니며, 경계를 풀어도 된다는 것을 감각으로 어렴풋이 알고 있었다. 머리로는 절대 인정하지 않았지만.

'헉, 이러면 안 되는데.'

엔리크는 급히 허벅지를 꼬집었다. 하지만 늪에 빠지는 무서운 꿈 때문에 그동안 잠을 설쳐서, 댐 무너지듯 감당할 수 없는 졸음이 쏟아지기 시작했다.

시야가 곧 하얗게 물든다. 엔리크는 도서관 창을 통해 넘어오는 따뜻한 햇볕을 맞으며 까무룩 잠이 들었다.

모처럼 다정한 느낌이 드는 꿈을 꾸면서.

'설마 자는 거니?'

오늘따라 엔리크가 답지 않은 모습을 자꾸 보여 준다. 늘 정시에 칼같이 맞춰서 오는데 잔뜩 헝클어진 모습으로 뒤늦게 뛰어오질 않나, 수업 중에 갑자기 잠들어 버리질 않나.

'왜지?'

늘 꼿꼿한 자세로 집중하던 엔리크가 갑자기 쓰러졌다는 건 나에 대한 경계심이 조금 누그러졌거나, 어지간히 피곤했거나 둘 중 하나다.

'기왕이면 전자였으면 하는데, 오늘 엔리크 상태를 보면 후자일 것 같단 말이지.'

엔리크의 거뭇한 눈가와 창백하게 질린 얼굴을 보며 나는 한숨을 삼켰다. 이 어린 나이에 갑자기 곯아떨어질 정도로 고단한 일이 뭐가 있지?

'너무 어른스러운 것도 점점 더 신경 쓰여.'

지난번 화원에서의 그 외로운 얼굴이 떠올라서 심란해졌다.

어쩌면 난 엔리크의 짐을 잔뜩 진 듯한 뒷모습에서 윤도희를 떠올렸는지도 모른다. 어딘가 애늙은이 같은 모습에 이전 생애 내 모습이 생각났다.

나는 늘 어른스럽고 착한 아이라는 소리를 들었다. 엄마가 돈 없다고 속상해하는 모습이 보기 싫어서, 내 것을 언니와 동생에게 자주 양보했었으니까.

조용하고 얌전해서 손이 하나도 안 가는 아이였다고 할머니는 종종 이야기했다. 물론 난 엔리크처럼 이렇게 똑똑하거나 귀엽지는 않았지만.

'그나저나, 되게 잘 자네.'

나는 고롱고롱 자고 있는 엔리크를 지그시 구경했다.

색색, 숨소리를 내며 창에 노을이 깔릴 때까지 잠들어 있던 엔리크가 어느 순간 벌떡 몸을 일으켜서 나는 움찔 놀랐다.

"헉!"

엔리크가 헛숨을 들이켰다. 입가에 들러붙은 종이가 아래로 툭 떨어지자 당혹감으로 가득한 눈동자가 보였다. 잠이 싹 달아난 얼굴로 아이가 나를 바라보았다.

"그게, 자려고 했던 게 아닌데요, 왜 갑자기 자 버린 건지, 죄송……."

"나는 화를 안 내는 관대한 스승이야. 걱정하지 마."

하지만 엔리크는 수업 중에 꿀잠 잤다는 것이 어지간히 충격인 듯 내 말을 전혀 들으려고 하지 않았다.

"누님이 절 제자로 받아 줬는데, 매주 수업해 주고, 문제지도 만들었는데, 나는 지각하고, 잠자고, 실망시켰어요."

엔리크의 커다란 눈이 글썽거렸다. 나이에 비해 의젓한 만큼 자신의 잘못에 엄격한 모습에 아까부터 느꼈던 불편한 기분이 커졌다.

"왜 그런 말을 하는 거야?"

나는 패닉에 빠져 있는 엔리크의 어깨를 가볍게 쥐었다.

"난 너한테 전혀 실망하지 않았어. 솔직히 고백하자면 쿨쿨 자는 모습이 엄청 귀엽다고 생각했어."

침이 말라붙은 입가를 가리키며 손수건을 건네자 엔리크의 창백한 뺨이 사과처럼 새빨개졌다.

'아차, 얘 귀엽다는 말 싫어하지.'

어린애 취급당했다고 생각했는지 엔리크가 자리에서 벌떡 일어났다.

'근데 어린애 맞잖아?'

나는 급발진하려고 시동을 거는 엔리크를 재빨리 낚아채 옆구리에 꼈다.

"그래, 알았어! 귀엽다는 말 취소!"

"놔여!"

"대신 멋있다고 해 줄게. 우리 엔리크는 세상모르고 침 흘리고 자도, 세상에서 제일 멋있다."

"노, 놀리지 말아요!"

팔다리를 허우적거리는 모습에 피식 웃으면서 엔리크를 놔줬다. 피곤한 얼굴로 축 늘어져 있더니 이제 좀 기운을 좀 차린 것 같았다.

조금 놀렸다고 엔리크의 귓불과 목덜미는 사과처럼 빨개져 있었다. 씩씩, 콧김을 거칠게 내뿜는 아이의 뒤를 따라가며 계속 말을 걸었다.

"엔리크, 화났어?"

"……."

"놀린 거 아니야. 진짜 엄청나게 멋있어서 그런 건데."

"거짓말!"

"흐음. 지금 하늘 같은 스승님이 거짓말을 한다는 거야?"

"으윽."

파들거리는 아이의 머리칼을 가볍게 쓰다듬으며 멋있다를 여러 번 반복했다.

"오라버니들도 얼굴만큼은 국보급이니까, 너도 멋있게 클 거야. 아마 나보다 훨씬 더 커지지 않을까?"

엔리크가 하얀 볼을 부풀리며 입술을 불퉁하게 내밀었다. 그래도 머리를 쓰다듬는 내 손을 이전처럼 마구 털어내지는 않았다.

"도련님!"

뚱한 고양이 같은 표정으로 머리를 맡기고 있던 엔리크가, 저 멀리서 들리는 카랑카랑한 목소리에 움찔거리며 뒤로 물러났다. 중년 여성이 엄격한 표정으로 나와 엔리크가 있는 곳으로 다가왔다.

"넌 누구지?"

"데보라 공녀님을 뵙습니다. 저는 도련님의 유모인 마담 카릴입니다."

뾰로통했던 엔리크가 여자와 맞닥뜨리자 예의 어른스러운 표정으로 변했다.

"도련님께서 늦은 시간까지 공녀님께 폐를 끼쳤군요. 그럼 저희는 가 보도록 하겠습니다."

"잠깐만, 누가 폐를 끼쳤다는 거지? 앞뒤 사정 모르면서 그런 식으로 단정 지어 말하지 마. 말조심하라는 뜻이야."

내가 냉정하게 쏘아붙이자 중년 여자의 얼굴에 잠시 당황한 빛이 지나갔다.

"내가 엔리크를 잡아 둔 거다. 저녁 맛있게 먹어, 엔리크."

"……."

"또 보자. 동생아."

어딘가 놀란 기색으로 커다란 눈을 느릿하게 깜빡이던 엔리크가 내게 예의 바르게 고개를 숙이곤 유모를 따라 별채로 걸어갔다.

'흐음.'

아까부터 느꼈던 찜찜한 감각이 더욱 강해졌다. 이대로 그냥 넘어가면 안 될 것 같은 기묘한 예감이 들었다.

쏴아아아—

나는 빗물로 부옇게 변한 타운 하우스 정경을 오래도록 바라보았다. 지중해성 기후라서 장마철이 있는 것도 아닌데 며칠째 비가 계속 쏟아졌다.

시모어 공작이 최근 영지에서 터진 일로 자리를 비운 탓인지, 저택 분위기가 무겁게 느껴졌다.

근래 동부 영지 상황이 심상치 않게 돌아가고 있었다. 야만족 족장의 위치를 추적하던 중, 갑자기 몬스터 웨이브가 일어났기 때문이다. 로자드의 수도 귀환이 미뤄진 원인이기도 했다.

'이 부분, 소설에서 본 것 같아.'

갑작스러운 몬스터 웨이브는 동부 결계에서 일어난 균열 때문에 일어난 것이었다. 독성이 있는 마물 때문에 몬스터 군락이 도망치듯 동쪽으로 이동할 수밖에 없었던 것이다.

현재 로자드는 영지를 침범하는 몬스터를 방어하는 중이었고, 공작은 어수선한 분위기를 수습하기 위해 게이트를 이용해 수도와 영지를 끊임없이 오가고 있었다.

'결계의 균열이라.'

여신의 결계에서 균열이 일어나 마물이 튀어나온다는 설정은 신성력을 갖춘 미야 비노슈가 활약할 무대와 잘난 남자들과 썸을 탈 기회를 제공하지만, 내겐 그저 위험 요소일 뿐이다.

'그딴 게 왜 생기는 거지?'

단순히 여주인공을 돋보이게 만들기 위한 장치라고 납득하기엔 개연성이 부족하다.

"하아."

짐작조차 가지 않아서 절로 한숨이 났다.

'왜 하필 완결이 안 된 소설을 건드린 거냐고.'

관자놀이를 누르며 진녹색으로 젖어드는 화원을 내려다보다가, 답이 없는 문제에 대한 고민을 관두고 아르망으로 향했다.

마차에서 내린 나는 호위를 정문에 세워 두고 로브에서 열쇠를 하나 꺼냈다. 사업 핵심 멤버만 나눠 가진 열쇠였다. 가게 뒤편 작은 쪽문으로 열고 들어가 설렁줄을 흔들자 아르망 점장이 헐레벌떡 나타났다.

지하에는 두 개의 방이 있었는데, 하나는 블랑샤와 통하는 이동진이 있는 방이고 나머지 하나는 내 연구실 겸 집무실이었다.

"최근 나리아 상황은 어떻지? 잘 망해 가나?"

나는 로브를 눌러쓴 채 음침하게 물었다.

"거짓 레시피를 철석같이 믿더군요. 이온 음료를 만들기 위해 비싼 약초를 가득 사 갔다는 소문을 들었습니다."

나는 속으로 그들을 비웃었다. 약초를 아무리 우려내 봐야 이온 음료는 죽어도 만들 수 없을 테니까. 실패가 예정된 일에 매달리며 온갖 시행착오를 겪는 동안 돈, 시간, 인력 무려 세 가지가 깨진다. 이래서 사람은 마음을 곱게 써야 하는 것이다.

'그나저나, 이쪽 매출이 많이 떨어졌군.'

요 며칠 하늘에 구멍이 뚫린 것처럼 비가 계속 쏟아져서, 지붕킥하던 매출 그래프는 적나라한 하락 곡선을 그리고 있었다.

'어쩌지.'

앞으로도 궂은 날씨가 이어지는 시기가 있을 텐데.

'날씨……'

곰곰이 생각에 잠겨 있던 나는 퍼뜩 떠오르는 생각에 입을 열었다.

"점장. 오늘의 차라는 메뉴를 만들자."

"오늘의 차요?"

의아한 표정을 지은 아르망 점장에게 나는 구체적으로 부연 설명했다.

"그날의 날씨와 분위기에 맞는 특별하고 신선한 차를 추천한다고 손님들에게 소개하는 거지. 날씨가 변할 때 우리 가게를 떠올릴 수 있도록."

"아아, 그렇군요."

"뭐 먹을지 고민하기 싫어하는 바쁜 마법사들과 관료들에게 세트 메뉴가 유독 잘 팔린다고 들었어. 비슷한 원리로 오늘의 차는 기존에 먹던 메뉴가 질리는데, 뭘 먹을지 고민하기는 귀찮은 단골 손님에게 비슷한 효과를 낼 거다."

또 하나, 〈오늘의 차〉는 재고 떨이 효과를 가지고 있었다.

손님들이 선호하는 대중적인 찻잎은 질이 나빠도 늘 가격이 비싸다. 〈오늘의 차〉를 통해 인지도가 떨어지는 찻잎을 고객에게 쉽게 판매할 수 있다. 다만 손님이 모험을 감수하기 잘했다고 뿌듯해할 만큼 신선하고 질 좋은 찻잎을 써야겠지만.

점장은 내 말을 토씨 하나 안 빼고 경건하게 받아 적었다. 로브를 뒤집어쓴 수상한 몰골인 데다, 일견 어려 보이는 나를 반신반의했던 점주는 기막힌 매출 추이 때문인지 어느 순간부터 날 장사의 신처럼 떠받들기 시작했다.

"아, 그리고 오늘은 급한 대로 향이 강한 찻잎을 우려서 매장 전체에 스며들게 해."

습한 날엔 공기 중에 물방울이 많아서 향이 코에 더 잘 달라붙고 확산 속도도 느리다. 비 오는 날은 차향을 음미하기에 더 좋은 날이라는 뜻이다.

좋은 향기는 신경 안정 효과도 있었다. 빗길을 뚫고 가게에 들어온 사람들이 고즈넉하고 여유로운 기분을 느끼게 만들고 싶었다.

신메뉴나 이벤트도 중요하지만 결국 요식업은 단골 장사였다. 좋은 인상을 심어 준 뒤 다음에도 찾게 만드는 게 중요했기 때문에, 인건비가 많이 들더라도 매장의 분위기와 청결에 많은 신경을 쓰고 있었다.

"지시하신 대로 바로 진행하겠습니다."

"가을 시즌 메뉴 상황은?"

"개발이 끝나갑니다."

그가 종이를 내밀었다.

"이건 뭐지?"

"다음 시즌 메뉴 포스터와 현수막에 걸 홍보 문구입니다."

나는 종이를 훑으며 속으로 혀를 찼다.

'문구가 너무 정직한데?'

이곳 사람들은 고객을 현혹하는 기술이 전혀 없다. 적당한 과장을 보태도 되는데 너무 순진하고 안일해서 종종 한숨이 나올 정도였다.

'어쩌면, 이전 세계가 너무 매운맛이었을지도.'

"깃펜 줘 봐."

"네."

나는 붉은색 잉크를 찍어 문구를 모조리 첨삭해 준 뒤, 자리에서 일어났다.

"상단주님. 이게 사실입니까?"

"뭐, 어때? 진위 여부를 확인할 방법이 없잖아. 손님만 기분 좋으면 그만 아닐까?"

"……그렇군요. 확인할 방법이 없긴 하죠."

점장이 날 생양아치 보듯이 응시하는 것을 애써 무시하며 자리에서 일어났다. 지하 계단을 올라가 가게 뒷문으로 들어간 나는 태연스레 정문으로 나온 뒤 마차를 타고 요네스 지구에 있는 커다란 장난감 가게로 향했다.

엔리크의 선물을 사기 위해서였다.

'생일이었다니.'

곧 엔리크의 생일이 다가온다는 정보를 듣고 얼마나 가슴이 철렁했는지 모른다. 엔리크의 별채에서 일하는 하녀를 매수하지 않았다면, 선물도 안 챙기고 그냥 지나칠 뻔했으니까.

카릴이라는 유모에게서 뭔가 기분 나쁜 느낌을 받았던 나는 엔리크의 별채에서 오랫동안 일한 하녀 한 명을 협박했다. 가족의 신상 정보를 줄줄 나열하자, 내가 그들에게 해코지를 할 거라고 생각했는지 하녀는 벌벌 떨며 죄다 털어놓을 기세였다.

"최근에 엔리크가 상태가 안 좋아 보이던데, 어디 아파?"

내 물음에 하녀는 창백한 얼굴로 고개를 조아렸다.

"아마 도련님께서 개인 교습을 많이 받으시기 때문일 거예요."

"그래도 갑자기 공부량이 두세 배로 늘어난 건 아닐 거 아니야."

"아아! 그리고 늘 이맘때쯤엔 식사를 잘 안 하시고, 컨디션이 안 좋으셨던 것 같아요."

"왜지?"

"아시겠지만 도련님께선 미숙아로 태어나셔서 갓난아기 때 크게 앓으셨지 않습니까? 마담 카릴은 그 후유증이 지금도 영향을 미치는 걸 수도 있겠다고 했어요. 실제로 이 시기만 지나면 금세 나아지기도 했고요."

'말 같지도 않은 소리를……'

그런 헛소리가 진짜라고 믿는 것도 어이없었다.

"그럼 매년 엔리크가 이 시기에 상태가 안 좋다는 거야?"

"예. 공녀님."

항상 내 앞에서 긴장하는 아이인데, 수업 시간에 갑자기 잘 정도면 밤에 잠을 심하게 설친다는 뜻이다.

'심지어 입맛도 없고……'

내가 봤을 땐 전형적인 스트레스 증상이다. 우울증 증상과도 좀 비슷했다. 문득 어떤 추측 한 가지가 머리를 스치고 지나가서 나는 미간을 찌푸렸다.

'설마, 아니겠지.'

하지만 대다수의 아이는 생일만 손꼽아 기다리는데, 하필 이 시기에 스트레스를 받는다는 건 엔리크가 제 생일을 부정적으로 생각한다고밖엔…….

그때, 퍼뜩 머릿속에 작게 조각난 기억 속 파편 하나가 떠올랐다.

생일날. 직계와 방계로부터 값비싼 선물을 잔뜩 받고도 기뻐하기는커녕 무표정한 남동생을 보며 데보라는 내심 엔리크를 애늙은이 같다며 질색했다.

게다가 그 해는 엔리크가 남다른 재능으로 어린 나이에 2서클을 달성한 해였다. 마나 감응력이 전혀 없는 데보라는 강한 열등감을 느끼며 아이를 노려보았다.

그때였다. 식사 중간에 갑자기 엔리크가 사라졌다. 어수선해진 가운데 데보라는 슬쩍 자리를 빠져나왔다. 그녀는 방계 친척들을 별로 좋아하지 않았기 때문이다.

"우욱!"

파티장에서 나온 아이는 잔디밭에 토악질하고 있었다. 몹시 괴로운 얼굴로.

"도련님. 식사 중에 나오시다니, 생일날 모두를 걱정시키면 어떡해요? 기껏 큰 파티를 열어 준 공작님께서 실망하실 거예요."

나는 퍼뜩, 그 유모에게 느꼈던 위화감과 과외를 하며 느꼈던 꺼림칙한 기분의 정체가 무엇인지 깨달았다.

"도련님, 앞으로 숙제를 모두 하기 전까지는 외출 금지예요."

마담 카릴은 엔리크에게 부드러운 말투로 엄포를 놓았다. 아이가 숙제를 끝내지 못하리라는 것을 이미 알고 있어서 한 말이었다. 마담 카릴의 입맛대로 고용된 가정 교사들은 철저하게 그녀의 지시대로만 움직이고 있었으니까.

시모어 공작이 엔리크를 위해 초빙한 유명한 가정 교사라는 말은 애초부터 엔리크를 통제하기 위한 카릴의 거짓말이었다.

"모두 도련님을 위해서예요."

그녀는 입버릇처럼 그런 말을 했다.

"……"

파리하게 질린 얼굴로, 창을 거칠게 두드리는 드센 빗줄기를 바라보던 엔리크가 손에 쥔 깃펜을 힘없이 떨어뜨렸다.

머리가 멍해서 그런지 아무리 숙제를 해도 끝나지 않았다. 습한 더위가 후덥지근하게 달라붙어서 엔리크는 옷을 여러 번 펄럭였다.

엔리크는 생일이 다가오는 게 정말 싫었다. 자꾸 악몽을 꿨고, 마음이 조마조마해졌다. 곧 지나간다는 것을 머리로는 알지만, 지금 당장은 헤어 나올 수 없는 늪에 잠긴 답답한 기분이 들었다.

"마님께서 돌아가신 이후 공작님께서는 일에만 파고들고 계시죠. 늘 그분을 잊지 못하시니 도련님을 보면 마음이 안 좋으실 거예요."

모든 게 다 자신 때문인 것 같다. 어머니의 기일이 다가오면 더더욱.

'숨 막혀.'

진저리를 치며 책상 위에 엎드려 있던 엔리크는 바닥에 깔린 태피스트리 위, 뾰족한 이를 드러낸 독사 그림에 오래도록 시선을 던졌다.

"누가 폐를 끼쳤다는 거지? 앞뒤 사정 모르면서 그런 식으로 단정 지어 말하지 마."

불현듯 누나가 유모에게 차갑게 쏘아붙이던 순간이 떠오른다. 누군가는 독사 같다고 하겠지만, 그 순간만큼은 왠지 용사처럼 느껴졌다.

엔리크는 피가 날 정도로 입술을 꾹 깨물고 있다가 자리에서 일어나 바깥으로 걸음을 옮겼다. 이대로 이 늪 같은 장소에서 잠자코 있으면 머리끝까지 잠겨 버릴 것 같은 공포가 밀려왔다.

"도련님, 어디 가세요?"

별채 입구 쪽으로 허우적거리며 뛰쳐나가는 엔리크를 유모가 급하게 뒤쫓아 왔다. 유모가 팔을 낚아채자 엔리크가 하얗게 질린 얼굴로 그녀를 올려다보았다.

"이렇게 비가 오는데 어딜 나가려고 해요? 숙제 다 안 한 것도 알고 있어요."

"오늘, 누나랑 만나는 날이야. 가야 해!"

"데보라 공녀님이 이렇게 궂은날에 도련님을 만나러 나오신다고요? 말도 안 되는 떼쓰지 말고 어서 들어가세요. 이러다가 생일을 앞두고 감기에 걸리겠어요! 모두를 걱정시킬 셈이에요?"

유모가 팔을 거칠게 잡아끈다. 꿈속에 나왔던 팔다리를 옭아매던 뱀의 촉감과 너무 비슷해서 엔리크는 황급히 그녀의 손을 뿌리치려

했다. 하지만 이상하게 몸에 힘이 들어가지 않았다. 그래서 아이는 힘겹게 입을 열었다.

"떼쓰는 거 아니야. 공부하러 가는 거야. 누나가 날 제자로 받아 줬어. 매주 나가기로 약속했어."

입술을 떨며 겨우 말을 맺은 엔리크가 숨을 거칠게 헐떡였다. 순종적이던 아이가 평소답지 않게 말대꾸를 하자 마담 카릴의 눈가가 잔인하게 일그러졌다. 도서관에 책을 보러 나가는 줄 알았는데, 사실은 데보라 공녀와 계속 만나고 있었던 모양이다.

'여태 그걸 쥐새끼처럼 숨기고 있었단 말이지? 감히.'

애지중지 돌보던 아이가 제 뜻대로 움직이지 않자 그녀가 어금니를 악물었다. 송곳같이 예리한 빛을 띤, 데보라 공녀의 붉은색 눈동자를 떠올리자 더욱 견딜 수 없는 기분이 들었다.

데보라 시모어, 그 돼먹지 못한 망나니가 완벽한 엔리크 도련님에게 나쁜 물을 들여 놓은 게 틀림없었다.

"도련님, 정신 차려요!"

마담 카릴이 엔리크의 작은 어깨를 흔들었다.

"요즘 숙제가 많아서 힘들 거라는 건 이해해요. 공녀님과 놀고 싶으셨겠죠. 하지만 데보라 공녀님은 단순히 도련님을 가지고 놀 생각인 거예요."

고개를 가로젓는 엔리크를 보며 유모가 눈을 표독스레 빛냈다.

"설마 그럼…… 그 데보라 공녀님이 도련님을 진심으로 아낀다고 생각하시는 거예요? 말도 안 된다는 거 도련님도 아시죠?"

그녀가 비웃는 투로 말했다.

"도련님은 어머니의 목숨을 빼앗고 태어났어요. 그런데 그분의 딸인 데보라 공녀님이 어떻게 도련님을 좋아하겠어요?"

엔리크의 긴 속눈썹에 물방울이 눈물처럼 가득 맺혔다가 후드득 떨어졌다.

"저만큼 엔리크 도련님을 생각하고, 도련님의 미래를 걱정하는 사람은 없어요. 아시잖아요."

무릎을 구부려 시선을 맞추며 그녀는 속삭이듯 다정하게 말을 이었다.

"전 도련님이 누구보다 존경받고 훌륭해지길 바라요."

엔리크의 은색 눈동자가 점점 크게 확장되었다.

"가뜩이나 사모님 기일이 다가와 가주님께서 슬프실 텐데, 미움받지 않으려면 더 의젓하게 굴고 공부를 더 열심히…… 커헉!"

귀신처럼 나타나 위로 틀어 올린 유모의 머리를 사정없이 뒤로 잡아당기는 누나를 보며 엔리크는 눈을 화등잔만 하게 뜰 수밖에 없었다.

"누, 누나?!"

"내가 그때 분명히 충고하지 않았나? 말조심하라고."

그녀가 차갑게 비죽거린다.

"아악!!"

"다들 공녀인 내 말을 아주 우습게 듣는단 말이지."

마담 카릴의 올린 머리는 순식간에 산발이 되었지만, 공녀는 머리채를 쥔 채 붉은 눈을 살벌하게 빛내다가 갑자기 이를 갈았다.

"생각할수록 열 받네! 이 싸이코가 뚫린 입이라고 막 내뱉고 있어!"

"고, 공녀님, 이, 이게 무슨 품위 없고 무도한 행동! 꺄아악!!"

"당신이야말로 이게 무슨 짓이야? 내 동생에게 감히 그런 잔인한 말을 해?"

"이거 제발 놓고!"

"엔리크처럼 사랑스러운 아이가 세상에 어디 있다고!"

불처럼 분노하는 누나를 보며 엔리크는 눈을 마구 깜빡였다.

'사랑스럽다고.'

비는 조금씩 그쳐 가는데, 왜인지 모르게 폭우 한복판에 있는 것
처럼 시야가 자꾸만 흐려졌다.

내가 유모를 찜찜하게 여기고 사용인을 매수한 건 엔리크의 그 말
이 자꾸 마음에 걸렸기 때문이었다.

"나는 지각하고, 잠자고, 실망시켰어요."

'실망?'

아이들은 보통 잘못을 했을 때 제가 혼나는 걸 걱정하지 타인을 실
망하게 할까 봐 걱정하지는 않는다.

나보다 타인의 감정을 먼저 생각하는 어른스러운 아이.

"엄마, 슬프게 해서 미안해요. 앞으로 실망 안 시킬게요."

전생의 내가 그랬다.

어쩌면, 나는 처음부터…… 엔리크의 어른스러운 모습에 내 어린
시절 모습을 겹쳐 보았을지도 모른다. 엔리크가 그 말을 하는 순간 아

이에게서 내가 가진 상처를 발견했기 때문에, 난 아이 보호자의 인성을 의심할 수밖에 없었다.

"도희가 동생에게 양보하면 엄마는 기쁠 거야."

이전 부모님은 착하게 굴지 않으면 네게 실망할 거라는 의미가 담겨 있는 말을 자주 했다. 돌이켜 보면, 부모님의 감정에 신경 쓰느라 나는 정작 내 기분에 솔직해지지 못했던 것 같다.

'사실 양보하기 싫었어. 당연히 나도 새 장난감 갖고 싶지.'

내가 날 돌보지 않으니 자존감도 떨어지고, 점점 답답한 사람이 되어갔다.

'그런 식으로 아이에게 보호자의 감정을 강요하는 건 나쁜 건데, 대체로 나쁘다는 인식을 못 하지.'

사람을 제 뜻대로 편리하게 다루기 위해 은밀하게 타인의 공감 능력을 이용하는 사람들이 있다. 가스라이팅을 하는 것이다.

그리고 카릴이라는 이 유모는 악질 중의 악질이었다. 아버지에게 사랑받고 싶은 아이의 마음과 죄책감을 동시에 자극해서 엔리크를 교묘하게 통제하고 있었으니까.

엔리크가 이 시기에만 유독 몸이 안 좋아졌던 것도, 마담 카릴이 공작 부인의 기일을 끊임없이 의식하게 만들기 때문일 것이다. 온순한 아이의 마음에 피멍을 낸 뒤, 그 상처를 돌봐 주는 사람은 자신뿐인 척하는 이중성이 소름 돋았다.

"꺄아악!"

이 악질 싸이코가 비명을 질러 대든 말든, 나는 그녀의 머리채를 거칠게 잡아당겼다. 속에서 끓어오르는 무언가를 참을 수가 없었다.

"고, 공녀님, 진정하세요!"

그때, 별채 하녀들이 아연실색하며 달려와 나를 말리기 시작했다.

"진정?!"

"아아악!"

내 몸에 적극적으로 손을 대는 간덩이 부은 사용인은 없었기 때문에 나는 기어이 유모의 머리털을 서너 움큼 뜯어냈다.

"이 유모라는 자가 내 소중한 동생에게 말 같지도 않은 폭언을 했는데, 너희라면 진정할 수 있겠나?!"

나는 혼이 나간 얼굴로 몸을 비틀대는 유모를 사납게 노려보았다.

"오늘 일은 그냥 넘어가지 않을 거야."

엔리크가 차가운 빗속에서 잘게 떨고 있지만 않았다면 진짜 작정하고 대머리를 만들어 놨을 것이다.

"가자."

이를 갈며 바닥에 머리털을 탁탁 턴 나는 엔리크의 작은 손을 조심스레 쥐었다.

"오늘 수업하는 날이잖아."

그렁그렁한 눈으로 나를 올려다보던 엔리크가 흠칫 놀라다가 고사리 같은 손을 꼼지락거린다. 나는 엔리크의 사용인들을 향해 차갑게 말했다.

"이 유모, 다신 내 눈앞에 띄지 않게 해. 만일 옷 한 자락이라도 눈에 띄면 너희 모두에게 책임을 묻겠다."

"고, 공녀님."

나는 난장판을 뒤로한 채, 내 손을 조심스레 맞잡는 엔리크를 별채로 데려왔다.

"에, 엔리크 도련님?"

사용인들이 나를 납치범 보듯이 응시한다.

"당분간 내가 데리고 있을 거야."

하필이면 현재 부친이 영지로 출타한 상태라서 그가 돌아올 때까지
는 엔리크와 함께 있을 생각이었다.

"이, 일단 도련님께서 입을 옷을 준비하겠습니다."

시종들이 기겁하며 빗물에 흠뻑 젖어 있는 엔리크를 돌봐 주는 동
안, 나는 케이크와 뜨거운 차를 가져오라고 일렀다.

얼마 후, 보송보송한 얼굴로 나온 엔리크가 내 앞에서 쭈뼛거렸다. 어
수선하게 움직이는 엔리크를 보며 나는 눈을 가늘게 좁혔다.

"엔리크."

"네?"

"왜 갑자기 낯가려? 지난번엔 침까지 흘리면서 쿨쿨 잤으면서. 우리
서로 친해졌잖아."

"우윽!"

"농담이야. 이리 와 앉아."

또다시 밖으로 도망칠까 봐 엔리크를 재빨리 자리에 앉힌 뒤 포크
를 쥐어 주었다.

"요즘 제일 유행하는 아르망이라는 가게에서 가져온 디저트야."

엔리크가 뽀로통한 얼굴로 날 바라보다가 입을 달싹였다.

"잘 먹겠씁니다."

이 와중에 예의 바르게 인사하는 것을 잊지 않은 엔리크는 생크림 케이크를 야금야금 먹어치우기 시작했다. 달콤한 케이크가 입맛에 맞는지 손동작이 점차 빨라졌다.

그때, 하나뿐인 커다란 딸기를 내가 포크로 툭툭 건드리자 엔리크의 동공이 빠르게 흔들렸다.

'먹고 싶은가 보네.'

요즘은 딸기 철이 아니라서, 신선하게 보관된 생딸기를 봄처럼 자주 접하지 못한다.

'물론 귀족들은 마음만 먹으면 아무 때나 먹을 수 있긴 하지만.'

갖고 싶은 걸 손에 쥐어야 직성이 풀리는 데보라와 달리, 엔리크는 좋아하는 걸 적극적으로 표현하는 성격이 아닌 것 같았다.

'그냥 주는 대로 먹었겠지.'

나는 지긋한 엔리크의 시선을 받으며 약 올리듯 딸기를 들어 올렸다.

"아, 해 봐."

"아?"

의아한 얼굴을 한 엔리크의 입에 쏙 딸기를 넣어 주자 눈이 휘둥그레진다. 엔리크가 뺨을 붉게 물들이면서 통통한 볼을 우물거렸다. 딸기를 양보하자 마음이 조금 풀린 게 느껴져서 재빨리 다음 스텝을 밟았다.

"엔리크, 체스 좋아해? 아니면 카드놀이?"

게임만큼 어색한 분위기를 떨쳐내는 데 좋은 게 없다. 엔리크가 오렌지 주스를 홀짝거리다가 입을 열었다.

"으음. 체스요."

곧 나와 엔리크는 체스판을 가운데 두고 마주 앉았다. 동생의 기분을 위해 적당히 봐주면서 게임을 해야겠다고 마음먹은 나는 이내 생각을 고쳐먹었다.

'왜 이렇게 잘해?'

수업하는 내내 엔리크의 수리력이 비범하다고 생각하긴 했는데, 머리가 엄청 좋은 녀석이었다.

"체크메이트."

방심한 사이 최종열에 도달해 승격한 엔리크의 폰이 내 킹 앞으로 다가왔다.

"엔리크가 이겼네."

엔리크의 큰 눈이 살짝 휘어진다. 스승님의 눈치가 보이는지 대놓고 방방 뛰지는 못하고 손으로 입을 가린 채 기뻐했다.

"대단한데? 내가 너를 체스 스승으로 모셔야겠어."

"제자라고 봐준 거 아니죠?"

"그럴 리가. 다음 판은 내가 꼭 이길 거야."

체스 영재인 엔리크에게 도전장을 내밀었다가 세 판 내리 비참하게 진 나는 설욕하기 위해 카드 뒤집기 놀이를 했다.

'망했다.'

어찌나 기억력이 좋은지 단 한 판도 이길 수가 없었다.

'앤 정체가 뭐지?'

결국, 최후의 수단으로 두뇌 대결이 아닌 젠가를 꺼냈다. 오동통한 손으로 신중하게 막대기를 뽑던 엔리크가 젠가를 와르르 무너뜨리곤 머리를 움켜쥐었다.

"이거 너무 어려워요!"

"오구구, 어려워쪄요?"

"자꾸 놀리지 마요!"

"멋있어서 그래. 멋있어서."

"거짓말."

나는 불퉁한 얼굴을 한 엔리크의 머리칼을 마구 헝클어트렸다. 엔리크는 새침하게 날 노려보다가 바닥에 떨어진 젠가 막대기를 가만히 바라보았다.

"또 하고 싶어?"

엔리크가 발을 앞뒤로 흔들며 고개를 끄덕였다.

"네! 또 해요."

"그래. 너부터 시작해."

나는 한동안 엔리크와 젠가 놀이를 하다가 시종들에게 저녁 식사를 준비하도록 일렀다.

엔리크는 영 식욕이 없는 얼굴로 밥을 먹는 둥 마는 둥 했다.

식사 후 바깥이 어두워지자 점점 생각이 많아지는지, 엔리크가 창백한 얼굴로 어둠이 깔린 창밖 화원 풍경을 물끄러미 내다보았다.

"엔리크."

"녜?"

"내가 이 집에서 제일 세고 무서운 거 알지?"

"……."

"힘세고 싸움 잘하는 스승이 있으니 제자는 아무런 걱정 할 필요가 없다는 뜻이다. 알겠느냐?"

엔리크는 나이 든 노인 같은 내 말투가 웃겼는지 입술을 꾹 말아 물었다.

"제자야. 체스를 두지 않겠느냐?"

"……."

왠지 썩 내키지 않는 모양새였다. 하고 싶으면 츄르를 본 고양이처럼 은색 눈을 반짝거리니까.

"그럼, 같이 책 읽을까?"

작게 고개를 끄덕이는 엔리크를 데리고 서재에 들어간 나는 아늑한 분위기를 연출하는 따뜻한 색감의 라이팅 구체를 켰다. 엔리크가 로맨스 소설이 주르륵 나열된 책장을 유심히 살펴본다. 나는 재빨리 맨 위에 꽂혀 있는 시집을 하나 뽑았다.

"이거, 어머니께서 과거에 읽으셨던 시집이야. 문학 중에서도 시를 특히 좋아하셨지."

"……."

엔리크의 커다란 눈동자가 빠르게 흔들렸다.

"내가 읽어 줄게. 앉아 봐."

"정말요?"

"응."

엔리크가 먼저 서재 소파에 자리를 잡고는 왠지 수줍어하는 기색으로 나를 물끄러미 올려다본다. 따뜻한 색감의 조명 때문에 엔리크의 얼굴이 더욱 불그스름해 보였다.

"흠흠."

엔리크 옆에 자리 잡은 나는 목을 가다듬고 시를 낭독하기 시작했다.

엔리크는 수업을 들을 때처럼 집중해서 귀를 기울였다. 하지만 시집을 반 넘게 읽었을 즈음엔 내 어깨에 머리를 기댄 채 쿨쿨 잠이 들어 있었다.

'잘 자네.'

장작 타는 소리 같은 빗소리가 끊임없이 귓가를 타닥타닥 두드린다. 나는 세상모르고 잠들어 있는 엔리크에게 어깨를 내준 채, 뜬눈으로 시간을 보냈다.

다음 날 아침.

부친은 영지에서 올라오자마자 나를 바로 호출했다. 내가 마담 카릴의 머리에 땜빵을 만들어 놨다는 보고를 바로 들었는지, 시모어 공작의 표정은 좋지 않았다.

고위 귀족 가문 도련님들의 유모들은 대부분 출신이 좋았다. 아무리 시모어의 공녀라 해도, 마담 카릴에 대한 내 패악질은 도를 넘었기 때문에 당연히 그의 심기를 거스를 줄 알았다.

게다가 엔리크의 유모는 시모어 공작과 육촌이었다. 그녀는 시모어 방계인 셈이다.

'혈연에 대한 믿음이 있고 가까운 사람이기 때문에 더 의심하지 못했겠지.'

마담 카릴은 평판도 괜찮았으며 심지어 내가 매수한 엔리크의 하녀는 그녀가 엔리크를 돌보는 것에 의욕적이라고 생각했다. 시모어 공작이 무뚝뚝하고 자식들에게 무심하니, 극성맞은 구석이 있는 유모가 엔리크에게 잘 맞는다고 생각한 모양이었다.

'사이코패스가 틀림없어. 치밀해서 더 소름 끼쳐……'

"데보라. 이런 일을 벌인 이유가 뭐지?"

시모어 공작은 의외로 화를 내는 대신에 자못 진지한 음성으로 물었다. 내 행동에 이유가 있으리라 생각한 모양이다. 과거였다면 들어오자마자 바로 역정을 냈을 텐데 나를 대하는 공작의 태도가 그간 많이 변화했다.

나는 그를 똑바로 마주 보았다.

"사실 대머리를 만들어 놨어야 했는데 그러지 못한 걸 후회하고 있습니다. 아버지께서 하지 않으신다면 제가 무조건 그 유모라는 작자를 손볼 겁니다."

나는 녹음 기능이 있는 마법석을 꺼냈다. 그 안에는 유모가 제 통제를 벗어난 엔리크 때문에 이성을 잃고 날뛰면서 내뱉었던 말이 담겨 있었다.

그날, 엔리크가 과외 시간에 안 나오기에 혹시 아픈가 싶어서 별채로 찾아갔고, 나는 유모와 엔리크가 빗속에서 대치하고 있는 모습을 발견했다.

엔리크가 폭우를 뚫고 도서관으로 날 찾아오려 하지 않았다면 증거가 없어서 공작을 이해시키기 쉽지 않았을 것이다. 마담 카릴과 진실 공방을 벌여야 했겠지.

─도련님은 어머니의 목숨을 빼앗고 태어났어요.

─가뜩이나 사모님 기일이 다가와 가주님께서 슬프실 텐데, 미움받지 않으려면⋯⋯.

마법석에서 마담 카릴의 잔인한 음성이 지직거리는 빗소리와 섞여 나온다. 문득 팔에 소름이 쭉 끼칠 정도로 사방의 온도가 한층 내려갔다.

녹음 내용을 들은 공작은 눈을 새파랗게 빛내며 분노했다. 빙의 첫 날, 내게 역정을 냈던 건 많이 봐준 거라는 걸 오늘에서야 깨달았다.

보는 사람의 심장이 덜컥 내려앉을 만큼 얼어붙은 표정을 짓고 있던 공작은 맹독을 품은 바다뱀처럼 스산한 분위기를 풍기며 자리에서 일어났다.

엔리크의 유모는 시모어 저택에서 도려내듯이 지워졌다. 쥐도 새도 모르게끔. 외부에서 보면 피치 못한 사정 때문에 일을 그만둔 것처럼 보일 것이다.

과거의 나라면 가문의 명예를 위한 냉정한 조치라고 생각했겠지만, 시모어 공작의 그 분노 어린 표정을 보고 난 뒤라 조금 다르게 해석되었다.

'엔리크가 이 일로 더 상처받지 않기를 바라는 부모 마음이겠지.'

매년 열렸던 생일 파티는 생략되었고, 엔리크는 생일을 시모어 공작과 단둘이 보냈다고 전해 들었다.

부자가 정확히 무슨 말을 나눴는지는 잘 모른다.

'울었나 보네.'

생일 다음 날, 로자드를 제외한 직계 가족만 모여 식사했을 때 엔리크의 눈은 붕어처럼 퉁퉁 부어 있었다. 얼굴이 말이 아니었지만 엔리크가 고기가 담긴 접시를 씩씩하게 다 비웠고, 식사 후 아버지가 엔리크의 머리를 가볍게 쓰다듬었기 때문에 대화가 잘된 거라고 짐작했다.

'다행이야.'

"누님!"

저녁 만찬이 끝나고, 별채로 돌아가는 나를 엔리크가 황급히 따라왔다. 나는 아이의 종종걸음에 맞춰 걸으며, 이마 위로 헝클어진 은발을 가볍게 정리해 주었다.

"엔리크, 내가 선물 안 줘서 화나서 쫓아왔구나."

"그런 거 아니에요!"

내가 장난스럽게 말하자 엔리크가 팔을 허우적거리며 방방 뛰었다. 반응이 너무 귀여워서 놀리는 것에 맛 들일 것 같았다.

'자꾸 성격이 나빠지는 것 같아.'

나는 웃음을 삼키며 엔리크의 머리를 살살 쓰다듬었다.

"아니긴. 선물 테이블 위에 내 선물만 없어서 은근히 서운한 티 냈잖아."

"……아닌데."

하지만 조금은 섭섭하긴 한 듯 엔리크가 입술을 병아리처럼 뾰족하게 내밀었다.

"내가 설마 수제자 선물을 준비 안 했겠어? 원래 제일 좋은 건 마지막에 짠 하고 나타나는 거 알지?"

호언장담하자 커다란 눈동자에 호기심이 떠올랐다.

"진짜로요?"

"응."

나는 뭔가 망설이듯 꼬물꼬물거리는 엔리크의 손을 꾹 잡고 서재 안으로 걸어가 커다란 선물 상자를 건네주었다.

"자, 선물이야."

엔리크는 지팡이를 든 마법사 장난감을 꺼내며 당황한 기색을 감추지 못했다.

왜냐면 이미 단물이 다 빠진 선물이었으니까. 지팡이에 라이팅 구체가 달린데다가, 두드리면 천둥소리까지 나는 저 최고급 장난감을 엔리크는 오늘 무려 세 개나 받았다.

'마법사 가문 막내라고 죄다 마법사 장난감을 주다니.'

나를 비롯해 다들 선물 고르는 센스가 참담했다.

"감사합니다."

공손하게 인사한 뒤, 심각한 눈으로 장난감을 요리조리 살펴보던 엔리크는 뒤늦게 마법사 지팡이가 비추는 상자 안 노트를 발견했다.

"이건 뭐예요?"

아이가 연보라색 노트를 들어 올렸다.

"어머니 일기장."

엄밀히 말하면, 일기장이라기보다 낙서장에 가깝지만.

인상 깊었던 시나 소설의 문구뿐 아니라 꽃이나 새 등 자연물이 그려져 있기도 하고 심지어 십자 낱말 퍼즐까지 있었다.

원래 이 물건으로 시모어 공작과 한 번 더 거하게 흥정하려고 했지만, 엔리크에게 양보하기로 결심했다.

'역시 난 어린애한테는 도저히 모질게 굴지 못하겠어. 게다가 엔리크는 너무 귀여우니까.'

존재만으로 사랑둥이 그 자체인데 어떻게 안 줄 수가 있겠어.

"……."

뜻밖이라고 생각했는지 엔리크의 눈이 놀라움으로 크게 벌어졌다.

"예전에, 장미 화원을 산책하다가 우연히 손에 넣은 거야."

이 노트는 공작 부인이 엔리크를 임신한 기간에 사용한 것이라 아이에 관한 내용이 제법 많았다. 선물처럼 찾아온 늦둥이에 대한 공작 부인의 애정이 듬뿍 담긴 글귀들을 엔리크가 읽었으면 좋겠다.

[아기야, 엄마는 네가 얼마나 사랑스러운지 몰라.]

엔리크가 잘게 떨리는 손으로 일기장을 넘겨 보았다.

[넌 존재만으로도 내게 행복을 주는구나.]
[아기 이름은 남자일 때 엔리크, 여자일 때는 에리나가 어떨까? 바쁜 남편은 뭐든 다 괜찮다고 말하면서 성의 없이 굴 테니, 차라리 줄리에트에게 물어봐야겠다.]

엔리크는 자신의 이름이 나온 문장을 눈 안에 새길 듯이 읽고 또 읽었다.
"진짜, 어머니가, 쓴 거예요?"
목이 메는 듯 엔리크가 겨우 말을 맺었다.
"혹시 의심스러우면 아버지께 어머니의 편지를 보여 달라고 해. 대조하면 필체가 똑같을 거야."
"이렇게 소중한 물건을 나한테 줘도 괜찮아요?"
엔리크의 목소리가 잘게 떨렸다.
"어머니가 얼마나 널 사랑하는지, 네가 얼마나 사랑스러운 아이인지 쓰여 있는 일기장인데 당연하지."
발간 눈가에 투명한 눈물이 가득 차오른다. 하얀 뺨은 곧 눈물로 흥건해졌다.
"아버지 몰래 봐. 혹시 들키면 빼앗길 수도 있어. 나는 아버지보다는 안 세거든."

농담을 던져도 엔리크는 도통 울음을 멈출 생각을 하지 않았다. 축축해진 뺨을 여러 번 손으로 닦아 주다가, 서럽게 어깨를 떠는 아이를 가볍게 끌어안았다.

"미안."

끅끅 숨죽여 우는 소리에 속이 화끈거렸다. 그간 얼마나 홀로 속을 끓이며 힘들어했을지 짐작도 되지 않았으니까.

"정말 미안해. 늦어서."

엔리크가 내 품에서 격하게 고개를 도리질했다.

"엔리크, 이럴 때는 왜 이렇게 늦었냐고, 누나는 눈치 없는 바보라고 막 화내야 하는 거야."

"누나 바보 아니야!"

엔리크가 그렁그렁한 눈으로 나를 올려다보며 소리쳤다.

"그래. 앞으로 이렇게 네 기분에만 충실하면 돼. 알았지?"

이 말은 과거, 미움받을 용기가 없어서 늘 움츠러들어 있던 나에게 건네는 말이기도 했다.

"난 무조건 네 편이니까."

내 말이 도화선이 되었는지, 엔리크가 내 옷자락을 움켜쥐고 더 크게 소리를 내어 울기 시작했다.

"누가 괴롭히면 이 누나한테 다 말해. 다음엔 땜빵이 아니라 진짜 대머리를 만들어 놓을 거야."

나는 악당처럼 음산하게 말하며 엔리크의 머리를 가볍게 쓰다듬었다.

며칠간 쉴 새 없이 내렸던 비는 거짓말처럼 뚝 그쳤고 맑은 날이 시작되었다. 그 이후 기온이 확연히 내려가 바람이 불면 제법 쌀쌀한 느낌이 들었다.

기습적인 폭우로 인해 엉망이 되었던 화원은 정원사들이 부지런히 복구하고 있었고, 그 모습을 창가에서 멀거니 구경하던 나는 이내 푸르른 하늘로 시선을 던졌다.

'여긴 이전 생에 살던 곳보다 하늘이 더 새파란 것 같아.'

아마도 공기가 더 맑아서겠지. 미세먼지도 없고.

천고마비의 계절이라고 했나. 깊어진 하늘을 보니 가을이 성큼 다가왔다는 게 느껴졌다. 황제를 뜻하는 파랑이 지고의 색이기에, 제국에서는 유독 하늘이 푸른 가을에 국가적인 행사가 많았고 그 외 이런저런 사적인 모임도 많았다.

'그러고 보니 가을 시즌 메뉴가 론칭되는 날이네.'

반응이나 좀 보고 올까?

나는 평소보다 두께감 있는 로브를 걸치고 아르망으로 가는 마차를 탔다.

"공자님, 저거 진짜입니까?"

이시도르와 함께 동문 쪽 광장을 지나가던 미겔이 아르망 앞 가을 시즌 메뉴를 홍보한 포스터를 보며 물었다.

사과가 가장 맛있는 계절, 가을.
40여 년의 특별한 재배 노하우가 축적된,
플로리 지방산(産) 1% 명품 사과의 당도에 푹 빠져 보세요!

"딱히 거짓은 없지."

이시도르가 어깨를 가볍게 으쓱했다.

과수원 농부 중에 40년 정도 일한 사람이 분명 있을 테고, 농장 어디에나 그들만의 재배 노하우는 존재한다.

멍든 사과가 아닌, 알이 굵은 사과만 양심껏 사용했으니 명품이라고 우길 수도 있었다.

'1퍼센트는 과장된 구석이 있지만 확인할 방법이 없고.'

"플로리 지방이 사과로 유명한가 봅니다. 처음 알았습니다."

"그 지역에서는 품질 좋은 사과가 많이 생산돼. 일교차가 크고 분지 지형이거든."

비스콘티 가문의 영지는 비옥한 토지가 많은 남부에 있어서, 그는 각종 지역 특산품에 대해 일가견이 있는 편이었다.

'원산지를 드러내 품질을 강조하는 품목은 와인뿐인데, 단순한 과일 음료에 저런 식의 홍보를 할 줄이야.'

데보라 공녀의 상술은 늘 기대를 넘어섰다. 그녀는 희소한 것에 집착하는 사람들의 심리를 잘 꿰뚫고 있었고, 이시도르는 공녀의 그런 날카로운 통찰력이 좋았다.

그녀가 붉은 눈을 예리하게 반짝거릴 때마다, 그 빛에 시선을 빼앗겼다.

"엄청 좋은 사과인데 아쉽게도 판매 기간이 짧군요."

미겔이 계절 메뉴 중 하나인 사과 뱅쇼가 그려진 그림을 빤히 바라보며 혹한 얼굴로 중얼거렸다.

"먹고 가지. 아직 시간이 삼십 분 남았으니까."

"그렇지만 남자 둘이 디저트는 좀……."

사실 동성이라는 건 핑계고, 미겔은 성격 나쁜 상사와 마주 앉아 티타임을 가지는 게 불편했다. 업무 중에 웃었다고 어찌나 구박하던지.

'웃음소리 안 낸 것만으로도 충신 아님?'

"불편하면 자네 혼자 마셔. 기왕이면 디저트도 팔아 주고."

"공자님, 갑자기 어디 가세요?"

돌연 주군이 다급한 기색으로 어디론가 뛰어가기 시작했다.

'뭐지?'

이시도르는 순간, 수많은 사람 속에서 단 한 사람만 느릿느릿하게 흘러가는 것처럼 보이는 이상한 현상을 경험했다.

"아, 뭐야? 헉, 죄송합니다."

"방금 엄청 잘생긴 사람이……."

"깜짝 놀랐네."

수군대는 광장 인파를 헤치고 빠르게 내달린 그는 검은 로브를 걸친 여자 앞에서 멈췄다.

"……?"

로브 안, 루비처럼 새빨간 눈동자가 놀라움으로 휘둥그레졌다.

이시도르 역시 놀란 건 마찬가지였다. 봄꽃 축제 때는 그녀의 행선지와 동선을 이미 알고 있는 상태였기 때문에, 조금만 관찰해도 정체를 파악할 수 있었다.

하지만 지금은 순전히 우연이었다.

"어……."

그녀가 자신을 응시하며 눈을 느리게 깜빡거린다. 긴 보라색 속눈썹이 마치 낙화하는 꽃잎처럼 느리게 나풀거렸다. 급하게 뛰어서 그런지 심장이 공연히 쿵쿵거리고 목덜미가 달아올랐다.

"이시도르 경?"

갑자기 나타난 이시도르를 보며 나는 덜컹 심장이 까마득한 곳으로 내려앉는 기분을 느꼈다.

'왜 저 미모엔 도무지 적응이 안 되는 거지?'

그리고 방금 봤던 그의 맑은 미소는, 정말이지 아찔할 정도로 아름다웠다.

"데보라 공녀, 이렇게 우연히 보네요. 뭐 하고 있었어요?"

그가 목을 한 번 가다듬고 질문을 건넸다.

"아, 그냥 산책. 그, 이시도르 경은?"

나는 당황한 나머지 어리바리하게 말했다.

"난 훈련장에 가던 길이었어요."

그리고 보니 이시도르가 소속된 백기사단 병영은 비교적 동문과 가까운 편이었다.

"다음 주면 가을 학기 개강이네요."

그가 예고도 없이 개강을 일깨워 줘서 정신이 번쩍 들었다. 아카데미는 봄 학기와 가을 학기, 이렇게 두 분기로 나뉘어 있었고 가을 학기는 다음 주부터 시작되었다.

"방학 잘 보냈어요?"

"그럭저럭. 이시도르 경은 잘 지냈어?"

나는 예전보다는 훨씬 부드러워진 말투로 그의 안부를 물었다. 만약에 내 가정대로 그가 마스터의 정체에 다가가는 유일한 열쇠라면, 경계하는 것보다 차라리 가까워지는 게 낫다고 판단했다.

"잘 보냈어요."

이시도르가 눈매를 휘며 옅게 웃는다.

'그간 너무 경계했나? 별거 아닌 거로 기뻐하니까 괜히 양심에 찔리네.'

"사실 한동안 동료들한테 한턱내느라 정신없었어요. 공녀가 시합에서 무운을 빌어 준 덕분에요."

"우승 축하해. 축하 인사가 늦었네."

"다들 인정머리 없이 디에라에게 돈을 걸었던데 혹시 공녀도 그쪽에 베팅한 건 아니죠?"

"그, 그럴 리가. 경의 무위가 정말 대단하더군! 하. 하."

정곡을 찔려서 저절로 몸이 뻣뻣해졌다. 내 발연기를 눈치챈 이시도르의 눈동자에 노골적인 당혹감이 떠올랐다.

"농담으로 한 말인데 진짜예요?"

"승부의 세계는 냉정하니까."

나는 먼 산을 바라보았다.

"나한테 손수건도 선물해 줬으면서……. 당연히 날 응원한다고 생각했는데."

"솔직히 얼굴이 너무 잘생겨서 그렇게 실력이 있을 줄 몰랐어."

"갑자기 반칙하네."

잘생겼다는 소리 듣는 거, 이시도르 정도면 지겨울 텐데 그는 어딘가 기분 좋은 기색으로 긴 목덜미를 문질렀다.

"인기 정말 많더라."

마상 경기장이 아니라 개인 콘서트장인 줄 알았다.

"그걸 이제 알았어요?"

"하아, 그냥 말을 말아야지. 훈련장엔 안 가도 돼?"

"아직 시간 많이 남았어요. 귀찮은 경기에 나가서 기사단의 명예를 올려 줬는데, 지각해도 좀 봐줘야지."

'귀찮은 경기라고?'

"원래 나가기 싫었어?"

그가 흰 장갑을 낀 손을 움찔 떨었다. 아마 무심코 내뱉은 말인 것 같았다.

"귀찮아도 우승 상품이 좋은 거라서 나가려고 했어요. 제법 쓸 만한 보검이었거든."

'상품 때문이면 왜 소설에선 마상 시합에 안 나갔을까?'

재벌 3세니 보검 정도쯤은 수백 개쯤 살 수 있을 것 같은데. 게다가 그는 외아들이니 형제들에게 분산되는 돈도 없을 테고. 미심쩍은 기분으로 그를 빤히 올려다보는데, 이시도르가 날 가만히 내려다보았다.

"거짓말인 거 티 나요?"

"어?"

"마상 시합, 멋있는 척하기 좋잖아요. 좀 유치한가?"

그는 가벼운 어투로 말했지만, 난 심장 쪽에 무거운 추가 쿵 내려앉은 것처럼 당혹스러운 기분이 들었다. 마치, 멋있어 보이고 싶은 상대가 있다는 말처럼 들렸으니까.

'그리고 그 대상이 설마……'

내 뇌는 이제 생각하기를 거부하기 시작했다. 파업이었다.

"차 마시는 시간이라 출출한데, 저기 가지 않을래요?"

이시도르가 화제를 돌리며 아르망을 가리켰다.

"그…… 가, 가자."

이시도르가 가게를 찾아 주면 홍보 효과가 높으니 사실 한 번만 들러 달라고 부탁해야 하는 상황이긴 했다.

"난 저기 단골이야. 가게 분위기가 나쁘지 않아."

내 말에 그가 피식 웃는다.

"나도 단골 해야겠네."

'유명인이 단골이 되면 좋아해야 하는데, 자꾸 두통이 밀려오네.'

체한 듯 속이 울렁거리는 것 같기도 했다.

그날, 나는 이시도르와 함께 디저트에 차를 곁들이고 집으로 돌아왔다.

'이상하다.'

그에게서 뭔가를 알아내려고 했던 것 같은데, 막상 대화 내용은 소소하고 평범하게 짝이 없었고, 그는 케이크를 종류별로 시켜서 내 앞으로 한가득 밀어 주었다. 돌이켜 보니 데이트 비슷한 걸 한 느낌이라서 혼란스러워졌다.

'그쪽 페이스에 계속 말리는 느낌인데.'

나는 이불을 푹 뒤집어쓴 채, 발갛게 달아오른 얼굴을 비비며 한숨을 내쉬었다.

똑똑–

"들어와."

겨우 세 시간 눈을 붙여서 몹시 피곤했다., 퀭한 몰골로 앉아서 가계부를 쓰고 있는 내 근처로 시종들이 뭔가를 잔뜩 들고 나타났다.

'웬 선물이지?'

나는 아연한 기분을 느꼈다. 포장지를 풀자 고급 찻잎이 들어 있는 상자가 있었고, 이시도르의 축하 카드가 보였다.

[아카데미 수석 축하해요.]

5황녀 역시 선물과 카드를 보내왔다. 그녀가 보낸 건 초콜릿과 비싸 보이는 와인이었다. 내 이름이 아카데미의 명예의 전당인지 뭔지에 걸리면서 내가 수석이었다는 사실이 모두에게 공개된 모양이다.

선물뿐 아니라 내 앞으로 편지도 왔다. 처음 이 피폐 소설에 뚝 떨어졌을 때보다 내 입지가 나아졌다는 것이 실감 나기 시작했다.

'원래 만인의 비호감이라서 선물이나 초대장 같은 건 안 왔는데. 많이 진화했다.'

첫 번째 편지는 마법학부 학장인 베르트 후작에게서 온 것이었다. 가을 학기가 개강하면 학장실에 한번 들러 달라는 내용이었다.

사실 공부는 멀리하고 사업에 집중하고 싶은데, 막상 학업을 등지면 결혼 이야기가 튀어나올까 봐 조마조마했다. 큰아버지가 내게 무슨 용건인지는 모르겠지만, 아카데미와 굳이 척을 져서 좋을 게 없으므로 조만간 찾아뵙겠다고 답장을 썼다.

그리고 나머지 하나는 사교 클럽에서 온 소규모 다과회 초대 편지였다.

'티 파티라니.'

아마 시종이 쓴 단체 편지로 추정되긴 하지만, 이제야 좀 사교 클럽에 입회했다는 게 실감 났다. 귀신의 집 같은 장소에서 5황녀와 단둘이 마나에 대한 논문을 공부한 게 클럽 활동의 전부였던 나로서는 제법 설레는 내용이었다.

'뭐 입고 가지?'

고민이 무색하게 그날 오후에 내 전속 디자이너인 헬렌이 가을 학기에 입을 옷을 한가득 가져왔다. 일렬로 나열된 옷은 최근 사교계에서 유행하는 스타일을 고스란히 보여 주고 있었다.

'진짜 예쁘다.'

나는 행복한 기분으로 멋진 드레스를 정신없이 구경하다가, 맨 마지막 드레스에서 멈춰 섰다. 장식적인 느낌이 적고 원단의 배치가 과감해서 그런지, 그간 내가 봤던 드레스 중에서 가장 현대적이었다. 백화점에 걸려 있어도 큰 위화감이 없을 것 같다.

내가 그 앞에서 가만히 서 있자 돌연 헬렌의 표정이 하얗게 질렸다.

'왜 저래?'

"고, 공녀님, 그건 새롭게 시도해 본 스타일의 드레스입니다."

"흐음."

"무, 물론 보기에 단순해 보일 수 있으나, 비대칭으로 셔링을 잡아서 단조로운 느낌에 변화를 주었으며 명도가 뚜렷한 푸른 사파이어를 달아서 우아함을 강조했습니다."

'치마폭도 그렇게 넓지 않고 원단도 부드러워서 꽤 편해 보이네.'

"고, 공녀님의 화려한 아름다움과는 어울리지 않는 드레스이니 당장 눈앞에서 치우겠……."

"왜 치워? 다 가질 거야. 그만 가 봐."

"가, 감사합니다! 그럼 소인은 이만 물러나겠습니다."

'뭐가 고맙다는 거지?'

하긴, 워낙 악명 높다 보니 패악질을 부리지 않는 것만으로도 고마
워하는 사람이 많긴 하다. 예를 들면 역사 교수. 매 수업이 무사히 끝
날 때마다 감사하다고 복창한 뒤 도망치듯 응접실에서 나갔다.

'늘 느끼지만 이런 개망나니의 삶, 나쁘지 않아.'

나는 팔짱을 낀 채 고개를 주억거렸다.

'데보라 공녀의 옷을 만드는 일이 생각보다 그렇게 나쁘지 않은 것
같아.'

헬렌 지호토는 시모어 공작저를 나오면서 내심 그렇게 생각했다.

'물론 무섭긴 해.'

처음 데보라 공녀가 자신을 위해 옷을 만들라고 다짜고짜 명령했
을 때, 그녀는 타국으로 망명하고 싶은 충동까지 느꼈다. 실제로 몰래
밀항하는 배편을 알아보기까지 했고.

그녀는 여전히 이 으리으리한 저택에 올 때마다 외나무다리를 걷는
것 같은 아슬아슬함을 느꼈다.

하지만 암담한 기분과는 별개로 큰손인 시모어 가문이 고객이 된
이후 의상실 운영비를 걱정하지 않아도 되었고, 평소 구상하던 드레
스를 마음껏 만들 수 있게 되었다.

'현실적으로 잔금 치르는 걸 차일피일 미루는 귀족들보다 낫긴 하지.'

공녀는 무조건 화려한 것만 좋아하는 줄 알았는데, 의외로 안목도 뛰어난 편이라 헬렌에게 영감을 주기도 했다.

지난번 봄꽃 축제 때 과감한 디자인의 자줏빛 드레스를 만들 수 있었던 건, 입는 사람의 이미지에만 집중하라는 공녀의 지시 덕분이었다.

'남성복 디자이너와 함께 일을 했던 것도 좋은 경험이었어.'

덕분에 다양한 종류의 원단과 봉제 방식을 알게 되었고, 옷을 바라보는 시각이 넓어졌다.

마지막 드레스는 헬렌으로서는 큰 도전이었다. 기존의 관습과 사교계 유행을 뒤쫓는 것이 아니라 순전히 공녀와 어울리는 옷을 떠올리며 만든 드레스였으니까.

공녀를 무서워하면서 왜 그런 무모한 도전을 했느냐고 물어보면 딱히 할 말이 없었다.

'간덩이가 부었지.'

헬렌은 손으로 덜덜 떨리는 가슴께를 문질렀다.

'다행히 마음에 들어 하시는 것 같았어.'

데보라 공녀는 불만이 있으면 절대 참는 성격이 아니었다. 마음에 안 들었다면 바로 이상하다고 지적했겠지.

'열 벌 중 한두 벌 정도는 과감한 시도를 한 디자인을 끼워도 괜찮지 않을까? 공녀도 좋게 보는 것 같은데.'

자꾸만 귓가에서 악마의 속삭임이 들려왔다.

"하아, 내 뮤즈가 데보라 공녀라니⋯⋯."

무서운데 그녀를 보면 미친 듯이 영감이 떠올라서 헬렌은 울고 싶은 기분이었다.

    ✦

"공녀님, 너무 아름다우세요."

"우아한 백조 같으세요."

"어쩌면 이토록 도회적이신지!"

오늘도 예외 없이 폭풍처럼 쏟아지는 사용인들의 아부 속에서 나는 도도하게 머리카락을 넘겼다.

"당연하지."

"……."

내 연기력과 뻔뻔함은 하루가 다르게 늘고 있었다.

헬렌의 예술혼이 담긴 신상 드레스를 차려입고 계단을 내려간 나는 반듯한 자세로 날 기다리는 단정한 인상의 여자를 마주했다.

"처음 뵙겠습니다. 시모어 공작 각하의 명을 받고, 오늘부터 고귀하신 공녀님을 보필하기 위해 왔습니다."

악질적인 유모의 죄를 밝힌 대가로, 공작이 내게 붙여 준 가신이었다.

드디어 내게도 시녀가 생겼다!

이틀 전.

개강을 앞두고 부친은 나를 호출했다.

"데보라."

"네."

그는 한동안 뜸을 들이다가 입을 열었다.

"막내 일은, 고맙구나."

고위 귀족들이 즐겨 쓰는 우회적인 화법이 아닌 직접적인 감사 표시에 나는 깜짝 놀랐다.

고맙다니. 공작 부인의 편지를 발견해 건넸을 때도 듣지 못한 대사였는데.

"누이로서 해야 할 일을 했을 뿐입니다."

난 얼떨떨한 기분으로 대꾸했다.

"네가 막내에게 개인 과외를 해 줬다고 들었다. 아이를 위해서 교재도 직접 만들고."

"똑똑해서 제 수제자로 키우고 있어요. 엔리크는 새로운 걸 배우는 것을 좋아하고요."

"엔리크가 그 말을 들으면 기뻐하겠어. 널 좋아하고 잘 따르는 것 같더구나."

"아마, 아버지와 화원을 산책하는 걸 더 좋아할 거예요."

나는 확신하듯 말했다.

"날 어려워하는 것 같던데."

나직하게 중얼거리는 공작의 은색 눈동자에는 복합적인 감정이 넘쳐흘렀다. 후회하는 것 같기도 하고 자책하는 것 같기도 했다.

나는 조심스럽게 말을 꺼냈다.

"당장은 어려운 문제처럼 보이더라도, 끊임없이 고민하고 시도하다 보면 어느 순간 쉽게 느껴지잖아요. 결국엔 시간이 해결해 주지 않을까요?"

"그렇군. 내가 너무 조급하게 생각했어. 내가 네게 또 쓸데없는 푸념을 늘어놓았구나."

"아닙니다."

"속이 깊다는 걸 왜 그간 몰랐을까."

그가 나직하게 중얼거렸다.

'그런 건 아닌데.'

핑크 다이아몬드를 슬쩍 되판 사건을 떠올리며 괜히 제 발 저리는 중, 공작이 차를 느릿하게 홀짝이다가 내게 서류를 내밀었다.

"이건, 내 마음이다. 네 마음에 들지는 모르겠다만."

'뭐지?'

나는 종이를 넘겨 보며 고개를 기울였다.

"지난 학기에는 혼자 다닐 정도로 시녀 후보가 마음에 안 들었다기에 내가 직접 꾸려 봤다."

그의 말에 나는 다급히 고개를 들어 올렸다. 민폐만 끼치는 날파리 같은 인간들을 시녀로 달고 다닐 바에야 차라리 없는 게 낫다고 생각했다.

사실 당장 가을 학기도 혼자 다닐 생각이었는데…….

"네게도 유능한 시녀가 필요하겠지."

"네."

나는 재빨리 대답했다.

아린 오슬롯 같은 경우 유능한 수족은 맞지만, 연구원이기 때문에 시녀로는 적합하지 않았다. 그녀가 도토리처럼 열심히 주워다 주는 정보는 주로 마법학부 안에서 일어나는 사건에 한정되어 있었다.

"시녀로 삼고 싶은 영애를 고르거라. 모두 평판 좋고 검증된 재원이다."

나는 영애들의 정보가 있는 서류를 보며 또 한 번 놀랐다.

'시모어 가신이야'

시모어를 모시는 가문의 영애를 가주가 직접 시녀로 추천한다는 건 상징적인 의미가 있었다.

'나 완전 찬밥이었는데.'

시도 때도 없이 패악질을 부리고 능력치도 바닥이라 인망이 전혀 없던 데보라는 그간 시모어의 인적 자원 활용이 금지되다시피 했다.

'그래서 시녀도 외부 귀족 영애들의 지원을 받았지.'

유능한 가신에 사병까지 있는 세리그 가문의 공녀에 비하면 난 허수아비나 다름없었다. 집안의 사람들은 건드리지 못하게 했던 아버지가 내게 이런 제안을 한다는 것은 과거를 묻어 두고 앞으로 날 믿어 보겠다는 뜻이었다.

'누굴 고르지?'

입이 무겁고 의리가 있는 영애를 고르고 싶은데. 아무나 대충 골라도 이전보다 낫겠지만. 이력서 내용을 보니, 아버지가 굉장히 신경 써서 선별해 줬다는 것이 느껴졌다.

"네겐 중요한 일일 테니, 천천히 고민해 보아라."

"감사합니다, 아버지."

나는 방으로 돌아가 서류를 꼼꼼하게 훑어본 뒤, 다음 날 오후 공작의 집무실로 향했다.

"정했느냐?"

"네. 제가 선택한 영애는 마거릿 룩셀입니다."

부친의 옆에 서 있던 보좌관이 내 말이 떨어지자마자 움찔 어깨를 떨었다.

시모어 공작을 늘 옆에서 보필하는 보좌관의 이름은 클리드 룩

셀. 여태 내가 공작 부인의 편지를 들고 집무실을 드나들었는데, 외부에 이 일이 전혀 새어 나가지 않았다. 그런 보좌관의 딸이라 더 믿음직스러웠다.

"이유는?"

"아버지의 오른팔이자 가장 유능한 보좌관의 딸이니까요. 또한, 아버지께서 가장 첫 번째로 추천해 주신 영애이기도 하고요."

이력서가 맨 앞장에 있다는 건 많은 의미를 담고 있었다. 그리고 가장 결정적인 이유.

나는 마거릿 룩셀이라는 인물을 소설에서 봤다.

'이 사람 이름을 소설에서 봤던 것 같아.'

한두 줄로 잠깐 나오는 조연이라서 처음엔 대체 어디서 본 건지 긴가민가했다. 하지만 이력서에 시모어 가문에 대한 충성심이 높으며, 법학, 특히 종교법에 조예가 깊다는 부분을 읽다가 섬광처럼 스쳐 가는 장면이 있었다.

"신성 모독이라는 죄목이 성립하기 위해선, 미야 비노슈가 성녀의 현신이라는 전제가 진실이어야 합니다. 하지만 이를 증명할 만한 비석이나 성물 같은 물질적인 증거는 없습니다."

데보라를 공개 재판에서 변호한 영애가 있었다.

"위대한 시모어 가문의 공녀를 증거 없이 죄인으로 몰아세우는 이런 사례는 지난 천 년의 역사 동안 단 한 번도 없었습니다."

모두가 미야를 응원하는 선악이 뚜렷한 재판. 게다가 배심원까지 모두 매수되어 결론이 난 상황임에도 데보라의 편을 들기는 쉽지 않다.

독자 입장이었을 때는 긴장감을 주기 위한 가벼운 장치라고 생각했는데, 지금 생각하면 시모어에 마거릿만 한 충심을 가진 사람이 없었다.

"반가워."

나는 그녀를 시녀로 선택한 이유를 떠올리며 곧은 자세로 서 있는 마거릿에게 가까이 다가갔다.

"앞으로 잘 부탁해."

보좌관과 비슷한 이목구비를 가진 단정한 외모의 영애 앞에 서서 악수를 청했다. 마거릿은 조금 놀란 기색으로 눈을 깜빡이다가 내 손을 단단하게 맞잡았다.

"영광입니다, 데보라 공녀님. 저도 잘 부탁드립니다."

그래, 앞으로 잘 지내보자고.

6

잘나가서 피곤하다

가을 학기 개강 당일.

시모어 저택 중문 앞에 쌍두사 인장이 매달린 사륜마차 두 대가 대기하고 있었다. 마차를 향해 단정한 걸음걸이로 걸어오던 엔리크가 나를 발견하자마자 머리를 나풀거리며 후다닥 뛰어왔다.

"안녕."

내 가벼운 인사에 엔리크가 발끝으로 바닥을 톡톡 차며 입술을 달싹였다.

"좋은 아침이에요, 누님."

엔리크는 아직도 이렇게 조금씩 낯을 가렸다. 하지만 예전처럼 가시를 세우며 방어적으로 굴지는 않는다. 고슴도치처럼 날을 세우지 않아서 그런지, 자세나 표정에서 약간의 여유가 느껴졌다.

"엔리크."

"네?"

"저녁에 초콜릿 먹으러 놀러 와. 황녀님께 선물 받았거든."

엔리크가 뺨을 발그레 물들이며 고개를 끄덕였다. 내가 마차 안에서 손을 살짝 흔들어 주자, 엔리크가 창에 가까이 얼굴을 붙이더니 응수하듯 작은 손을 마구 흔들었다.

곧 마차는 아카데미를 향해 출발했다. 고위 귀족을 위한 전용 도로를 고속으로 가로지른 마차는 본관 앞에서 멈춰 섰고, 마차에서 내린 나는 이전처럼 사람이 좌우로 홍해처럼 갈라지는 기적을 목격했다.

처음 이 아카데미에 도착했을 때처럼, 영식과 영애들은 나와 눈이 마주치면 황급히 딴청을 부렸다. 하지만 내가 다른 곳으로 눈을 돌리면 뺨에 닿는 노골적인 시선이 느껴졌다.

'왠지 예전보다 더 관심받는 거 같은데.'

아니, 예전엔 관심받았다기보다 더러워서 피한다는 느낌이었지.

그리고 나는 곧 그 이유를 알게 되었다.

[데보라 공녀의 아카데미 수석을 축하합니다. - 입실론 일동]

저기 걸려 있는 현수막 때문임이 틀림없다.

'누가 추진한 건지 바로 알 것 같아.'

5황녀의 지나친 호의가 부담스러워서 속이 울렁거리는데, 마거릿이 갑자기 가볍게 감탄사를 터뜨렸다.

"아버지의 말씀대로군요."

"······뭐라고 하셨는데?"

"공녀님께서는 워낙 겸손하신 분이라 그간 능력을 만인에게 굳이 드러내지 않고 계셨지만, 얼마 지나지 않아 사교계에서 가장 화려하게 개화하실 거라고 말씀하셨습니다."

'보좌관이 나를 그렇게 높게 평가하고 있었다고?'

의외인데 기분은 나쁘지 않다.

"훌륭하신 분을 가까이서 모시게 되어 영광입니다."

그녀가 조금 감격한 얼굴로 묵례했다.

'그래, 좋게 생각하자.'

5황녀의 호의 덕분에 신입 시녀에게 유능한 고용주로 보일 수 있게 되었다. 그리고 수석은 동네방네 자랑해야 할 일인데 굳이 숨길 이유도 없지.

문제는 내가 관심을 받는 걸 썩 달가워하지 않는다는 거지만, 어차피 이 얼굴은 긴장한 티가 잘 안 나니까 괜찮다.

'정신 승리도 자꾸 느는 것 같은데, 기분 탓이겠지.'

나는 벌써 피곤해진 기분으로 눈가를 문질렀다.

아카데미 개강 후.

공녀의 전체 수석으로 인해 내부 분위기가 술렁이는 가운데, 성대한 티 파티가 〈아라크론〉의 프랫 하우스 응접실에서 열렸다.

이번 티 파티는 〈아라크론〉 소로리티의 중심인 세리그 공작 가문의 둘째 공녀 에마뉘엘 세리그가 적극적으로 주최했고 매우 규모가 컸다. 호화로운 다과회였기 때문에 시작부터 여기저기서 들뜬 웃음소리가 터졌고, 차향에 대한 감탄과 에마뉘엘 공녀의 안목을 칭찬하는 말이 이어졌다.

세리그 가문은 빼어난 재력과 무력을 자랑하는 명문이었다. 황후를 자주 배출해 왔으며, 원로원을 대표하는 가문이기도 했다. 찻잔부터 작은 티스푼까지, 모조리 에마뉘엘 공녀의 감독 아래에 세팅되었기 때문에 뭐 하나 고급스럽지 않은 것이 없었다.

긴 테이블에 앉아 자신들의 근황과 최근 유행하는 것들에 관해 이야기를 주고받던 영애들은 분위기가 점점 무르익자 더 과감하게 대화의 주제를 확장했다.

"그 소식 들었어요? 데보라 공녀가 지난 학기 전체 수석이라고 하더군요."

그 자리에 있는 모두가 탐탁지 않은 반응이었다. 에마뉘엘 세리그가 찻잔을 가볍게 내려놓았다.

"차가 조금 짙게 우려졌군."

그녀가 표정을 설핏 찡그리면서 제 기분을 은연중에 표현한다. 어떤 영애가 재빨리 분위기를 읽고 입을 열었다.

"마법사들은 공녀를 인정하는 분위기지만, 학과 수석은 몰라도 전체 수석은 이해할 수 없어요."

"그러게요. 다른 분야에서도 적극적으로 활용할 수 있는 논문도 아니고, 미야 영애처럼 활발한 대외 활동을 벌인 것도 아닌데 말이죠."

"미야 영애. 주교가 신성력을 인정했다면서요?"

한 영애의 물음에 조용히 차를 마시던 미야가 수줍게 고개를 들어 올렸다.

"그, 그리 대단한 일은 아니에요."

"지나친 겸양은 때론 보기 좋지 않다고 생각해요."

"미야 영애를 칭찬한 영애의 기분도 생각해야죠."

"아, 네에…… 죄송합니다."

보호 본능을 일으키는 모습이었지만, 저런 어설픈 모습은 이런 자리에서 큰 도움이 되지 않는다. 감싸 줄 사람이 없으니까.

몬테스 가문의 은인이고, 신전에서 아낀다는 소문 때문에 모임에 받아 주긴 했지만, 그녀들은 미야 비노슈가 내로라하는 혈통 좋은 가문 사이에 있는 게 어울리지 않는다고 생각하고 있었다.

원작에서는 미야가 장학금 기부로 인정을 받고 에마뉘엘이 그녀를 후원함으로써 제 이미지를 좋게 만들려는 파트였지만 이미 원작은 많이 뒤바뀌어 있었다.

"마법사들이 공녀의 업적을 진심으로 인정하나요?"

흠잡을 데 없는 우아한 자세로 차를 홀짝거리던 에마뉘엘 공녀가 문득 질문을 던졌다.

"……제가 아는 마법사는 수식이 그 정도로 대단한 건 아니라고 하더군요. 실용성은 전투 마법사에게만 한정되어 있다고요."

"데보라 공녀가 시모어 혈통이고 마탑주의 딸이니, 분명 마법사들이 공녀를 더 추켜세운 부분도 없지 않을 거예요."

"하긴, 마탑주의 고명딸인데 그 밑의 마법사들이 별수 있나요."

영애들이 재빨리 에마뉘엘의 의중을 파악하고 맞장구를 쳤다.

"으음. 그런 상황이군요."

단정 짓듯이 말한 에마뉘엘은 쓸쓸한 차에 설탕을 한 숟가락 넣으며 옅은 침음을 내뱉다가 다시 입을 열었다.

"아무래도 결과가 좀 아쉽네요. 다각도로 평가 기준을 세웠으면 좋았을 텐데요."

"아쉽죠. 분명 인품과 교양도 중요한 부분인데 말이에요."

"데보라 공녀의 성격은 정말, 어휴……."

그 순간, 미야가 잘게 손을 떨다가 뜨거운 차를 조금 흘렸고 에마뉘엘은 묘한 눈동자로 그녀를 바라보다가 혀를 찼다.

"아, 계속 데보라 공녀 이야기가 나오니 미야 영애가 좀 불편하겠군요."

미야가 가냘프게 어깨를 움츠렸다.

"지난 학기에 공녀가 미야 영애를 괴롭힌 게 사실이에요? 피가 철철 흘렸다고 들었는데."

그녀는 아무런 말도 하지 않았다.

"저런."

에마뉘엘은 안타깝다는 듯 중얼거리며 찻잔을 집어 들었다.

그들은 맞장구치듯, 데보라 공녀의 얼마나 성격이 나쁜지 이러쿵저러쿵 떠들었다.

'하지만 찝찝하군.'

데보라 공녀에 대한 클럽의 여론이 자신의 의도대로 잘 흘러가고 있긴 했지만, 에마뉘엘은 불편한 기분을 떨칠 수가 없었다. 데보라 공녀는 애초에 견제 대상조차 아니었기 때문에 이런 상황이 일어난 것 자체가 불쾌했다.

허영심만 가득한 시모어의 개망나니.

'기품이라곤 전혀 없었지.'

깔보고 비웃었던 인물이 존재감을 드러내며 사람들 입에 오르내리니, 목에 걸린 가시처럼 따끔하고 신경에 거슬리기 시작했다.

'봄꽃 축제 때부터 상황이 좀 이상해졌어.'

어느 순간부터 영애들은 데보라 공녀를 비웃고 무시하기보다 굉장히 부러워하기 시작했다.

파트너에게 드레스 코드를 강요하는 건 교양 없는 행동이라고 에마뉘엘이 넌지시 말했지만, 아무도 그 말을 귀담아듣지 않았다. 대부분 다음 무도회 때는 데보라 공녀처럼 자신도 파트너와 복장을 맞추겠노라 단단히 벼르고 있었다.

‘그런 경박한 모습이 유행을 타다니.’

에마뉘엘의 미간이 좁아졌다.

누군가 엄격한 귀부인이라도 먼저 나서서 공녀의 기행을 비판하고 막아 주었으면 했는데, 성격 나쁜 공녀와 엮이는 게 꺼려지는지 대다수가 그저 관망하고 있었다.

그사이 데보라 공녀는 5황녀의 지지를 받아 〈입실론〉에 입회하고, 아카데미 수석까지 하면서 무시할 수 없는 위치까지 기어 올라왔다.

에마뉘엘과 데보라는 둘 다 명망 높은 가문의 공녀이며, 가문의 위상 또한 비슷했다. 심지어 동갑이라서 데뷔탕트를 동시에 앞두고 있었기에 신경이 더욱 날카로워졌다.

그녀는 입 안 여린 살을 꾹 깨물었다가 이를 뗐다.

‘왜 이렇게 귀가 간지럽지?’

내가 귀를 탁탁 두드리며 인상을 찌푸리자 근처에 있던 영식들이 움찔거렸다.

‘대체 뭘 했다고……’

루이 가젤이 고자가 됐다는 소문은 나랑 전혀 관계없는데.

나는 어이없는 기분을 느끼며 칠판으로 시선을 던졌다. 이번 학기엔 토론 수업이 있다는 정치학 교수의 말을 끝으로 강의가 끝났고, 나는 자리에서 일어나 회중시계를 확인했다.

오늘이 바로 그날이었다. 티타임 초대장에 명시된 날.

잠시 후, 〈입실론〉 프랫 하우스에서 소규모 애프터눈 티 파티가 있을 예정이다.

'드디어 나도 영애들과 티 파티라는 걸 가져 보네.'

이게 뭐라고 떨리는지…….

그냥 수다 떠는 영애들 사이에 앉아 있는 것만으로도 재밌을 것 같았다. 나는 말하는 것보다는 듣는 것을 더 좋아하기 때문이다.

'제국 귀족 영애들의 평범한 일상 이야기를 들을 수 있겠지?'

마나 물질 연구소에서 최근 발표한 마나 순수도 측정법의 비교 평가 및 현장 적용 가능성 같은 논문이 아니라.

5황녀와 함께 스터디를 하는 게 싫은 건 아닌데, 나는 5황녀처럼 학문을 즐기는 천재과는 아니었다.

'공부 좀 쉬고 싶다고.'

대체 개강만 몇 번째야?!

'……그런데 왜 아무도 없지?'

나는 사교 활동을 너무 기대한 나머지 모임 시간을 잠시 혼동했다. 지뢰인 내가 참석해서 다들 도망간 건가 싶었는데 옆에 서 있던 마거릿이 조심스럽게 말했다.

"공녀님. 애프터눈 티 파티의 시작 시각은 네 시입니다."

"흠! 따, 딱히 모임을 기대한 게 아니라 그림을 구경할 생각이었어. 입실론 상설 전시관에는 매달 신인 작가의 그림을 전시하거든."

"자투리 시간도 허투루 보내지 않고 예술적 안목을 키우는 데 사용하시는군요."

그녀는 너무 날 긍정적으로 봐서 내 양심을 아프게 만들었다.

"바, 바로 그거야."

에잇! 귀찮은 양심.

"네. 천천히 감상하고 나오십시오."

"그, 그래."

작품을 감상하고 사색하는 데에 방해가 되지 않도록 그녀는 자리를 비켜주었고 나는 머쓱한 기분을 느끼며 본관 안으로 들어갔다.

〈입실론〉 건물 내부는 근사하게 꾸며져 있었다. 아치형 창문 위엔 동물을 표현한 섬세한 조각이 새겨져 있고, 바닥은 기하학적 문양들이 복잡하면서도 유려하게 얽혀 있다.

내부 상설 전시관에 걸린 유화 그림을 둘러보다가 나도 모르게 걸음을 멈췄다. 저 멀리서 때아닌 피아노 소리가 들려왔기 때문이다.

'잘 치네.'

서정적인 느낌이 드는 부드러운 반주였다. 잔잔하고 아름다운 소리에 나도 모르게 귀를 기울이며 걷다가, 미로 같은 본관 내부로 더 깊게 발을 들이게 되었다.

'건물 구조가 굉장히 특이해.'

왼쪽으로 난 문 쪽으로 걸어갈수록 건반 소리가 점점 커지다가 돌연 뚝 멎었다.

"티에리! 지금 무사태평하게 피아노나 치고 있을 땐가?"

이윽고 복도가 한 번 더 꺾이는 쪽에서 남자의 조급한 목소리가 들렸다.

'피아노 연주의 주인공이 티에리 오르고였구나.'

"난 늘 거기 음악실에 있거든."

그러고 보니 지난번에 자신을 만나고 싶으면 음악실로 오라고 말했었지.

'근사한 재주가 있었네.'

가벼운 한량인 줄 알았는데 조금은 달리 보일 뻔했다. 곧장 이어지는 말만 아니었다면.

"전당포에 맡긴 그 시계, 어쩔 거야? 못 찾아오면 내 목숨이 위험하다고. 자네가 주사위로 딸 수 있다면서!"

"왜 혼자 맡긴 사람처럼 조급하게 굴어. 그래도 기욤, 자네 부친은 행정부 장관이잖아. 난 아버지가 소드 마스터야. 걸리면 일 초 만에 이승 하직할 수 있다고."

"지금 그런 농담이나 하고 있을 땐가?"

피아노 연주의 감동도 잠시, 대화 내용이 너무 어처구니없어서 나는 입을 떡 벌렸다.

저 자식들, 도박하려고 전당포에 집안 물건을 담보 잡은 게 틀림없다. 도박으로 패가망신시키는 부잣집 망나니는 어디에나 있는 모양이었다.

"피차일반이면서 너만 왜 이렇게 여유로워? 돈 나올 구석이 있어? 너도 용돈 끊겼다면서."

"이 위기를 타개할 방법이 있지. 가까이 귀 대봐."

그들의 막장 스토리를 흥미진진하게 듣고 있는데, 티에리 오르고가 갑자기 목소리를 한껏 낮춰서 나는 실망했다.

'뭐라고 하는지 잘 안 들려.'

나는 슬금슬금 그들 가까이로 더 이동했다.

"뭐?! 이 미친놈이 부화석을 위조해?!"

그런데, 티에리의 대화 상대인 기욤이라는 영식이 갑자기 버럭 큰 소리를 내며 기밀을 유포했다.

'부화석?!'

성수 알을 말하는 거잖아.

나는 뜻밖의 단어에 입을 턱 틀어막았다. 오르고 가문에 있는 부화석이면 소설 속 미야가 디에라 오르고에게 선물 받은 흰 거북이 성수와 관련된 것일지도 모른다.

"미쳤어? 목소리 좀 낮춰!"

"하도 어이없으니까 혹시 잘못 들은 건가 싶어서 그랬다."

"어쨌든 조심 좀 하지?"

"이 구석진 음악실에 너 말고 어떤 영식이 온다고. 영애들은 모임 때문에 전부 여성 살롱에 가 있을 테고."

'이런.'

나는 다급하게 주위를 두리번거리다가 조각이 서 있는 기둥과 벽 사이에 급히 몸을 숨겼다.

"일단 내 말 좀 들어 봐."

티에리가 다시 뭔가를 말하는데 속닥여서 잘 들리지 않았다.

"……근 십칠 년을 묵혀 뒀어."

"……."

"굴러다니는 돌멩이랑 별 다를 바 없다고."

"……흠. 그런가?"

설득됐는지 기욤의 거친 목소리가 누그러들었다.

'십칠 년간 아티팩트가 없어서 부화시키지 못한 성수 알을 위조할 생각을 하다니.'

난 바로 정황을 파악했다.

티에리, 잔머리가 제법 잘 굴러갔다. 정교한 보석이나 시계가 아닌, 투박한 돌 모양의 위조품을 만드는 건 비교적 쉬운 일이니까.

"그나저나, 디에라 경이 집에 잘 안 들어오다니. 마상 시합에서 져자존심에 상처를 많이 입었나 보군. 이를 어쩌나, 푸힛!"

"온갖 멋있는 척, 잘난 척 다 하더니 이시도르에게 삼 초. 크흐흡!"

뭐 저런 대단한 인성들이 다 있지?

성수 알의 소유자인 디에라가 최근 집에 안 들어오니, 가품으로 바꿔치기하기 더 좋은 상황이라는 말이 오간 듯했다.

'나 진짜 로또 당첨된 거 맞구나.'

봄꽃 축제 때, 검은 항아리 좌판 앞에서 열리는 경매장에서 가져온 그 철검. 긴가민가했는데 부화 아티팩트가 틀림없다. 내가 그 검을 낙찰받아서 소설 내용이 이따위로 변한 게 틀림없다.

소설에서는 디에라가 부화시켜 미야에게 선물했던 하얀 거북이 성수가 여전히 알로 남아 있고, 그 알로 티에리가 작당하여 일을 꾸미는 중이니까.

'위조한 알을 바꿔치기할 생각이라면, 진품은 어떻게 처리할 속셈이지?'

이게 내 최대 관심사였다. 난 소설에 나온 그 하얀 거북이 성수가 가지고 싶었으니까. 빛 속성의 거북이 성수는 결계의 균열을 탐지할 수 있는 능력을 갖추고 있었기 때문이다. 갑작스러운 재난에 대비할 수 있는 셈이다.

"그다음엔?"

"암시장."

"하지만 맡긴 물건을 찾아오려면 어림도 없을걸. 이 와중에 이자도 불고 있다고. 그 악질 새끼들……."

티에리와 기욤이 돈을 꾸기 위해 물건을 담보 잡힌 전당포에서는 고리대금업을 하는 모양이었다. 성수까지 몰래 팔아도 감당이 안 되는 듯했다.

'하긴, 부화시킬 수 있는 아티팩트가 없는 성수니. 아주 비싸게 거래되진 않겠군. 티에리 말대로, 현재는 0.001퍼센트의 부화 가능성만 가진 돌멩이에 불과하니까.'

"그래서 이번 경기가 어느 때보다 중요하지."

티에리가 은밀한 투로 중얼거렸다.

"이번 경기? 설마 경마장에 가겠다는 거야?"

"솔직히, 주사위 던지기만 안 했어도 우리가 이 지경이 되진 않았어. 그 전까지는 분위기 좋았잖아."

"……."

"그 붉은 말은 진짜야. 그리고 최근에 정말 좋은 꿈을 꿨어. 황금 장미가 나왔는데 느낌이 심상치가 않더군."

"하긴, 경마만큼은 자네 감을 믿을 만하긴 하지."

'미친놈들.'

성수를 판 돈을 종잣돈으로 활용해 경마장에서 불린 뒤 담보 잡힌 물건을 되찾아오려는 저 망나니들의 계획을 알고 나니 절로 뒷덜미가 땅겼다.

'이 와중에 또 도박할 생각을 해?'

그들의 무모함에 머리가 아픈 건 둘째 치고, 티에리가 그 알을 암시장에 넘긴다면 일이 귀찮아진다.

'괜히 암시장이 아니지.'

핑크 다이아몬드처럼 타국으로 은밀하게 흘러들어 갈 가능성도 있었다.

'어쩌지?'

저 노름꾼들이 오늘 당장 내가 노리던 알을 팔아 버릴 수도 있어서, 나는 초조하게 입술을 짓씹다가 도박하는 심정으로 음악실이 있는 쪽으로 다가갔다.

"헉. 까, 깜짝이야."

티에리가 갑자기 등장한 나를 귀신이라도 본 것처럼 바라보았다.

"데, 데보라 고, 공녀?"

"여, 여긴 어떻게?"

"티에리 경이 일전에 만나고 싶으면 음악실로 찾아오라고 했었잖아. 기억 안 나?"

"내, 내가?"

눈을 크게 부릅뜨며 당혹스러워하던 티에리는 이내 내게 했던 의례적인 인사말이 생각났는지 새카만 고수머리를 거칠게 쓸어 올렸다.

"티에리, 진짜냐?"

"그랬던 것도 같군."

"간덩이가 부었다는 걸 진작부터 알고 있긴 했지만, 이 정도일 줄은……. 그, 고자, 못 들었어?"

"진짜 올 줄은 몰랐지."

나는 덤 앤 더머가 웅성대는 모습을 흐린 눈으로 바라보다가 입을 열었다.

"티에리 경의 피아노 연주 솜씨, 아주 멋졌어. 부화석을 위조하려는 계획 역시 굉장히 인상 깊었고."

위조, 두 글자를 강조하자 기욤으로 추정되는 덩치 큰 남자의 눈가가 파르르 경련했다.

"어? 고, 공녀, 갑자기 무슨 소리를 하는 겁니까."

"아까 분명히 그렇게 말했잖아. 부화석, 위조. 엄청나게 큰 목소리로."

"공녀가 뭔가 오해하고 있는 것 같은데, 친한 친구 이야기였습니다. 설마 명망 높은 입실론의 간부인 우리가 설마 그런 짓을 하겠습니까?"

느긋한 투로 뻔뻔스레 말하는 티에리를 빤히 바라보며 나는 고개를 끄덕였다.

"응. 그런 짓 하려고 아주 작정하고 있지."

"……뭐요?"

"디에라 경이 가지고 있는 성수 알을 위조품과 바꿔치기한 뒤, 진품은 몰래 암시장에 내놓으려는 거 아니야?"

"……!"

그들은 한 번 말실수한 후 쉬쉬하며 요점은 제대로 말하지 않았다. 그럼에도 내가 저 둘이 하는 대화의 맥락을 빠르게 파악한 건, 디에라가 성수 알을 가지고 있다는 아무나 알지 못하는 사전 정보를 소설로 이미 알고 있었기 때문이다.

"아, 아니……."

기욤이 말문이 막힌 얼굴로 입을 달싹였고 티에리는 코웃음을 쳤다.

"공녀가 대화를 듣고 대충 짜 맞춘 거겠죠."

"난 블러핑 같은 건 안 해. 티에리 경이야말로 어설프게 시치미를 떼느니, 차라리 그 성수 알을 나에게 팔고 다 같이 공범이 되어 볼 생각은 없어?"

"공범? 그 말은 내가 이미 범인이라는 뜻인가? 무슨 근거로?"

그가 나를 무표정으로 응시했다. 특유의 가벼운 느낌이 사라지자 제법 날카로워 보였다.

티에리가 갑자기 진지해져서 살짝 위축될 뻔했지만, 솔직히 마스터에 비하면 무섭지 않았기 때문에 나는 느긋한 어조로 말을 이었다.

"블러핑은 티에리 경이 치고 있군. 내가 나중에 디에라 경에게 부화석의 진품 여부를 다시 확인해 보라고 찌르려면 어쩌려고?"

"……."

"나한테 그냥 넘겨. 내가 암시장보다 비싸게 쳐 줄게. 나 돈 많거든."

티에리가 살짝 고개를 기울였다.

"부화 아티팩트가 여태 안 나와서 돌멩이나 다름없는 물건인데…… 왜 그걸 굳이 암시장보다 비싸게 사려는 거지?"

'예리하네.'

괜히 〈입실론〉에 들어온 것은 아닌 모양이다.

'부화석에만 계속 집착하면 날 의심할 수도 있겠어. 그 부화석의 아티팩트가 내 손에 있다는 걸 들키면 골치 아파져.'

나는 어깨를 한 번 으쓱했다.

"난 일확천금을 좋아하기 때문에 대박의 가능성을 즐기는 거지. 시시한 인생, 갑자기 빵 터지는 재미라도 있어야 하지 않겠어?"

"대단하군……."

역시 소문대로 시모어의 망나니라고 생각하는 듯 기욤은 작게 감탄사를 내뱉었다. 그는 다행히 티에리보다 단순한 놈이었다.

"나는 성수 알뿐 아니라 티에리 경이 아까 말했던 그 붉은 말에도 관심 있어. 그거 확실한 정보야?"

"지금, 설마 경마에 끼겠다는 겁니까?"

"설마 끼기만 하겠어? 공범이면 이 정도는 되어야지."

내 이어지는 말에, 둘의 눈이 크게 벌어졌다.

"진짜입니까?"

"대체 무슨 수로?"

"미리 알려 주면 재미없으니까 경마장에서 직접 보여 줄게."

'……하, 나 정말 갈 데까지 갔구나.'

전생에는 평생 남의 주머니에서 100원짜리 한번 훔친 적 없던 소시민이었던 내가 이런 경마장에 오다니.

경마장에 오는 길은 몹시 험난했다. 티에리는 헐렁해 보여도 은근히 치밀한 면모가 있었다.

그는 도자기를 파는 커다란 가게 지하로 들어간 뒤에, 깊은 통로를 따라 경마장으로 나올 수 있는 뒷길을 지도로 공유했다. 덕분에 나는 호위를 따돌리고 쉽게 이런 장소까지 올 수 있었다.

오르고 가문에서 저 티에리라는 놈 때문에 얼마나 속을 썩일지 안 봐도 훤했다. 나는 음산한 분위기가 흐르는 경마장 앞에서 쿵쾅거리는 심장을 다독이며 애써 마음을 다잡았다.

'그래, 이런 곳이 악녀랑 더 어울리긴 하지.'

완전히 망해 버린 애프터눈 티 파티가 떠오르며 왠지 씁쓸해졌다.

얼마 전 나는 티에리, 기욤과 대화하느라 내심 기대하던 티 파티에

십 분 정도 늦게 도착했다. 소규모 티 파티이고 격식 있는 자리가 아니라 그런지, 〈입실론〉 영애들은 모두 내 지각에 대해 별말 하지 않았다.

"시, 신경 쓰지 마세요. 데보라 영애님."
"그럼요! 여, 여기 앉아요. 가장 볕이 잘 드는 자리예요."

'설마, 내가 무서워서 지적 안 하고 넘어간 건 아니겠지?'
어쩌면, 더 늦게 가거나 안 가는 게 나았을 수도 있다.

"호호. 데보라 공녀님. 오늘따라 옷이 너무 근사해요."

지금 생각해 보니 어딘가 인위적인 웃음이었다.

"그, 그러게요. 뭐랄까, 심플하면서도 우아함이 느껴지네요."

난 영애들의 일상적인 수다를 들으러 갔을 뿐인데, 자꾸만 나를 중심으로 대화가 돌아가는 것 같아서 부담스러웠다.
'마이웨이인 5황녀가 보고 싶어졌을 정도였어.'
평범한 티 파티는 포기해야 하는 건가?
5황녀, 혹은 간부가 참석하면 좀 나아지지 않을까 하는 희망을 아직 버리지 못했다.
'5황녀가 있으면, 나를 제지할 윗사람이 있다고 생각할 테니 분위기가 그때보단 좋아질 거야.'
나는 애매한 기분을 애써 떨치며 회중시계를 쥐고 주위를 두리번거렸다.

'근데 둘은 왜 안 오지? 경기 시작 시간보다 많이 일찍 와야 한다고 몇 번이나 말했는데.'

"여깁니다! 공녀."

그때, 뒤에서 익숙한 목소리가 들려 돌아보니 기욤이 손을 흔들고 있었다.

"진짜 나올 줄이야."

티에리가 나를 보며 작게 중얼거렸다. 그들은 약속대로 머리 색과 똑같은 색의 로브를 쓰고 나타났다. 나 역시 진한 보라색 로브를 입고 있었고.

"드디어 결전의 날이 왔군."

기욤이 진지한 목소리로 말했다.

"오늘 못 따면, 내일은 없다."

"내일 해를 못 보지."

'애초에 도박하지 말란 말이다. 이것들아.'

쓸데없이 비장한 둘의 모습을 한심하게 바라보며 경마장 입구 쪽으로 걸음을 옮겼다.

아직 경주가 시작하려면 시간이 많이 남아서 마권을 사는 곳은 한산했다. 매표소 창문 너머로 보이는 필드에서는 오늘 경기 예정인 말들의 훈련이 한창이었다.

티에리는 평소의 가벼운 모습은 온데간데없고, 팔짱을 낀 채 말들이 훈련하는 모습을 지긋이 관찰했다.

"어떤가?"

"내 예상보다 붉은 말의 상태가 훨씬 좋아. 털과 보행 상태 모두

양호해."

"티에리 경이 우승을 확신하는 말이 저 3번이야?"

"그래."

티에리가 짧게 대답한다. 공범이 되어 한배를 타기로 한 이후, 그는 기사도 따위 집어치운 듯 내게 말을 편하게 놓기 시작했다.

"근데 3번 같은 경우 기수를 처음 보는군."

기욤이 기수가 적힌 팸플릿을 훑으며 중얼댔다.

"지난번에 저 기수가 훈련하는 모습을 잠깐 봤는데, 말을 다루는 능력이 보통이 아니었어. 장애물, 평지 경기 모두 가리지 않고 이길 거라고 확신해."

"어떻게 그렇게 확신하지?"

내 물음에 기욤이 대신 설명해 주었다.

"검사와 말은 떼려야 뗄 수가 없는 관계죠. 특히 오르고 가문은 거대한 말 목장을 운영해서 티에리는 어릴 때부터 말을 많이 보고 자랐습니다."

"그럼 어느 말이 가장 약체인지도 알겠네."

"1번은 오늘 어딘가 움직임이 둔해."

티에리의 말이 끝나자마자 나는 가방에서 금화 꾸러미를 꺼내 1번 말의 마권을 잔뜩 사들였다.

"내그 3번이르그 믈흐쓸 튼데……."

티에리가 이를 악물고 중얼거린다. 목에는 핏대가 섰고 주먹은 부들거리고 있었다.

"차, 참아, 티에리. 아직 물건을 안 넘겼으니 일단은 데보라 공녀의 돈이잖아. 우리는 빈털터리고."

"하아."

"데보라 공녀, 혹시 티에리 경의 안목을 믿지 못하는 겁니까? 한배를 탄 마당에 서로 합이 맞아야 하지 않겠습니까?"

"다 생각이 있어서 그래. 기다려 봐."

약 40분 후.

시합 시작 5분 전.

"저 1번 말로는 절대 돈을 딸 수 없는데, 이제 망했군."

"데보라 공녀, 지금 장난할 때가 아닙니다. 우리 둘은 정말 심각한 상황이란 말입니다. 음악실에서 죄다 들었으니 알 거 아닙니까?"

"그래, 알았어. 이제 슬슬 움직여야겠군."

"……뭘 하려는 건데?"

나는 오늘 사들인 마권을 전부 환불하기 시작했다. 그리고 환불받은 돈과 가져온 돈 전부를 티에리가 지목했던 3번 말에 모조리 쏟아부었다.

"어차피 3번에 걸 거면서, 왜 이런 번거로운 짓을 하는 건데? 수수료만 날렸잖아."

티에리가 살짝 짜증을 냈다.

"저기, 갱신된 배당률을 봐."

이곳 경매장은 10분마다 배당률이 갱신되었다. 그리고 경기 시작 5분 전인 지금, 3번 말에 걸었을 때 따는 돈이 아까와 비교할 수 없을 만큼 훌쩍 늘어났다.

다들 1번 말에만 베팅하고 있었기 때문이다.

"내가 지난번에 따블로 벌 거, 따따블로 벌게 해 준다고 했잖아. 그 말이 농담으로 들렸어?"

내 말에 티에리의 눈이 크게 벌어졌다.

"공녀가 저 배당률을 만들었다는 거야?"

"그래, 군중심리를 이용한 거야. 다들 내가 초반에 잔뜩 산 1번 말만 사고 있잖아."

나는 어리벙벙한 표정을 한 둘에게 친절하게 설명했다.

40분 전, 나는 3번 말의 배당금을 높이기 위해, 상태가 나쁜 1번 말을 인기 있는 말인 것처럼 조작했다.

지난 생애, 심리학 교양 시간에 언뜻 들은 적이 있었다. 도박꾼들은 사람들이 우승 가능성이 낮은 말에 베팅하도록 유도한다고.

티에리처럼 말을 잘 아는 사람들은 사실 이곳에 많지 않다.

'대부분 적당히 도박을 즐기러 온 사람들이거나, 대충 감으로 찍는 사람들이지.'

안목이 없는 평범한 사람들은 가장 인기가 좋은 말에 베팅하게 되어 있다. 그리고 난 초반에 큰돈을 투자해 1번 말이 인기가 가장 많은 말인 듯한 착각을 일으켰다.

"어떤 말에 걸지 확신이 안 서면, 다수가 거는 말에 걸게 되어 있어."

"아하, 그래서 저 1번 말 배당률이 저렇게 낮아진 거군요."

"그래. 돈을 조금 덜 받더라도 안전한 선택을 하는 거지."

내 설명을 모두 이해한 기욤의 얼굴이 흥분으로 물들었다.

"그렇다면 티에리 경이 찍은 3번 말이 이기면?"

"열다섯 배."

"공녀는 진짜 도박꾼…… 아니, 천재야. 배당률을 조작하다니."

티에리가 감탄이 담긴 빛으로 중얼거렸다.

"시작하는군."

이윽고, 말들이 출발선에 한둘씩 등장했다. 건 돈이 적지 않은 데다 첫 경마라서 목구멍이 꾹 조여들었다.

펑!

폭죽 소리와 함께 붉은 깃발이 펄럭였고, 단단한 근육으로 둘러싸인 거대한 경주마들이 필드를 거침없이 내달리기 시작했다.

초반엔 1번 말이 빠르게 앞장서서 경기장이 고함으로 들썩거렸다. 1번 말에 돈을 건 사람이 많기 때문이겠지.

"티에리, 대체 어떻게 된 거야? 데보라 공녀가 이런 기막힌 판을 깔아 준 마당에 지면 우리는……."

기욤은 초조해했지만, 티에리는 침착했다.

"기다려 봐. 한창 예열 중이니까."

"어? 어어어!"

적토마를 연상시키는 새빨간 갈기를 가진 3번 말은 경기 중후반부터 불꽃처럼 사납게 질주했다.

"어어어어!"

순식간에 세 마리를 추월하자 기욤은 가슴을 움켜쥐고 숨넘어갈 듯이 소리를 질러댔고 티에리는 주먹을 꽉 움켜쥐었다.

'진짜 1등이라고?'

결국, 3번 말이 아주 간발의 차이로 첫 번째로 골인했다.

솔직히 기대 안 했는데, 티에리의 말을 보는 안목이 진짜 뛰어나서 나도 놀랐다. 피아노도 잘 치고 재주가 많으면서 왜 저러고 사는 건지 이해할 수 없기도 했다.

"이겼어! 1등이라고!!"

"내가 이래서 도박을 못 끊지!"

일확천금을 손에 쥔 망나니 도련님들은 축제 분위기였다. 흥분한 얼굴로 어깨동무를 한 채 방방 뛰더니 심지어 이상한 노래까지 불러 댔다.

'저렇게까지 좋을까.'

하긴. 가품 성수의 알을 만들 정도로 답 없는 상황에서 기사회생한 거나 다름없으니까. 내심 어처구니가 없어서 나도 모르게 피식거렸을 때 티에리와 기욤이 우뚝 움직임을 멈추고 얼빠진 얼굴로 눈을 깜빡 거렸다.

"어……?"

"왜? 내 얼굴에 뭐 묻었어?"

나는 뺨을 손등으로 문질렀다.

"아, 아닙니다."

"뭐지, 바, 방금 엄청……."

둘은 왜인지 모르게 살짝 당황하다가 돌연 차분해졌다.

'고위 귀족이라 그나마 체면은 차릴 줄 아는군.'

나는 그렇게 생각하며, 머릿속으로 오늘 벌어들인 금화를 빠르게 계산했다.

경기 후. 화려한 정산의 시간!

나와 그들은 수북하게 쌓인 금화를 정확히 삼등분해서 나눠 가졌 다. 표정이 밝은 걸 보니 담보 잡힌 물건을 찾고도 남을 금액을 벌어 들인 모양이었다.

'나야말로 진짜 대박인데.'

돈도 벌었지만, 드디어 내내 탐내던 성수 알이 손에 들어왔다. 저

철없는 도련님들 앞에서 사기꾼처럼 허풍 떨길 잘했다.

"두 배로 벌 돈을, 최소 다섯 배로 벌게 해 줄게!"

애프터눈 티 파티가 있었던 날, 나는 그들의 한탕 하고 싶은 욕구와 호기심을 자극해서 티에리에게서 이 부화석을 양도하겠다는 약속을 받아냈다.

'사실 이거야말로 진짜 초대박 레어 아이템인데! 바보들아.'

하얀 돌멩이처럼 생긴 알을 만지작거리며 히죽거리고 있을 때, 티에리가 내 앞에 가까이 다가왔다.

"데보라 공녀."

불면 날아갈 것 같던 그가 자못 진지한 표정으로 날 바라본다. 껄렁껄렁하고 가벼운 분위기가 사라지자, 개성 있으면서도 수려한 이목구비가 선명하게 드러났다.

"왜?"

이시도르를 워낙 많이 봐서 그런지, 혹은 시모어 가문 남자들의 미모로 단련된 덕분인지, 밀라노 런웨이 모델 같은 장신의 미남을 코앞에 두고도 이젠 긴장이 전혀 안 되었다.

"황금 장미가 피어 있는 꿈을 꿨는데, 지금 생각해 보니 공녀를 상징하는 꿈이었던 것 같아."

"……."

"내내 의심하고 비딱하게 굴어서…… 미안."

눈가를 살짝 발갛게 물들인 그가 나를 지그시 바라보았다. 하얀 볼에 옅은 홍조를 띤 채로.

"고마워."

고위 귀족임에도 직설적인 사과와 감사 인사였다.

'감격해서 눈물을 글썽거릴 정도로 벼랑 끝까지 몰려 있었나 보군.'

하긴, 용돈까지 끊긴 상태에서 도박하다가 귀중품을 담보 잡혔다는 걸 들켰다면? 최소 근신, 최악의 경우 호적에서 파이는 불상사가 일어날 수도 있었다.

"데보라 공녀는 초대박이 터진 이 와중에도 상당히 침착하군요. 역시 꾼…… 아니, 고수는 그릇부터 달라…….."

기욤이 감탄한 얼굴로 중얼거렸다.

그간 벌어들인 수입이 많아서 그런가, 도박으로 잔뜩 벌어서 기쁘긴 한데 겉으로는 덤덤하게 굴 수 있었다. 현실은 백억까지는 아직 반도 제대로 못 왔지만.

"이 정도는 내게 별거 아니니까."

나는 판을 읽는 유능한 타짜인 척, 끝까지 잘난 척하며 차가운 표정으로 그들과 작별 인사를 했다.

'하얀 거북이!'

집으로 돌아오자마자 나는 한껏 부푼 가슴을 안고 후다닥 별채의 서재로 달려갔다.

'귀여운 아기 성수의 이름은 뭐로 할까?'

난 열쇠를 꺼내 굳게 닫힌 마지막 서랍을 열어, 경매장에서 낙찰받아 온 철검을 꺼냈다. 그간 열심히 닦아서 검에선 반짝반짝 빛이 났다.

"나와라."

난 칼로 돌을 가볍게 내리쳤다.

카앙!

그리고 아무 일도 없었다.

"티에리 경은 왜 저렇게 바닥에 뻗어 있지?"

"하루 이틀 일인가."

검을 쓰레기처럼 근처 잔디밭에 던져 두고 얼빠진 얼굴로 누워 있는 티에리를 보며 백기사단 기사들은 속으로 혀를 찼다.

세상은 참 불공평했다. 그는 나사 하나 빠진 것처럼 설렁거렸지만 오르고 핏줄의 재능을 고스란히 물려받은 탓에 어린 나이에 높은 경지를 이룩했다.

모두의 존경을 받는 검사는 디에라지만, 누구로 살 거냐고 물었을 때의 답은 티에리였다. 노력 대비 결과 하나만큼은 제국의 모든 기사를 통틀어 그가 최고였으니까.

"하아."

티에리는 한숨을 푹푹 내쉬며 멍하니 허공을 응시했다.

'다들 너무해.'

데보라 공녀에게 치사율 높은 매력이 있다는 거, 미리 좀 알려 주지. 치사하게 이시도르와 5황녀만 알고 있었다.

'하필이면 그때 웃어서.'

그가 잔디밭에서 벌떡 일어났다.

3번 말이 이겼을 때, 심장이 거칠게 뛰고 희열에 가득 찬 순간 공녀가 흐릿하게 웃는 모습을 보고 말았다. 종래엔 대체 뭣 때문에 심장이 뛰는지도 헷갈렸다.

'웃으니까 더 예뻐.'

사실 미간을 찌푸리고 있거나 무표정하게 있을 때도 예쁘다고 생각하긴 했다. 그녀의 이목구비는 시모어 가문의 직계답게 장미처럼 화려했으니까. 하지만 옅게 웃으니, 머리를 뒤에서 망치로 한 대 얻어맞은 느낌이었다.

데보라 공녀를 약간 무서워하던 기음마저 그녀가 눈을 가늘게 접으며 설핏 미소 지었던 그 순간엔 고자가 되더라도 그리 나쁘지 않겠다는 생각을 했다고 했다.

'너무 강렬해서 자꾸 생각나네.'

그는 제 부슬부슬한 검은 고수머리를 마구 헝클어뜨렸다.

경마장에서 배당률을 조작하는 여자는 난생처음이었다. 길을 가다가 난데없이 뺨을 맞아도 그렇게까지 충격적이지는 않을 것이다. 그리고, 하나 더…….

만일 그 마지막 말이 없었다면, 공범으로서의 동지애를 느끼며 그녀의 독사 같은(?) 매력을 발견한 채로 그냥 끝났을지도 모른다.

티에리는 묘한 기분으로 데보라 공녀의 마지막 충고를 떠올렸다.

"담보 잡힌 물건을 찾으러 전당포에 갔을 때 누군가가 도박장으로 유인하려 하면 무시해. 사기도박에 끌어들일 확률이 높으니까."

그녀는 서늘한 음성으로 말했다.

"그 골목에 바람잡이가 있을 거라는 말이야?"

"그래."

실제로 데보라 공녀의 충고대로 전당포가 있는 골목으로 가자마자 불량스러운 행색을 한 남자들이 주사위로 스무 배를 땄다며 자랑을 해 대는 모습이 보였다.

그녀의 예상과 한 치가 다르지 않게 흘러가자 기욤은 혀를 내둘렀다.

"역시, 공녀는 말로만 듣던 도박 설계꾼이 틀림없어. 머리 좋기로 유명한 시모어라서 그런지 우리 같은 평범한 망나니와는 격 자체가 다르군."

'정말, 미리 인지를 안 했으면 혹했을 수도 있었겠어.'

공녀의 충고 때문인지, 순간 유모에게 등짝을 맞은 것처럼 정신이 번쩍 들었다. 그녀의 언질이 없었다면 분명 자신은 순간 내키는 대로 충동적으로 행동했을 테니까.

티에리는 관성처럼 중독성이 강한 곳으로 회피했다. 자학하듯이 자극적인 쪽으로 휩쓸리며 현실을 망각했다. 매일 검을 잡아야 한다는 사실을 상기할 때마다 지긋지긋하고 넌더리가 났기 때문이다.

'지난번에도 내가 그런 식으로 당한 거였군.'

경마로 돈을 벌었지만, 애초에 도박장에서 전 재산을 탕진한 이유도 경마장 주변의 한탕 하려는 분위기에 넘어갔기 때문이었다.

그녀에겐 무려 두 번씩이나 도움을 받았다. 디에라의 검 창고에서 굴러다니는, 먼지 쌓인 돌멩이나 다름없는 부화석을 건넨 대가로는 꽤 큰 것이었다.

'데보라 공녀 성격에 날 걱정해서 한 조언은 아니겠지만……'

그는 달아오른 목덜미를 문질렀다.

"어? 공자님. 저기, 티에리 공자와 데보라 공녀 아닙니까?"

〈입실론〉 본관 갤러리 복도에 특이한 조합이 붙어 있어서 미겔은 고개를 기울였다.

'사이가 제법 나쁘지 않아 보이네.'

둘 다 어딘가 불량스러운 느낌이 흐르는 미남미녀라 은근히 어울렸다.

'외모만큼은 아주 화려하고 튀는 문제아들이군.'

데보라 공녀야 소싯적부터 워낙 망나니로 유명했고, 티에리 경은 아는 사람들은 다 아는 한량이었다.

'데보라 공녀 덕분에 그간 티에리 경의 경박함이 많이 묻힌 경향이 있었지.'

"뭐야?"

귓가에 이시도르의 싸늘한 목소리가 들렸다. 돌연 옆의 분위기가 심상치 않자 미겔은 힐끔 주군을 올려다보았다.

'헉.'

원래 본모습으로 지낼 때는 더러운 성격을 잘 드러내지 않는데, 지금 주군은 몹시 못마땅한 얼굴로 공녀와 티에리가 서 있는 곳을 노려보고 있었다.

한편, 티에리는 데보라와 어딘가 겉도는 대화를 나누고 있었다.

"정말 나 만나러 음악실에 가는 길이야?"

그는 실실 웃으며 특유의 가벼운 말투로 말을 이었다.

"어떤 곡을 좋아해? 덕분에 아버지 칼에 맞아서 죽을 뻔한 운명에서 간신히 살아났는데, 신청하면 뭐든지 쳐 줄게. 나는 야상곡을 주로 치긴 하는데 미뉴에트도 칠 수는 있긴 해."

그가 조금 흥분해서 빠르게 말을 쏟아내자 데보라의 눈이 조금 커졌다. 그녀가 잠시 뜸을 들이다가 입을 열었다.

"피아노 연주 때문은 아니고 물어볼 게 있어서 왔어."

순간 연주에 흥미를 보인 것 같았는데, 저 좋을 대로 한 착각이었나 보다.

"뭔데?"

"혹시 디에라 경에게 성수 알이 더 있지는 않지?"

별거 아닌 질문이라서 티에리는 왠지 모르게 실망하며 턱을 긁적였다. 지난번 너무 추한 꼴을 보여서 이번에 조금이나마 만회하고 싶었는데.

"만약 있었으면 그것도 빼돌렸겠지."

"……아하."

"디에라 형은 검 말고 다른 물건에 관심이 없어. 아마 부화석은 어릴 적에 받은 그 물건 하나일걸."

"그렇군."

"한가하면 음악실에 들렀다 가. 음악 동아리는 나뿐이긴 하지만 그래서 더 나을 거야. 허접한 연주 듣는 것보다 낫잖아."

"한 명뿐인데, 그런 걸 동아리라고 할 수 있나?"

"마나 연구 동아리는 5황녀님까지 단 두 명이라고 알고 있는데."

"……세 명이다."

"미술 그랑베르는 유령 회원이잖아."

히죽거리며 실없는 대화를 나누고 있는데 저 멀리 익숙한 인물이 보였다.

'이시도르 경은 볼 때마다 참 잘생겼군.'

그가 이쪽을 향해 단정한 몸짓으로 걸어온다. 눈이 마주친 순간, 이시도르가 차가운 표정으로 자신을 바라본 것 같아서 티에리는 고개를 기울였다.

'에이, 잘못 본 거겠지.'

그가 아는 이시도르는 신사적이고 만인에게 친절한 사람이었다. 인내심이 강해서 절대 이유 없이 화를 내지도 않았고.

"데보라 공녀, 여기 서서 뭐 해요?"

자연스럽게 끼어든 이시도르가 데보라 공녀에게 달콤한 눈웃음을 치며 상냥하게 질문했다.

'와, 새삼 더럽게 잘생겼네.'

티에리는 속으로 혀를 내둘렀다. 그간은 그의 얼굴을 보면 뛰어난 예술작품을 볼 때처럼 감탄만 나왔는데 왠지 은은한 짜증이 밀려오기 시작한다.

'이 자식 왜 이렇게 갑자기 여우 같지? 분명히 아까 나는 띠껍게 째려봤잖아.'

"이시도르 경, 왜 난 유령 취급하나? 섭섭하게."

"티에리 경이랑 무슨 이야기 하고 있었어요, 공녀?"

"이봐. 나 여기 있다고."

데보라 공녀가 이시도르를 보며 눈을 느리게 깜빡이다가 입을 열었다.

"그, 벼, 별일 아니야. 둘이 대화 나눠. 난 곧 수업이 있어서 가 봐야 해."

그녀가 대화에서 재빨리 빠졌다. 데보라 공녀가 사라지자마자 이시도르의 표정이 싸늘해져서 티에리는 어깨를 움찔거렸다.

'역시 아까 째려본 거 맞았어.'

"티에리 경. 왜 갑자기 공녀에게 동료 기사 대하듯이 편하게 말하고 있는 거지? 둘이 데면데면하지 않았나?"

"왜 날 추궁하는 느낌이 들지? 난 아무런 잘못도 없는데."

"지금 아주 친절하게 질문하고 있는데. 제대로 추궁하는 게 뭔지 보여 줄까?"

"거참, 공녀 말대로 대단한 것 아니니까 신경 쓸 필요 없어. 이런 사소한 일 말고도 신경 쓸 게 많으신 분이 대체 왜 이러시나."

"내가 백기사단 부단장 중 하나라는 걸 잊었나 본데, 네 훈련 태도에 대한 지난 삼 년간의 리포트를 오르고 공작님께 보내면 참 좋아하시겠지? 자, 이게 추궁."

"치사하게 그런 거로 협박하냐! 너무하잖아. 죽으라는 거네."

"협박이라니. 그간 내가 네 불량한 태도를 잘 숨겨 준 거지. 기왕이면 특혜를 거둔다고 표현해 줘."

"와! 말로도 못 이기겠네. 너 이런 사람이었어?"

"그러니까 무슨 일이 있었는지 말하면 간단하잖아. 난 궁금한 걸 잘 못 참거든."

티에리는 이시도르답지 않게 집요한 태도를 보며 미간을 살짝 좁혔다.

'거참 이상하네.'

데보라 공녀와 이시도르 공자의 관계는 항간에 떠도는 소문과 상당히 다른 것 같았다.

대부분이 데보라 공녀가 이시도르를 협박하고 있거나, 집안끼리 모종의 거래와 협약이 있으리라고 추측하고 있었다. 전자는 근거도 없고 과장된 부분이 있지만, 후자는 제법 신빙성 있었다. 시모어와 비스콘티 모두 파벌로 따지면 유서 깊은 황제파 가문이었으니까.

'그런데 지금 보니 이시도르 쪽이 공녀에게 훨씬 더 관심이 많아 보이는데.'

자꾸 그가 대답을 강요해서 티에리는 잠시 고민했다.

'어쩔까?'

그렇다고 부화석 가품을 만들어 진품은 공녀에게 팔아넘긴 뒤 그 돈으로 다 같이 경마장에 갔다고 실토할 수는 없는 노릇이다. 그는 재빨리 적당한 핑계를 댔다.

"일전에 데보라 공녀에게 피아노 연주 듣고 싶으면 입실론 동아리 방으로 놀러 오라고 했어."

사실이기도 했다. 실제로 그녀는 지난번에 연주를 들으러 자신을 찾아왔었고.

"연주?"

이시도르가 눈썹을 슥 들어 올렸다.

"이래 봬도 내가 피아노는 제법 잘 치잖아. 공녀가 서정적인 음악을 감상하는 걸 좋아하더라고. 서로 음악 취향도 잘 맞고."

"……."

"납득했어? 그럼 난 훈련하러 간다. 나는 네가 너그러운 줄 알았는데 알고 보니 가장 무서운 사람이었네."

티에리가 투덜거리며 본관 출구 방향으로 걸어갔고, 이시도르는 혼란스러운 기분으로 머리를 거칠게 쓸어 올렸다.

'저 자식 왜 이렇게 짜증 나지?'

안 그래도 기분이 별로였는데, 티에리가 서글서글하게 웃으며 공녀에게 다정한 투로 말을 편하게 하자 속이 확 비틀렸다. 더불어 티에리가 고작 피아노 하나로 공녀와 가까워졌다는 사실에 은근히 부아가 치밀었다.

뭐? 음악 취향이 잘 맞아? 대체 공녀가 어떤 음악 취향을 가졌기에 그딴 소리를 하는 거야.

피아노 연주라는 공통분모를 통해 앞으로 둘이 더욱 가까워질지도 모른다고 생각하자 점점 심사가 꼬였다. 그는 짜증스러운 표정으로 입구 쪽에서 대기하고 있던 미겔에게 성큼성큼 다가갔다.

"미겔."

"네, 공자님."

"나, 피아노 연습할 거야."

"……."

"유명한 장인이 제작한, 음색이 가장 탁월한 그랜드 피아노를 수소문해 둬."

"……네, 공자님. 준비하겠습니다."

그는 그날 바로 요네스 지구에서 가장 큰 악보 상점에 들렀다. 그러곤 서정적이고 분위기 있는 음률을 가진 야상곡 악보를 잔뜩 사 들고 저택으로 돌아갔다.

"하아."

나는 새하얀 돌을 이리저리 돌려보다가 한숨을 푹 내쉬었다.

"이거, 대체 왜 반응을 안 하냐?"

모든 정황이 내가 그 성수 알과 마도구를 둘 다 획득했다고 말하고 있는데, 수천 번쯤 칼로 두드리고 문질러 봐도 아무런 변화가 없었다.

심지어 엄마 품 같은 아늑한 느낌을 주기 위해 검과 알을 이불 속에 함께 넣어 보기도 했다. 물론 무반응이었지만.

'내가 모르는 다른 작동 방식이 있나?'

책을 많이 읽은 박식한 아린이라면, 고대 부화 아티팩트에 대해서 뭔가 알고 있을지도 모른다. 나는 찻잎을 들고 아린의 연구실이 있는 별채로 향했다.

"데보라 공녀님, 오셨어요!"

그녀가 쪼르르 달려와서 나를 반갑게 맞이했다. 작은 다람쥐가 날 바라보며 눈을 빤짝거리는 모습이 연상되었다.

'귀여워.'

나는 애써 웃음을 삼키며 연구실 안으로 들어갔다.

아버지가 신경 써 준 듯 이번에 옮긴 그녀의 연구실은 전보다 더 넓었다. 과거엔 연구만 하는 서재 같은 느낌이었다면, 지금은 차를 마실 수 있도록 응접 테이블도 마련되어 있었고 그녀의 취미 생활로 추정되는 물품들도 보였다.

"이 물건들은 뭐지?"

"그, 그게…… 공녀님께 드리려고 만든 건데, 아직 미완성이라 좀 부끄러워요!"

아린이 갑자기 물건 위에 후다닥 천을 덮었다.

핫 팩 역할을 하는 손수건도 만들어 달라고 했는데, 혹시 그 작업을 하는 중인가?

'아린은 아르망을 위한 각종 굿즈도 제작 중인데.'

이런 거 말고 할 일이 많을 텐데 내가 지나가듯이 던진 말까지 과제처럼 수행하다니.

'내가 그렇게 무섭나?'

아린이 날 노동부에 신고해도 할 말 없을 것 같았지만, 안타깝게도 이곳은 피폐 소설이라 선진적 노사 관계는 존재하지 않았다. 나는 그녀를 아련한 눈으로 바라보다가 큰 가방에서 고급 찻잎을 꺼냈다.

"지난번에 내게 차를 대접하고 싶다고 말했지? 내가 정확하게 이해한 거 맞아?"

"아, 네! 네! 맞아요!"

그녀가 고개를 마구 끄덕였다.

"괜찮은 차를 가져왔어. 이시도르 경이 보내온 거니 분명 좋은 걸거야."

"이, 이시도르 공자님께서 차를 보내셨어요?!"

"응."

"그, 그렇군요. 선물 받으신, 귀한 걸, 저, 저랑……."

그녀가 목이 메는 듯 간신히 말을 잇다가 눈가를 붉게 물들이며 뜨거운 찻주전자에 찻잎을 넣었다.

'감격하는 걸 보니 이시도르의 팬인가 보네?'

역시 제국 최고의 인기남다웠다. 그를 이유 없이 싫어하는 사람은 아마 아버지뿐일 것이다. 필라프와는 원래 사이가 안 좋아 보였으니 열외로 하고.

"이시도르 경이 잘생기긴 했지."

볼우물을 패며 해사하게 웃을 때 특히.

"네? 저는 공녀님이 훨씬 더 멋진…… 아, 아니, 그, 이시도르 님 인기 많으시죠."

뭐라 더듬거린 아린이 뜨거운 차를 찻잔에 조심스럽게 부었다. 찻잎이 우려지면서 연구실 안에 그윽한 향기가 퍼져 나갔고 아린의 하얀 뺨이 더욱 붉어졌다.

"정말 좋은 차네요. 이렇게 공녀님과 티타임을 갖게 되어 너무 영광이에요. 아마 평생 잊지 못할 거예요."

나는 아린의 아부에 좀 익숙해졌기 때문에 덤덤하게 차를 홀짝였다.

'그나저나 차 맛있다. 홍차는 아닌 것 같고, 다른 지역에서 넘어온 것 같네.'

아르망에서 팔아도 괜찮겠는걸?

하지만 난 이시도르가 아카데미 수석 축하 선물로 내게 보낸 차가 500그램에 원화로 약 삼천만 원에 거래될 정도로 비싸다는 걸 얼마 지나지 않아 알게 되었다.

여하튼, 나는 금싸라기 같은 차를 멋모르고 속 편하게 홀짝이다가 반쯤 비웠을 무렵 입을 열었다.

"아린, 혹시 고대 마도구에 대해 아는 것 있어? 성수를 부화시키는 기능이 있는……."

아린이 제 이름을 불러 줬다고 양 뺨을 감싸며 웅얼거리다가, 황급히 본론을 꺼냈다.

"제가 책에서 읽은 부화용 아티팩트 설명에서는 마나를 방출하는 스위치가 있거나, 마력석에 다량의 마나를 불어넣으면 작동이 되었다고 했어요. 만약에 마나 파장이 맞으면 그 알이 공명한다고 하더라고요."

문득 머리에 스쳐 가는 생각이 있었다.

'아아, 내가 왜 그 생각을 못 했지?'

검사들이 사용하는 오러 역시 결국 마나라는 에너지원을 근본으로 한다. 난 이전 생의 기억 때문에 자꾸 마나를 활용해야 한다는 사실을 잊어버렸다.

원작에서는 디에라가 선물받은 검에 검기를 불어넣었을 때, 성수 알이 반응을 보였던 게 틀림없었다.

"여기 마나를 불어넣는 것이 가능할까?"

내가 꺼낸 괴기스러운 형태의 철검을 이리저리 만져 보던 아린이 침통한 표정으로 입을 열었다.

"죄송하지만 이런 단단한 검에 마나를 불어넣을 수 있는 사람은 강인한 오러를 가진 기사님들뿐일 거예요. 저는 검 표면이 녹슬지 않게 조치할 수는 있겠지만요."

'작동이 까다로운 마도구였군. 검기를 쓸 수 있는 기사는 그리 많지 않은데.'

이곳 기사들은 단전에 기, 즉 오러를 쌓는 수련을 한다. 그리고 이 오러를 자유자재로 끌어 올릴 수 있을 때 정식 기사가 될 수 있었다. 하지만 오러를 선명한 기운으로 방출해서 검에 두르는 것은 마법사처럼 타고난 재능이 필요했다.

'성수를 부화시키려면, 디에라 같은 소드 엑스퍼트가 필요하구나.'

사용할 수 있는 사람이 극히 한정돼 있으니, 이 검이 녹이 슨 채 여기저기 떠돌다가 수상한 경매장까지 흘러들어 간 거겠지. 디에라는 무려 17년 넘게 알을 화석처럼 묵혀 두었고.

'이제야 진짜 정답을 찾은 것 같다.'

원리를 알게 되니, 문제가 빠르게 해결되었다.

아버지에게 시모어 가문 기사단에 있는 소드 엑스퍼트를 잠시 빌려 달라고 부탁했다.

기사가 검기를 불어넣자 칼등에서 이상한 기하학적 문양이 떠올랐고, 불쾌한 느낌의 기운이 피어오르다가 뚝 멎었다.

이윽고 내 손아귀에 있던 흰 성수 알이 마치 어떤 기이한 파동에 공명하듯이 잘게 진동했다.

'성공했어. 초레어 성수를 깨웠다고!'

나는 알을 재빨리 주머니에 쑤셔 넣고 아무 일도 없었다는 듯이 시치미를 뗐다. 다행히 다들 문양이 떠올랐다 사라진 이상한 검에만 신경이 몰려 있어서 내 손에 들린 물건에는 관심 없었다.

'다른 사람들이 성수 알 모양을 알게 되면 귀찮아지겠지.'

거북이가 나온 뒤엔 상관없지만.

"데보라, 대체 이런 신묘한 검을 어디서 가져온 게냐? 방금 분명 독특한 마나 파동이 느껴졌다."

시모어 공작은 기사에게서 검을 회수한 뒤, 심각한 얼굴로 물건을 이리저리 살펴보고 손으로 만져 보았다.

오러가 방출되었을 때 나는 기분이 조금 안 좋다고 느꼈을 뿐이었는데, 마나 감응력이 상위 0.01퍼센트인 공작은 검이 심상치 않음을 느낀 모양이었다.

"지난번 6대 가주님 책을 샀던, 그 특이한 경매장에서 낙찰받아 가져온 물건입니다."

"너는 운이 정말 좋구나. 이 검은 내가 봤을 때 아무래도 고대 아티팩트인 것 같다. 용도가 무엇인지는 더 연구해 봐야겠지만."

'이미 용도를 다했습니다, 아버지.'

구라가 일상이라 또다시 양심이 살살 아파왔다. 하지만 만에 하나, 언젠가는 저 아티팩트에 감응하는 또 다른 성수 알이 나타날지도 모른다. 대대손손 가보로 물려줘도 나쁘지 않겠지.

시모어 공작의 설명에 기사의 얼굴에 경악이 지나갔다.

"세상에! 그 귀하다는 고대 아티팩트라니! 시모어 공작님, 진심으로 축하드립니다. 공녀님도 정말 대단하십니다."

"아버지께서 덕과 행운이 가득하신 덕이죠."

"이보게, 내 딸이 이렇게 영특하고, 나를 생각하고, 심지어 운까지 좋다네. 지난번엔 집안의 가보를 가져왔지 뭔가. 하하! 무려 벨르몽 님의 자서전이었지."

"공녀님께서 이렇게 시모어를 생각하실 줄은!"

나는 그들에게서 갑작스러운 칭찬 세례를 받은 뒤 방으로 돌아왔다. 그리고 주머니에서 밝게 빛나기 시작한 성수 알을 꺼냈다.

"네 이름은 퍼플이야."

터틀. 퍼플. 놀랍게도 라임이 딱딱 맞았다. 게다가 퍼플의 뜻은 보라. 왠지 공식처럼 떨어지는 느낌이었다. 스스로의 기막힌 작명 센스에 감탄하며 나는 보드라운 깃털 베개 위에 성수를 올려두었다.

'빨리 부화해라.'

성수는 동물과 정령의 혼혈이므로 제법 강했다. 잠재력 높은 성수는 중위급 정령 정도까지 강해질 수 있다고 들었다.

'고기반찬 많이 줄게. 난 미야와는 달리 부자거든.'

성수가 무럭무럭 자라 강해지기를 바라며, 나는 반짝이는 기대감 어린 얼굴로 알을 오래도록 지켜보았다.

"오펠리아. 그분께서 그대를 신임하여 가장 중요한 업무를 믿고 맡겼네만, 뭐 하나 제대로 하는 게 없더군."

음산하고 걸걸한 목소리가 어두운 동굴 속에 울려 퍼진다.

오펠리아는 핏자국이 눌어붙어 검게 변색한 제단 중앙에서 무릎을 꿇은 채 벌벌 떨고 있었다. 자신도 곧 이 위에서 사라질지도 모른다고 생각하니 소름이 돋고 진땀이 흘렀다.

"그분께서 네게 실망한 기색을 보이셨다."

"허, 헉."

바닥을 짚은 손가락 위로 커다란 독거미가 엉금엉금 기어가자 오펠리아의 얼굴이 창백해졌다. 제단 앞, 왼쪽 의자에 앉은 남자의 넓은 로브의 소맷자락에서는 해골 무늬가 있는 거대한 거미 한 마리가 머리를 기웃거리다가 다시 들어갔다.

"죄, 죄송합니다. 정말 죄송합니다."

끔찍한 광경이었지만, 그분이 자신을 벌할지도 모른다는 것이 훨씬 더 무서웠다. 오펠리아는 온몸을 사시나무 떨듯 떨며 마른침을 여러 번 삼켰다.

"미야가 이토록 존재감이 없는 이유가 뭐지? 기껏 아카데미에 갔는데 수석도 놓치고."

"그래도 시, 신전에서는 그녀를 높게 평가하고 있습니다."

"신전에서 높게 평가하는 신관이 한둘인가? 그런 수준이 아니라 성녀처럼 극진히 대접해야지. 모든 지원을 아끼지 않았던 것 같은데. 성혈이 대체 얼마나 들어간 건지 이제 셀 수도 없어."

"동부에서는 성혈 수급이 잘 안 되고 있네. 자원은 무한하지 않다는 거 명심하게."

거미를 기르는 괴인 옆에 앉은 남자가 짜증스러운 목소리로 덧붙였다. 그들의 이어지는 추궁에 오펠리아가 쩔쩔매다가, 기어들어 가는 목소리로 말했다.

"그, 제, 제가 분석하기로는…… 미야가 생각보다 활약을 못 하는 이유가, 아무래도 데보라 시모어 때문인 것 같습니다."

"흐음."

"최근에 유난히 시끄럽고 요란했습니다. 미야 영애가 그녀에게 가려서 활약할 기회를 많이 놓쳤습니다."

"그렇게 기회를 많이 줬는데?"

"정말 죄송합니다."

오펠리아가 바닥에 머리를 마구 찧으며 사죄했다.

"하필 시모어라…… 골치 아프군."

그쪽 가문 사람들은 방해가 된다고 쉽게 손을 쓸 수 있는 존재들이 아니었다.

'시모어 공작이 특별히 아낀다고 들었지.'

만일 이런 식으로 계획에 걸림돌이 되는 영애가 하위 귀족이었다면, 이미 그녀의 목숨은 사라지고 없었을 것이다.

"시모어의…… 그 별 볼 일 없던 여자가 왜 변수가 된 건가?"

"저, 저도 잘 모르겠습니다. 분명 멍청한 악녀였는데……."

오펠리아가 횡설수설했다.

"그게 정보원인 자네 입에서 나올 소리인가?!"

"악녀라. 다수가 옳다고 하면 옳은 것이요, 그르다고 하면 그른 것이다. 오펠리아, 악마도 다수가 옳다고 하면 천사가 될 수 있다는 말이네."

"그…… 죄, 죄송합니다. 다시는 이런 일 없을 겁니다. 그래도 세리그 가문 공녀가 그녀를 견제하고 있습니다. 여론몰이를 잘하는 인물입니다. 공녀 쪽은 이러다 말 겁니다."

"단언할 수 있어?"

"예! 예! 수식은 얻어걸린 거고, 마나를 다룰 줄 모르는 여자니, 앞으로 달리 돋보일 이유가 없기도 합니다."

오펠리아가 마구 고개를 끄덕이면서 말했다. 그녀는 과거 자신이 공들여 조사했던 자료를 신뢰하고 있었다. 그리고 사람은 그리 쉽게 바뀌지 않는다고 생각했다.

'우연일 거야. 우연이어야만 해.'

오펠리아는 후들거리는 몸으로 엉금엉금 제단을 기어 내려가며 생각했다.

'영 못 미덥군.'

한편, 왼쪽에 앉은 남자는 오펠리아의 뒷모습을 불신의 눈초리로 바라보며 손가락으로 의자를 툭툭 두드렸다.

나는 날이 갈수록 점점 투명하고 영롱한 빛을 띠는 알을 유심히 관찰하다가, 아카데미에 갈 준비를 했다.

'벌써 귀찮다.'

가을 학기엔 봄 학기에 비해 학술회 및 각종 행사가 많아 상당히 바쁠 예정이었다. 게다가 오늘은 마법학부 학장인 베르트 시모어와의 미팅도 있었다. 왜 갑자기 그가 나를 찾는지는 모르겠지만 부디 귀찮은 일만 아니었으면 했다.

마법학부 쪽으로 걸어간 나는 학장실 앞에서 잠시 심호흡한 뒤 설렁줄을 흔들었다. 곧 열린 문 안으로 들어가 시모어 공작의 쌍둥이 형인 베르트 후작에게 꾸벅 인사했다.

"오랜만이구나, 데보라. 그간 잘 지냈느냐?"

그가 파이프를 재떨이에 툭툭 털며 말했다. 코끝에 메케한 파이프 연기 냄새와 함께 희미한 약초 냄새가 맴돌았다.

'왜 풀 같은 냄새가 나지?'

단순한 담배 냄새가 아닌 것 같아서 나는 의아함을 느끼며 입을 열었다.

"학장님, 그간 잘 보내셨습니까?"

"솔직히 말하면, 그동안 네 덕에 안녕하지 못했다. 안팎으로 몹시 시끄러웠지."

그의 차가운 대답에 나는 머쓱하게 입을 다물었다.

'역시, 만만치 않을 줄 알았어.'

왠지 여기 오기 전부터 걱정이 되더라니.

"일전에 진상 규명회도 그렇고 내내 진행해 온 마탑 강의도 그렇고 내게 한 번쯤 미리 네 계획과 생각을 공유해 줄 수 있었던 것 아닌가? 그렇게 독단적으로 굴 거면 뭐 하러 아카데미를 다니느냐?"

하지만 차가운 말투와는 다르게 그의 은색 눈동자는 기묘한 빛을 띠고 있었다. 그가 내게 어떤 대답을 기대하는지는 잘 모르겠지만, 죄송하다고 고개를 조아리고 넘어가는 건 나답지 않은 일이었다.

나는 마법학부 복도를 지나며 늘 보는 구절을 떠올렸다.

"저는 아카데미가 진리를 목적으로 하는 곳이라서 다니는 것입니다."

"진리? 그게 네가 독단적이고 제멋대로 구는 것과 어떤 상관이 있다는 거지?"

"진리는 언제 어디서나 누구든지 승인할 수 있는 보편타당한 법칙이나 사실이며, 초대 아카데미 마법학부 학장님께선 진리를 알지니 진리가 너희를 자유롭게 하리라는 명언을 비석에도 새기셨죠."

"그래서, 진리를 추구하는 넌 자유롭다 이거냐?"

"……네. 독단이 아닌 자유 의지라고 해 주세요."

"하하하!"

그가 문득 재밌다는 듯이 웃기 시작했다.

"네 능구렁이 같은 화술을 들으니 쉽게 당하고 다니지는 않을 것 같아서 안심이 된다. 하긴 레몽가 영식을 회생 불가능으로 만들어 놨으니 내 걱정이 기우이긴 하군."

'무슨 뜻이지?'

내가 의아한 얼굴로 눈을 깜빡이자, 그가 원목 책상에서 일어나 내 근처로 다가왔다.

"네 정당한 아카데미 수석을 놓고 질투하는 잡놈들이 많다는 말이다. 헛소리하면 그런 식으로 밟아 주거라. 찍소리 못 하게."

"아, 네. 알겠습니다."

난 베르트 후작의 화끈한 화법에 조금 놀랐다.

'이분도 시모어 공작 못지않게 성격이 나쁜 사람이군.'

시모어 공작이 베르트 후작 때문에 후계 경쟁에서 애를 많이 먹었겠구나 싶었다.

"너는 어떤 차를 좋아하니?"

그가 자못 부드러워진 음성으로 묻는다. 나는 머뭇거리다가, 이곳에서 가장 대중적인 차 이름을 댔다.

"디저트는?"

"요즘 아르망이라는 곳의 케이크가 맛있다고 하더군요."

틈새 홍보를 하는 것도 잊지 않았다.

"아아, 나도 들어 본 것 같다. 조교들이 자주 가서 사 먹더구나."

'오. 좋은 소식이다.'

이윽고 사용인이 남쪽이 원산지인 홍차 두 잔을 내왔고, 집무실에는 침묵이 맴돌았다.

"내가 널 왜 불렀을 것 같으냐? 너는 왠지 이것도 맞힐 수 있을 것 같군."

"사실 잘 모르겠습니다. 그간 사고를 잡다하게 자주 저질러서요."

데보라가 마법석을 던져 이마를 깼던 영식이 뒤늦게 고소장을 제출했을지도 모르는 일 아닌가. 베르트 후작이 내게 어느 정도는 호의를 가지고 있는 것 같아 솔직하게 말하자, 그가 뺨의 흉터를 꿈틀거리며 피식거렸다.

"하긴, 입학 당시부터 넌 말도 많고 탈도 많았지. 요즘은 네 그 요란함이 마음에 든다. 널 질투하는 사람도 많지만, 나처럼 재미있어하는 교수도 많다는 걸 알아 두거라."

왜 갑자기 띄워 주는 거지?

"……."

"서론이 길었구나. 결론만 말하면 마탑 말고 아카데미에서도 종종 강의하라는 뜻이다. 내가 이따금 강의 기회를 만들어 주겠다."

맵단짠 미치겠다. 공격하다가 칭찬해 주고 부탁으로 마무리하다니.

'이걸 어떻게 거절해?'

"알겠습니다."

나는 결국 그의 요청을 수락했다. 내 업적을 깎아내리려 하는 사람이 있다는 그의 말도 신경 쓰였다.

'어떤 놈이야?'

나는 시모어 가문에서 내놓은 망나니였기 때문에 만인에게 욕을 먹어도, 특정인에게 견제나 시기를 받는 입장은 아니었다. 하지만 수석을 하는 바람에 좀 귀찮아진 듯했다.

'열 받네.'

내 논문을 깎아내린다는 건, 내 짭짤한 고정 월수입이 타격을 받을지도 모른다는 뜻이다.

'누구든 내 돈주머니 건드리는 인간은 용서 못 해.'

나는 차를 다 마시고 학장실에서 나왔다.

'더 바빠지겠네.'

강의 자료, 〈입실론〉 단체 학술회 준비, 심지어 사업까지. 코앞에 떨어진 암울한 일 폭탄에 나는 암담함을 느꼈다.

특히 5황녀와 함께하는 마나 동아리의 학술회 준비가 은근히 손이 많이 갔다. 〈입실론〉은 최근 단체 학술회를 앞두고 다들 분주했다. 난 중간에 편입된 회원이라 봄 학기에는 흐지부지 넘어갔지만, 가을 학기부터는 그게 불가능할 것 같았다.

'아카데미의 백미는 가을 학기니까.'

무엇보다 단체 학술회에서 멋진 논문을 선보이겠다는 5황녀의 의욕이 하늘을 찌를 듯했다.

그도 그럴 게, 〈입실론〉 학술회는 제국에서 다섯 손가락 안에 꼽힐 정도로 유명했다. 기라성 같은 〈입실론〉의 선배, 황실 관료, 유명 석학들이 전부 참석하기 때문이다.

만약 논문이 고위급 관료들 눈에 들 경우 실제 정책에 반영될 수도 있으므로 학문하는 사람들에겐 큰 의미가 있었다.

하지만 내겐 앞으로 고생길만 훤히 열릴 것 같다는 불길한 느낌을 선사했다.

'뭔가 잘못됐어.'

나는 씁쓸한 기분으로 동아리방에서 몰래 탈출해 근처를 거닐다가 〈입실론〉 본관 쪽으로 들어갔다. 본관 내부는 마법으로 늘 적당한 온도가 유지되고, 그림이나 조각 등의 볼거리가 다양하게 전시되어 있기 때문에 머리를 식히기 좋았다.

본관을 떠돌아다니던 나는 어딘가에서 들려오는 뚱땅거리는 피아노 반주 소리에 걸음을 옮겼다.

'피아노 음악부는 티에리 한 명뿐이라고 하지 않았나?'

어쩌면 어린애가 들어와서 피아노를 치는 걸 수도 있다. 티에리라면 어디선가 생긴 동생을 이곳에 데리고 오고도 남을 인간이니.

댕- 띵-! 댕!

'저건 대체 뭘 연주하려고 하는 걸까?'

당연히 아이일 거라고 확신하며 무심코 음악부 창을 곁눈질한 나는, 듬직한 뒷모습에 순간 눈을 의심하다가 그의 정체를 알게 되자마자 입술을 꾹 깨물었다.

'아, 미치겠다. 웃으면 안 되는데.'

설마 어린애라고 생각한 사람이 이시도르였다니.

"풉!"

그를 방해하기 싫어서 어떻게든 참아 보려 했는데, 저 커다란 뒷모습이 너무 진지해서 결국 크게 소리를 냈다. 진짜 불가항력이었다.

"뭐야?"

기분 나쁜 듯 슬쩍 찌푸린 표정으로 뒤를 돌아본 이시도르는 내가 웃음을 터뜨리는 모습을 보고 놀란 얼굴을 했다.

"언제부터 있었어요?"

"방금, 이시도르 경, 근데 너무 웃겨서…… 참을 수가…… 크흡, 아하하하!"

결국 더는 못 참고 터지고 말았다.

"……."

그의 눈이 크게 벌어지면서 에메랄드빛 동공이 흔들린다. 당혹감이 생생하게 느껴지는데도, 이렇게 웃긴 건 오랜만이라서 웃음이 좀처럼 멋지를 않았다.

이시도르가 여러모로 완벽한 사람이라 그런지 그의 다섯 살짜리 같은 엉성한 피아노 실력은 정말 의외였다.

'아니, 다섯 살에 대한 모욕인가.'

간신히 진정한 나는 헉헉, 숨을 몰아쉬며 겨우 입술을 달싹였다.

"연주를 비웃는 건 아니고…… 이시도르 경이 설마 음치 박치였을 줄은 몰라서."

"오랜만에 쳐서 그런 겁니다. 아직 악보랑 건반이 손에 안 익어서! 무도회에서 춤 같이 춰 봐서 알잖아요?"

그가 입술을 살짝 내밀며 퉁명스레 말했다.

"그렇지만, 건반이 손에 익어도 그리 잘 칠 것 같지는 않은데."

"데보라 공녀는 얼마나 잘 쳐서 그렇게 자신만만합니까?"

내가 도통 웃음기를 거두지 않자 그가 나를 도발했다.

"이시도르 경보다 내가 열 배는 낫지."

누가 와도 이 남자보단 잘 칠 것 같았다. 그리고 난 유치원생 때 바이엘과 체르니를 통달했다고.

"증명할 수 있어요?"

"응."

나는 자신만만하게 그의 옆에 앉아 건반 위에 손을 올렸다가 조기 교육의 폐해를 실감했다. 기억나는 곡이 단 하나밖에 없었으니까.

"데보라 공녀는 피아노를 손가락 두 개로 칩니까?"

이시도르는 웃음을 참는 듯 입술을 지근거렸다.

"일단 들어. 놀리지 말고."

나는 유일하게 악보 없어도 칠 수 있는 젓가락 행진곡을 치기 시작했다. 이시도르는 내가 손가락 두 개로 건반을 누르자 처음에는 하찮아하다가 나중에는 신기해했다.

"그런 식으로도 좋은 음악이 나오긴 하는군요. 경쾌하고 좋네."

그는 얼마 지나지 않아 젓가락 행진곡의 뛰어난 음악성을 인정하며 피식 미소 지었다.

"어디서 배운 곡이에요? 재밌네요."

어디서냐는 물음에 나는 뜨끔해서 말을 돌렸다.

"재밌지? 이시도르 경도 쳐 봐. 보다시피 경이 치는 악보의 곡보다 훨씬 쉽고, 원래 이 곡은 둘이 치는 거야."

"어떤 놈이 둘이 치는 거라고 가르쳤어요?"

"내가."

"좋은 선생님…… 이네요."

잠시 머뭇거리다가 이시도르가 어설프게 내가 건반 누르는 것을 흉내 냈다. 워낙 쉬운 곡이라 곧잘 따라 했다. 그의 흰 장갑을 낀 손 모양이 너무 유려해서 겉모양은 참 그럴듯했다. 피아니스트 같다고 해야 하나.

'손만 멋있어서 더 웃겨.'

나는 곧 그의 행진곡에 맞춰서 반주를 넣었다. 학창 시절 친했던 친구가 이 곡을 쉬는 시간에 연주하는 것을 좋아해서 반주에는 자신 있었다.

"아, 틀렸다."

이시도르는 그 친구와 비슷한 구간에서 실수했고 그런 점이 친숙하게 느껴졌다. 찌르면 피 한 방울 안 날 것처럼 완벽해 보였는데 그에 대한 내 편견과 고정관념이 흔들리는 순간이었다.

"이 곡은 점점 더 빨라지는 곡이야."

어릴 때처럼 왠지 모를 장난기가 돈다. 건반을 더 빠르게 마구 두드리자, 이시도르가 조금 산만하게 손가락을 움직였다. 그러다 그의 단단한 팔이 내 팔에 툭 닿았고, 피아노 위에 올라온 손끼리 탁, 하고 부딪쳤다.

"······!"

맞닿았던 이시도르의 손이 돌연 튕겨 나가면서 그가 엉뚱한 건반을 누른다.

"다음 거는 왜 안 쳐?"

손을 멈추고 있던 그가 갑자기 움찔 떨다가 자리에서 벌떡 일어났다.

"어, 별로 세게 안 부딪쳤는데."

"······셉니다. 충분히. 데보라 공녀에게는 아닐 수도 있지만."

뭔 소리야. 덩치는 산만 한 녀석이.

"지금 엄살 부리는 거야? 곡은 다 치고 가. 지금 이시도르 경 실력으로 유일하게 칠 수 있는 곡일걸."

갑자기 그가 음악실에서 나가려고 해서 나는 약간 당황한 기분으로 말했다. 그는 날 등진 채로 짧게 한숨을 내쉬더니 고개를 돌려 날렵한 눈매로 노려보았다.

아까까지만 해도 순하고 다정해 보였는데 지금은 사춘기 늑대처럼 반항적인 얼굴이었다. 장갑을 고쳐 낀 그가 옷걸이에 걸어 둔 기사단복 외투로 손을 뻗었다.

"재밌고 스릴 넘치긴 합니다만, 선생님이 진도가 너무 빠르다고 학생이 전해 달랍니다."

"흠, 학생이 잘 따라 해서 빨리 나갔는데. 안타깝네."

"다음에는 천천히 가르쳐 주세요."

외투를 걸치는 뒷모습마저 화보 촬영의 한 장면처럼 연출한 이시도르는 회중시계를 힐끗 내려다보았다.

"이제 슬슬 병영으로 가 봐야겠어요. 쉬는 시간에 잠깐 연습하러 나온 거라서요."

아, 기사단으로 복귀할 시간이었구나.

"입실론 리더도 하고 기사단 부단장도 하고, 바빠 보이는데 피아노 연습은 왜 하는 거야? 혹시 새로운 취미인 거야?"

"그렇다고 해 두죠."

"그러면 그런 거지, 해 두는 건 또 뭐지?"

"공녀는 피아노 연주 듣는 게 취미라면서요? 난 치는 게 취미일 수도 있지."

"누가…… 아, 티에리 경이 그랬나 보군."

경마장 이야기를 안 꺼내고 용케 잘 둘러댔네. 잔머리 하나만큼은 진짜 대단했다.

"티에리랑 너무 친하게 지내지 말아요. 불량한 친굽니다."

그가 아이 같은 불퉁한 목소리로 말했다.

"누가 더 망나니냐로 따지면 내 명성이 훨씬 높지 않나?"

"공녀님은…… 아니, 됐습니다."

"왜 말을 하다가 말아? 10골드 주고 싶게."

마스터와의 일이 인상에 남았는지 분위기 싸해지는 농담이 나왔다. 그가 날 어이없다는 듯 바라보다가 설핏 웃었다.

"티에리와 공녀를 비교하면 섭섭하죠."

"티에리 경에게 실례긴 하지."

"과분해요. 공녀는 성실해 보여요. 내가 본 누구보다…… 무리한다 싶을 정도로."

그가 뒷말을 작게 중얼거려서 나는 앞부분밖에 듣지 못했다.

'성실?'

마스터와 이시도르. 둘이 아는 사이일지도 모른다는 가정을 품고 나니 뭔가 의미심장하게 들리기도 했다.

나와 그는 나란히 본관 입구 쪽으로 걸음을 옮겼다. 이시도르는 가을 초입 분위기가 물씬 풍기는 샛길에 서서 가볍게 손을 흔들었다.

"자주 보겠네요. 가을에 클럽 활동이 많거든요. 또 봐요."

그는 내 어깨에 붙은 때 이른 낙엽을 가볍게 떼어 준 뒤 건물 샛길 쪽으로 빠르게 사라졌다.

그가 자취를 감췄을 때, 퍼뜩 떠오르는 생각이 있었다.

'잠깐, 설마 나 때문에 피아노 연습한 건 아니지?'

지난번 마상 시합에 출전한 것도 그렇고, 지금도…….

생각을 이어 나갈수록 붕 떠오르는 기분이 든다.

'하아, 왜 이렇게 도끼병이 점점 중증으로 변하는 거지.'

마음속 동요를 잠재우기 위해 애써 부정을 해 봤지만 그럴수록 뒤늦게 그와 부딪쳤던 손이 화끈거리는 것 같았다. 나는 우두커니 서서 어깨를 만지작거리다가 동아리방 쪽으로 느리게 걸어갔다.

'어린 시절 배운 적이 있으니 조금만 연습하면 잘 칠 수 있어.'

근거 없는 자신감과 오기를 가지고 피아노 연습을 하던 이시도르는 생각보다 자신의 실력이 심각하다는 것을 깨닫고 연습 시간을 늘리기로 했다. 다행히 프랫 하우스와 기사단 병영이 가까웠기에 그는 훈련 시간에 몰래 나와 음악실에서 건반을 두드렸다.

'암담하군.'

이제 보니 하루 이틀 연습해서 될 일이 아니었다. 악보와 손이 따로 놀았다.

'차라리 피아노 동아리를 폐부시켜 버리는 게 빠르겠어.'

티에리가 취미 생활을 즐기기 위해 만든 1인 동아리니 명분도 충분했다. 자신의 실력이 나쁘다고 남을 아예 못 치게 만들겠다는 못된 심보를 끌어안고 있을 때 어디선가 비웃음 소리가 들렸다.

'어떤 놈이야?'

짜증을 느끼며 뒤를 돌아본 이시도르는 심장이 아래로 가파르게 떨어졌다가 튀어 오르는 기분을 느꼈다.

"푸핫!"

데보라 공녀가 그렇게 큰 소리로 밝게 웃을 수 있는 사람이라는 것을 그는 처음 알았다. 딱히 보이고 싶지 않은 모습을 들켰는데도 그녀의 웃는 얼굴 때문인지 머쓱한 감정을 느낄 겨를도 없었다.

'왜 화가 안 나지.'

다 내려놓고 배를 잡고 웃는 모습이 뇌리에 깊게 새겨진다. 봄꽃 축제 당시 데보라 공녀가 아이처럼 눈을 커다랗게 뜨고 불꽃놀이를 하염없이 구경했을 때처럼.

그때도 이시도르는 이상하게 지금처럼 그녀에게서 시선을 뗄 수가 없었다. 아니, 눈물까지 찔끔 흘리면서 웃는 지금 모습이 훨씬 더 놀라웠다.

그래서일까, 가슴이 둔중하게 뛴다. 쿵쿵. 귀가 먹먹할 정도로.

평소 예민한 고양이처럼 눈을 뾰족하게 뜨고 벽을 치면서 경계하던 그녀가 성큼 먼저 다가와 제 옆에 앉았다. 문득 피아노를 치길 잘했다는 생각이 들었다.

"이시도르 경보다는 내가 열 배는 낫지."

그녀는 손가락 두 개를 건반 위에 올려놓았다. 손가락 두 개로 피아노를 치려고 하는 모습에 처음엔 어이가 없었지만 이내 난생처음 듣는 박자의 경쾌한 곡이 울려 퍼졌다.

그녀가 입매를 휘면서 자신만만하게 웃었다.

'뭐야. 듣기 좋잖아.'

이시도르는 결국 피식 웃고 말았다.

'타국에서 온 곡인가? 귀족들이 즐겨 듣는 곡은 아닌 것 같기도 하고.'

대체 이런 건 어디서 배운 걸까? 아니면, 이것도 공녀가 새롭게 만들어 낸 걸까? 또다시 짙은 호기심이 피어오른다.

데보라 공녀에겐 언제나 반전이 있어서 그녀의 행동은 전혀 예측할 수 없었다. 지금도 그랬다. 갑자기 연주를 가르쳐 준다며 선생님 흉내를 내던 공녀가 아이처럼 장난스러운 얼굴로 반주 속도를 올리기 시작했고, 그의 심장은 박자에 맞춰 더욱 가파르게 튀어 올랐다.

'어지러워.'

길고 하얀 그녀의 손가락이 옆에서 빠르게 움직이자, 이시도르의 유려한 손이 길 잃은 것처럼 건반 위에서 이리저리 방황했다.

그러다 사고처럼 그녀의 손과 부딪혔다.

"……!"

그는 소스라치게 놀랐다.

건반을 누를 때 소매 단추가 걸리적거려서 이시도르는 셔츠를 한 번 접어 올린 상태였고 그래서 장갑과 셔츠 사이로 맨살이 드러나 있었다. 그는 여름에도 긴팔을 입고 얇은 장갑을 끼고 다녔기 때문에 이런 식으로 맨살을 무방비하게 드러낼 일이 없었다. 오늘은 아주 예외적인 경우였다.

순간 살결끼리 스친 듯한 느낌이 들었다. 예상치 못한 접촉에 온몸에서 확 열이 치솟아서 그는 저도 모르게 벌떡 일어났다.

'미치겠군.'

공녀가 크게 웃는 모습을 본 순간부터 머리가 이상해졌다. 모든 게 예상과 통제를 벗어났다. 비상. 머릿속에서 떠오르는 두 글자에 혼란스러워서 도망치듯 나가려 하는데 그녀가 연주를 끝까지 하고 가라면서 자신을 붙잡았다.

'매번 경계했으면서, 내가 곤란할 때는 왜 붙잡는 거지.'

원망과 비딱해진 심사 탓에 조금 이성이 돌아왔다. 그녀의 어깨에 떨어진 낙엽을 가져간 건 다분히 제멋대로고 충동적인 행동이었지만.

이른 시기에 떨어져서인지 반쪽만 붉게 물든 낙엽을 손가락으로 빙글빙글 돌리던 이시도르가 벌어진 소매 사이로 드러난 제 창백한 손목을 바라보았다.

그는 과거부터 누군가가 제게 닿는 것을 질색했다. 매일 아침 강박적으로 장갑을 끼고 소매를 단정하게 내리는 건 오랜 습관이었다. 결벽증이 생긴 정확한 이유는 잘 모른다. 아마 '그 일'과 연관되어 있을 거라고 짐작할 뿐이다.

어린 시절엔 무척 예민해서 그는 타인이 제 영역 안에 들어오는 것 자체를 못 견뎌 했다. 하지만 결벽증이 심하다는 것을 들키면 사교계 활동에 큰 문제가 생긴다는 것을 알게 된 이후로, 그런 감각을 억누르기 위해 다수의 가정 교사를 초빙해 사교댄스를 배웠다.

약점을 드러내기 싫은 마음이 강했던 탓인지 중요한 자리에서는 별 문제 없이 영애들과 춤을 출 수 있게 되었다.

하지만 심리적인 보호막을 해 주는 장갑은 꼭 껴야 했다. 장갑은 손에 굳은살이 박인 기사들이 기본적으로 착용하는 액세서리였기 때문에 겉보기에 아무런 문제가 없어 보였다.

그래서 스스로에게 더욱 변명하기 쉬웠다. 별거 아니니 신경 쓸 거 없다고.

'별거 아니긴.'

살갗이 조금 스친 느낌이 들었다고 머리가 하얗게 빌 정도로 놀라다니. 그런데 더 충격적인 건 그 순간 느낀 감정이 불쾌감이 아니었다는 것이다. 도리어…… 그 하얀 손의 감촉이 궁금해졌고…….

잠깐 입술을 말아 물고 있던 그는 산만한 동작으로 낙엽을 빙글빙글 돌리다가 붉어진 얼굴로 자리에서 벌떡 일어났다.

'그러고 보니 처음엔 아니지만 마지막엔 꼭 내가 휘둘리는 느낌이야.'

서툴게 피아노를 치는 이시도르의 커다란 뒷모습이 시도 때도 없이 떠올랐다. 그와 만나고 난 후엔 나도 모르게 그에 대한 생각으로 머릿속이 꽉 찼다.

비밀스러운 구석이 있어 보여도 결국엔 그가 내게 맞춰 주며 다정하게 굴기 때문인지도 몰랐다.

음악을 들으며 즐겁게 웃던 이시도르를 떠올리다가, 나는 돌연 뜬 금없는 발상을 했다.

'바보처럼 왜 그동안 그 생각을 못 했지?'

이전 생애에서 좋았던 곡들은 이곳에서도 듣기 좋다는 것을. 하지만 내가 아는 유명 멜로디는 이곳에 출시되지 않았다.

음원 대박의 가능성!

음악은 차원을 넘어도 통할 정도로 가장 강력한 만국공통어다. 그리고 나는 유명한 클래식, 혹은 가요의 음절을 알고 있으니, 흥얼대며 허밍만 해도 작곡가가 차용해서 비슷한 명반을 만들어 낼 수 있을 것이다.

물론 이곳은 음원 수입으로 막대한 돈을 벌 수 있는 곳은 아니다. 하지만 악보는 판매할 수 있다. 그리고 나는 다양한 곡을 홍보할 수 있는 아르망이라는 좋은 장소도 가지고 있다.

'녹음 아티팩트를 이용해 아르망에 BGM을 깔아야겠군.'

악보 사업과 더불어 아르망의 내부 분위기를 독특하고 아름답게 만들어 주는 일거양득의 프로젝트인 셈이다.

별다방에서 나오는 재즈 앨범처럼 〈아르망 음악집〉으로 출시해도 괜찮겠지. 카페 배경음으로 어울리는 무명 작곡가들의 곡을 사들여서 악보집을 더 풍부하게 만들고…….

음악과 카페. 신나는 기분으로 낭만이 가득한 신규 프로젝트를 구상하던 난 한 가지 난관에 부딪혔다.

녹음 아티팩트는 너무 비싸고 그 안에 많은 곡을 넣을 수 없다는 것이다.

물론 나야 돈이 많으니 녹음 아티팩트 정도야 수십 개도 충분히 사들일 수 있지만 프랜차이즈화를 했을 때 문제가 생긴다. 프랜차이즈는 본점이든 100호점이든 분위기부터 메뉴까지 모든 것이 동일한 게 핵심이기 때문이다.

'흠음……'

어쩌면 가맹점주가 부대비용이 너무 비싸 감당하기 어려워할 수도 있다.

'일단 시도는 해 보자. 동업자가 녹음 아티팩트 제작자니 원가로 싸게 해 주겠지.'

만일, 추후에 악보가 잘 팔린다면 충분히 상쇄할 수 있는 금액이기도 하고.

'일단 내 허밍을 잘 다듬어 주고 비어 있는 음을 채워 줄 작곡가를 구하는 게 중요하겠어.'

카페 BGM은 신메뉴를 출시하는 것만큼 급한 일이 아니기 때문에 우선 아이디어만 가볍게 적어 두었다.

'내가 주문한 메뉴 개발은 다 된 건가?'

나는 후드가 달린 로브를 눌러쓴 뒤 아르망으로 향했다.

아르망 주방에서는 생두를 볶는 고소한 냄새가 피어오르고 있었다. 확실히 예전에 메종드에서 먹던 커피보다 향이 제법 그럴듯했다.

"상단주님, 한번 드셔 보시겠습니까?"

아르망의 파티시에인 마일로가 퀭한 얼굴로 묻는다. 그는 잠을 제대로 못 잔 얼굴이었다. 맛을 테스트하기 위해 커피를 시음하느라 카페인을 많이 섭취한 게 틀림없었다.

'현재 들어가는 원두 양이 효과가 있다는 뜻이군.'

나는 그가 건넨 음료를 한 모금 마시자마자 나쁘지 않다는 의미를 담아 고개를 가볍게 끄덕거렸다. 이전 생애에 먹던 것보다는 좀 떨어지지만 이 정도면 먹을 만했다.

'확실히 초콜릿이 들어가면 뭐든 맛있어지는군.'

원두의 향과 맛을 제대로 살려 줄 바리스타를 찾지 못했기 때문에 아쉬운 대로 커피 원액에 우유와 초콜릿을 섞은 뒤, 그 위에 생크림을 얹은 카페모카를 만들기로 했다.

내 옆에 서 있던 점장이 카페모카를 한 모금 마시더니 연신 감탄했다.

"그 약처럼 새카맣고 쓰던 커피라는 음료가 이렇게 근사하게 변할 줄이야! 고소하고 달콤한 게 참 맛있습니다. 일반 초콜릿 음료처럼 마냥 달기만 하지도 않고요."

컵을 다 비운 걸 보니 커피 맛에 익숙하지 않은 사람도 먹을 만한 듯했다.

신메뉴 개발을 마무리한 후, 나와 점장은 지하에 있는 집무실로 돌아왔다.

"상단주님. 그 고소하면서도 달착지근한 음료의 이름은 뭐로 하실 생각입니까?"

"카페모카."

"멋진 이름이군요."

"이건 홍보가 중요해. 지혜의 음료라고 설명에 적어 둬."

"지혜의 음료요?"

"그래. 카페모카를 마시면 집중력을 높일 수 있어. 학습 효과도 좋아지고. 달고 맛있기만 한 게 아니야."

그리고 지금이 출시하기 가장 좋은 타이밍이다.

현재 아카데미는 각종 학술회와 가을 학기 졸업 논문 때문에 면학 분위기였다. 여유롭고 느긋했던 봄 학기와는 사뭇 달랐다.

'슬슬 벼락치기하는 놈들이 나오겠지. 아무리 귀족이라도 논문이 있어야 졸업을 하니까.'

대부분 귀족은 시모어 공작처럼 카페인이 든 차를 짙게 우려 마시며 피로를 달래지만, 차는 같은 양을 마셨을 때 커피에 비하면 카페인 흡수율이 훨씬 낮다. 차 같은 경우 천천히 잠이 깨는 효과는 있어도 커피처럼 각성 효과가 강력하지는 않았다.

'괜히 21세기를 지배한 창업 아이템이 아니지.'

한번 손을 대면 카페인에 의지할 수밖에 없을 것이다. 내가 지난 생애에 그랬던 것처럼.

"공녀님. 어디 가십니까?"

곧 교양 수업이 있는데 아카데미 본관 대신 동문 쪽으로 향하는 내게 마거릿이 의아한 얼굴로 물었다.

"저거 마시려고."

나는 카페모카를 두 잔 테이크아웃해서 한 잔을 마거릿에게 건넸다.

"처음 보는 음료네요."

마거릿이 호기심 어린 음성으로 중얼거리다가, 한 모금 홀짝이더니 짧게 감탄사를 내뱉었다. 입맛에 맞는 모양이었다.

"맛있네요."

'밤에 잠이 안 와서 놀랄 거다.'

나는 말없이 카페모카를 들고 강의실 안으로 들어갔다. 모두가 보란 듯이. 이시도르가 테이크아웃을 세련되게 홍보해 주었다면, 카페모카는 내가 직접 나서서 홍보할 생각이었다.

아카데미에서 가장 극적으로 성적이 오른 사람이 누구?

꼴찌에서 수석이 된 바로 나다. 나만큼 지혜의 음료를 홍보하기 좋은 적임자가 없었다.

"쪽지 시험을 앞두고 음료가 든 컵을 들고 들어오다니."

"저래도 되는 건가?"

"안 된다는 규칙은 없긴 하지만……."

'테이크아웃이라는 것이 생겨서 저런 희한한 행동도 할 수 있군.'

제멋대로인 데보라 공녀는 늘 그렇듯 창가 자리에 앉아 턱을 괴고 다리를 꼬았다. 등에 업은 권력 때문인지 상당히 고압적으로 보였다. 당장에라도 상대를 깔보며 명령을 내릴 것 같은 느낌이었다.

뒤에서 그녀의 행실을 보며 떠들든 말든 데보라 공녀는 아르망 인장이 찍힌 컵을 들고 음료를 홀짝이며 시험을 치렀다.

심지어 결과는 1등.

쪽지 시험 날만 되면 아예 결석하거나, 매번 재시험 명단에 올랐던 과거와는 전혀 다른 모습이었다.

'어떻게 갑자기 저렇게 성적을 올릴 수 있는 거지? 악마에게 영혼이라도 팔았나.'

성격은 여전히 나빠 보이지만, 성적은 월등하게 좋아진 공녀를 보며 학생들은 내심 궁금해했다. 천재인 5황녀가 인정할 정도의 논문을 쓰고 아카데미 수석까지 한 비결을.

그 이후로도 공녀는 교양 수업의 쪽지 시험이 있는 날이면 음료를 들고 나타나서 시험을 쳤다. 그러자 왜 그녀가 굳이 시험이 있을 때만 저 음료를 마시는지 궁금해하는 학생들이 생겨나기 시작했다.

"쪽지 시험은 교수 대신 조교가 들어오니까 눈치 볼 사람이 없어서 저러는 거지."

"자네야말로 눈치가 없군. 데보라 공녀가 교수의 기분을 신경 쓸 위인인가? 마법학부 교수 한 명을 흔적도 없이 보내 버렸는데."

"……음. 자네 말이 맞군."

"내 생각엔 저 음료에 뭔가가 있는 거 같은데."

"그냥 목말라서 마시는 거 아냐?"

아리송해도 하필이면 상대가 데보라 공녀라 다들 섣불리 다가가 질문하지 못했다. 그렇게 다들 은근히 신경을 쓰던 찰나에 사건이 터졌다.

"정신 똑바로 안 차려?"

칼로 귀를 후비는 듯한 날카로운 고성이 아카데미 교정에 울려 퍼졌다. 오랜만에 데보라 공녀가 독사 같은 성질머리를 드러내자 주변을 지나던 학생들이 저도 모르게 걸음을 멈췄다.

'무, 무섭다.'

'화내니까 더 살벌하네.'

데보라 공녀의 살기등등한 표정에 학생 모두가 그녀를 보필하는 마거릿 룩셀을 애도할 수밖에 없었다.

"눈치 없이 왜 멀뚱거려? 이거 치워!"

그때였다. 공녀가 성질을 이기지 못하고 마거릿이 가져온 음료를 바닥에 거칠게 내동댕이쳤다.

"꺄악!"

새빨간 빛을 띤 홍차가 이리저리 튀면서 마치 핏물이 튄 듯 공녀의 연보랏빛 치맛자락이 붉게 물들었다.

"죄, 죄송합니다."

"죄송하면 다야? 어? 다냐고!"

그녀가 높은 하이힐 굽 끝으로 종이컵을 퍽퍽, 사정없이 지르밟아 뭉개기 시작하자 서부 고자 사건을 떠올린 영식들의 자세가 저절로 공손해졌다.

"개강 이후로 계속 보좌했으면 이제 알아서 행동해야지. 내가 입 아프게 일일이 말해야 하나?!"

보아하니 공녀의 시녀가 음료를 잘못 사 온 모양이었다. 데보라 공녀의 추궁에 시녀인 마거릿이 당장 울다가 기절할 것 같은 얼굴로 고개를 조아렸다.

"죄송합니다."

"당장 시험인데 이것 때문에 1등 못 하면 네가 책임질 건가?"

데보라 공녀가 성적에 신경을 쓰기 시작한 듯 신경질적으로 쏘아붙였다.

"내가 수석인 것에 불만이 많은 놈들에게 본때를 보여 줘야 한단 말이다!"

몇몇이 흠칫거리며 몸을 떨었다. 마거릿이 급히 눈물을 훔쳤다.

"흑흑, 달달한 카페모카보다는, 공녀님의 긴장 완화를 위해 차가 더 낫다고 생각하여⋯⋯."

"감히 네 멋대로 판단을 내리다니!"

공녀가 마거릿의 말을 끊으며 눈을 더욱 표독스레 떴다.

"내가 괜히 이러는 것 같나?! 그 카페모카는 수식을 개발할 때 먹었던 커……!"

데보라 공녀는 화가 머리끝까지 난 얼굴로 펄펄 날뛰다가 갑자기 뚝, 말을 끊었다.

'방금 무슨 단어를 말하려다가 끊지 않았나?'

'수식 개발?'

순간 구경꾼들의 눈에 두려움이 아닌 호기심이 지나갔다. 성적을 올리는 비법을 알고 싶다는 욕망이었다. 고급 정보를 무심결에 실토해 버린 듯 공녀가 입술을 짓씹으며 미간을 사납게 구겨서 더욱 궁금증이 커졌다.

"당장 시정해!"

데보라 공녀가 마거릿을 향해 종이컵을 사납게 퍽 차고는 성큼성큼 빠른 걸음으로 사라졌다. 마거릿은 숨을 몰아쉬며 형편없이 찌그러진 종이컵을 주워 들고 아카데미 동문 쪽으로 다급히 뛰어갔다.

그들이 사라지고 한참이 지나서야 학생들은 딱딱하게 굳어 있던 입술을 움직였다.

"무섭군. 데보라 공녀와는 정말 엮이기도 싫어."

"괜히 독사겠어."

그들은 대화를 하는 둥 마는 둥 하다가 헤어졌다.

성격 나쁜 공녀가 성질을 낸 뻔한 사실은 지금 중요한 게 아니었다. 그들은 우연히 얻게 된 고급 정보를 빨리 확인하고 싶었다.

'분명 카페…… 모카라고 했지?'

아르망이 출시한 신메뉴 안에 시모어 공녀만이 알고 있는 무언가가 들어 있는 게 틀림없었다.

'그래서 쪽지 시험 때마다 음료를 가지고 다닌 거군.'

어쩌면 기사들이 애용하는 슈퍼 에이드처럼 특별한 효과를 가진 음료일 수도 있다.

'가 보자.'

'마거릿이 고지식해 보여도 의외로 연기에 소질이 있네.'

달달한 카페모카. 그렇게 스무스하게 중간 광고 멘트를 딱 끼워 넣다니.

작전을 짠 고용주로서 나도 지지 않기 위해 열연을 했다. 이전 생애 TV에서 봤던, 독사라는 별명을 가진 훈련소의 조교가 내게 큰 도움을 주었다.

'지금쯤 직원들이 아르망으로 몰려간 학생들에게 카페모카를 잘 영업하고 있겠지.'

그들은 카페모카 안에 남방의 현자들이 마시는 '커피'라는 지혜의 음료가 들었다고 소개할 것이다. 원두가 생산되는 페르딘 공국은 남쪽에 위치하고 있고, 그곳 엘리트 몇몇이 커피를 내려 마셨을 테니 아예 틀린 말은 아니다.

그리고 현자들끼리만 공유하던 비책을 가져왔다는 말도 덧붙이겠지.

'내가 그렇게 시켰으니까.'

마침 내가 그 '비책'을 수식을 연구할 때부터 이미 사용했던 것처럼 말했으니 더욱 솔깃할 것이다.

'하암! 졸리다.'

교양 쪽지 시험을 잘 보려고 최근에 공부를 열심히 했더니 피곤했다.

'물론 이전 생애에 장학금을 타려고 절박하게 노력한 거에 비하면 지금 이건 아무것도 아니지만.'

커피 사업이 잘된다면 학기 장학금과는 비교도 안 되는 수입을 얻을 수 있는데 이 정도쯤이야.

'더 무섭게 눈을 부라릴걸. 멘트 치느라 표정 연기에 실패했어. 어색하진 않았겠지?'

프랫 하우스 근처에 있는 숲 안쪽 벤치에 앉아 반성의 시간을 갖는데 누군가 손수건을 내밀었다. 익숙한 흰 장갑에 나는 고개를 들어 올렸다.

"이시도르 경?"

눈이 마주치자 그가 빙긋 웃었다.

"왜 손수건을……."

"묻어서요. 내가 해 줄까요?"

열연하다 보니 붉은 홍차가 구두에 튄 줄도 몰랐다. 그가 돌연 몸을 확 숙여 뾰족한 구두코를 닦아 냈다.

발을 가볍게 쓰다듬는 느낌에 뜨끈한 열이 목에 올라왔다. 너무 적극적인 기사도에 황송해서 나는 내적 비명을 질러댈 수밖에 없었다. 시야가 핑글핑글 돈다. 중심을 잡으려고 꾹 주먹을 움켜쥐는데 어느새 이시도르가 내 옆에 앉아 있었다.

"보통 여기 와서 쉬나 봐요?"

"이곳은 조용하고 차분해서 마음에 들거든. 무, 물론 난 화려한 걸 가장 좋아하지만."

"화려함 아래엔 보통 고요한 어둠이 있죠."

그가 묘한 말을 했고 나는 반박했다.

"화려한 백조는 물 밑에서 쉴 새 없이 물장구를 치잖아. 고요하다고 할 수 있나?"

"어차피 물속에선 소리가 들리지 않으니까요."

'맞네. 물속은 음파 진폭이 작아서 소리가 잘 안 들리지.'

납득하는 나를 바라보는 그의 에메랄드색 눈동자는 몹시 다정했다. 마치 모든 것을 다 이해한다는 듯이. 이상하게 그의 시선이 내 안의 어딘가를 툭 건드리는 느낌이 들었다.

"아, 공녀. 내 피아노 실력 늘었는지 언제 확인해 볼래요?"

그가 화제를 바꿨다.

"한 내후년쯤?"

나도 농담을 내뱉었다.

"뭐? 그러니까 더 오기 생기네. 그래도 공녀가 가르쳐 준 그 곡은 다 칠 줄 알아요."

그가 키득거렸다.

한동안 나란히 앉아서 실없는 농담을 내뱉다가 이시도르가 일정이 있다며 먼저 일어났다. 왠지 곱씹을수록 뼈가 느껴지는 대화라서 나는 목덜미를 문질렀다.

'혹시 나에 대해 뭔가 알고 있나?'

나는 그의 손이 닿았던 구두를 바라보며 고개를 기울였다.

"마거릿 영애. 기분은 괜찮아요?"

마거릿은 묘한 눈초리로 제게 다가오는 영애들을 바라보았다. 무뚝뚝하고 법학밖에 모르는 자신이 재미없고 시시하다며, 절대 먼저 말을 건 적 없던 영애들이었다.

"괜찮지 않죠."

부러 시선을 내리깔고 우울한 투로 중얼거리자 영애들이 냉큼 다가와 분수대 근처에 앉았다.

"어휴, 그 성격 여전하시더라고요. 제가 아는 영애는 데보라 공녀의 시녀였을 때 원인 모를 탈모까지 왔다니까요."

"기운 내요. 저는 지난 학기에 공녀의 시녀를 할 뻔해서 마거릿 영애 일이 남 일 같지 않더군요."

뭔가 알아내려고 하는 듯 그녀들의 눈은 반짝거리고 있었다. 마거릿은 그녀들의 시선을 받으며 남몰래 한숨을 삼켰다.

'데보라 공녀님. 당신은 대체 몇 수 앞을 내다본 겁니까?'

어떻게 이 비열한 치들은 제 주군의 예상과 이리 한 치도 벗어나지 않는 건지. 마거릿은 공녀의 큰 그림에 놀라면서 혀를 내두를 수밖에 없었다.

'아버지 말씀대로 데보라 공녀님께서는 뛰어난 능력을 갖추고 계셨지만, 겸손해서 그간 전혀 능력을 드러내지 않으셨던 거군.'

마거릿은 벌 떼처럼 몰려든 영애 무리에 섞이며 그날을 회상했다.

"마거릿, 너는 아르망을 어떻게 생각하지?"

마거릿은 고민 없이 대답했다.

"멋지다고 생각합니다. 특히 공익을 위해 저 시계탑을 기부한 점이요."
"다행이군. 내 가신이 내 가게를 싫어했다면 섭섭할 뻔했어."

처음 데보라 공녀가 아르망이 자신의 가게라고 대수롭지 않게 공개했을 때, 마거릿은 표현은 안 했지만 속으로 까무러치게 놀랐다.
수식으로 마법계를 발칵 뒤집어 놓은 공녀가 최근 호룬 지구에서 가장 인기 있는 디저트 가게의 주인이었다니.
아무리 위대한 시모어의 직계라지만, 자신과 동갑인데 홀로 그토록 많은 일을 해낼 수 있다는 게 믿기지 않았다.

"너를 굳게 믿기 때문에 하는 말이다. 난 아직 내가 상단 주인이라는 걸 외부에 공개할 생각이 없거든."

믿는다.
그 말이 마거릿을 벅차오르게 했다.

"믿음에 보답하겠습니다."
"난 수식을 개발할 당시에 큰 도움을 주었던 지혜의 음료, '커피'가 든 카페모카를 모두에게 널리 보급하고 싶구나."

카페모카에 든 커피의 효과를 몸소 체험하며 마거릿은 그날 밤 뜬 눈으로 생각했다.

'시간을 두 배로 쓸 수 있는 음료군.'

이런 대단한 비책은 독점하려 하는 경우가 대부분이다. 그런데 학생들을 위해서 공개하다니. 역시 멋진 분이다.

"데보라 공녀님은 누구보다 시모어다운 분이지. 옆에서 잘 보필하거라."

가장 존경하는 아버지가 극찬했기에, 마거릿은 이미 공녀에게 콩깍지가 단단히 끼어 있었다. 공녀님이 이상한 연극을 하자고 했을 때 왜 해야 하는지 처음엔 의아해했지만, 지금은 아니었다.

'큰 그림을 그리며 몇 수 앞을 내다보셨군.'

마거릿은 데보라 공녀의 업적을 조직적으로 깎아내리는 여론이 있다는 것을 어렴풋이 알고 있었다. 그들의 레퍼토리는 비슷했다. 그래봐야 마나를 다루지 못한다, 수식은 전투 마법에만 한정되어 있다, 기타 등등.

'하지만 주동자가 누군지 실체가 잘 보이지 않았지.'

선동을 잘하는 영애 몇몇이 머릿속에 떠올랐지만, 심증일 뿐 물증이 없었다.

상대편의 은밀한 여론전에 골머리를 앓던 차에, 공녀님의 작전 덕분에 적들이 치즈를 본 쥐처럼 알아서 우르르 몰려들고 있었다.

"마거릿, 적당히 맞장구치면서 유도신문을 해. 주제도 모르고 시모어의 공녀인 나를 모욕하면 이걸로 녹음해 두고."

유도신문? 법학도로서 귀가 번쩍 뜨이는 단어에 마거릿은 속으로 흥분했다.

게다가 데보라 공녀는 지원도 아끼지 않았다. 녹음 기능이 있는 아티팩트를 무한으로 제공하기로 약속한 것이다. 실질적 증거를 수집해 두는 것이 얼마나 중요한지 알기 때문에 마거릿은 감격했다.

"증거를 모을 때 쓰도록. 나는 이런 게 아주 많지. 크크."
"감사합니다."

마음에 쏙 드는 선물까지 받자 원래부터 두터웠던 마거릿의 콩깍지는 훨씬 두꺼워졌다. 게다가 마거릿은 함정 수사에 재능이 있었다.
"데보라 공녀님은 참 너무하세요."
그녀는 본인도 몰랐던 천재 연기자로서의 재능을 보이며 에마뉘엘의 측근 시녀들 사이에서 한껏 열연했다.

내가 마거릿에게 상단 운영을 하고 있다고 밝힌 이유는 마침 카페 모카 광고 대본이 완성되었기도 하고, 사교계 일부 분위기 때문이기도 했다.
'누군가가 조직적으로 움직이고 있다니.'
이대로 손 놓고 있으면 월정액 가입자 모집에 차질이 생긴다. 마법사뿐 아니라 일반 귀족들까지 지적 허영심을 채우기 위해 가입하는 추세가 꺾일 위기였기 때문이다.
하지만 뒤에서 여론을 선동하는 스타일의 영애는 나와 상극이었다. 나는 공녀임에도 불구하고 여론을 뒤집을 파벌과 무리가 없었으니까.

물밑에서 일어나는 은밀한 공격이 이어지면 무조건 진다. 이 때문에 물밑의 고기를 수면 위로 건지기 위한 미끼가 필요했다.

'그 미끼 역할로는 마거릿이 제격이지.'

그동안 데보라를 거쳐 갔던 시녀들은 하나같이 공녀에게 부정적인 소문을 퍼뜨리고 다녔기에, 그들의 눈에 마거릿은 상당히 먹음직스러워 보일 것이다. 그래서 일부러 학생들이 많이 다니는 교정 앞에서 카페모카 광고도 하면서 겸사겸사 양념도 쳤다.

그런데 내가 만들어 낸 상황이 5황녀의 눈에 퍽 우려스럽게 느껴진 모양이었다. 은밀한 입소문으로 광고 3일 만에 선풍적인 유행이 된 카페모카를 홀짝이던 5황녀가 웬일로 곧장 논문을 펼치지 않고 진지한 얼굴로 입을 열었다.

"데보라 공녀."

"네, 황녀님."

"망치가 가벼우면 못이 위로 솟는다는 것은 나도 알고 있네. 하지만 너무 힘을 줘서 내려치면 그대의 능력이 아무리 출중하다 하더라도 부러진 못에 상처를 입게 돼."

최측근에게 너그러워지라는 그녀의 부드러운 충고와 마거릿을 경계하라는 조언에 나는 놀라면서도 한편으로는 묘한 감동을 받았다.

처음 빙의할 때만 해도 내 편은 아무도 없었는데.

"걱정해 주셔서 감사합니다. 하지만 못을 부러뜨린 게 아니라 먹이를 던진 거니 심려치 마십시오."

"아아."

내 말뜻을 바로 이해한 듯 5황녀가 짧게 탄식했다.

"내가 노파심에 괜한 걱정을 했군. 어디서 나온 벌레지?"

"아마 접근하는 귀족 영애들의 면면을 봐서는 아라크론이겠죠."

순간 5황녀가 차갑게 굳은 표정으로 꾹 이를 악물었다가 떼어냈다.

그녀가 〈아라크론〉에 개인적으로 맺힌 게 많아 보였기에 나는 살짝 속내를 공유했다. 무도회에서 처음 만났을 때도 〈아라크론〉은 비겁하다고 말했었지.

"그들은 누군가를 깎아내려 자신의 입지를 더욱 공고히 하는 전략을 사용한다. 정작 본인들의 능력은 키우지 않으면서……."

"잘됐군요. 제가 더 비겁하고 악랄하니까요."

"……."

5황녀가 진지해진 노란 눈동자로 말없이 나를 지그시 바라보았다.

'언사가 너무 직설적이었나?'

"그때 혼인 신고서 사인도 살짝 받아 둘걸."

어디선가 이상한 말이 들리는데.

"내 오라버니가 황제가 되면 법을 손볼 수 있을 거야. 가능하다는 뜻이다."

"……?"

"농담이니 웃어도 돼."

"하. 하."

"그나저나 공녀! 카페모카라는 좋은 게 있었으면 나에게 미리 좀 알려 주지 그랬나? 솔직히 늦게 알게 되어 서운했네."

"벼락치기할 때 효과가 좋습니다. 하지만 만능은 아닙니다."

"그…… 속이 개운하니까 뇌가 잘 돌아가더군. 이걸로 그게 나았어."

그녀가 들릴 듯 말 듯한 목소리로 속닥거렸다.

'아, 맞다. 카페인이 이뇨 작용도 하지.'

오죽하면 이전 생애 관장 라떼라는 별명을 가진 음료도 있었다.

"그런 효과도 있더군요."

나는 재빨리 덧붙였다. 그녀가 저 부가 기능을 잘 광고해 주기를 바라면서.

"난 이제 완전무결해. 이걸로 공부량을 두 배로 늘려서 세상을 깜짝 놀라게 할 논문을 쓸 거야."

5황녀가 단체 학술회를 앞두고 광기에 찬 눈동자로 논문을 펄럭이고 있을 때 동아리방에 똑똑 노크 소리가 났다.

"누구지?"

"그간 강녕하셨습니까."

유령처럼 음산한 목소리와 함께 드디어 동아리방 인형의 주인이 나타났다.

'제발 여기 두지 말고 네 집으로 가져가.'

나는 내뱉지 못할 말을 삼키며 미슐 그랑베르를 바라보았다. 물미역 같은 진녹색 머리카락을 가진 그녀는 제 몸보다 거대한 인형을 양쪽에 끼고 나타났다.

'신기하긴 하다.'

왼쪽엔 곰 머리에 사람 몸을 한 인형이 서 있었고, 오른쪽엔 성별이 모호한 구체 관절 인형이 서 있었다. 인형들이 마치 자아가 있는 것처럼 나와 황녀를 향해 공손하게 인사했다.

"자네 능력은 볼 때마다 놀랍단 말이지."

"과찬이십니다."

"솔직히 그대의 얼굴을 아예 잊어버릴 뻔했어. 자퇴하고 영지로 내려간 줄 알았다."

"죄송합니다. 최근 이래저래 경황이 없었습니다."

"아, 둘은 오늘 처음 만나는 건가? 서로 인사하게."

"안녕하세요."

"초면이군."

미슐이 날 어려워하는 기색을 숨기지 못한 탓에 서먹한 분위기에서 인사가 끝났다. 눈을 잘 안 마주치는 것을 보니 날 무서워하거나 그리 좋아하지 않는 것 같았다.

인형을 벽에 주차해 놓은 그녀는 슬그머니 5황녀의 옆에 자리를 잡았다. 나와 그나마 멀리 떨어진 대각선 방향이었다.

"미슐. 갑자기 무슨 바람이 불어서 동아리방에 나온 거지?"

"저도 논문을 쓰려 합니다."

그녀가 얇은 실이 지나간 흉터가 가득한 손을 만지작거리며 말했다.

"어떤 논문?"

5황녀가 호기심 어린 음성으로 물었다. 돌연 무기력해 보였던 미슐의 눈빛이 바뀌었다.

"제 탐구욕을 강렬하게 자극하는 연구 대상을 발견했습니다. 논문을 쓰지 않고는 배길 수 없더군요."

그녀가 갑자기 흥분하면서 버럭 목소리를 높여서 나는 움찔 놀랐다.

"대체 그 대상이 뭔데? 궁금해진다."

"5황녀님도 아십니다."

"내가?"

"지금 여기에 함께 존재하고 있거든요."

그녀가 눈을 가늘게 좁혔다.

"당최 무슨 소리를 하는지."

미슐 그랑베르가 손가락으로 카페모카가 담긴 컵의 인장을 가리켰다.

"제 이번 논문 연구 주제입니다."

'뭐라고?'

"아르망. 그곳을 만든 주인과 반드시 만날 겁니다."

나는 순간 어안이 벙벙할 수밖에 없었다. 미슐은 지금, 날 만나겠다고 선언한 거나 다름없으니까.

당분간 내가 아르망의 주인이라는 걸 공개할 생각 없는데…….

나도 모르게 미슐의 얼굴을 빤히 바라봤는지 그녀의 진녹색 눈동자가 빠르게 흔들린다.

"왜, 왜 그러시죠?"

"아무것도."

"아아, 넵."

나와 미슐 사이에 흐르는 어색한 공기의 흐름을 느낀 듯 5황녀가 대화에 끼어들었다.

"유명한 미식가인 자네가 극찬할 정도로 대단한 곳인가? 음료만 파는 가게보단 다양한 메뉴와 식재료를 취급하는 레스토랑이 연구할 내용이 더 많을 텐데."

5황녀의 질문에 미슐이 갑자기 버럭 열변을 토했다.

"아르망은 단순한 디저트 가게가 아닙니다!"

'아악! 깜짝이야.'

그녀의 손가락에 연결된 인형들이 미친 듯이 달그락거렸고 나는 입술을 깨물며 비명을 가까스로 억눌렀다.

"그곳은 손님을 향한 배려가 깊숙하게 배어 있는 곳이에요. 특히 주요 고객층인 영애들에 대해서요."

"어떤 점에서?"

"치마 주머니는 바지 주머니보다 훨씬 작아서 영애들은 회중시계를 소지하는 것을 자주 깜빡하죠."

"시계탑이 시계 가져오는 것을 깜빡한 영애들이 약속 시간을 확인할 때 유용한 역할을 한다는 거군."

"네."

미슐은 내가 어쩌다 얼떨결린 것에 의미를 부여하고 있었다.

"종이컵은 인형사인 제가 놀랄 정도로 미세하고 정교한 저항 마법으로 둘러싸여 있어요. 엄밀히 말하면 도자기나 유리컵보다 위생적이에요."

그렇구나. 아린이 정말 많은 걸 신경 써 줬구나.

"또한, 그곳은 오감을 만족시키는 데 늘 신경을 씁니다."

그녀가 똑 부러진 음성으로 말을 이어갔다.

"주변에 흐르는 향기는 미각에도 큰 영향을 미치죠. 아르망은 오늘의 차라는 서비스로 날씨에 맞는 다양한 향을 선보여서, 향과 어울리는 또 다른 디저트를 먹어 보고 싶은 욕망을 자극해요."

그녀는 미식가답게 가게에 대해서 다각도로 연구한 것 같았고, 내가 간과했던 이야기도 하고 있었다. 심지어 단점이 아닌 장점 위주로.

'뭐야? 이 엄청난 복덩이는.'

앞으로 가게 홍보를 하며 가맹점을 늘려 나갈 때 그녀의 논문을 알차게 써먹을 수 있을 것 같다는 느낌이 들었다. 실제보다 더 대단해 보이게끔 포장하는 건 굉장히 중요하니까.

"전 아르망을 지인들에게 나눠 주는 가이드북에도 실을 거예요."

'논문뿐만이 아니라 가이드북에도 실어 준다고?'

미슐이 또다시 솔깃한 발언을 했다.

"별은 몇 개지?"

"다섯 개입니다."

"최초인가?"

"그렇습니다."

황녀가 알고 있을 정도로 유명한 미식가가 내 가게를 추천 리스트에 올려 주면 큰 홍보 효과를 누릴 수 있었다. 게다가 별 다섯 개는 좋은 의미인 것 같은데.

'착하고 좋은 사람이다……'

나도 모르게 그녀를 아련한 눈으로 보고 있었나 보다.

"왜, 왜요?"

째려봤다고 여겼는지 미슐이 또다시 어깨를 움찔거렸다.

"어디서 본 것 같아서."

나는 대충 둘러댔다.

"그, 어디서요?"

"그건 모르겠군. 닮은 사람인가 봐."

"호, 혹시 악감정이 있는 사람과 닮은 건 아니죠?"

"설마."

그녀가 착잡한 얼굴로 목덜미를 만지작거린다. 분위기가 다시금 서먹해졌을 때 5황녀가 팔짱을 낀 채로 고개를 주억거렸다.

"설명을 들으니 왜 그곳을 탐구하고 싶어 하는지 충분히 이해가 되는군."

미슐이 큼, 하고 목을 한 번 가다듬고 입을 열었다.

"전 아르망의 주인이 돈만 추구하는 장사치가 아닌, 안목이 높은 고위 귀족이 틀림없다고 생각합니다."

놀랍게도 높은 귀족이라는 사실만 정답이었다. 그마저도 원래는 소시민이었지만. 미슐이 양손을 맞잡고는 창백한 뺨을 붉게 물들였다.

"어쩌면 우아하고 교양 있는 귀부인일지도 몰라요. 사실은 최근 제가 가장 만나 보고 싶은 분입니다."

'미안하지만 난 만날 생각 없어.'

"대체 어떤 마음으로 그런 가게를 만들었을지 대화라도 나눠 보고 싶은데……."

미슐이 한숨을 내쉬며 중얼거렸다.

"아무래도 상단은 전면에 나서지 않고 운영하는 분들이 많으니 쉽지 않겠죠. 얼굴도 모르는 사람인데 왜 이렇게 만나고 싶은지 모르겠어요."

"나도 그 마음 잘 알아."

5황녀가 나직하게 말했다.

"데보라 공녀를 진상 규명회에서 본 순간, 대화 한마디 섞지 않았는데 가까워질 수 있을 것 같다는 느낌이 들었지."

"만나면 이 들뜬 감정을 억제하지 못할지도 모르겠어요. 좋은 첫인상을 주고 싶은데 말이죠."

"진심은 통하는 법."

"제가 인형을 만들었는데 받아 주실까요?"

"제국에서 손가락 안에 꼽히는 인형사가 만든 인형을 어찌 거절하겠나?"

갑자기 선물까지 준다고 이야기가 튀자 몹시 난감해졌다. 그렇다고 계획에 없는데 내가 그 가게 주인이라고 대뜸 밝힐 수도 없고.

"그렇지, 데보라 공녀?"

"……그렇죠."

나는 내내 동요한 기색을 감추느라 무던히 애를 먹어야 했다.

'가을인데 왜 이렇게 땀이 나지.'

모임이 끝난 뒤, 나는 프랫 하우스 주변 적당한 곳에 앉아서 더욱 깊어진 하늘을 올려다보았다. 하늘은 구름 한 점 없이 파랬지만 가을 초입보다 더욱 차가워진 바람이 세차게 나무를 흔들어대고 있었다.

〈아라크론〉의 남성용 프랫 하우스에서는 현재 당구 게임이 한창이 었다. 몬테스 공작이 내린 근신령 때문에 한동안 두문불출하던 필라 프가 오랜만에 모임에 나타나자 뒤늦게 참석한 영식들도 많아서 분위 기는 평소보다 시끄럽고 번잡했다.

"아, 아깝네요. 조금만 옆으로 칠걸."

"저게 뭐가 아까워? 이제 내 차례군."

긴 큐대를 쥔 필라프가 초크를 거칠게 문지르곤 자세를 잡았다. 곧 구경꾼 중 한 명이 나서서 의문을 표했다.

"필라프 님. 왜 왼쪽으로 칩니까? 제 생각엔 저 노란색 공이 가장 넣기 편한 위치 같은데요."

"마음이 바뀌었어. 쉬우면 재미없잖아."

"그러다가 저한테 집니다."

"네놈에게 지면 내가 몬테스 성을 갈지."

코웃음을 친 필라프는 흰 공을 딱 소리가 날 정도로 강하게 쳤다. 테이블 모서리에 두 번 튕긴 당구공이 다소 까다로운 위치에 있던 보라색 공을 정확하게 건드려서 아래로 떨어뜨렸다.

"와아!"

곧장 환호 소리가 크게 울려 퍼졌다.

"성공했네요."

테이블에 굴러다니는 나머지 공도 모조리 넣는 데 성공한 필라프가 큐대를 아무렇게나 내던지곤 당구장 바에 늘어선 주스를 집어 들었다.

"필라프 님. 그간 뭐 하고 지내셨습니까?"

〈아라크론〉의 간부가 다가왔다.

"알면서 왜 물어? 아버지 등쌀에 못 이겨서 집구석에만 틀어박혀 있었지."

"마음고생이 심하셨던 모양입니다. 살이 많이 빠지셨군요."

턱에 바짝 날이 서 있는 필라프를 보며 간부가 말했다. 살이 내려서 그의 뾰족한 눈매가 더욱 사나워져 있었다.

"마음고생이라……. 화병을 그렇게 우아하게도 말할 수 있군."

필라프가 낮은 목소리로 으르렁거리듯 중얼대자 간부가 다 안다는 듯 혀를 찼다.

"미야 영애와 디에라 경이 가까워졌다는 소문 때문이죠? 하지만 그리 걱정하실 필요는 없습니다. 디에라 경이 마상 시합에서 대패한 후 충격이 컸는지 최근 검에만 몰두한다는 소식을 들었거든요."

필라프가 의아한 기분으로 눈썹을 슬쩍 들어 올렸다. 사실 그동안 그쪽 소식에는 크게 관심이 없었으니까. 아버지 말대로 이미 자신은 미아에게 많은 것을 베풀었다.

'값비싼 보석을 선물하고, 하찮은 몰락 귀족은 발을 들일 수 없는 클럽에까지 넣어 주었지.'

생명의 은인이니 그녀가 원한다면 후원을 더 해 줄 수는 있지만, 아버지 심기를 거스르고 싶지 않기에 적극적으로 나설 생각은 없었다.

오히려 근신 내내 필라프의 신경을 긁었던 것은 이시도르의 돌발 행동이었다.

대외 활동을 잘 안 하던 녀석이 갑자기 마상 경기에 출전해서 우승을 차지했다는 소식을 들었다. 게다가 우승의 영광을 뜬금없이 데보라에게 돌렸다니, 생각할수록 기도 안 찼다.

아마 단상에서 온갖 폼을 다 잡았겠지. 기사들 대부분이 레이디 앞에서 멋있는 척을 할 목적으로 마상 시합에 나가니까.

필라프가 입가를 단단하게 굳히고 있을 때, 근처에서 간부들의 수다 소리가 들려왔다. 그들의 대화를 유심히 듣던 필라프의 입가에 문득 비릿한 미소가 스쳤다.

"필라프 경, 갑자기 어디 가십니까?"

"알 거 없어."

차가운 목소리로 대꾸한 그는 빠른 걸음으로 밀실에서 빠져나갔다.

'오래 앉아 있으니까 춥다. 슬슬 들어가야지.'

한동안 프랫 하우스 근처 그늘진 벤치에 앉아 시원한 바람을 쐬면서 시간을 보내던 나는 마차가 대기하고 있는 곳으로 걸었다.

"어……."

마차에 도착할 즈음 기억의 파편 하나가 머리 위로 툭, 떠올라서 나는 걸음을 멈칫했다. 시모어 인장이 매달려 있는 마차 근처에 익히 아는 마차가 서 있었기 때문이다. 새카만 흑단목으로 만들어진, 4대 정령의 인장이 매달려 있는 마차.

'저거, 몬테스 가문의 사륜마차잖아.'

저게 왜 여기 있지?

정령관은 동문이랑 제법 멀리 떨어져 있는데.

"오랜만이야, 데보라."

의아해하고 있을 때, 딱히 반갑지 않은 인물과 맞닥뜨렸다.

"그간 잘 지낸 것 같아 보이는군."

필라프 몬테스였다.

"보다시피 난 잘 못 지냈는데. 이 몸을 상한 음식이라고 표현한 눈앞의 공녀님 덕분에."

필라프 몬테스가 적갈색 눈동자로 나를 내려다보며 말을 이었다.

"근신하는 내내 네 매정한 뒷모습만 생각나더군."

'그래서 그간 두문불출한 거였군.'

불쑥 나타나 다짜고짜 헛소리를 내뱉는 그를 바라보던 나는 짝다리를 짚고 비뚜름하게 그를 노려보았다. 그는 자신만만하고 고압적인 시선으로 날 내려다보고 있었다. 필라프의 저런 태도를 보고 있자니 문득 떠오르는 게 있었다.

'미끼를 문 건가? 그 소식이 필라프 귀에 들어간 거고?'

확인해 볼 가치가 있다는 생각에 일단 좀 말을 섞어 주기로 했다.

……말투는 내 이전 생의 남동생처럼.

"별것도 아닌 걸 쪼잔하게 마음에 담아 두니까 더 상하는 거 아닌가. 이젠 상하다 못해 썩어서 말라비틀어진 단계인 것 같군."

그나마 봐줄 만했던 얼굴이라도 잘 보존하지. 며칠을 밤새운 것 같은 초췌한 몰골에 내가 노골적으로 쯧쯧 혀를 차자 필라프가 기도 안 찬다는 듯 헛웃음을 내뱉었다.

"썩어? 단어 선택이 여전히 주옥같군. 자세는 꼭 뒷골목 건달 같고. 하지만 시정잡배처럼 굴면서 자존심을 긁는 수법이 통하는 건 지난번이 마지막이다. 그간 네 말을 곱씹으며 내성이 생겼거든."

"이건 또 무슨 자의식 과잉이지?"

나는 부채로 뻐근해진 뒷덜미를 여러 번 두드리며 말을 이었다.

"필라프, 내가 건달이었으면 네 얼굴에 주먹부터 날렸어. 시정잡배처럼 먼저 다가와서 시비를 건 사람은 너고."

"시비라…… 그렇게 보였다니 유감이군. 난 너와 생산적인 대화를 하기 위해 찾아온 거다."

"나는 이미 다양한 생산 활동을 하고 있어서 너까지 끼워 줄 수는 없는데."

필라프는 내 말을 들으며 사납게 찢어진 눈가를 좁혔다.

"다양한 생산 활동? 최근 사교계 활동과 아카데미에서의 성과에 대해서 자부심이 큰 모양인데, 그래 봐야 마법계에 한정된 이야기다. 나 같은 정령술사들은 콧방귀도 안 뀌지."

"방귀를 왜 뀌어. 냄새나게."

"말장난하면서 허세를 부리는군."

그가 입가에 비릿한 웃음을 머금고 나를 내려다봤다.

"너처럼 거만하게 굴다가 잠시 반짝하고 사라진 이들이 부지기수다. 그간의 패악질로 사교계에서 파벌도 없고 인망도 변변찮으면서 지금처럼 계속 주목받는 게 쉬울 줄 아냐? 넌 오히려 나대다가 벌집을 잘못 건드린 거야."

나는 어깨만 으쓱했다.

"인망? 뭐래. 나 마탑주 딸인데. 나보다 더 뒷배 좋은 인간 있으면 데려와. 구경 좀 하자."

"요즘 강의도 한다면서 내 말뜻을 왜 이해 못 하는 척 구는 거냐? 마탑 하나가 널 전부 커버해 줄 순 없어. 내게 막돼먹은 말을 한 것을 사과하고, 나긋나긋하게만 군다면 내 쪽에서 입김을 발휘해 줄 수 있다는 뜻이다."

"입김? 입 냄새가 나서 별로."

지난 생애 남동생 놈의 말투를 떠올리며 계속 얄밉게 깐족거리자 필라프의 이마에 핏대가 섰다.

"자꾸 그딴 식으로 굴래? 난 아라크론의 리더이기도 하다! 지금 너는 내게 엎드려 빌어도 모자라!"

잘 참는가 싶더니 그는 금세 불같은 성격을 드러내며 주먹을 잘게 떨었다.

나는 필라프를 살살 긁으면서 한편으로 오늘 그가 날 찾아온 목적을 파악했다.

그는 봄꽃 축제 당시 마지막 춤 신청을 거절당했을 때 느꼈던 비참한 기분을 만회하기 위해 날 찾아온 거다.

남 보기 낯 뜨거울 정도로 자신을 집요하게 쫓아다니던 데보라가 갑자기 돌변해 자존심을 건드린 것이 부아가 치미니까.

'역시 뭔가 있다는 식의 위기감을 주며 굴복시키려 하고 있군. 필라

프 성격상 떠보는 건 아니겠고.'

나는 상황 파악을 완료한 뒤 그를 바라보았다.

"엎드려 빌어? 내가 왜? 난 앞으로의 인생 계획에 널 끼울 생각 없으니 각자 갈 길 가지."

"하! 그래도 옛정이 있어서 기껏 널 살펴 주러 왔더니 여전히 제멋대로 구는군. 예전엔 내 앞에서만큼은 내숭을 떨더니."

"내숭? 대체 언제 적 이야기를 또 해?"

갑자기 그가 추억팔이를 시전하자 나는 하품을 하는 척했다. 지루하다는 노골적인 표현에 그의 눈가가 일그러졌다.

"왜 그리 까마득한 과거 일처럼 말하지? 불과 작년이다. 네가 내게 무도회에 함께 가고 싶다고 말한 게."

"자꾸 유통기한 지난 일 들추는 거 상한 음식처럼 질척거리는 느낌인 거 알아? 그때 알아듣게 설명했잖아. 너는 이미 시간 초과해서 끝났다고."

싸늘하게 쳐다보자 그가 입술을 꾹 말아 물었다가 떼어냈다.

"그래, 백번 양보해서 내가 미야 비노슈를 데리고 다닌 것 때문에 네가 한없이 비딱하게 구는 것은 알겠다. 네 심기를 상하게 했겠지. 하지만 그 영애는 내 생명의 은인이기 때문에……."

"전제가 틀리니 답이 이상하지."

"뭐?"

"비딱하게 구는 게 아니라 난 원래 성격이 이 모양이고, 무엇보다 이젠 네게 관심이 없어. 이쯤 되면 알아들었으리라 믿고, 난 간다."

나는 휙 등을 돌리고 필라프 몬테스 때문에 주저하고 있는 호위기사와 마부를 향해 걸어갔다.

"미야를 괴롭혔잖아! 나 때문에!"

그가 내 등 뒤로 버럭 소리쳤다. 나는 기가 막혀서 그를 돌아보았다.

"그건 또 언제 적 얘기야? 그리고 이시도르처럼 잘생긴 남자가 내 편을 들어 주는데, 너라면 네가 눈에 보이겠냐? 필라프 너는 자신의 매력을 너무 과대평가하고 있어. 정신 차려."

"너야말로 정신 차리는 게 좋을 거야. 그놈은 신사적인 척하는 위선자일 뿐이다."

필라프는 이시도르에게 상당한 악감정을 가지고 있었다. 과거에 둘 사이에 무슨 일이 있긴 했던 모양이다.

'오. 그럼 갈구기 더 좋겠네.'

"위선? 난 눈에 보이는 객관적인 사실로만 판단해. 그리고 이시도르 경은 너보다 훨씬 잘생겼지."

"그 자식의 잘난 낯짝에 눈 돌아가서 이런 식으로 나온다 이거지?! 이시도르라고 특별하고 대단할 것 같나?"

"얼굴은 특별하고 대단해. 괜히 모두의 추천으로 모든 영애를 제치고 올해의 꽃이 됐겠어? 제발 이쪽 일에 신경 쓰지 말고, 네 공주님인 미야 비노슈나 신경 써라."

더는 할 말이 없어서 마차에 올라타자 필라프가 차창 밖에서 고래고래 소리를 질렀다.

"너, 오늘 일 반드시 후회하게 될 거다!"

어찌나 목소리가 큰지 귀가 따가울 정도였다.

"나중에 내 발밑을 기면서 도와 달라고 말하게 될 거야, 데보라!"

'저런 걸 입 밖으로 내뱉다니.'

"이상한 망상은 제발 집에 가서 해!"

나는 커다란 목소리로 마주 외쳐 주고 푹신한 마차 의자에 몸을 뉘었다. 벌게진 채 씨근덕거리는 필라프의 모습이 빠르게 멀어졌다.

나는 손에 든 부채를 규칙적으로 펼쳤다 접기를 반복하며 곰곰이 생각에 잠겼다.

'자기가 무슨 말을 흘렸는지도 모르겠지. 아라크론은 내 예상대로 흘러가고 있나 보군.'

역시나 일개미들은 먹이를 들고 빠르게 움직인다. 여왕의 눈에 들기 위해.

'이제 인내심을 가지고 천천히 기다리기만 하면 되겠네.'

나는 내내 뻣뻣하게 치켜들어서 뻐근해진 목을 주물렀다. 안마기라도 있었으면 좋겠다고 생각하면서.

와장창―!

붉으락푸르락한 얼굴로 저택으로 돌아온 필라프가 손에 집히는 걸 닥치는 대로 집어 던졌다. 벽에 걸려 있는 거울이 산산조각 나고 내던져진 촛대가 바닥에 나뒹군다.

그가 사납게 욕설을 지껄이자 사용인들이 벌벌 떨며 그의 심기를 살폈다.

'빌어먹을!'

명문가의 3대 독자인 필라프는 가문의 일인자인 아버지를 제외하곤 모든 관계에서 우위에 서 왔다. 특히 데보라와 필라프의 관계는 그간 갑을이 너무나 명확했기에 그는 완벽하게 역전된 이 상황을 받아

들일 수도 없었고 받아들이기도 싫었다.

오래전부터 손에 쥐고 있던 물건이 사라졌다는 걸 상기할 때마다 돌연 속이 뒤집히고 가슴이 답답해졌다. 그가 버럭 소리를 질렀다.

"누구 마음대로 제 갈 길을 가?!"

무려 내가 자존심을 굽히고 먼저 다가갔는데 감히 내 제안을 거절해?

거울 조각이 가루가 되도록 짓밟는 도중 가신이 소식을 전했다.

"피, 필라프 님. 미…… 미야 영애께서 응접실에 들르셨습니다. 잠시 뵙길 청하십니다."

"미야가?"

필라프가 여전히 분이 가시지 않은 얼굴로 붉은 머리칼을 거칠게 쓸어 올렸다.

"무슨 일인데 시건방지게 약속도 안 잡고 와. 기다리라고 해."

"네. 필라프 님."

예전 같았으면 먼저 왔다는 말에 내심 기뻤겠지만 이젠 시시해졌다. 그보다 당장 속을 뒤집어 놓는 데보라를 어떻게든 하고 싶었다. 당돌한 빛을 띤 그 붉은 눈이 속을 쉼 없이 긁어댔다. 근신하는 내내 맛봤던 감각이었다.

'언제까지 그럴 수 있나 보자.'

필라프는 궐련 하나를 물고 분을 삼키며 푸르스름한 어둠이 깔린 창밖을 바라보다가 하인이 미야가 왔다는 걸 한 번 더 상기시키자 그제야 느지막이 응접실로 내려갔다.

"무슨 일이지?"

필라프의 물음에 미야가 잠시 주저하다가 입을 열었다.

"곧 열릴 아라크론 전체 학술회에서 제 치유력을 선보일 기회를 주세요."

"그런 건 소로리티의 중심인 에마뉘엘 공녀와 이야기해라. 난 프랫터니티만 담당한다."

필라프가 냉정하게 말했다.

"에마뉘엘 공녀님은 제게 기회를 주지 않으셔서요. 대신 모두를 놀라게 해 드릴게요. 아라크론 학술회가 가장 주목받도록."

"넌 늘 내게 기회만 달라 하는군."

정작 기회를 주려고 하는 공녀는 자신을 쓰레기 취급하는데.

"……그, 죄송합니다."

"이번 건이 은인인 네게 주는 마지막 기회다."

필라프는 차갑게 말한 뒤 자리를 떴다.

"쯧."

미야에게 강한 신성력을 선보일 수 있는 자리를 마련해 달라는 필라프의 서신을 보며 에마뉘엘 공녀는 가볍게 혀를 찼다. 미야 비노슈. 그 하급 귀족 영애는 눈치가 빠른 것 같으면서도 의외로 분수를 몰랐다.

'그래도 언젠가 써먹을 데가 있을지도 모르니 기회를 줘 볼까.'

빠르게 손익 계산을 하면서 우아한 자세로 차를 홀짝이던 에마뉘엘 공녀는 세리그 공작의 호출에 자리에서 일어났다.

"에마뉘엘."

"네, 아버지."

세리그 공작이 굳은 표정으로 입을 열었다.

"장부는 잘 살펴봤느냐? 수상한 점은 없고?"

세리그 공작은 최근 브루노 상단의 매출이 급격히 줄어든 이유를 상단주인 브루노가 뒷돈을 떼먹기 때문이라고 확신하고 있었다. 경쟁 업체로 인한 매출 감소와 공작이 강요한 상납금에 맞추느라 원재료의 품질을 낮춰서 단골이 떨어져 나갔기 때문이지만 그는 그런 구체적인 사실엔 관심 없었다.

상단은 제 비자금 주머니를 채워 주는 부품일 뿐이니까.

의심이 많은 세리그 공작은 자식 중 셈이 가장 능한 에마뉘엘에게 브루노 상단을 맡겨 놓고 회계 장부를 감시하라고 일러 났다.

"아직……. 시간을 두고 장부를 살펴봐야 할 것 같습니다, 아버지."

에마뉘엘은 부친의 물음에 뜨끔하며 대답했다.

사실 그녀는 브루노 상단 따위 안중에도 없었다. 에마뉘엘은 상업이 자신과 어울리지 않는다고 생각했다.

그녀는 귀족이란 자고로 우아해야 한다고 생각했고, 스스로를 그렇게 만들기 위해 제국에서 가장 주목받는 데뷔탕트를 계획하고 있었다.

영식뿐 아니라 영애들도 자신에게 호감을 가질 수 있게 파티를 자주 여는 등 인맥을 관리하느라고 정신이 없었다. 그녀는 제 무리 안에 있는 영애들에게 소속감을 주기 위해 노력했으며 외부에 적을 만들어 결속했다.

큰 파벌을 이끄는 것. 그녀가 알고 있는 사교계에서 가장 좋은 생존 방식이었다.

하지만 데보라 공녀는 인망은커녕, 품위라고는 전혀 없이 제멋대로 굴면서도 5황녀 같은 몇몇 유력 인사의 관심을 가져갔다.

정말 눈엣가시였다.

'그래. 그리 잘난 척하는 것도 얼마 안 남았지.'

잠자코 서 있는 딸에게 세리그 공작이 짜증을 냈다.

"에마뉘엘. 네가 오라비들보다 한가하지 않으냐? 그런데 아직도 장부에서 수상한 점을 발견하지 못했다고?"

세리그 공작이 못마땅한 얼굴로 묻자 에마뉘엘의 미간이 살짝 좁아졌다.

'한가하다니! 내가 얼마나 할 일이 많은데.'

자신만큼 인망 좋고 인맥이 넓은 영애가 어디 있다고 저리 매정하게 말씀하시는 것인지. 앞으로 자신이 좋은 혼맥을 잡아 수도 중앙 사교계를 좌지우지하면 가문과 아버지는 미래에 훨씬 더 이득을 볼 텐데.

불만이 한가득 치솟았지만, 그녀는 속으로 꾹 눌러 삼키며 애써 차분하게 입을 열었다.

"현재 장부를 확인하고 있습니다. 논문에 힘쓰느라 구체적인 숫자 확인은 조금 미뤄 두었습니다. 단체 학술회가 끝나면 다시 꼼꼼하게 살피겠습니다."

"학술회 이후엔 꼭 마무리하거라. 네가 파티에 쓰는 돈이 한두 푼인 줄 아느냐?"

"네, 아버지."

부친과 독대를 마치고 나온 에마뉘엘은 인상을 찌푸렸다.

'바빠 죽겠는데.'

거친 발걸음으로 방으로 돌아온 그녀는 제가 관리하는 유력 가문 영애들에게 편지를 쓰기 시작했다. 〈입실론〉 단체 학술회에 함께 가자고 요청하기 위함이었다.

그녀의 부드러운 입술에 가면 위에 덧그려진 듯한 싸늘한 미소가 떠올랐다.

✦

금일. 〈입실론〉 단체 학술회가 입실론 프랫 하우스 1층 강당에서 한 시간 후에 개최된다. 단체 학술회는 교수부터 시작해서 각계각층의 다양한 인사들이 참관했다.

또한 타 사교 클럽의 학생들도 참석해 논문에 대한 비판을 주고받으며 지식을 겨루기도 했다. 이 때문에 4대 명문 클럽은 같은 날짜에 학술회를 하지 않고, 시차를 두고 발표했다.

그리고 올해는 〈입실론〉이 발표회의 첫 주자였다.

나는 5황녀의 말을 떠올렸다.

"이시도르 경이 굳이 맨 처음으로 순서를 잡은 데엔 이유가 있지." .

작년 〈아라크론〉의 에마뉘엘 공녀와 같은 주제로 논문을 쓴 학생이 있었다고 한다. 주제가 같다 보니 군데군데 내용이 겹쳤지만 누가 먼저 쓴 건지는 불분명한 상황.

"저들이 먼저 학술회를 했다는 이유로 아라크론에서 단체로 몰려와 표절 의혹을 걸었어. 비슷한 논문이니 한쪽을 깎아내리려고 벼르고 있었던 거지. 발표자의 사생활까지 걸고넘어지더군."

메시지가 아닌 메신저를 공격하는 것은 흔한 수법이지만 상당히 잘 먹힌다. 관중들이 비판의 내용보다 그 사람의 됨됨이를 판가름하는 데 관심을 쏟기 때문이다.

"사생활이 드러난 발표자는 수치심을 느끼며 발표를 포기했지."

〈입실론〉의 발표자가 먼저 논문을 폐기한다고 말해서 결국 내부에서 감쌀 수 없는 상황까지 간 모양이다.

'역시 필라프가 이끄는 그룹답게 비호감 그 자체.'

〈아라크론〉을 피하기 잘했다고 생각하며, 나는 숨을 한 번 크게 들이쉬었다가 내쉬었다.

'긴장되네.'

나도 발표자 중 한 명이었기 때문이다, 공격에 노출되어 있는.

"긴장되나요?"

때마침 내 감정을 읽은 것 같은 다정한 목소리에 퍼뜩 고개를 들어 올렸다. 하얀 장갑을 낀 손이 모락모락 연기가 피어오르는 종이컵 두 잔을 들고 있었다. 눈이 마주치자 다정하게 웃은 이시도르가 내 옆에 앉았다.

"별로."

태연한 척 중얼거린 나는 잠시 머뭇거리다가 그가 내민 꽃차를 보며 입을 열었다.

"혹시 소문 못 들었어? 난 마음에 안 드는 음료를 가져오면 던져 버린다는 거."

"던져요. 또 사 올게요. 공녀 마음에 들 때까지."

호구 잡힐 수 있는 대사인데도 느른하고 여유롭게 웃으니 괜히 뭔가 있어 보였다.

"내가 공녀의 학술회 발표를 위해 뭔가 도울 건 없어요?"

나는 결국 그가 내민 따뜻한 차를 홀짝이며 고개를 저었다.

"내가 말했던 그 부분만 해 주면 돼."

"그건 걱정 마요. 그리고 잘 해낼 거예요. 지난번 진상 규명회처럼."

나는 차를 마시다가 손을 멈칫거렸다.

"그러고 보니…… 진상 규명회 때 나랑 일면식도 없던 입실론 간부들이 다 함께 참관하러 왔었지. 황족이 참석할 정도로 사교계에서 쟁점이 된 사건은 아니었는데. 혹시 이시도르 경과 관련이 있어?"

내 물음에 그가 눈가를 살짝 좁혔다.

"오지랖 좀 부려 봤죠."

"왜?"

"잘 해낼 것 같아서. 오늘처럼."

"내가 오늘 못하면 어쩌려고?"

나는 괜히 퉁명스레 떠보았다. 나약한 속내를 숨기면서.

"매번 성공하면 그게 사람인가요? 드래곤이지."

던지는 족족 주화 앞면만 나오는 드래곤 같은 인물이 퍼뜩 떠오르긴 했지만, 어쨌든 이시도르의 말에 긴장이 조금 풀렸다.

이윽고 발표회 시간이 가까워지자 나는 이시도르를 따라 자리에서 일어났다. 〈입실론〉 리더로서 학술회 진행을 맡은 이시도르는 대본을 들고 강당 앞으로 걸어갔고 나는 마지막 발표자라 외곽 자리에 앉았다.

이어서 〈입실론〉 내 논문 발표자들이 하나둘씩 착석하기 시작한다. 일전에 망한 티 파티에서 잠깐 봤던 영애도 있었다.

정시가 되자 강당 안은 논문을 구경하러 온 학생들로 만석이 되었다.

'왔군.'

나는 필라프를 필두로 우르르 몰려온 〈아라크론〉 무리를 보며 고소를 삼키다가 갑자기 좌중이 조용해져서 눈가를 좁혔다.

'아버지가 오셨네? 하긴, 한때 입실론 리더였으니까.'

초대석에 시모어 공작이 등장하자 한차례 정적이 깔렸다. 게다가 부친 옆엔 일면식 있는 마탑 관리자와 장로도 보였다.

'다들 오늘도 열심히 사회생활 중이군.'

동정을 금치 못하며 혀를 내두르는 중, 학회가 시작되어서 단상 앞으로 시선을 던졌다. 이시도르가 시원시원한 걸음걸이로 올라가 환영 인사를 했다.

커다랗고 날렵한 몸, 부드러운 저음과 수려한 얼굴 때문에 학회 소개와 발표 순서를 이야기하는 것뿐인데도 다들 재미있어 했다.

"벌써 끝나다니."

이시도르가 내려오자 어떤 영애가 아쉬운 목소리로 중얼거렸다. 하지만 바로 이어서 5황녀가 멋지게 학술회의 포문을 열었다.

중간중간 다른 클럽에서 날아온 날카로운 비판 때문에 말을 버벅대는 발표자도 있었지만 대체로 논문 수준이 높은 편이기 때문에 별 문제 없이 발표를 마칠 수 있었다.

특히나 미슐 그랑베르의 '아르망의 고객 감동 사례 연구' 논문이 반응이 좋았다. 집요하게 하나만 파서 주제가 명확하고 그녀의 날카로운 통찰력이 돋보였기 때문이다.

'잘됐군.'

그녀의 논문 내용은 아르망에 긍정적이었고 이곳에는 가게의 주 고객층인 귀족 자제들이 많아서, 나는 그녀가 교수에게 칭찬을 받을 때마다 내 일처럼 기뻐했다.

학술회는 어느새 후반부까지 부드럽게 진행되었고 곧 이시도르가 내 이름을 불렀다.

"이번 발표자는 데보라 시모어 공녀입니다."

내가 스윽 자리에서 일어나자 한차례 미묘한 웅성거림이 지나간다.

"이번에도 수식일까요?"

"아마 그렇겠죠."

나는 아랑곳하지 않고 발표를 하기 위해 천천히 단상 앞으로 걸어 나갔다.

그때였다. 중앙에 앉아 있던 누군가가 손을 들었고, 이시도르가 그녀를 지목했다.

"무슨 일이죠?"

"데보라 공녀가 논문을 발표하기 전에 제가 이의를 하나 제기하겠습니다."

"이의라?"

에마뉘엘 공녀는 자신만만하게 입을 열었다.

"네. 지금 데보라 공녀가 발표할 논문은 그녀가 직접 쓴 게 아닙니다."

그녀의 폭탄 발언에 아까와는 다른 커다란 웅성거림이 지나갔다.

'제대로 미끼를 물었군.'

나는 에마뉘엘 공녀를 덤덤하게 바라보며 침묵했다. 성가신 해충 개미 군락을 전멸시킬 때, 세스코에서는 고객의 집에 독이 든 먹이만 살짝 뿌려 주고 간다고 들었다.

그리고 지금 마거릿을 통해서 뿌린 독먹이, 즉 허위 증거를 에마뉘엘 세리그가 물었다.

'월척이구나.'

내 조용한 반응을 저 좋을 대로 해석한 듯 에마뉘엘 공녀가 기세 등등한 표정을 지었고 학술 회장 내부는 끊임없이 술렁거렸다.

"오늘 발표할 논문이 데보라 공녀가 쓴 게 아니라니요."

"위험한 발언이네요."

"의혹이 있다면 확실히 밝히고 가는 것이 깔끔하지 않겠습니까?"

필라프가 나서자 〈아라크론〉 회원들이 부화뇌동했다.

"에마뉘엘 공녀님은 근거 없는 주장을 할 성격이 절대 아닙니다."

"늘 품격을 지키는 모습으로, 에마뉘엘 공녀를 자목련 같다고 표현한 귀부인도 있죠."

독사라는 살벌한 별명을 가진 나를 에둘러 비꼬는 이도 있었다. 분위기가 제게 유리하게 흐르자 에마뉘엘이 자신만만한 얼굴로 자리에서 일어나 말했다.

"저는 확신이 없으면 입을 열지 않습니다."

"조금의 거짓도 없어야 할 것입니다."

이시도르는 내 언질대로 그녀에게 발언권을 준 것뿐인데, 필라프는 거 보라는 듯 날 보고 거만한 미소를 지었다.

이윽고 에마뉘엘이 천천히 걸어 나와 관중에게 자연스럽게 말을 걸었다.

"다들 그동안 데보라 공녀가 너무 자주 수식을 발표한다는 생각 안 해 보셨나요? 이번 발표까지 포함하면 벌써 네 번째입니다."

에마뉘엘 말대로 난 '프리미엄 플러스'까지 출시하며 수식을 사골처럼 알차게 우려먹고 있었다. 나는 비웃는 낯으로 입을 열었다.

"에마뉘엘 공녀, 황실 사법부의 특허를 받은 내 수식을 공격하는 겁니까? 그대는 지금 황실을 모욕하고 있습니다."

이런 말을 기다리고 있었던 것처럼 에마뉘엘이 능숙하게 반박했다.

"저는 기존 수식을 공격하는 것이 아닙니다. 아직 특허가 통과되지 않은 새로운 논문에 이의를 제기하는 것이며, 공녀가 수식 발표에 얼마나 집착하는지 말하고 있는 것입니다."

"……."

"다들 들어 보셨을 겁니다. 데보라 공녀가 '아카데미 수석'에는 어울리지 않는다는 비판 여론으로 인해 성과에 신경 쓰고 있다는 것을."

성적이 떨어지면 책임질 거냐고 마거릿을 매섭게 질책하는 모습을 종종 보였으니 저리 생각하는 것도 무리는 아니었다.

"그래. 날 의도적으로 깎아내리는 외부 여론이 있다더군……."

나는 목을 뚜둑 꺾으며 음산하게 중얼거렸고 그녀는 잠시 흠칫하다가 주먹을 꾹 말아 쥐었다.

"데보라 공녀는 초조했겠죠. 그간 존재감을 드러내지 못하다가 최근에서야 아카데미에서 호평을 받기 시작했는데, 이번 단체 학술회에서 좋은 논문을 발표하지 못하면 모두의 관심이 빠르게 흩어질 테니까요."

선동의 귀재답게 에마뉘엘 공녀는 내 심리를 사람들에게 이해시키며 매끄럽게 말을 이어나갔다.

"무엇보다 공녀는…… 마나를 다루지 못하니 수식에 집착하는 것이 충분히 이해가 갑니다. 하지만 아무리 그래도, 성과를 내라고 가신들을 협박해 만든 논문을 제 것인 양 저명한 학술회에서 발표하는 것은 좀 멀리 갔지요!"

다들 숨을 죽인 채 에마뉘엘을 바라보았다.

"그리고 제 주장을 뒷받침해 줄 증거가 있습니다. 증인은 보호 차원에서 부르지 않았습니다."

그녀가 내가 건넨 증거를 꺼냈다.

이틀 전.

내가 돈을 주고 고용한 용병 마법사가 에마뉘엘의 측근과 접선했다.
에마뉘엘 공녀는 내게 가문 내부의 적이 많고 입지가 불안하다는 소
문을 철석같이 믿고 있었다.

'필라프도 내 앞에서 거들먹대면서 헛소리를 했지. 덕분에 소문이
잘 퍼졌는지 확인할 수 있었고.'

더불어 성과에 욕심이 많아진 내가 가신들을 심하게 들볶고 있으
므로, 곧 썩어가던 고름이 터질 거라는 소문도 냈다.

사실 나는 노예…… 아니, 가신이 단 네 명뿐인데, 에마뉘엘은 자
신과 같은 위치인 공녀가 그 정도로 형편없는 수준은 아니라고 생각
했던 모양이기에 더 속이기 쉬웠다.

에마뉘엘이 복잡한 수식이 쓰여 있는 종이를 꺼내 펄럭였다.

"이 논문이 가신이 데보라 공녀의 강요로 썼다는 수식입니다. 보다
시피 필체도 다르지요."

"진짜인가?"

"역시 증거가 있었군!"

《아라크론》 놈들이 불에 와르르 기름을 붓는다.

"자, 지금 발표할 공녀의 논문과 이 내용이 일치하는지 확인하면 될
일입니다. 진행해 주세요."

"흐음. 알겠습니다."

의미심장한 투로 대꾸한 이시도르가 내 부탁대로 뒤에서 대기하고
있던 사용인들을 불렀고, 그들은 가로가 아닌 세로로 된 커다란 칠판

을 들고 걸어오기 시작했다.

갑자기 천막에 둘러싸인 커다란 물건이 등장하자 관중들이 웅성거렸다.

사실 수학을 풀 것처럼 모눈이 그려진 칠판을 미리 세워 둔 건 눈속임이었다.

"뭐…… 뭐지? 저건."

"제 학술회 논문을 공개하겠습니다."

나는 천을 스르르 아래로 당겼다.

곧 내 논문의 정체가 드러났고 여기저기서 경악이 터져 나왔다. 굳건한 얼굴로 귀빈석에서 날 지켜보던 아버지마저 몹시 당황하는 게 느껴졌다.

"대체 저, 저게 뭡니까?"

"세상에."

"저런 끔찍한 그림이 이, 이번 논문이란 말인가요?"

"……고문 기구일까요? 전류가 흐르나?"

"살벌하군요. 저거라면 뭐든 실토할 수밖에 없겠어요."

'다들 너무한데.'

내 설계도를 고문 도구라고 매도하는 학술회 관중의 분위기에 나는 씁쓸하고 한편으로는 어이없는 기분을 느꼈다.

'왜 다들 벨렉 같은 반응이냐고.'

저건 안마 의자였다. 안마 의자!

내심 혀를 내두르던 나는 살벌한 얼굴로 에마뉘엘을 노려보았다.

"대체 어떤 인간이 제가 이번 학술회에 수식을 발표한다고 했습니까?"

내가 한 걸음 성큼 다가가자 그녀가 주춤 물러났다.

"나를 수식에만 집착하며 성과에 목매는 소인배로 매도하다니! 에마뉘엘 공녀는 제 명예를 실추시켰습니다."

예상 못한 상황인지 에마뉘엘 공녀의 얼굴이 당혹감으로 하얗게 질렸다.

"하, 하지만 공개 석상에서 이런 끔찍한 고문 도구를 공개하다니요."

에마뉘엘이 밑천이 떨어진 듯 헛소리를 내뱉기 시작했다.

"고문 도구? 그 말 책임질 수 있겠습니까?"

촥!

커다란 종이를 강하게 찢자 그 뒤, 안마 기구의 기능에 관해 설명한 종이가 드러났다.

"이 물건은 제가 밤낮으로 고생하시는 아버지를 위해 설계한 피로 회복 마도구입니다. 여기, 천 밑에 있는 공이 움직이면서 뭉친 목과 어깨를 안마해 주죠."

안마 의자는 구조가 단순한 물건은 아니기에 완벽한 설계도를 그릴 수 없었다. 하지만 이 도구를 비판하면, 감히 마탑주님을 향한 효심을 저격하는 느낌이 들 것이다.

'감성에 호소하는 치트키 같은 논문이지.'

"와, 와우! 멋진 마도구군요."

"크흠! 저는 고문 도구라고 한 적 없습니다. 고운 도구라고 말했습니다."

아버지가 돌연 손수건을 꺼내 눈가를 가볍게 훔쳤다. 손바닥 뒤집듯 태세 전환을 하는 사람이 많아지자, 에마뉘엘은 윌리엄 레몽처럼 서서히 평정을 잃고 나를 공격하기 시작했다.

"데보라 공녀가 마도구 설계자라는 소문은 단 한 번도 들어 본 적

없습니다. 발표를 위해 가신들을 협박했을 수도 있습니다!"

"……그 말 또한 책임질 수 있겠습니까?"

나는 솔 주머니에서 황실의 푸른 용 인장이 찍힌 특허 증서를 여러 장 꺼냈다.

"저는 그동안 벨렉 오라버니와 협업하여 마도구를 만들어 왔습니다. 그리고 이 안에, 제가 아티팩트 설계자라는 증거가 있습니다."

[마도구 설계자 : 데보라 시모어]

종이를 꺼내 내 이름을 보여 주자 에마뉘엘이 다리가 풀린 듯 몸을 휘청거렸다.

"설마 시모어의 후계자이자 마탑에서 손꼽히는 천재인 벨렉 오라버니가 제 협박으로 움직이는 분이라고 주장하는 겁니까?"

"그, 그건……."

"방금 에마뉘엘 공녀는, 제 명예뿐 아니라 벨렉 오라버니의 명예까지 실추시켰습니다. 시모어가 그리도 만만해 보이나 봅니다."

나는 곧바로 분필을 들어 올려 안마 의자의 좌측 모형을 그렸다. 직접 그려서 보여 주는 것만큼 확실한 건 없었다. 그리고 내 기막힌 손재주에 좌중이 한 번씩 감탄했다.

"이 그림은 피로 회복 마도구의 좌측 전개도입니다. 하단의 슬롯에 마력석을 끼워 두는 구조죠."

짝, 짝, 짝.

"이건 세기의 발명입니다!"

문득 아버지 왼쪽에 있던 알마레 백작이 기립 박수를 치기 시작했다.

"감동했습니다! 브라보!"

오른쪽에 있던 장로는 유독 손뼉 소리가 남달랐다.

곧 우레와 같은 박수 소리가 학술회장을 한바탕 훑고 갔다. 난 넋이 나간 에마뉘엘 공녀의 손에서 종이를 낚아채 훑어보는 척했다.

"이 자료는 제가 얼마 전 발표한 프리미엄 플러스 수식입니다. 여러 가지 기호로 복잡한 척 길게 늘여 겉보기엔 달라 보이지만요."

이틀 전에 접선했으니, 수식의 진위 여부를 제대로 파악할 시간이 없었을 것이다. 기껏해야 눈에 보이는 특허 문서와 대조해 봤겠지.

'사실 그조차 안 했을 테지만. 마거릿이 워낙 연기를 잘해서.'

"어디 보지."

직접 나서서 에마뉘엘이 손에 쥐고 있던 허위 증거를 확인한 5황녀가 표정을 차갑게 굳혔다.

"기존 수식을 변형한 자료가 맞군."

그때였다. 에마뉘엘 공녀가 갑자기 버럭 소리를 쳤다.

"브, 브리짓 영애. 이게 어떻게 된 거죠? 분명 확실한 정보라고 했잖아요!"

그녀가 남 탓을 하기 시작한다. 일명 꼬리 자르기.

"이건 솔린 영애가 가져다준 정보예요……. 분명 확실하다고!"

"저는 벨렌틴 영식이……."

"리나에 영애가……."

꼬리 자르기에 이어 《아라크론》 놈들은 폭탄 돌리기를 하기 시작했다.

필라프는 그 추한 꼴을 보며 눈을 질끈 감았다. 단합과 친분을 목적으로 만들어진 것이 사교 클럽인데 공개 석상에서 서로에게 잘못을 떠넘기다니. 리더인 필라프로서는 망신살이 뻗칠 것이다.

실제로 눈을 질끈 감은 그의 목덜미는 붉었고 이마에는 핏대가 솟아 있었다.

'앞으로 선배들의 추궁까지 들을 테니 더 골치 아프겠지.'

당연히도 세미나에 참석한 이들 대부분이 〈아라크론〉의 졸렬한 모습에 혀를 내두르고 있었다.

"다들 진정하고, 누가 에마뉘엘 공녀에게 허위 증거를 유포한 겁니까?"

눈을 부릅뜬 필라프가 뒤늦게 사태 진압에 나서려 했지만 나는 재빨리 끼어들었다.

"아라크론 전체가 절 모함하는 일에 가담했으면서, 지금 뻔뻔하게도 꼬리 자르기를 하는 겁니까?!"

나는 눈에 바짝 힘을 줬다.

"처음에 에마뉘엘 공녀가 분명 발언했었지요. 제가 아카데미 수석임을 비판하는 '여론'이 있다고 말입니다."

나는 〈아라크론〉 회원 하나하나를 훑어보았고 그들은 수풀에서 튀어나온 독사라도 본 것처럼 움찔거렸다.

"절 모함한 여론은 바로 저들이 조작한 것임에 틀림없습니다. 뒤에서 얼마나 저에 대해 이러쿵저러쿵 떠들어댔으면 모두가 허위 증거 유포 용의자입니까?"

이미 분위기는 내 쪽으로 기울어 있었기에 내 주장에 다들 동의하듯 고개를 주억거렸다. 5황녀도 가세했다.

"비겁하군. 너희는 작년 학술회에서도 우리 회원이 논문을 표절했다고 주장하며 제대로 된 증거도 없이 떠들었지."

그녀가 샛노란 눈동자로 에마뉘엘 공녀를 날카롭게 쏘아보았다.

"단체로 몰려다니면서 타인의 명예를 실추시키는 게 아라크론의 방식인가?"

"아라크론에 실망했습니다."

"명색이 4대 클럽 중 하나인데 저런 한심한 모습이라니요."

흥미진진하게 방관하던 다른 클럽 회원들까지 팝콘을 튀기면서 한마디씩 보탰다. 소속 클럽의 명예가 실추될 위기에 처하자 남 탓만 하던 에마뉘엘 공녀가 다급히 입을 열었다.

"작년 일은 저도 유감입니다. 또한, 명확하지 않은 증거를 들고 함부로 나선 것도요."

'유감이라고? 단어 선택이 좀 비열하군······.'

제 잘못을 최대한 축소하려는 말하는 얍삽한 화법에 나는 고소를 머금을 수밖에 없었다. 그때 이시도르가 입을 열었다.

"유감? 에마뉘엘 공녀는 데보라 공녀가 직접 설계한 마도구를 부하를 협박해 제작했다고 매도했습니다."

그의 목소리는 얼음장처럼 서늘했다.

"또한, 허위 증거를 내세워 데보라 공녀의 발표와 우리 입실론의 학술회 분위기를 모두 망쳐 놓았습니다. 이건 정중한 사과뿐 아니라 실질적 배상도 거론해 봐야 할 문제입니다."

이시도르가 그녀의 잘못을 조목조목 되짚어 준다. 벼랑 끝까지 몰린 에마뉘엘의 눈가가 붉어졌다. 그녀의 젖은 눈동자에는 이런 상황에 대한 억울함과 분노가 가득 담겨 있었다.

에마뉘엘이 입술을 지근거리며 깨물다가 이내 입을 열었다.

"제가 조심성 없이 행동하였습니다. 하지만, 문제가 있는 논문이 공식적인 자리에서 발표되는 걸 막아야 한다고 생각하여 대표로 용기를 낸 겁니다!"

호소하는 음성으로 그녀가 관중들에게 말했다.

"데보라 공녀가 가신들에게 가혹하게 구는 모습을 보고 오해했습니다."

내 인성 저격 나올 줄 알았다. 본인 인성도 이미 바닥까지 들통났으면서.

"나쁜 의도가 아니었다는 것만큼은 다들 알아주셨으면 합니다."

드디어 에마뉘엘 공녀가 마지막 미끼까지 삼키면서 자폭했다.

"나쁜 의도가 없었다?"

나는 되물었다.

"정의감에 눈이 멀어서……."

"내가 그 말을 믿을 것 같습니까? 에마뉘엘 공녀가 부하들을 시켜 이런 비열한 일을 꾸민 게 하루 이틀 일이 아니던데요."

내가 새로운 의혹을 제기하자 학술회장이 한바탕 시끄러워졌고 에마뉘엘 공녀의 눈이 크게 벌어졌다.

'내 쪽에서 갑자기 칼을 들고 냅다 찌를 줄은 몰랐지?'

애초에 들킬지도 모르는 위험을 무릅쓰고 가짜 증거를 뿌린 의도는 에마뉘엘과 그 무리를 공격하기 위해서만이 아니었다.

"데보라 공녀. 지금 무슨 말을 하는 겁니까? 제가 부하들에게 비열한 행동을 시키다니요."

버벅대는 에마뉘엘을 보며 나는 서류 하나를 꺼냈다. 브루노 상단에서 일하던 사용인이 빼돌린 나리아의 회계 장부였다.

"부하를 시켜 회계 장부를 조작했더군요."

"회계 장부를 조작했다는 건, 설마 탈세를 하려 했다는 겁니까?!"

"세상에?!"

"마, 맙소사."

자목련이라는 고아한 별명까지 가진 에마뉘엘 공녀의 불법 행위가 공개적으로 거론되자 좌중이 시끄러워졌다. 분위기는 이제 새로운 국면으로 전환되었다. 이제 관중들은 에마뉘엘 공녀의 됨됨이를 판가름하는 데에 관심을 쏟게 될 것이다.

'더욱이 평소 이미지가 귀족적이었으니 훨씬 충격적일 테지. 원래 인성 더러운 나랑은 달리.'

작년, 〈아라크론〉이 〈입실론〉 발표자의 사생활 문제를 걸고넘어졌을 때와 같은 수법이었다.

"에마뉘엘 공녀는 인생에 한 번뿐인 데뷔탕트에서 가장 주목받고 싶었을 테고, 다수의 인맥을 관리하려면 돈이 많이 필요했겠죠. 그 점은 이해가 갑니다. 하지만 불법 비자금까지 만드는 것은 너무 멀리 갔습니다!"

나는 아까 전 에마뉘엘 공녀가 했던 말을 고스란히 돌려주었다. 그녀가 손을 잘게 떨면서 내가 건넨 장부를 펄럭였다.

'발뺌 못 하겠지. 브루노 상단은 세리그 공작가에서 관리하는 상단이니까.'

세리그와 브루노의 연결고리를 알게 된 순간부터, 나는 둘을 한 방에 보낼 기회만 엿보고 있었다.

'하지만 명분이 없었지.'

그런데 에마뉘엘 공녀가 고맙게도 직접적인 사과를 피하고 괜한 자존심을 세우느라 내게 공격할 빌미를 내주었다.

"이건 모르는 일입니다!"

"아까처럼 또다시 모른다고 발뺌하는군요."

나는 에마뉘엘 앞으로 성큼 걸음을 옮겼다.

"그럼 그 장부에 있는, 세리그 가문 쪽으로 흘러 나간 다량의 금화에 대해서는 어떻게 설명할 겁니까?"

에마뉘엘은 입술만 달싹였다.

"브루노 상단을 에마뉘엘 공녀가 맡았다는 증거도 있습니다. 브루노와 공작님이 주고받은 서신도 있고요. 당장 사법부에서 진상을 확인하도록 할까요?"

내 말에 에마뉘엘이 입술을 덜덜 떨다가 겨우 소리를 냈다.

"회계 장부 조작에 제가 관여하지 않았다는 뜻입니다. 상단주인 브루노가 세리그에 잘 보이고 싶어 제멋대로 벌인 일일 겁니다."

"세리그 가문에서 운영하는 브루노 상단은 그동안 작은 가게의 사업 아이템과 레시피를 빼앗고, 불법 비자금을 만들고, 심지어 경쟁업체 음식에서 머리카락이 나왔다고 모함해 사법부에서 조사 중인데, 에마뉘엘 공녀는 모른다고 잡아떼면 그만입니까?"

매출이 떨어지자 궁지에 몰린 브루노 일당은 아르망에 사람을 보내 케이크에서 머리카락이 나왔다고 행패를 부렸다. 아르망의 점주는 한동안 이 문제를 해결하려고 골머리를 앓아야 했고.

"에마뉘엘 공녀는 곧 열릴 아라크론 학술회에서 정치적 리더십에 대해 발표한다고 알고 있습니다. 맞죠?"

나는 정치학을 전공하는 에마뉘엘이 발표할 논문 내용을 이미 알고 있었다. 큰 파벌이 있다는 건 자신의 편을 들어 줄 사람이 많다는 뜻인 동시에 자신의 계획이 외부로 쉽게 새어 나갈 수 있다는 뜻이기도 했다.

"대답이 없는 걸 보니 맞는 모양입니다."

"……."

"그런데 에마뉘엘 공녀는 아까부터 끊임없이 남 탓을 하고 있습니다. 책임지지 않으려는 그 무책임한 태도가 과연 리더가 가져야 할 자질입니까?"

관중들의 따가운 시선과 내 끊임없는 추궁에 에마뉘엘은 결국 죄송하다며 고개를 아래로 떨어뜨렸다. 내부 비자금 건까지 거론되자 에마뉘엘은 내게 사과할 수밖에 없었다.

"그간 뒤에서 실추시킨 제 명예도 반드시 바로 세워 주시길 바랍니다, 에마뉘엘 공녀."

나는 입술을 지근거리는 그녀에게 엄포를 놓은 뒤, 숨을 죽이고 있는 좌중을 바라보며 입을 열었다.

"제 발표는 여기서 마무리하겠습니다."

"상대가 인맥으로는 둘째가라면 서러운 에마뉘엘 공녀였는데 완전히 박살을 내버렸네요. 역시 명불허전입니다."

티에리가 대단하다며 혀를 내두르자 5황녀는 피식 웃었다.

"내가 괜히 반했겠나."

데보라 공녀는 처음부터 벼르고 있었던 게 틀림없다.

'아마 그 허위 증거는 함정이었겠지…….'

병법에서 수적으로 불리할 때 쓰는 전술을 사용하다니. 자신이 더 비겁하니 걱정하지 말라는 게 이런 뜻이었던 모양이다.

"작년 에마뉘엘 공녀 때문에 논문 발표를 포기한 레아 영애가 오늘 학술회에 왔다면 좋았을 뻔했어요."

"그러게. 나도 속이 다 시원하군."

이번 단체 학술회 덕분에 그동안 데보라 공녀의 입회에 의구심을 가졌던 〈입실론〉 회원들이 그녀를 다시 봤다고 말하고 있었다.

물론 여전히 데보라 공녀에게 다가가기 어려워하긴 했지만, 이틀 후에 열린 〈아라크론〉 학술회가 공녀로 인해 제대로 망했다는 소식에는 모두가 제 일처럼 기뻐했다.

세리그 공작 가문에서는 아카데미 서문에 위치한 가장 큰 디저트 가게인 나리아와 브루노 상단을 가차 없이 손절해 버렸다. 공개 석상에서 나리아의 비리와 횡포가 낱낱이 까발려졌고, 학술회 참석자들이 주 고객층인 귀족들이니 계속 운영하는 것 자체가 큰 손해였다.

그리고 나는 덕분에 아르망 2호점의 위치를 쉽게 결정할 수 있었다.

서문에서 가장 입지 좋고, 유명한 디저트 가게였던 나리아. 이제 저 가게는 아르망 2호점이 될 것이다.

'신기하긴 해.'

골치 아픈 경쟁업체까지 한꺼번에 없애 버리는 걸 목표로 일을 진행하긴 했는데…….

"진짜 됐네?!"

심지어 안 좋은 소문으로 망한 가게라서 나리아 건물을 시세보다 훨씬 싸게 낙찰받을 수 있었다.

'2호점은 역시 직영으로 가야지.'

나는 돈을 쓸어 담는 상상을 하며 악당처럼 히죽거렸다. 역시 악녀로 사는 게 편하다고 생각하면서.

"그대가 보여 준다고 했던 결과가 고작 이건가?"

오펠리아는 또 한 번 최악의 결과와 맞닥뜨리고 눈을 질끈 감았다.

"정말 죄송합니다. 모든 게 제 불찰입니다······."

제단 앞에서 납작 엎드린 그녀는 몸을 사시나무 떨듯 떨면서 끊임없이 사죄의 말을 내뱉었다.

오펠리아는 미야가 〈아라크론〉 학술회에서 뛰어난 치유력을 보이며 외부 저명인사들에게 인정받길 바랐다. 하지만 올해 〈아라크론〉의 학술회는 흥행하지 못했다.

에마뉘엘 공녀의 헛짓거리 때문이었다.

공개 석상에서 단체로 망신을 당한 데다, 에마뉘엘 공녀가 논문 발표를 아예 포기해 버려서 〈아라크론〉은 비웃음거리로 전락했다. 외부에서 날아드는 조롱과 비판을 최대한 줄이기 위해 필라프는 학술회규모를 멋대로 축소해서 진행해 버렸다.

미야가 활약할 무대가 망가져 버린 것이다.

'이번에도 또 데보라 공녀 때문이야! 그 망할 계집!'

오펠리아는 손바닥에 피가 날 정도로 손을 세게 움켜쥐었다.

"이번에도 그대는 성혈을 잔뜩 가져갔지. 맡겨 둔 것처럼 펑펑 써대는군."

벌레를 다루는 괴인이 창백한 손으로 팔걸이를 두드리며 음산하게 중얼거렸다.

"그분께서는 이제 자네를 신뢰하지 않으며 다시는 기회를 주지 않겠다고 말씀하셨네."

"죄송합니다. 죽을죄를 지었습니다. 모, 목숨만, 사, 살려 주십시오."

"그건 내 소관이 아닐세. 고통 속에서 뼈저리게 반성하면서 그분께 자비를 구하도록 해."

오른편에 앉은 매끄러운 인상의 남자, 프랑소아가 냉정하게 말한 뒤 턱짓했다. 어둠 속에서 새카만 로브를 걸친 이들이 걸어 나와 오펠리아를 제단에서 끌고 내려갔다.

지하 계단을 울리는 처절한 비명을 들으며 턱을 괴고 있던 괴인은 심각한 얼굴로 푸르스름한 입술을 뗐다.

"이제 미야는 어찌 되는 건가? 오펠리아가 저리되면 담당자가 사라지는데……."

"제게 맡으라고 말씀하셨습니다. ……또한, 데보라 공녀를 몹시 거슬려 하시더군요."

괴인의 물음에 프랑소아가 대답했다.

'멍청이를 성녀로 만들어야 한다니. 심지어 시모어 가문의 공녀까지 상대해야 하고.'

미야는 프랑소아의 기대보다 한참 역량이 떨어졌다. 성혈을 퍼부은 덕에 백성들 사이에서는 인기가 조금 있을지 몰라도 정작 중앙 사교계에서는 존재감이 그저 그랬다.

하지만 그동안 들인 공이 아까워서 쉽게 버릴 수가 없는 카드였다. 무엇보다 그들이 따르는 분께서 미야 비노슈에게 아직은 기대를 걸고 있는 듯했다. 광신도인 그들에게 그분의 말은 진리나 다름없었다.

"지원을 아끼지 말게. 결국엔 미야 비노슈가 진짜 성녀가 되어야 하니까. 황좌를 결정지을 수 있을 만한."

"알겠습니다."

단체 학술회 후.

나는 마거릿에게 수도에 있는 쓸 만한 정보 길드 리스트를 뽑아서 달라고 부탁했다. 그런 뒤, 오늘만큼은 복잡한 생각을 떨쳐내고 여유롭게 쉬고 있었다.

그동안 이것저것 손대느라 눈코 뜰 새 없이 일했고 마침 내일은 주말이었다.

'학술회 때문에 그동안 너무 성실하게 지냈어.'

나는 맛있는 요리와 디저트를 먹은 뒤에 시종들로부터 마사지를 받고 새로 들여온 소설책을 뒤적였다.

'간만에 좀 살 것 같다.'

이 아늑하고 여유로운 삶이 체험판이라는 게 함정이지만…….

'고작 결혼 안 하는 걸로 줬다 전부 뺏다니.'

그래도 서문에 아르망 2호점이 들어서면 보장된 입지니 매출은 따놓은 당상이다. 100억을 하루 빨리 모아서 가주가 되면 반드시 날백수처럼 살 거라고 의미 없는 다짐을 하다가, 잠에 들기 전에 성수가 있는 방에 들어갔다.

성수와 교감하기 위해서였다.

"어? 애 어디 갔어?!"

당혹스럽게도 복도 끝 마지막 방에 곱게 모셔 둔 성수 알은 달랑 껍

데기만 남아 있었다. 텅 비어 있는 성수 알을 보고 나는 잠시 멍하게 서 있다가 급히 주변을 탐색했다.

'보통 주인이 보는 앞에서 깨어나지 않나? 매일 밤마다 놀러 오는데 좀 기다려 주지.'

탄생의 기적을 바라보면서 기립 박수 치고 눈물 흘릴 준비도 모두 끝냈는데.

'내가 소설을 너무 많이 봤어.'

다행히 성수를 보관하는 방은 문을 단단히 잠가 두는 곳이니 작은 몸으로 멀리 도망가지는 못했을 것이다.

'하아, 이 거북이 녀석은 뭐 하나 만만하지가 않네.'

거북이가 된 기분으로 기어 다니며 가구 밑을 면밀하게 살피고 있을 때, 어디선가 바스락거리는 소리가 들려서 숨을 죽였다.

바작바작.

작은 소리가 나는 곳은 테이블 위였다.

'뭐지?'

조그맣고 하얀 거북이가 책상 위에 올려 둔 마법석을 핥고 있었다.

'좀 당황스럽지만 귀여우면 된 거 아닐까?'

마법석에 달라붙어 있던 거북이가 나를 천진한 눈망울로 바라본 순간 비명이 터져 나올 것 같아서 입을 턱 틀어막았다.

아티팩트를 찾는 것부터 부화까지. 비록 모든 과정이 순탄치는 않았지만 저 깜찍함 하나만으로도 그간의 고생을 보상받은 느낌이었다.

소설 속 묘사대로 몸통과 등껍질이 모두 새하얀, 귀엽게 생긴 거북이였다. 길이는 내 약지 정도로 작은데, 입은 야무지게 앙다물려 있고 사파이어빛이 도는 눈동자는 영롱해서 똘똘한 느낌을 주었다.

단지 그 초롱초롱한 눈은 마력석을 탐욕스럽게 힐끗거리고 있었다. 먹고 싶다는 듯이.

'그러고 보니 마법 훈련실에서 슬쩍 빼돌린 마력석은 분명 두 개였는데 하나가 없어졌어.'

설마 이미 먹은 건가?

놀랍게도 거북이가 다시 마력석에 혓바닥을 대자 그것의 크기가 점점 작아지고 있었다.

"뀨우?!"

식사를 마친 녀석이 귀여운 소리를 내며 나를 빤히 바라보다가 작게 트림을 했다.

"안녕."

"뀨!"

가깝게 눈을 마주 보자 꾹 다물려 있던 입이 벙긋 벌어진다. 배가 불러서 기분이 좋은 듯 내 손가락에 머리를 가볍게 비비기도 했다. 부화를 앞둔 알에게 말을 자주 걸면 성수는 알을 돌봐 준 사람을 주인으로 생각하고 반응한다고 들었는데 사실이었다.

"내 목소리 기억나?"

동그란 머리를 살살 쓰다듬자, 큰 눈을 여러 번 끔뻑거린 거북이가 갑자기 내 손바닥 위로 후다닥 기어 올라왔다. 갓 태어났는데 걷는 속도가 빨라서 나는 움찔 놀랐다. 역시 단순한 거북이가 아닌 정령의 혼혈다웠다.

"네 이름은 퍼플이야."

"뀨?"

"어때? 좋지? 이게 얼마나 좋은 이름이냐면, 난 데보라고 보라는 사실 영어로 퍼플……."

반응이 뜨뜻미지근해서 나는 변명처럼 설명을 주절주절 덧붙였다. 내 목소리에 반응하는 듯 녀석은 말을 끝낼 때마다 고개를 한 번씩 갸우뚱거렸다.

도 넘은 깜찍함이었다.

또다시 비명을 지를 뻔했지만, 간신히 진정하고 퍼플의 머리를 조심조심 쓰다듬었다.

"착하다."

"……?"

"맛있는 거 많이 사 줄게."

"뀨!!"

'어?'

……순간, 통성명할 때랑 확연히 다른 반응이 나왔다. 놀랍게도 이 성수는 갓 태어났음에도 호불호가 아주 명확했다.

"맛있는 게 좋아?"

"뀨!"

맛있는 것에 열렬하게 반응하며 심지어 마력석이 입맛에 맞으시는 것 같다.

'마력석은 한우 등심보다 비싼데…….'

연비가 최악인 이 성수를 미야는 대체 어떻게 키운 걸까? 의구심을 느끼면서 조심스럽게 등껍질을 다독거리자 퍼플이 커다란 눈을 느릿하게 깜빡이다가 색색 잠이 들었다.

'난 돈이 많고, 얘는 귀여우니 잘된 거지.'

좋은 꿈을 꾸는지 퍼플의 입꼬리가 은은하게 올라갔다.

'아, 진짜 왜 이렇게 귀엽지.'

너무 귀여워서 위로 승천하려는 광대를 막기 힘들었다.

'악녀로서의 위엄을 지켜야 하는데. 큰일이다.'

작게 헛기침한 나는 거북이를 조심조심 들고 방으로 돌아와 최고급 쿠션 위에 내려놓았다.

'시모어 가문 공녀의 반려동물답게 아주 호화스럽게 키워 주겠어.'

나는 오랜 노력 끝에 만나게 된 성수를 한동안 기분 좋게 감상하다가 까무룩 잠이 들었다.

다음 날.

주말이라서 오랫동안 늦잠을 자려 했던 나는 무언가가 손가락을 깨무는 감각에 부스스 눈을 떴다. 작은 아기 거북이는 순식간에 손 한 뼘 크기만큼 자라나 어린이 거북이가 되어 있었다.

"뀨!"

'귀여운 건 역시 크게 봐야지.'

"아침 먹고 싶어?"

퍼플이 눈을 초롱초롱 빛내며 내 손가락을 다시금 깨물었다. 혹시나 해서 빵을 건네주자 해맑고 귀여운 얼굴로 퉤 뱉었다. 그나마 무화과는 입맛에 맞는지 입에 넣고 오물거렸지만 어딘가 뚱한 기색이었다.

'편식이 심하구나.'

"그래, 내가 졌다."

아껴 둔 상급 마력석을 건네자 퍼플의 뺨에 옅은 홍조가 돈다. 덕분에 능력 있는 가장이 된 기분을 느꼈다.

"많이 먹어."

"꾸!"

마력석을 순식간에 반이나 먹어치운 퍼플은 갑자기 의기양양한 얼굴로 내 손등으로 점프하더니 팔 위로 열심히 기어 올라왔다.

"뭐지?"

나를 빤히 바라보던 녀석이 갑자기 커다란 빛 뭉치로 변해 팔뚝 위 피부 안으로 천천히 스며들기 시작했다. 이윽고 팔에는 만화경을 연상시키는 육각형 모양의 정교한 기하학적 문양이 떠올랐다. 거북이 등껍질 모양을 연상시키기도 했다.

성수가 가진 대표적인 능력 중 하나인 '형태 변형'이었다.

"벌써 이런 것도 할 줄 알아? 대단하네."

내가 팔을 쓰다듬으면서 칭찬을 건네자, 이에 반응하듯 육각형 문양에 가볍게 빛이 들어왔다가 사라진다.

작은 거북이니까 주머니에 넣고 다녀야겠다고 단순하게 생각했는데 내 생각보다 훨씬 더 뛰어난 능력을 가지고 있었다.

사이즈는 5센티미터 남짓. 실력 좋은 타투이스트가 새긴 것 같은 문양을 유심히 구경하던 나는 벨렉이 왔다는 사용인의 말에 자리에서 일어났다.

그는 응접실에서 긴 다리를 꼰 채 나를 기다리고 있었다. 평소의 예민하고 까탈스러운 분위기가 아닌 우수에 잠긴 표정으로. 모양만큼은 참 그럴듯한 변태였다.

"무슨 일이야?"

내가 물음에 그가 나를 묘한 눈초리로 쳐다보았다.

"일단 앉아라. 좋은 차를 가져왔으니 마시면서 이야기하자."

그의 목소리가 자못 부드러웠기 때문에 나는 더더욱 미심쩍은 기분으로 맞은편에 자리를 잡았다.

"데보라. 학술회에서 나랑 협업한다고 공개적으로 말했다면서."

"으음. 사실이니까. 혹시 내가 협박…… 했다고 생각해서 찾아온 거야?"

"일단…… 협업이라 치고. 아버지께서 갑자기 내게 칭찬을 하시더군."

그가 차를 홀짝이며 느릿하게 입을 뗐다.

"그, 아무래도 네가 학술회에서 발표한 마도구에 나도 한 발 걸쳤다고 생각하신 것 같아."

"난 설계자고, 실제 개발자는 오라버니니까 그렇게 생각하실 수도 있겠네."

"흐흠! 그래서 일단 너와 함께 진행하고 있다고 대답을 했다. 내가 그 아티팩트를 실제로 만들어 주면 너도 이익일 거 아니냐?"

그가 약간 붉어진 얼굴로 헛기침한다. 칭찬을 해 주니 저도 모르게 냉큼 찾아온 기회를 물어 버린 모양이었다. 전쟁을 마무리하고 곧 수도로 올라올 로자드가 신경 쓰일 테니 더더욱 성과가 고픈 상황이었겠지.

소설 타임 라인상으로, 슬슬 황태자와 로자드가 등장할 시기가 다가오고 있었다.

"이익 때문에 만든 게 아니야. 아버지를 위해 구상한 거지."

내 가식적인 말에 그의 눈이 가늘어졌다.

"대체 어떤 마도구를 그렸길래 그토록 아버지 마음에 들었는지 일단 보자."

안마기구 설계도를 가져오자마자 벨렉이 곧바로 이마를 짚고 쓰러졌다.

"야! 이걸 무슨 수로 구현하냐?! 발표 전에 나랑 좀 상의를 하지 그랬어?"

"구현하려고 만든 게 아니니까."

제 무덤을 파서 드러눕는 게 일상인 벨렉을 나는 짠한 기분으로 바라볼 수밖에 없었다.

"하아, 설계도도 허술하게 그렸군. 이걸 완벽하게 설계도를 짜서 구현하려면 반년도 더 걸리겠어."

당장 아버지에게 잘 보이고 싶었는지 울적해하는 그를 바라보다가 나는 하인에게 필기구를 가져오도록 했다.

"발 마사지기로 가자. 굳이 전신을 해야 할 이유는 없잖아."

"……이런 걸로 괜찮을까?"

비교적 쉬운 마도구를 그려 주자 그가 의심스러운 눈초리로 날 바라보았다.

"근육의 피로를 풀어 준다는 목적은 같아. 아버지는 미로처럼 계단이 많은 마탑을 돌아다니시니 발이 가장 아프시겠지."

나는 설계도를 여러 개 그려보면서 말을 이었다.

"그리고 만드는 내내 오라버니는 아버지를 생각할 거잖아."

"……."

"아마 그것만으로도 충분히 기뻐하시지 않을까?"

문득 벨렉의 따가운 시선이 느껴졌다. 그는 날 기묘한 눈초리로 바라보고 있었다.

"……왜?"

벨렉이 내 눈을 슥 피하며 한번 헛기침을 했다.

"너는 아버지께만큼은 가식적…… 아니, 효심이 깊으니 이 부분은 믿을 만하겠다 싶어서."

"방금 뭔가 신경 쓰이는 단어를 들은 것 같은데."

"……착각이다. 아버지께서 널 왜 유독 아끼는지 조금은 알 것 같다는 뜻이다."

툴툴대며 불평하지 않고, 모처럼 다정한 음성으로 날 구슬리던 벨렉은 스케치가 끝나갈 무렵에 문득 물었다.

"그런데 데보라. 왜 날 순순히 도와주는 거지? 그동안 난 널 무시했는데. 물론 너도 날 괴롭혔지만."

벨렉에게 너그러워진 이유는, 같은 공대생으로서의 동병상련 때문이기도 하고, 벨렉이 로자드보다 더 만만하기 때문이기도 했다. 직접 중매에 나서지 않고 멀리서 루이 가젤의 정보만 슬쩍 흘린 것만 봐도 로자드는 벨렉보다 음험한 놈이었다.

또한 매번 채찍만 휘두르면 성질 더러운 노예 2호가 어떤 돌발 행동을 벌일지 모르기 때문에 당근을 줄 때도 됐다고 생각했다.

뭐, 각종 아티팩트에 특허도 걸 수 있고.

'세상에 공짜는 없다, 벨렉아.'

"협업 관계잖아."

음흉한 속내를 감추며 말하는데 벨렉이 또다시 엉뚱한 소리를 했다.

"나는 그렇다 치고, 비스콘티 공자는 대체 어떻게 협박하고 있는 거지? 혹시 그놈도 석판 밑에……."

"아니야."

음산하게 중얼거리자 벨렉이 입을 딱 닫는다.

'진짜 협박하는 거 아닌데.'

차라리 사교계에 떠도는 풍문처럼 내가 이시도르의 약점을 쥐고 있는 거라면 속이 편할 것 같았다. 의뭉스러운 이시도르의 말이나 행동을 자꾸 떠올리지 않아도 되니까.

'나에 대해서 뭔가 아는 것 같았어.'

그래서 결국 조사를 좀 했다.

나는 마거릿이 내 앞에 두고 간 두 개의 서류를 집어 들었다. 이시도르와 마스터의 관계가 의심되는 상황이다. 다른 길드의 이시도르에 대한 조사 결과와 마스터의 조사 결과를 한 번쯤은 대조해 보고 싶었다.

일단, 내가 마거릿에게 정보 구입을 부탁한 첫 번째 길드는 귀족 영애들이 가장 많이 찾는 흥신소 겸 정보 길드였다.

이곳은 바람피우는 인간들을 특히 잘 잡아낸다고 들었다.

'미행도 잘한다는 거지.'

이시도르는 팬이 워낙 많으니 그에 관한 정보는 돈이 될 것이다. 영애들이 주 고객층이라 이시도르에 대한 풍문이나 각종 정보를 가장 많이 수집해 뒀을 것 같았다.

그리고 두 번째는 귀부인들이 제 딸의 남편감 후보의 행실을 조사하기 위해서 많이 찾는 정보 길드였다.

'이쪽도 만만치 않지. 오히려 훨씬 세지.'

나이 기준이 남자한테만 관대한 아스테이아 제국에서 이시도르는 결혼이 급한 상황은 아니었다. 하지만 도리어 그에겐 정혼자가 없기에 문의가 많을 것 같았다.

기존의 정보를 사는 것. 이시도르가 워낙 유명 인사니까 가능한 조사 방법이다.

'어린 나이에 부단장까지 할 정도로 뛰어난 기사인데, 정보원을 고

용해서 붙이는 건 미친 짓이야.'

하지만 길드에서 모아 둔 정보를 사들일 경우, 자료를 전달 받는 경로만 복잡하게 만들면 마스터라도 의심하기 어렵다.

만일 이런 평범한 정보 길드에 들어 있는 내용이 누락되었다? 이시도르와 마스터가 모종의 관계가 있다는 내 가정이 정말 설득력 있어진다.

'색다른 정보가 튀어나올 것 같단 말이지.'

나는 봉투 위에 꾹 눌려 있는 실링을 빠른 속도로 뜯었다. 그리고 안에 든 정보를 집중해서 읽기 시작했다.

"데보라 공녀님?"

"어?"

마스터의 부름에, 멍하니 있던 나는 퍼뜩 상념에서 깨어났다.

"오늘따라 피곤해 보이시는군요. 열심히 일하는 것도 좋지만, 컨디션이 안 좋을 때는 돌아가서서 쉬는 게 낫지 않을까요?"

"일해야지. 2호점이 생각보다 빨리 진행되고 있으니까."

나는 현재 공사 진행 상황을 보며 말했다. 원래 디저트 가게였던 건물이라서 그런지, 2호점은 1호점보다 인테리어 공사 진행이 훨씬 빠르고 쉬운 모양이었다.

'이래저래 돈을 많이 아꼈어.'

마스터는 한때 나리아였던 그 알짜배기 입지의 건물을 무려 반값으로 후려쳤다. 그가 나리아를 범죄의 온상지처럼 작업 치는 모습을 보며 나는 혀를 내두를 수밖에 없었다.

비자금을 위해 마약 성분의 약초를 키웠다는 괴소문까지 퍼뜨리다니. 브루노 상단은 가짜 이온 음료 레시피를 베끼려고 다양한 약초를 사들였기 때문에 더욱 신빙성이 있는 소문으로 느껴졌던 모양이다.

여하튼 헐값에 부동산을 샀으니, 이제 괴소문을 떨쳐내기 위한 이미지 세탁만 하면 된다.

"이건 어때?"

"나쁘지 않군요."

그가 피식 웃었다.

이번에도 세금 감면을 위해 시계탑을 기부 채납할 예정이었다. 저번과 다르게 이 시계탑엔 여신의 탄신일에 맞춘 시간에 신성한 느낌의 종소리가 울리는 부가 기능을 넣으면 좋을 것 같았다.

이전 생애에 덕질했던 기억에서 착안했다. 내가 파던 아이돌의 생일이 9월 14일이라 매번 9시 14분에 최애의 생일을 챙겨줬다.

'내 최애는 잘 있으려나. 춤 선이 참 예뻤는데.'

"공녀님."

"어?"

내가 전혀 집중을 못 하는 걸 눈치챘는지, 그가 회의를 빠르게 마무리하고 마법으로 찻주전자와 디저트를 테이블로 옮겨 왔다. 나는 그가 타준 홍차를 홀짝이다가, 주머니에서 작은 병 하나를 꺼냈다.

"아, 그리고 이 차. 아르망에서 팔고 싶은데."

나는 이시도르가 선물했던 차를 병에 담아 왔다.

"이시도르 경이 준 거야. 맛있더군."

그런데 그의 얼굴에 어딘가 난감한 기색이 스쳤다.

'역시, 뭔가 이상해.'

나는 어제 길드에서 받은, 이시도르에 대한 조사 자료를 떠올렸다. 솔직히 좀 많이 놀랐다.

'무슨 아이돌 영업글 보는 줄 알았어.'

내가 정보 길드에서 사 온 정보가 마스터가 조사해 온 자료보다 훨씬 더 이시도르에 대한 찬양이 심했으니까.

'마스터가 의외로 담백한 편이었다니.'

[이시도르 경의 외모를 실물로 아직도 영접하지 않았다면, 필자는 당신이 헛살았다고 말하고 싶다. 최근 마법학부 근방에서 자주 보인다고 하니 참고할 것!

또한, 이시도르 경의 패션 감각에 대한 이야기를 빼놓을 수가 없는데……. (중략)]

마치 소속사에서 뒷돈을 준 듯한 찬양글로 도배되어 있는 자료였다.

'누구나 아는 걸 500골드에 팔다니. 차라리 나도 정보 길드를 운영할걸.'

단 한 번도 사교계에서 사생활 논란을 일으킨 적 없다는 부분에는 붉게 밑줄까지 쳐져 있었다.

'진짜 빛 그 자체였어?'

무슨 유니콘도 아니고 이토록 완벽한 사람이 세상에 있다는 사실에 경악하던 중, 나는 자료 후반부에서 멈칫했다.

[이시도르 경이 결벽증이 있다는 소문이 암암리에 돌고 있다. 실제로 번잡스러운 자리나 사석에 잘 등장하지 않으며 늘 장갑을 끼고 다녀……. (하략)]

결벽증?

순간, 나는 이시도르의 맨손을 단 한 번도 본 적이 없다는 사실을 깨달았다.

'여름에도 얇은 면장갑을 끼고 있었지.'

또한 장갑을 낀 채 피아노를 치던 모습도 머릿속에 스쳐 지나갔다.

기사니까 굳은살이 박인 손을 가리기 위해 여름에 장갑을 낀 것까진 이해하고 넘어갈 수 있다. 하지만 피아노를 칠 때도 장갑을 끼는 건 특이하다고 생각했다.

'나라면 답답해서 잠깐 벗어 놓았을 거야.'

몇 가지 정황이 떠오르자, 정보 길드의 내용이 상당히 신빙성 있게 느껴졌다.

'마스터가 평범한 길드도 다 아는 정보를 빠뜨릴 위인은 아닌데……'

일부러 정보를 누락시켰거나, 혹은 단순한 헛소문이라서 제외했거나. 둘 중에 하나인 상황인 것이다.

'전자라면, 내가 그 정보를 모르길 바랐던 건가? 왜지?'

물론 후자일 수도 있다. 정보 길드에선 확실한 정보가 아닌 그저 정황과 소문으로 추측한 것뿐이니까.

'진상을 확인하려면 이시도르의 장갑을 벗길 수밖에 없는 건가? ……근데 허락 없이 만지는 건 범죄잖아.'

결벽증도 증상이 다양하다. 타인과 접촉하는 것을 싫어할 수도 있고, 더러운 환경에 노출되는 것을 꺼릴 수도 있다.

'점점 미궁에 빠지는 느낌이군.'

또다시 멍하게 상념에 젖어들었다. 정신 차리라는 듯 마스터가 동전을 가볍게 위로 튕겨 올려서 나는 애써 일에 다시 집중했다.

"이 차는 어디서 들여와야 하지? 잘 팔릴 것 같아서."

"이 찻잎은 단가가 안 맞아서 팔기 힘들 겁니다."

그가 앞면이 나온 금화를 테이블 위에 내려놓으며 말했다.

"그 정도야? 얼마인데?"

"……가격이 매년 바뀝니다."

시세가 정해져 있지 않다는 건 생산량이 그만큼 적고 귀하다는 뜻이겠지.

'이시도르 경에게 귀한 차를 선물로 받은 거군.'

그에겐 매번 뭘 잔뜩 받기만 한다.

'파면 팔수록 미담만 나오는 분을 벗기고 만져서(?) 내 가설을 확인해 보려는 생각이나 하고 있다니.'

나는 한숨을 삼키며 찻잎이 든 유리병을 다시 후드 주머니에 집어넣었다. 언젠가 적당한 구실이 생기면, 이런 귀한 선물을 받은 것에 대해 보답은 해야 할 것 같았다.

"마스터. 혹시 이시도르 경이 뭘 좋아하는지 알아? 고위 귀족에 대한 정보를 많이 가지고 있을 것 같은데."

"……그런 건 직접 물어보시죠."

"미리 물어보면, 받는 사람이 재미없잖아."

"공녀님은 좀 덜 재밌어도 됩니다. 종종 보는 사람이 아슬아슬할 정도니까요."

그의 지긋한 시선에 나는 손을 꼼지락거렸다. 에마뉘엘을 낚아 올리기 위해 가짜 미끼를 던진 내 행동이 그에게는 조금 무모해 보였나 보다.

"충분히 승산이 있어서 한 거야. 그리고 얻은 게 많잖아. 하이 리스크, 하이 리턴. 몰라?"

나를 잠자코 바라보던 마스터가 테이블 위에 놓은 금화 다섯 개를 집어 이미 높게 쌓인 금화 탑 위에 올렸다.

"모든 걸 갖추신 데보라 공녀님께서도 이렇게 치열하게 움직이시는데 저도 더욱 노력해야겠군요."

"그래. 내 목표는 훨씬 높아."

그가 열심히 사업을 도와준다는 말에 나는 슬쩍 허세를 부렸다. 틀린 말은 아니었다. 100억까지는 반도 못 온 상태였으니까.

마스터가 금화로 쌓아 올린 높은 탑은 곧 쓰러질 것처럼 아슬아슬했다.

"그런데 마스터야말로 돈이 셀 수 없을 만큼 많지 않아? 굳이 더 벌어도 되지 않을 만큼."

"아무리 쌓아도 도통 질리지 않았죠. ……이전까지는."

"지금은 아니라는 뜻인가?"

"설마요. 저는 황금을 아주 좋아합니다. 볼 때마다 기분이 좋아지거든요. 본능에 새겨진 것처럼요."

그가 진정한 수전노다운 발언을 하며 곤히 잠들어 있는 쿠키의 등을 반대편 손으로 쓰다듬었다.

"쿠키가 오늘따라 피곤해 보이네."

"요 며칠 밖에서 사냥을 하다가 들어왔습니다."

몸을 가볍게 뒤척이는 쿠키를 가만히 바라보던 나는 설핏 눈가를 좁혔다. 계속 이시도르의 손에 대해서 생각하다 보니 뜻 모르게 쿠키를 쓰다듬는 마스터의 커다란 손이 눈에 선명하게 들어왔다.

그러고 보니 그가 장갑을 벗은 것도 본 적이 없다.

물론 마스터랑 이시도르는 다르다. 마스터는 어둠 속에서 일을 하니 지문을 감추고 정체가 드러나는 걸 피하려는 거겠지.

'손 커서 피아노 치면 잘 어울릴 것 같은데……'

근데 나 왜 자꾸 이런 변태 같은 생각을 하고 있지?

"흠흠! 난 가 보겠어."

괜히 찔려서 헛기침을 한 나는 자리에서 벌떡 일어나 집으로 돌아갔다.

각종 사교 클럽의 단체 학술회가 모두 끝났다.

그리고 〈입실론〉에서는 학술회를 성황리에 마친 기념으로 큰 규모의 뒤풀이 파티를 열었다.

지인 초대로 놀러 온 다른 사교 클럽 회원들도 있어서 〈입실론〉 프랫 하우스 홀은 귀족 영애와 영식들로 북적거렸다. 홀 외곽엔 각종 핑거 푸드가 마련되어 있었고, 그들은 칵테일 잔을 하나씩 들고 삼삼오오 모여 잡담을 했다.

입에 가장 많이 오르내리는 사람은 단연 〈입실론〉 리더인 이시도르였다. 작년에는 남부의 영지 문제로 이시도르가 수도를 자주 비웠기 때문에, 그가 공식 석상에 나와 진행을 하는 모습을 보는 건 모두가 처음이었다.

"이시도르 경은 오늘 이 자리에 나오나요?"

"글쎄요. 그분은 리더지만 얼굴 보기가 쉽지 않으니까요."

자주 참석할 수 없다며 한사코 거절하는 이시도르에게 황태자가 〈입실론〉 리더 자리를 반강제로 떠넘긴 일화는 유명했다.

〈입실론〉을 마음에 두고 있다고 알려졌던 필라프가 뜬금없이 〈아라크론〉리더가 된 이유였다. 필라프는 누군가의 밑에 들어가는 걸 견디지 못하는 성미였으니까.

"그나저나 아라크론은 뒤풀이도 생략할 예정인가 보더군요."

"못 하는 거죠. 망신스러워서."

"파티는 늘 에마뉘엘 공녀가 담당했었으니 뒤풀이를 맡아 진행할 사람도 없고요."

"데보라 공녀와 에마뉘엘 공녀가 그렇게 공식 석상에서 첨예하게 언쟁을 벌이게 될 줄은 꿈에도 몰랐어요."

"작년만 해도 상상도 못 했을 일이죠."

정치적으로 뛰어난 에마뉘엘 공녀와 시모어의 망나니인 데보라 공녀는 비교 대상조차 아니었다.

"데보라 공녀는 마탑에서는 인정받았을지 몰라도 공식 석상에서는 큰 존재감이 없었는데, 에마뉘엘 공녀가 도리어 도와준 셈이군요."

"급한 마음에 악수를 둔 거죠."

매번 본인은 직접 나서지 않고 교묘하게 여론을 조종하던 에마뉘엘 공녀가 데보라 공녀의 페이스에 휘둘려서 바닥을 드러냈다. 〈입실론〉에서는 통쾌하다는 분위기였고, 〈아라크론〉 쪽에선 데보라 공녀가 함정을 판 것이며, 공식 석상에서 너무 과했다는 말을 뒤늦게 꺼내고 있었다.

하지만 혀 밑에 칼을 품은 대화가 오가고, 온갖 권모술수가 판을 치는 곳이 바로 중앙 사교계다. 함정에 빠졌다는 건 멍청하다는 방증이었고 귀족들은 패자에게 그리 너그럽지 않았다.

다만 데보라 공녀를 함부로 건드리면 안 된다는 분위기는 예전보다 더욱 팽배해졌다.

'더 무서워졌어.'

예전엔 시모어의 내놓은 자식인 그녀를 은연중 무시하는 이도 많았고, 공공의 적이라 삼삼오오 모여 같이 욕하는 분위기였는데, 요즘은 그조차도 조심스러워졌다.

'숨 막히는군.'

"저, 저기."

"헉."

곧 구설수의 주인공이 모습을 드러내자 프랫 하우스 홀 내부가 돌연 쥐 죽은 듯 고요해졌다.

데보라 공녀는 진보라색 고급 실크로 만든 간결한 드레스를 입고 있었다. 비대칭으로 셔링된 옷이 그녀의 독특한 분위기를 살려 주어서 무서운데도 좀처럼 시선을 뗄 수가 없었다.

머리를 위로 높게 올려 묶어 유난히 날카로운 인상을 강조한 공녀는 홀로 천천히 홀을 가로질러 창가로 가더니 팔짱을 꼈다. 이내 미간을 좁힌 그녀가 부채를 펄럭였고, 스르르 넓은 소매 깃이 내려가면서 문신이 드러나자 더 깊은 침묵이 내려앉았다.

아스테이아에서 타투는 강인한 신념을 가진 수도사들이나 호전적인 용병들이 애용한다. 데보라 공녀가 어떤 신념을 가졌는지는 모르겠지만, 그녀답게 굉장히 파격적이라고 생각하면서 다들 입을 다물지 못했다.

갑자기 너무 많은 시선이 쏟아지니까 삐질, 땀이 솟아오른다. 나는 더위를 식히기 위해 부채를 이리저리 펄럭였다.

'첫 파티라서 아주 조금은 기대를 하고 왔는데……'

하필 홀 내부에는 아는 사람이 아무도 없었다.

'너무 일찍 왔어.'

그래도 마거릿이 있어서 다행이었다.

나는 긴장감을 달래기 위해 마거릿이 건넨 샴페인을 황급히 원샷 했다. 알코올 기운이 좀 올라오자 속을 꽉 죄던 감각이 조금 나아졌다.

진정한 나는 부채를 펼치고 5황녀가 나타나기만을 기다리며 주변을 둘러보다가 어떤 영애와 눈이 마주쳤다. 보통은 황급히 눈을 아래로 까는 경우가 대부분인데 영애가 갑자기 내 쪽으로 천천히 걸어왔다.

'히익. ……왜, 왜 오는 거지?'

설마 데보라가 과거에 저 영애에게 뭔 짓을 했나? 예상치 못한 상황에 초조해진 나는 샴페인을 또다시 원샷 했다.

"안녕하세요. 데보라 공녀님."

다행히 원망하는 눈은 아니었다.

'그런데 이곳의 보통 영애들은 어떤 대화를 나누지?'

마나 에너지 밀도 변화의 실태 및 연구 동향 분석 같은 대화를 나누지는 않을 거 아니야. 5황녀와의 대화에만 익숙해진 나는 마른침을 삼키며 그녀를 바라보았다.

그녀는 자신을 레아 호렌스라고 소개했다. 그녀의 긴장된 눈동자엔 약간의 호감이 맴돌고 있었다.

'작년에 에마뉘엘 공녀 때문에 발표에 곤란을 겪었던 그 영애구나.'

5황녀에게 언뜻 들었던 것 같다.

'적의 적은 일단 아군이긴 하지.'

"데보라 공녀님을 뵙게 되어서 영광입니다."

"만나서 반갑군."

"아! 그리고 첫 발표를 성공리에 마치신 거 축하드려요."

'성공? 깽판 쳐 놓은 건데.'

그래서 이시도르에게 발표 순서를 맨 뒤로 빼 달라고 요청했었다.

'학술회에서 사교 클럽끼리 물고 뜯는 일이 많다고 듣긴 했는데, 일단 이기면 성공한 건가?'

무슨 말을 해야 적당히 위엄이 있을지 고르느라 침묵이 이어졌다.

"음. 그래."

결국 나는 썰렁하게 답변하며 샴페인을 한 잔 더 들었다. 레아 영애도 어설픈 미소를 띠며 응수했다.

나와 그녀가 마주 보고 한 잔씩 걸치자 근처에 서 있던 영식이 내 앞으로 다가와서 인사를 건넸다.

"공녀님. 전 막스 푸르니에입니다. 이번 학술회에서 정령의 힘과 환경의 관계에 대한 논문을 발표했습니다. 두 번째로 발표했는데 기억하시나요?"

"그 논문, 인상 깊게 봤어."

빛의 정령은 광합성을 하면 좋다는 그의 발표를 기억한 나는 맑은 날에 성수를 문신 형태로 팔에 담아 데리고 다녔다.

'그리고 오늘 날씨가 좋았지.'

무심코 팔을 만지작거리자 막스가 왠지 모르게 착잡해진 얼굴로 구석에 놓인 샴페인을 들었다. 나와 대화하기 위해서 상대방도 알코올의 힘을 빌리는 느낌이 드는 건 기분 탓일 것이다.

"저도 공녀님의 마도구를 몹시 인상 깊게 보았습니다."

"맞아요. 정말 획기적이라고 생각했어요. 막스 경과 얼마나 감탄했던지요."

보아하니 둘이 아는 사이이고 막스는 레아 쪽을 돕기 위해(?) 끼어든 것 같았다. 셋이 어색하게 서서 형식적인 대화를 주고받는 중, 내부가 갑자기 웅성거려서 저절로 프랫 하우스 입구 쪽으로 시선이 향했다.

수많은 사람들 사이에 둘러싸여 있는데도 나는 곧장 이시도르를 발견할 수 있었다. 키가 굉장히 크기도 하고, 주변 분위기를 단숨에 바꾸는 강렬한 존재감을 가지고 있었으니까. 그는 자연스럽게 무리에서의 위치를 드러내며 제 가신과 함께 홀 안으로 들어왔다.

"일찍 왔네요."

주변에 모여든 귀족들과 이야기를 나눌 줄 알았던 그가 화사하게 웃으면서 내가 서 있는 곳으로 곧장 걸어와서 나도 모르게 손을 움찔 떨었다. 아까와는 비교도 안 되는 수많은 시선이 쏠린다.

'나는 약간 주목 공포증이 있는데.'

나는 붉은 리큐어가 든 잔 하나를 재빨리 집어 들었다. 달착지근한 체리 맛에 순간적으로 긴장이 완화되었다.

"데보라 공녀는 입회한 후 첫 단체 모임이죠? 레아 영애와 막스 경과는 벌써 통성명했나 보네요."

"데보라 공녀님을 뵙는 건 이번이 처음이에요."

"논문에 대한 이야기를 나누고 있었습니다."

"화기애애한 모습 보기 좋네요. 늦었지만 공녀의 입회 축하를 위해서 건배할까요?"

그가 자연스럽게 축사를 꺼내며 샴페인을 들자 홀에 서 있던 이들까지 우르르 모여들어 잔을 부딪쳤다. 썰렁했던 내 주위는 순식간에 사람들로 가득 찼고, 누군가는 값비싼 샴페인을 터뜨렸다.

챙─!

황금빛 액체가 담긴 잔들끼리 요란하게 부딪치는 소리가 귓가를 어지럽혔다. 나를 바라보는 〈입실론〉 멤버들의 시선은 그리 따갑지 않았다.

'기분 이상하네.'

여기선 미움받는 것에 익숙했는데.

"수식에 마도구까지. 올해 가장 활약한 데보라 공녀님의 입회를 환영합니다."

"만나서 반갑습니다."

여기저기서 쏟아지는 환영 인사와 함께 하얀 샴페인 거품이 위로 솟구치는 광경이 한없이 비현실적으로 느껴진다. 영화에서 볼 법한 화려한 파티에 내가 섞여들어 있는 느낌이었으니까.

낯선 나라에 온 앨리스처럼 눈을 느리게 깜빡이고 있을 때, 이시도르가 조용하게 말을 걸었다.

"식사는 했어요?"

"아, 응."

"다행이네요. 빈속에 너무 많이 마시지 마요. 이거 은근히 도수가 세거든요."

이시도르가 나와 똑같은 붉은빛이 도는 리큐어를 들고 말했다.

'그냥 맛있는 체리 음료 같은데.'

붉은 잔을 이리저리 살피던 중 이시도르 뒤로 5황녀가 다가왔다.

"이시도르 경, 나 없이 벌써 샴페인을 터뜨리다니. 정말 섭섭한데. 데보라 공녀는 내가 모두에게 소개하고 싶었다고."

"조금만 기다려 주지."

그 이후 티에리, 기욤 등 간부들이 연이어 들어와서 분위기는 더욱 떠들썩해졌다. 알고 보니 아까 대화를 나눈 막스 푸르니에 역시 간부였다. 여섯 명의 간부 중 나머지 한 명만 일이 있어서 참석하지 못한 모양이었다. 리더가 참석하고 간부가 다섯 명씩이나 모이는 게 흔한 일은 아니라고 5황녀가 귀띔했다.

"학술회를 잘 마쳤다고 선배님들이 선물을 잔뜩 보내 줬더군."

이윽고 커다란 3층짜리 케이크와 값비싼 와인까지 등장하자 뒤풀이장은 점점 더 왁자지껄해졌다. 크게 말하지 않으면 상대방 목소리가 잘 안 들릴 정도였다.

그리고 나는 오늘 참석한 〈입실론〉 멤버들을 모두 소개받았다. 능력을 중시하는 곳답게 정령사, 학부 수석, 소드 엑스퍼트, 심지어 마탑에 이미 취업을 약속받은 인재도 있었다.

'이제 좀 사교 클럽에 들어왔다는 게 실감나네.'

그런데 시간이 갈수록 대화에 잘 집중이 안 돼서 나는 살짝 눈가를 좁혔다.

'설마 술기운이 올라오는 건가.'

생각해 보니 긴장할 때마다 야금야금 샴페인과 리큐어를 들이켰다.

'그래도 아직은 괜찮아. 아직은.'

그간 선물받은 독한 와인을 잔뜩 마셔도 끄떡없었기 때문에 이 정도면 괜찮다고 생각했다. 이상하게 이시도르의 하얀 장갑 낀 손이 자꾸만 눈에 들어왔지만, 대수롭지 않게 넘겼다.

'아직 안 취한 거라고!'

난 취하지 않았다.

'데보라 공녀님은 정말 멀쩡하군.'

미겔이 한창 무르익은 파티장을 둘러보다가, 꼿꼿한 자세로 서 있는 데보라 공녀를 발견했다. 볼 때마다 느끼지만 기가 질릴 정도로 화려한 동시에 참 냉랭하게 생긴 사람이었다.

"파티에서 끝까지 저런 분위기를 풍기다니. 역시 데보라 공녀님답네요."

"……취한 것 같은데."

그때 옆에 서 있던 주군이 미간을 좁히며 중얼거린다.

"대체 어딜 봐서요?"

데보라 공녀는 만취한 사람도 번쩍 정신이 들게 할 만큼 싸늘한 표정을 짓고 있었고, 이 자리에서 제일 멀쩡해 보였다. 행차해 주신 것만으로도 황공하다고 엎드려 절해야 할 것 같은 느낌이었다.

'보통 때랑은 확실히 달라.'

이시도르는 베테랑 정보원답게 예리하게 눈가를 좁혔다.

일단 안색. 얼굴은 평소보다 창백한데 귓불만 유독 붉다. 무엇보다 그녀는 대리석 바닥 장식 중에 굳이 황금색 부분만 구두 뒷굽으로 골라서 밟고 있었다.

'그리고…… 왠지 자꾸 나를 감시하는 느낌이 들어.'

뜻 모르게 장갑 속의 손에서 오소소 오한이 돋아났다.

"어? 이쪽을 보는 것 같은데요."

미겔이 데보라 공녀의 시선이 향한 곳이 어딘지 헤아리던 중, 서글서글한 낯으로 사람 좋게 웃으며 다가가는 티에리 때문에 공녀가 가려졌다.

"둘 사이가 가까운 게 참 의외면서도 은근히 어울리는…… 주군?"

동시에 옆에 있던 이시도르 역시 휑하니 사라졌다.

한편, 티에리는 데보라 공녀에게 서운한 기분으로 말을 걸고 있었다.

"왜 요즘 음악실에 안 놀러 와? 최근에 난이도 높은 곡을 연습하고 있었는데."

"……바빠서."

그렇게 매정하고 간결하게 답변할 거면서 왜 3초 동안 뜸 들이는 건데. 사람 기대하게.

'나 인기 상당히 많은데.'

티에리는 눈물을 삼키며 다시금 말을 걸었다.

"그럼 이제는 좀 한가해? 아무리 바빠도 그렇지. 시간을 오 분, 아니, 십 분도 못 내주나? 우리 사이에 의리가 있지."

"……십 분?"

그녀가 붉은 입술을 느리게 달싹인다.

"놀러 올 수 있지?"

대답을 숨죽이며 기다리고 있을 때, 갑자기 꽥, 괴성이 나며 티에리의 바지 뒤쪽이 젖어 들었다. 기윰이 뒤에서 샴페인을 쏟은 것이다. 티에리의 이마에 핏대가 섰다.

"대체 뭐 하는 짓이냐? 다 젖었네! 하필 쏟은 부위가 이상한 오해를 사기 쉬운 곳이잖아."

"바, 방금 누가 내 발을 걸었어! 귀신인가?"

기윰이 하얗게 질린 얼굴로 중얼거렸다.

"네가 네 발에 걸린 거겠지."

"그런 거겠지?"

"그보다 바지 어떻게 책임질 거야? 나 오늘 새벽까지 달리려고 했단 말이다."

둘이 티격태격 말싸움을 하는 사이에 데보라 공녀는 홀연히 바깥으로 나갔다. 그리고 타운 하우스 뒤쪽, 커다란 나무 밑에서 잎새 사이사이로 보이는 별을 올려다보았다.

"마셔요."

어느새 다가온 이시도르가 물 잔을 내밀었다. 데보라 공녀의 붉은 시선이 또다시 물 잔을 든 제 손에 못 박혀서 이시도르는 고개를 기울였다.

"뭐, 나한테 볼일 있어요?"

"……볼일?"

한 박자씩 느린 반응을 보면서 이시도르는 데보라 공녀가 멀쩡한 상태는 아니라고 다시금 확신했다.

"일단은 쌀쌀하니까 이거라도 입고 있어요."

그녀가 물잔을 받아 들자마자 이시도르가 재킷을 벗어 그녀의 어깨에 걸쳐 주었다. 커다란 검정 재킷에 폭 감싸인 채 데보라 공녀가 문득 중얼거렸다.

"……손."

이시도르는 의아한 기분으로 손을 들어 올렸다.

"손?"

"응."

"이거, 몇 개인지는 알겠어요?"

손가락 세 개를 붉은 눈동자 앞에서 흔들자 그녀가 눈썹을 찌푸렸다.

"……두 개잖아. 나 안 취했어."

아주 당당하게 틀렸지만, 눈빛은 전혀 취한 사람 같지 않았다. 그녀가 자신의 손가락을 부러뜨릴 듯이 노려봐서 이시도르는 재빨리 손가락 하나를 접었다.

"그래, 두 개예요. 공녀 말이 다 맞아요."

그녀가 돌연 눈에서 힘을 풀면서 푸스스 웃는다. 그 모습에 공연히 뒷덜미가 뜨거워지는 느낌이 들었다. 공녀가 이따금 보여 주는 웃는 모습은 정말 예뻤으니까.

'왠지 내가 휘둘리는 느낌인데.'

"……친절하네. 이시도르 경은."

그녀가 물을 한 모금 마시면서 중얼거렸다.

"……."

공녀에게만큼은 친절하게 굴고 있는 게 사실이었다. 본래 그는 누군가에게 이렇게 먼저 다가가지 않았다. 작년까지만 해도 영지 일을 핑계로 공식적인 자리를 최대한 피했고, 올해는 아카데미에도 안 올 예정이었다. 그런데 누구 때문에 계획을 변경했다.

"……그리고 너무 완벽해. 수상하게."

그녀의 이어지는 말에 이시도르가 눈가를 가늘게 접었다.

"완벽한 사람이 이 세상에 어디 있어요? 결함을 숨겨 뒀거나, 무결한 척을 하는 거겠죠."

"척……."

데보라 공녀가 척이라는 단어를 두어 번 곱씹었다.

"빛이 강할수록 그늘도 깊다고 하죠."

이시도르가 어둠에 파묻혀 절반만 보이는 커다란 반달을 바라보며 말했다.

'나답지 않군.'

솔직한 이야기가 입에서 자꾸 튀어 나오는 걸 보면 자신 역시 달빛이 주는 어슴푸레한 분위기에 취한 것 같기도 했다.

"……결함을 그늘 밑에 숨긴다는 건가?"

"그럴 수도."

이윽고 둘 사이에는 침묵이 드리웠다. 이시도르가 문득 볼우물을 패며 장난스럽게 입을 열었다.

"그런데 내가 뭐가 완벽해요? 피아노도 못 치는데."

"……그건 귀여움까지 겸비한 거지."

"귀엽다고?"

이시도르가 어이없는 기분으로 공녀를 지그시 바라보았다. 그때 그녀가 갑자기 제 재킷을 뒤집어썼다.

"왜 그래요?"

"……눈부셔. 태양을 피하고 싶어서."

'정말 종잡을 수가 없네.'

하지만 엉뚱한 모습이 몹시 귀엽다는 게 문제였다. 금색 바닥 장식만 구태여 골라 밟는 것부터 시작해, 자꾸만 지켜보고 싶게 만드는 얌전한 주정이었다. 나쁜 소문과 차가운 겉모양에 가려져 있던 그녀의 또 다른 일면을 들여다보는 느낌이 들었다.

"밤인데 눈이 부실 일이 뭐가 있어요? 달빛 때문에?"

이시도르가 웃음기 어린 음성으로 다정하게 물었다. 공녀가 미간에 주름이 잡힐 정도로 눈을 꾹 감고 있다가 갑자기 눈꺼풀을 들어 올렸다.

"……이제 됐다."

"뭐가요?"

"갑자기 시신경이 과로를 해서 조금 쉬었어."

그녀가 끊임없이 영문 모를 소리를 중얼거리더니 다시 이시도르의 손에 눈을 고정했다.

'취하면 하나에만 계속 집착하는 타입인가 보군.'

그리고 그게 자신의 손이라는 사실이 그리 기분 나쁘지는 않다. 아마 다른 놈 손이었다면…… 그놈 손목을 날려 버리고 싶지 않았을까. 문득 그런 생각이 잠깐 지나갔다.

'그나저나 언제까지 볼 생각이지?'

끈질기게 달라붙는 붉은 눈동자에 이시도르가 뻣뻣해진 손을 가볍게 쥐었다가 폈다.

'그리고 난 왜 만취한 사람 앞에서 이렇게 긴장하고 있지?'

그가 무릎에 올려놓은 손가락을 초조하게 툭툭 두드리자 그녀가 고요한 목소리로 말했다.

"……난 피아노 잘 치는 커다란 손을 좋아해."

'왜 하필 그 많은 것 중에 피아노야?'

평범하면서도 자신과는 거리가 있는 이상형이었다. 그 와중에 티에리는 피아노만 잘 치는 것도 황당했다. 그가 억지 미소를 지었다.

"피아노는 매일 연습하고 있어요. 잘 칠 때까지 죽도록 쳐 볼 테니까 그사이에 티에리랑 놀지 마요. 그 자식 유명한 노름꾼이라고."

"……연습해?"

"네. 노력이 아주 가상하죠? 매일 칭찬하고 싶을 만큼."

"……십 년 동안 해도 안 될 거 같은데."

"그래도 손은 내가 훨씬 더 크고 그럴듯하지 않아요?"

"……응. 못 치지만."

그녀가 또다시 눈가에서 힘을 풀며 스르르 웃는다. 뭐가 그리 재밌는지 어깨까지 들썩여서 올려 묶은 머리카락이 가볍게 흔들렸다.

"……손은, 정말 예뻐."

"그렇게 예쁘고 마음에 들면 가져가서 실컷 봐요."

"……줘."

그녀가 사양하지 않고 기다렸다는 듯이 손을 내민다. 누가 보면 맡겨 놓은 줄 알 것이다.

'어차피 기억 못 하겠지.'

한숨을 삼킨 이시도르가 말 잘 듣는 개처럼 데보라 공녀의 손에 제 커다란 손을 가만히 올려놓았다.

"됐어요?"

불현듯 공녀의 루비처럼 붉은 눈이 짓궂은 아이처럼 반짝 빛났다. 끊임없이 노리던 목표물을 자세히 관찰하려는 듯 그녀가 고개를 천천히 기울였다.

'너무 가까이서 보는 거 아닌가?'

입술이 닿을 것처럼 공녀의 얼굴과 손이 점점 가까워지려던 찰나, 그녀의 손가락 끝이 제 소매 안쪽으로 미끄러졌다.

'잠깐, 지금 뭘 하는 거지……'

장갑 끝으로 느릿하게 파고 들어가는 손가락에 이시도르가 커다란 어깨와 긴 등줄기를 단단하게 긴장시켰다.

간지러운 감각이 손목을 뱀처럼 감싼다. 보라고 말하긴 했지만, 그는 그녀가 맨손을 보려고 할 줄은 몰랐다. 예상 못 한 상황에 이시도르의 눈이 휘둥그레지고 입매는 당혹감으로 굳었다.

하지만 뿌리칠 수가 없었다. 사실, 뿌리치기 싫다는 게 더 맞는 표현이었다.

'미치겠군.'

처음 만났을 때처럼 공녀는 예고도 없이 그가 그어놓은 선 안으로 난 입했다. 이젠 검은 백조처럼 전조 없이 나타나 굳게 닫힌 감각까지 침범하고 점령한다. 뚜렷했던 경계를 마블링처럼 이리저리 휘저어 놓았다.

그녀의 손이 점점 제 손바닥으로 미끄러지듯 파고들었다. 불타는 듯한 열감이 올라왔다. 분명 실제로는 이렇게까지 뜨겁지 않을 텐데도. 달콤하고 지독한 감각이 전류처럼 손을 타고 올라왔다.

살결끼리 가볍게 포개지면서 그녀의 손가락이 손등을 훑는 순간, 옅은 신음이 흘러나올 것 같아서 그가 입 안 여린 속살을 세게 사려 물었다. 푸르스름할 정도로 창백한 이시도르의 손이 가늘고 유려한 손과 바짝 맞물렸다.

이내, 허물처럼 벗겨진 장갑이 힘없이 아래로 툭 떨어졌다.

핏대가 선 이시도르의 커다란 손은 시릴 것처럼 새하얀 동시에 남성적이고 단단한 촉감을 가지고 있었다. 마주 본 그의 눈가는 평소보다 붉었고, 날이 선 것처럼 사나웠다.

"……."

매끈하고 단단한 손이 잡아먹을 듯이 내 손가락 사이사이로 파고들었다.

단순히 손끼리 마주한 것뿐인데 뺨이 얼얼하고 발끝이 구부러든다. 맞닿은 체온이 지나치게 뜨겁다는 것을 깨닫자마자 나도 모르게 불에 덴 사람처럼 손을 황급히 떼어냈다.

쨍그랑—!

옆에 세워 둔 텅 비어 있던 물 잔이 바닥에 떨어지며 산산조각 났다. 뒤늦게 머릿속 경고등에 새빨간 불이 들어왔다.

'뭐, 뭐야.'

난 진짜 뭘 확인하려고 한 거지? 술기운으로 멍한 와중에도 가슴 속에서 화끈거리는 감각이 번져 나갔다.

'꿈이지?'

취해서 머리가 몽롱했던 나는 현실을 애써 빠르게 부정하며 증거를 인멸하듯 황급히 재킷을 건넸다.

"추우니까 입고 있어요."

낮게 잠긴 목소리가 귀를 두드린다. 감각이 둔해져서 그의 목소리에 어린 감정을 읽을 수 없었다. 손바닥만 아플 정도로 화끈거릴 뿐이었다. 달팽이관도 고장 났는지 시야가 빙글거린다.

나는 몸을 덮은 옷깃을 움켜쥔 채 길을 잃은 아이처럼 어수선하게 주위를 둘러보았다.

"마차까지 데려다줄게요. 취했잖아요."

그의 목소리가 점차 멀어지다가 사라졌다. 주변이 정신없이 휙휙 뒤바뀌다가 어느 순간 필름이 툭 끊겼다.

그리고 다음 날 아침.

나는 침대 위에서 눈을 떴다.

"으, 머리 아파."

정신이 들자마자 지독한 숙취와 두통이 밀려왔다. 머리카락을 부여잡은 채로 끙끙 앓고 있는 나를 본 하인들이 두통에 좋다는 허브차를 가지고 왔다.

'타이레놀이 절실하네.'

나는 효과가 아주 미미한 차를 마시며 인상을 구기고 있다가 돌연 찻잔을 툭 떨어뜨렸다. 이시도르의 잘생긴 맨손이 선명하게 머릿속에 그려진 탓이다.

'어어, 나 왜 막 장갑을 벗기고 있지?'

게다가 손을 멋대로 쓰다듬기까지.

어젯밤 남은 기억의 조각이 두통약보다 세 배는 효과가 좋았다. 쪽 팔림이 통증을 쉽게 이겼다.

'머리 박자.'

나는 베개 위에 쿵쿵 이마를 찧다가, 정보 업체에서 도합 1,000골 드를 주고 산 이시도르의 정보를 화풀이하듯 죄다 찢어 버렸다.

"아니잖아!!"

괜히 이것 때문에 대체 무슨 짓을 한 거냐고. 그리고 난 술을 왜 그렇게 마신 거지?

아무리 데보라가 주량이 강하다 해도, 사람을 소개받을 때마다 한 잔씩 마시는 건 무리였던 모양이다.

'앞으로 샴페인은 무조건 다섯 잔 이내다.'

나는 의미 없는 후회를 하면서 침대와 벽을 번갈아 가며 주먹으로 탕탕 두들겼다. 사용인들의 겁에 질린 시선이 느껴졌지만 몸부림을 멈출 수가 없었다.

망했어.

'어쩌지.'

나는 입술을 지근거리다가 이내 답을 찾아냈다.

양심을 버리면 그만이다.

'난 기억이 안 난다. 어제 일은 모르는 일이다.'

"……손."

"아, 미친……."

하지만 내가 이시도르에게 손 타령을 한 장면이 스쳐 지나가자 또 다시 밀려오는 수치심을 견딜 수가 없었다.

'설마 이것 말고 더 있는 건 아니겠지?'

이런 불길한 예감은 한 번도 틀린 적이 없는데.

나는 낭패감을 느끼며 이마를 짚은 채 침대에 털썩 드러누웠다. 이 제는 발광할 힘조차 없었다. 이시도르를 만나면 대체 무슨 표정을 짓고 어떤 말을 해야 하나.

'아, 맞다. 난 전혀 모르는 일이니 상관없지.'

조각난 채로 날카롭게 번뜩이는 어젯밤의 기억을 나는 애써 몰아 내려 했다. 하지만 하얗고 창백했던 그 손만큼은 좀처럼 머리에서 떨 어지지 않는다.

고작, 손인데.

'계속 속이 울렁거려.'

아무래도 술병이 심하게 났나 보다. 나는 화끈거리는 명치를 문지르 다가 시종을 불러 엔리크에게 오늘 수업은 미룬다고 전해 달라고 했다.

"누님, 몸이 아프세요?"

곧 내 소식을 들었는지 엔리크가 몹시 걱정스러운 얼굴로 나를 찾 아왔다. 커다란 눈동자가 글썽거리는 걸 보자마자 나는 자리에서 벌떡 일어났다.

'힐링당했어.'

저렇게 기특하고 귀엽고 사랑스러운 남동생이 세상에 존재한다니. 그저 주먹 울음을 흘릴 수밖에.

"그냥, 두통이 조금 있어서. 별로 안 아프니까 걱정하지 마."

내가 보들보들한 머리카락을 쓰다듬어 주자 엔리크가 서글픈 얼굴로 입술을 말아 물었다.

"저 신경 쓰지 마시고 누워 계세요, 누님."

아이가 작은 손으로 이불을 끌어당겨 내게 덮어 주려 했다.

"괜찮아. 기왕 왔으니까 케이크 먹고 가. 아니면 퍼플이랑 놀다 갈래?"

퍼플이라는 말에 엔리크의 눈동자가 빠르게 흔들렸다.

지난주, 내 별채에 놀러 온 엔리크는 우연히 쿠션 위에서 자는 퍼플을 발견했다.

"……누님, 이 거북이 모예요?!"

사용인들에겐 타국에서 들여온 희귀한 거북이니 건드리지 말라고 대충 둘러댔지만, 귀여운 엔리크에겐 거짓말을 할 수 없었다.

"엔리크. 너한테만 알려 주는 비밀인데."

"나만?"

"응."

"네. 쉿 할게요."

"사실, 이 거북이는 성수야. 성령과 동물의 혼혈이지."

"와아……."

그때부터 퍼플에게 몹시 흥미를 갖는 것 같더니, 그새 정을 붙인 모양이었다.

"안 대!"

자신과의 싸움을 하는 듯 갑자기 아이가 인상을 찌푸리며 고개를 세차게 흔들었다.

"오늘은 옆에서 누님 간호할래요. 책 읽어 줄게요."

"괜찮아. 그리고 누나는 사실 책 싫어해."

"근데 어떻게 똑똑해요?"

"누나 바본데요?"

나는 장난스럽게 말하며 엔리크의 말랑한 뺨을 가볍게 꼬집었다.

"바보 아니에요."

애 취급당했다고 생각한 듯 날 퉁명스레 노려보면서도 그 와중에 내가 바보가 아니란다.

"엔리크는 대체 누굴 닮아서 이렇게 착하고 귀여운 거야?"

성격파탄자 쌍둥이와 엔리크가 한 핏줄이라니. 믿기지 않는다.

"나 키 많이 컸어요. 나중에 누나보다 더 클 거예요!"

"오구, 그래쪄요?"

"놀리지 마요!"

"놀린 거 아니야. 엔리크, 얼른 나보다 더 크자. 그리고 누나랑 계속 살자. 알았지?"

"흥!"

나는 찹쌀떡 같은 하얀 뺨을 연신 문지르다가, 문신 형태로 잠들어 있는 퍼플을 깨워서 삐친 엔리크의 품에 안겨 주었다. 불을 부풀리던 엔리크가 헉 소리를 내며 놀라워했다.

"퍼플이가 부피가 커졌어요. 그리구요, 세로 지름도 길어졌어요."

비싼 마력석을 주식으로 삼는 연비 최악의 성수, 퍼플은 하루가 다르게 커져서 어느새 내 팔뚝 길이만큼 자라났다. 마력석을 계속 플렉스하면 어느 정도까지 커질지, 이젠 순수하게 궁금해지기 시작했다.

'소설에서는 분명 작은 거북이라고 묘사되어 있었는데.'

아마도 미야는 경제적인 문제 때문에 퍼플의 덩치를 키우는 데 사용하는 마력석을 많이 먹이지 못한 것 같았다. 성수는 정령의 혼혈이니 식사를 안 해도 연명할 수 있었을 테고.

"안녕, 퍼플아."

엔리크가 뺨을 물들이며 수줍게 인사했다. 퍼플 녀석은 대꾸도 하지 않고 엔리크의 무릎 위에서 쩍 하품했다. 엔리크가 주머니에서 슬쩍 마력석을 꺼내자 그제야 졸음이 달아난 듯 퍼플이 커다란 눈을 깜빡이며 작은 손가락을 핥았다.

"퍼플이는 너무 귀여워요."

오늘도 양통머리 없는 거북이에게 마력석을 뜯긴 엔리크가 해맑게 웃는다. 사랑스러운 아이와 동물, 둘이 붙어 있는 평화로운 광경을 바라보며 나는 흐뭇하게 고개를 주억거렸다.

저 둘은 팍팍한 이 세계 라이프의 빛…… 어어?

"……눈부셔. 태양을 피하고 싶어서."

근데 왜 기억 속의 나는 이시도르 앞에서 외투를 덮어쓰면서 주접을 떨고 있지?

아무래도 내 기억만 삭제하는 걸로 해결될 문제가 아닌 것 같다. 기억 상실이 올 때까지 그의 뒤통수를 쳐야 하는 건 아닌지 진심으로 고민이 되었다.

"누나. 아파요?"

"……아니, 창피해서."

"왜요?"

"엔리크는 나중에 과음하면 안 돼. 알았지?"

엔리크는 관자놀이를 꾹꾹 누르는 나를 보면서 다시금 걱정스러운 얼굴을 했고, 나는 또다시 의미 없는 후회를 반복했다.

기억 폭행으로 인해 힘없이 널브러져 있던 그날 저녁.

"크르르……."

엔리크가 간식으로 준 마력석과 내가 꼬박꼬박 챙기는 삼시 세끼까지 알뜰하게 챙겨 먹은 퍼플이 갑자기 몸을 부들거리며 진동하기 시작했다.

"왜 그래?"

녀석이 뾰족한 이를 사납게 드러내며 창가로 빠르게 다가갔다.

"혹시, 밖에 뭐가 있어?"

퍼플이 계속 화원을 바라보며 몸을 떤다. 소설 설정에 따르면 퍼플은 암(暗) 속성, 즉 흑마법에 민감하게 반응했다.

'설마, 균열인가? 아니면 마물?'

수도 내에 시모어의 타운 하우스만큼 안전한 곳은 거의 없는데 어째서지?

'일단 아버지께 뭔가 낌새가 이상하다고 말씀드려야겠어.'

공격용 스크롤을 움켜쥔 나는 퍼플을 옆구리에 끼고 다급히 뛰었다. 부친이 있는 본채 쪽으로 향하는 길목에서 퍼플의 으르렁거림은 더욱 심해졌다.

문득 나는 스산한 어둠이 깔린 화원 근처에서 피비린내를 맡았다.

"크아악!"

동시에 화원 안쪽에서 고통에 찬 비명이 울려 퍼졌다.

"허억!!"

"시끄러워."

거친 괴성보다, 간간이 들려오는 서늘한 음성이 더욱 소름 끼친다.

"……뭐가 있나?"

그때, 내 기척을 느낀 듯 바스락거리는 소리와 함께 커다란 형체를 가진 인영이 화원 안에서 걸어 나왔다.

"들짐승인가 했는데, 너였군."

"……."

"데보라."

벨렉과 이목구비는 똑같이 생겼지만 상반된 분위기를 가진 남자가 턱을 훔치면서 나를 바라본다. 그의 얼굴에는 붉은 핏물이 튀어 있었다.

"네가 날 가장 먼저 마중 나올 줄은 몰랐는데."

그가 내게 성큼성큼 걸어온다. 내내 동부 영지에 있던 로자드가 내 앞에 처음 모습을 드러냈다.

이 집안의 장남이 전쟁을 끝내고 수도로 귀환한 것이다.

7

표면장력 (1)

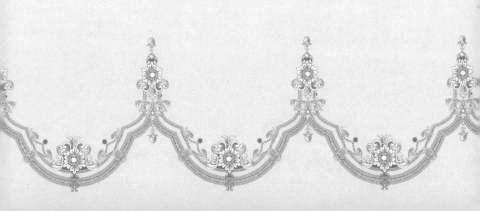

"황금용의 일곱 번째 송곳니와 거래를 하기 위해 찾아왔네."

히스테치 황가의 상징인 푸른 머리를 가진 사내, 황태자 베호닉 히스테치가 호룬 지구에서 가장 큰 갑옷 상점에 걸어 들어가 점장에게 은밀하게 말했다. 점원이 고개를 깊게 조아리며 블랑샤 마스터 앞으로 그를 안내했다.

황태자는 마스터의 인형 같은 얼굴을 보며 내심 몸서리쳤다. 사람 같지 않은 이질적인 분위기를 풍기는 사내였다. 하지만 그의 능력 하나만큼은 높게 쳐줄 만했다.

"마스터. 자네의 지혜를 빌리고 싶어서 찾아왔네."

"말씀하십시오."

금화 꾸러미를 받은 마스터가 건조한 투로 말했다. 황태자는 근심 어린 얼굴로 한숨을 내뱉었다.

최근, 제국의 민심이 여느 때보다 좋지 않았다. 원인 모를 결계의 균열이 백성들의 불안을 불러일으키는 가장 큰 요인이었다. 엎친 데 덮친 격으로 낙후한 빈민가에서는 전염병이 돌았으며 여기저기서 흉악한 사건 사고가 일어났다.

황태자가 부덕해서 이런 일이 일어나는 것 아니냐는 불충한 소리를 떠들고 다니는 놈들까지 있었다.

'이런 분위기를 잠재울 만한 절묘한 수가 필요해.'

원작 소설에서 황태자는 성녀의 현신이라 불리는 미야 비노슈를 이용하여 불안한 민심을 잡으려 했다. 나일라 성녀의 인기는 제국에서 언제나 통했으니까.

하지만 현재는 원작과 달리 미야 비노슈의 입지와 명성이 사교계에서 그리 높지 않아서, 그녀는 황태자의 관심을 전혀 끌지 못하고 있었다.

"최근 안팎으로 분위기가 흉흉한데다, 3황자가 결계의 균열에서 나온 마물과의 전투에서 선전하면서 내 입지가 그리 좋지는 않네."

황태자가 말했다.

"무위가 뛰어난 3황자가 복병이긴 하죠. 비록 푸른색 머리를 갖지 못했지만요."

"솔직히 난 행정에는 영 소질이 없어서 차라리 전쟁에 나가고 싶은 심정이야."

황태자의 한탄에 마스터가 금화를 만지작거리며 여상하게 입을 열었다.

"3황자를 견제하고 싶으신 거라면 동부 전선에서 활약한 로자드 경과 시모어 가문에서 새롭게 고안한 수식을 더 크게 선전하면 간단합니다."

로자드는 영지민 납치를 일삼던 동부 야만족의 수장을 생포했고 몬스터 웨이브까지 막아내어 최근 백성들에게 인기가 좋았다.

"그거 괜찮은 전략이군."

전공이 더 좋은 그를 추켜세워 주면 상대적으로 3황자의 공을 빛바래게 할 수 있었다. 심지어 시모어는 정통 황제파 가문이었다. 로자드와 시모어를 앞세워 원로원 귀족 세력들까지 견제할 수 있다는 뜻이다.

"최근 로자드 경의 활약이 참 대단하긴 하더군."

"그렇죠."

기실, 로자드는 원작 소설과는 비교도 안 되는 전공을 세웠다. 그는 제국에서 데보라 공녀가 고안한 수식의 혜택을 가장 많이 본 인물이었다. 전투에서 지형과 기후를 가장 잘 활용하는 마법사가 로자드였으니까. 자연에 분포한 마나를 효과적으로 배열하는 수식까지 얻게 되니, 전장에서 적수가 없는 모양이었다.

"로자드 시모어가 곧 수도로 돌아온다는 소식을 들었네."

"아마 지금쯤 도착했을 겁니다."

마스터가 무심하게 말했다.

"아, 그리고 또 한 가지."

황태자가 말을 이었다.

"어수선한 민심을 가라앉히기 위해선 이번 나일라 여신 탄신제를 내가 성공적으로 진행해야 하네."

백성들의 불안감을 해소하기 위해선, 결계에 균열이 생기는 원인을 찾아 없애는 게 가장 중요했다. 하지만 모두가 머리를 맞대는 중인데도 왜 그런 현상이 일어나는지 이유를 찾지 못하고 있었다.

"나일라 여신의 탄신제는 황제 폐하께서 직접 진행하시던 행사 아닙니까?"

마스터가 차가운 음성으로 물었다.

"요즘 내가 집무실에만 들어앉아 머리를 싸매고 있으니, 아버지께서 얼굴을 내밀 수 있는 공식 석상을 만들어 주신 거겠지. 안 그런가?"

황태자는 서류를 들여다보는 것보다 사람들 앞에 나서는 것을 좋아하기 때문에 이번 탄신제를 몹시 기대하고 있었다.

"……."

"오늘 여기 찾아오길 잘했군. 그리고 자네 조언대로 로자드 경과는 따로 만나 봐야겠어."

마스터의 침묵을 긍정적으로 해석한 황태자는 작은 금화 자루 하나를 더 꺼내며 사람 좋게 웃었다.

"그간 잘 지낸 것 같아 보이는구나."

내게 가까이 다가온 로자드가 얇은 입술을 슬쩍 끌어 올린다.

서리가 내린 것 같은 시린 은발을 가진 로자드는 예민한 학자 같은 이미지의 벨렉과 분위기가 전혀 달랐다. 짧게 커트한 머리와 단련된 몸을 보면 마치 독일 장교 같다는 생각이 들었다.

'전투 마법사라고 했지.'

바늘 하나 안 들어갈 것처럼 빈틈없어 보이는 로자드 앞에서 나는 서늘한 느낌을 삼켰다. 몸에 각인된 감각이었다. 데보라는 툭툭 시비를 거는 성격 더러운 벨렉보다 속을 알 수 없는 로자드를 더 어려워했던 것 같다.

코끝에서 맴도는 피 내음은 점점 더 짙어졌고 나는 두려움과 함께 의아함을 느꼈다.

'왜 로자드가 나타났는데 퍼플이 반응하는 거지?'

그가 흑마법에 손을 댔다는 소설 설정은 없었는데.

'그리고 이 자식은 왜 이렇게 멀쩡해?'

소설에서 로자드는 왼쪽 발목을 크게 부상당한 상태로 수도로 복귀했다. 그리고 전쟁 영웅인 로자드의 회복을 도와주는 사람이 바로 미야 비노슈였다. 하지만 그가 다치지 않았으니, 미야와 만날 일이 없어졌다.

"……?!"

그때였다. 로자드 옆에 송장처럼 늘어져 있던 남자가 갑자기 몸을 기이하게 꺾더니, 로자드의 왼쪽 발목을 향해 입을 쩍 벌렸다. 남자의 혀와 이가 불길할 정도로 새카매서 나도 모르게 버럭 소리를 질렀다.

"오라버니! 뒤에!"

돌연 시야가 새하얗게 물들었다. 퍼플이 하얀 구체를 입에서 내뿜었기 때문이다.

"끄아아악!"

퍼플이 쏘아낸 빛의 구를 맞은 남자가 몸을 이리저리 비틀며 화상을 입은 것처럼 고통스러워했다.

남자에게 발목을 물릴 뻔한 로자드가 사납게 욕설을 지껄이면서 그를 군홧발로 잔인하게 짓밟기 시작했다.

'로자드가 잡아 온 저 좀비 같은 남자가 바로 흑마법사였어.'

그래서 퍼플이 이상한 낌새를 느끼고 반응한 거였다.

"이 야만족 놈이 깜찍하게 어금니 뒤에 독을 숨기고 있었네."

로자드가 몸을 숙여 남자의 입을 억지로 벌리더니 그 안에 손수건을 뭉쳐서 쑤셔 넣었다. 피가 기도로 넘어가고, 호흡이 불가능할 텐데도 남자는 몸을 경련할 뿐 죽지는 않았다.

끔찍한 광경에 손끝이 점점 차가워진다.

"사람…… 맞아?"

내 물음에 로자드가 경멸 어린 눈으로 남자를 내려다보았다.

"금술에 의해서 생명력이 비이성적으로 증가했으니 사람이라기보다 괴물에 더 가깝지."

"금술……."

"사람의 생명과 피를 제물로 삼아 인과율을 흐트러뜨리는 놈들이다. 벌레보다도 못한 버러지들."

문득 깨달음이 스쳤다.

'동부 영지민 납치 사건과 흑마법이 관련이 있는 거였군.'

그간 시모어의 장남인 로자드가 수도를 비워 두고 동부에서 대대적인 야만족 토벌 활동을 벌인 이유는 영지민 실종 사건 때문이었다. 이전의 동부 기마 민족들은 농경지에 침입해 곡식을 빼앗는 게 전부였다. 그런데 갑자기 납치 사건을 벌여 이유가 뭔가 했더니, 바로 영지민을 흑마법의 제물로 이용하려고 한 것이다.

야만족에게서 날카로운 시선을 거둔 로자드는 이채를 띤 눈으로 퍼플을 지긋이 바라보았다. 퍼플도 지지 않고 로자드를 똘망똘망한 눈으로 쳐다본다.

"그 하얀 거북이는…… 혹시 성수인가?"

"어."

"희귀한 걸 가지고 있군. 덕분에 귀찮은 일을 덜었어. 까딱하면 중독돼서 한동안 왼쪽 다리를 못 쓸 뻔했는데."

방금 로자드는 퍼플에게 다리 하나를 빚진 셈이다.

'저놈은 은혜를 제대로 갚는 스타일이 아니라는 게 문제지만.'

소설에서 미야 덕분에 다리를 빠르게 회복한 로자드는 순도가 높고 후유증이 적은 미야의 치유력을 탐냈다. 게다가 그는 야망이 커서 미야가 가진 여신의 후광을 얻고 싶어 했다.

'치료해 줬더니 결론이 납치 감금인 대단한 새끼……'

그의 갑작스러운 등장에 머리가 복잡해지던 찰나, 로자드가 피 묻은 손으로 내 머리를 가볍게 쓰다듬었다.

"동생이라고, 오랜만에 보니 반갑군."

"……?"

내가 미간을 찌푸리며 손을 탁 뿌리치자 그가 얇은 입술을 끌어 올리며 웃었다.

"성격은 여전하구나. 그래서 더더욱 반가운데."

"오라버니가 언제부터 날 동생 취급했다고."

기억의 파편 속 로자드는 데보라를 철저하게 무시했다. 아예 없는 사람 취급했다고 해야 하나.

"내 태도 때문에 섭섭했으면 이제라도 극진하게 동생 대접해 줘야 겠군."

"누가 섭섭하대? 난 예전의 거리감이 좋아."

"난 지금의 거리감이 좋아질 것 같은데."

지금 나와 그의 간격은 불과 한 걸음이면 닿을 위치였다.

"머리, 뻗쳤다."

내 앞머리를 향해 턱짓한 로자드가 지렁이처럼 꿈틀거리는 남자의 옷깃을 쥐었다.

"동생님과 더 이야기하고 싶지만, 난 이 야만족 놈의 배후를 캐야 해서."

"……"

"또 보자."

로자드는 좀비처럼 변한 남자의 옷깃을 질질 끌고 아버지가 계시는 본관이 있는 방향으로 사라졌다. 야만족이 남긴 피의 궤적은 마치 독처럼 새카맸다. 사방이 어둡지 않았다면 이미 기절했을지도.

나는 뒤늦게 다리가 풀려서 주저앉은 채로 숨을 크게 몰아쉬었다. 퍼플이 기운 내라는 듯이 내 손가락을 핥는다.

'어쨌든, 미야와 로자드가 만날 일은 사라졌어.'

공작 부인의 편지를 슬쩍한 마당에, 로자드가 사고 치면 미야를 어떻게 탈출시켜 줄지 고민하고 있었는데. 나는 애써 나쁘지 않은 상황이라 생각하기로 했다.

나일라 여신의 탄신일을 앞두고 시모어 공작은 황실에서 열리는 국무회의에 참석했다.

회의실에 등장한 수많은 가주 중 시모어 공작의 표정이 가장 좋았다. 그는 애써 올라가는 입꼬리를 굳게 다물며 흠흠, 하고 헛기침을 했다. 국무회의가 열리기 전 가주들은 간단한 다과 시간을 가지며 서로의 근황을 이야기한다. 그리고 시모어 공작은 최근에 자랑할 게 너무 많았다.

'부럽군.'

'자식 농사 잘 지었지.'

'장남은 전쟁 영웅에, 차남과 딸이 합심해 효도용 아티팩트를 개발하다니.'

사실 효도 아티팩트가 가장 부러웠다. 귀족 자식들 대부분이 늘 이거저거 달라고 요구만 하고 정작 가주에게 돌려주는 건 없기 때문이다.

'막내는 최연소 4서클 마법사를 노리고 있고.'

반면, 몬테스 공작은 쪽팔림과 부러움을 감추기 위해 다른 의미로 표정을 관리하고 있었다. 그깟 사교클럽 하나 관리를 제대로 못 해서 개망신을 당한 외아들을 떠올리자 부아가 치밀었다.

"시모어 공작님. 로자드 경의 활약은 잘 들었습니다."

"끔찍한 금술에 손을 댄 야만족을 토벌하다니. 로자드 경 같은 훌륭한 인재 덕분에 이 나라의 미래가 밝습니다."

사회생활 잘하는 가주들이 시모어 공작을 띄워 주기 시작했다.

"흠. 로자드는 원래부터 뛰어난 녀석이었으니."

시모어 공작이 겸손을 가장한 자랑을 했다.

'지능적인 한 수군.'

원래는 집안의 천덕꾸러기였으나, 요즘은 상당히 잘나가는 제 딸을 자랑하기 위한 포석까지 깔고 있었다. 판을 깔아 줬으면 들어가는 것이 인지상정이었다. 시모어 공작에게 잘 보일 기회를 노리고 있던 가주가 입을 열었다.

"데보라 공녀와 벨렉 경이 합심해서 '안마기'라는 마도구를 만들었다는 소문을 들었는데, 어떻습니까?"

"효과가 아주 좋더군. 마탑에 놓고 쓰고 있지."

"오오."

"마탑엔 계단이 많지 않나. 안마기가 피로를 빠르게 풀어 준다네. 내 딸이 날 생각하는 마음이 아주 지극해."

단체 학술회에서 그가 눈물을 흘린 일화는 유명했다.

"아, 그리고 요즘 로자드 경의 전공 덕에 데보라 공녀님의 수식이 다시 조명받고 있더군요."

"그렇지, 사실 내 아들이 전쟁에서 그토록 활약할 수 있었던 것도 내 딸이 개발한 수식을 잘 활용했기 때문이니까."

"오오, 자식들 간의 의가 깊군요. 부럽습니다, 시모어 공작님."

마치 봉인이 풀린 것처럼, 시모어 공작이 더는 참지 못하고 딸 자랑을 하기 시작했다.

'대체 언제까지 저럴 셈이야?!'

노골적인 자랑이 듣기 싫어도 저절로 귀에 들어와서 아픈 배를 부여잡고 있던 몬테스 공작은 문득 아쉬운 기분이 들기 시작했다. 한때는 서로 혼담까지 오고 갔던 사이가 아닌가.

과거, 시모어에서 먼저 혼담 이야기가 나왔을 때 몬테스 공작은 탐탁지 않아 했다. 천둥벌거숭이 같은 필라프는 얌전하고 겸손한 여자가 내조해야 한다고 생각했기 때문이다. 데보라는 어린 나이임에도 제 아비를 믿고 콧대를 세우고 다니는 게 눈에 훤히 보였다.

'싹수가 노랬지.'

그래서 몬테스 공작은 혼담에 대한 답변을 차일피일 미뤘다.

'분명 시모어라는 것만 빼면 별 볼 일 없던 아이였는데……'

글러 먹은 줄 알았던 망나니가 개과천선을 할 줄이야.

수식 특허권을 쥐고 있는 것도 탐나지만, 무엇보다 효도용 마도구를 설계했다는 것이 몬테스 공작을 더욱 솔깃하게 만들었다. 아버지에게 잘하는 자식이 시아버지에게도 잘하는 게 세상 이치 아닌가.

'게다가 데보라는 내 아들을 아주 좋아하지.'

성격이 나쁘다지만 시모어 놈들은 태생이 원래 그러했고, 제 사람에게만 잘하면 그만이다.

가주들의 염장을 지르는 시모어 공작을 바라보던 몬테스 공작은 회의가 파하고 저택으로 돌아오자마자 근신 중인 필라프를 불렀다.

"무슨 일이십니까?"

필라프는 울컥 올라오는 짜증을 삼키며 물었다. 가주 회의를 앞두고 예민해진 아버지에게 이미 아침부터 실컷 잔소리를 들은 참이었다.

"필라프, 너도 이제 슬슬 정혼자가 있을 나이가 되었지."

집기를 집어 던지거나 로자드 시모어와 비교하며 속을 긁을 줄 알았는데 부친의 입에서 나온 말은 뜻밖이었다.

'근신도 모자라서 이번엔 정혼이라니.'

필라프의 붉은 눈썹이 일그러졌다.

"혼인은 제 뜻을 존중해 주신다고, 아버지께서 과거에 분명 말씀하셨습니다."

"설마 네 그 대단한 뜻이 미야 비노슈는 아니겠지?"

필라프는 머뭇거리다가 입을 뗐다.

"미야 영애는 이미 정리했습니다."

몬테스 공작의 냉엄한 표정이 한결 누그러졌다.

"왜 갑자기 마음을 접은 게냐?"

필라프는 턱을 긁적였다. 일부러 접었다기보단 알아서 떴다.

제가 근신 중일 때엔 디에라 오르고와 가까이 지냈다가, 최근엔 프랑소아 가브리오 후작의 후원을 받는다는 이야기를 들었다. 콩깍지가 벗겨지니 박쥐처럼 이리 붙었다 저리 붙었다 하는 모습이 눈에 훤히 보였다.

"잠시 뭐에 홀렸던 것 같습니다."

"그래. 넌 할 만큼 했다. 정신을 차린 것 같으니 내가 제안 하나 하마."

"결혼은 제게 알아서 하라고 분명히……."

뚱한 얼굴로 투덜거리던 필라프가 이어지는 아버지의 말에 입을 딱 다물었다.

"데보라 시모어. 혼처로 어떻게 생각하느냐?"

"……."

시모어 공녀는 죽어도 싫다며 펄펄 날뛰던 과거와는 달리 솔깃한 얼굴을 한 아들을 보며 몬테스 공작은 옳거니, 무릎을 쳤다.

"기억나느냐? 일전에 시모어에서 혼담과 관련한 편지가 왔었던 것."

"하지만 이미 퇴짜를 놓지 않았습니까."

"아니."

여자 측에서 먼저 온 혼담을 공식적으로 퇴짜 놓는 건 아무리 몬테스 공작이라도 부담스러운 일이었다. 몬테스 공작은 답장을 차일피일 미루면서 내내 아들 뜻을 존중한다는 핑계를 댔다.

"내 인장이 찍힌 답장을 쓰는 건 이번이 처음이다."

황태자는 간혹 차기 가주가 확실시된 필라프와 이시도르를 동시에 황궁으로 불러내 티타임을 갖거나 양궁, 승마 등을 했다. 오르고나 시모어 등 다른 유력 가문의 경우 후계 구도가 확정되지 않았기에 특정인 한 명과 가깝게 지내기 조심스러웠지만, 이 둘은 외동아들이라 상황이 달랐다.

셋이 모이기 시작한 게 햇수로 벌써 10년째였다. 아들에게 유력 가문 자제들과 끈끈한 인맥을 만들어 주기 위해 죽은 황후가 안배했던 자리였고, 이 모임은 자주는 아니지만 아직 이어지고 있었다.

"자네들이 나일라 여신 탄신제 행사에 적극적으로 참여해 자리를 빛내 줬으면 좋겠군."

황태자가 과녁에 활을 겨누며 말했다.

"당연한 말씀이십니다."

필라프의 대답에 황태자가 웃었다.

"하하. 자네는 언제나 시원시원하군."

힘차게 쏘아진 황태자의 활은 과녁 중앙을 맞추지 못하고 엉뚱한 곳에 꽂혔다.

"최근 질리도록 서류에 사인만 했더니 감을 잃었어."

그의 투덜거림을 들으며 이시도르는 활통에서 활을 하나 집어 들었다.

'여신의 탄신제라.'

불안한 결계 때문에 시국이 흉흉한데, 황태자가 큰 행사 전면에 나서는 게 과연 좋은 일인지 의구심이 들었다.

'하지만 황제에게 인정받았다는 걸 외부에 드러낼 좋은 기회이긴 하지.'

아직 판단하기 일러서 이시도르는 말을 아끼며 과녁을 향해 활을 쏘았다.

"이시도르 자네랑 게임을 하면 늘 손에 땀을 쥐게 된단 말이지."

황태자가 재미와 전율을 느낄 수 있게끔 이시도르가 점수를 엎치락뒤치락 조정하니 당연했다. 그가 마음을 먹고 활을 쏘면 모조리 정중앙에 맞출 수 있었다. 이시도르가 못하는 건 딱 하나였는데 바로 피아노였다.

"이시도르."

황태자의 요구로 울며 겨자 먹기로 참석한 모임이 끝나고, 이시도르가 막 말에 오른 순간 필라프가 갑자기 앞을 가로막았다.

이시도르는 고삐를 쥐며 무심하게 입을 열었다.

"비켜. 얼굴에 말발굽 생긴다."

"네가 이런 이중적인 놈이라는 걸 다들 알아야 하는데."

"네가 사소한 일로 발끈하는 놈이라는 건 다들 알더군."

필라프가 이시도르의 말본새에 치를 떨다가 간신히 분을 억누르고 입을 열었다.

"너, 그동안 잘난 얼굴 앞세워서 데보라에게 점수를 많이 땄다고 잘난 척하지 마라."

'얼굴로 점수를 따?'

유감스럽게도 미인계로는 효과를 본 적이 없었다.

"데보라는 기사도를 가장한 네 가식적인 행동에 현혹당하고 속은 것일 뿐이다. 네가 아무리 다정한 척 굴어도 내가 마음을 다하면 별수 없어. 올해의 꽃이라고 해 봐야 다 한철이지."

황당한 선전포고를 내뱉고 등을 돌린 필라프를 바라보며 이시도르는 말고삐를 천천히 당겼다.

'대체 누가 속았다는 거야?'

데보라 공녀만큼 날 수상하게 여기는 사람이 누가 있다고.

'필라프가 날 과대평가하는 이유가 뭐지?'

데보라 공녀가 대체 필라프에게 뭐라고 했길래.

'나 사실, 외모로 점수를 많이 땄나?'

추론을 이어갈수록 왠지 모르게 기분이 좋아졌다.

하지만 그는 이내 미간을 좁혔다. 필라프가 뭔가 계획이 있는 사람처럼 자신만만하게 구는 게 신경 쓰였기 때문이다. 그동안 미야 비노슈에게 껄떡대다가 이제 와서 공녀에게 눈을 돌린 필라프가 한심해 보이면서도 속이 비틀린다.

고삐를 세게 움켜쥔 이시도르는 빠르게 말을 몰아 블랑샤로 향했다. 그리고 정보원들에게 필라프 쪽을 주시하라고 명령했다.

"하! 이제 와서 감히 결혼 이야기를 입에 담아?"

혼담에 대해 긍정적으로 생각하고 있다는 몬테스 공작의 서신을 받은 아버지는 이를 뿌득 갈았다.

"몬테스 공작, 이 영감탱이가 드디어 미쳐 버렸군."

"결혼 안 대!"

아버지 옆에 껌딱지처럼 붙어서 책을 읽던 엔리크가 상황을 파악했는지 눈물을 글썽인다. 평화롭기만 하던 집무실은 방금 도착한 서신 한 장 때문에 아수라장이 되었다.

시모어 공작이 뒤이어 뭐라 사나운 목소리로 욕설을 중얼거렸다. 이 세계에 이토록 다채롭고 참신한 욕이 있다는 것을 나는 오늘 처음 알았다.

"……데보라. 설마 몬테스 놈에게 미련이 남아 있는 건 아니겠지?"

시모어 공작과 엔리크가 날 거칠고 불안한 눈빛으로 바라보았다.

"저는 필라프 몬테스가 싫습니다."

"정말이냐?"

"네. 혐오합니다. 그리고 제가 지난번에 말씀드리지 않았습니까. 당분간 연구에만 몰두하겠다고요."

"그래. 잘 생각했다."

시모어 공작은 한시름 놓은 얼굴이었다. 내가 자존심을 버리고 덥석 혼인을 진행해 달라고 조를까 봐 걱정했던 모양이다.

'가문의 망신이 따로 없지.'

원작의 데보라라면 그러고도 남는다는 게 함정이었다.

하지만 걱정되는 부분이 있었다. 가문의 인장이 찍힌 공식 문서를 무시하기는 쉽지 않다. 또한, 몬테스는 우리가 먼저 혼담을 요구했다는 서신을 가지고 있었다. 가문 간에 주고받은 서신으로만 봤을 때는 마치 서로 합의를 본 것처럼 보였다.

'일이 골치 아파졌군.'

"넌 걱정하지 말아라. 내가 알아서 해결하마."

내가 근심 어린 얼굴을 했는지, 시모어 공작이 내 어깨를 두드렸다.

"내 친위대인 우로보로스가 그간 많이 쉬었지."

"저두 싸울 수 있어요."

엔리크는 진지한 얼굴로 결투장을 작성하기 시작했다.

"가문 간의 전쟁은 좀……."

"농담이다. 몬테스 쪽에서는 무려 삼 년 넘게 공식적인 답변을 피했으니, 우리에게 빠른 답변을 요구할 수 없는 상황이다. 나는 느긋하게 대응할 생각이고."

역시 시모어 공작. 성격 나쁘기론 그 누구에게도 지지 않는다.

"기왕 이렇게 된 거 나도 몬테스 공작처럼 소문을 흘려야겠구나."

몬테스 쪽에선 필라프가 나를 질색한다는 소문을 내는 식으로 넌지시 거절의 의사를 밝혔다.

"필라프는 제 타입이 아니라고, 제발 동네방네 크게 소문을 내 주세요. 전 그렇게 거만한 놈은 질색입니다."

"알았다."

공작이 우아하게 찻잔을 들어올렸다.

"흐음, 그나저나 오늘따라 차가 맛있구나."

"그러게요."

반전된 상황이 우스운지 공작이 입술을 말아 올렸다.

몬테스 공작이 3년 만에 혼담에 대한 공식 답변을 보냈다는 소식을 듣자마자, 이시도르가 욕을 내뱉으며 주먹으로 거칠게 테이블을 내리쳤다.

돌연 속에서 불길이 치솟는 것 같다. 그는 매사에 여유로웠기에 이들끓는 감각이 낯설면서도 주체하기가 힘들었다.

"감히!"

원목 테이블이 결 반대 방향으로 두 쪽 나는 것을 보며 미겔은 저도 모르게 몸을 덜덜 떨었다.

따가운 살기가 이시도르의 몸에서 피어올랐다. 외부에 밝혀진 이시도르의 수준은 소드 엑스퍼트이지만, 그가 숨기고 있는 무위를 미겔로서는 짐작도 할 수 없었다.

"뻔뻔함에도 정도가 있지."

이시도르의 음산한 중얼거림에 미겔은 간신히 정신을 차리고 수긍하듯 고개를 끄덕였다. 이번엔 몬테스에서 비열한 꼼수를 부리긴 했다. 설마 가주가 직접 나서서 철 지난 혼담을 끌어 올릴 줄이야.

간신히 화를 억누른 이시도르가 차가운 얼굴로 입을 열었다.

"시모어 공작 쪽 반응은 어때? 불쾌할 테니 거절했겠지?"

데보라 공녀 역시 케케묵은 과거 일이 물 위로 올라온 현재 상황을 그리 유쾌하지 않게 생각할 것이다.

'……그렇겠지?'

하지만 이상하게 확신이 서지 않아서 이시도르는 입술을 깨물었다. 6년이라는 공녀의 긴 짝사랑 시간이 신경 쓰였다. 필라프 몬테스가 주제 파악을 못 하고 자신감에 차 있는 이유이기도 했다.

'점점 머리가 아파지는군.'

데보라 공녀만 엮이면 뭐든 명확히 흑백으로 분간이 안 되고 안개가 낀 것처럼 경계가 흐릿해졌다. 감정이 앞서서 한 걸음 물러나 냉정하게 주시하는 게 불가능했다.

"주군. 정보원에 따르면 시모어 공작 측에선 몬테스의 서신에 아무런 회신을 하지 않았다고 합니다."

미겔의 말에 이시도르의 속내는 더욱 복잡해졌다.

'대응하지 않고 있다는 건, 시간을 두고 고민하는 중이라는 뜻인가?'

애초에 고민할 가치가 있는 일이었나?

그의 표정이 점점 더 차갑게 굳었다. 시모어 공작은 몬테스 부자를 희망 고문하며 이 상황을 즐기는 중이고, 도리어 현재 가장 초조해하고 속을 태우는 사람은 이시도르였다.

팔짱을 낀 채 미간을 구기고 있던 이시도르가 자리에서 벌떡 일어났다.

때마침 데보라 공녀가 블랑샤에 방문했다는 소식이 들어왔기 때문이다.

황당한 혼담을 처리하는 건 아버지에게 맡겨 두고, 나는 돈이나 벌기 위해 블랑샤로 향했다.

'2호점 진행 상황도 알아봐야 하고, 새로운 시즌 메뉴 출시도 준비해야 하고.'

차일피일 일을 미루며 집에만 틀어박혀 있었더니 그새 할 일이 늘어나 있었다.

사실, 대뜸 이시도르의 손을 만지작거렸던 주정을 잊기 위해 뻔뻔함을 되찾을 시간이 필요했다.

'나한테 불리한 기억은 다 잊었지만, 생각할수록 정보 길드에 쏟은 1,000골드는 아까워.'

결벽증은 개뿔. 애초에 그런 사람이 내 구두에 묻은 음료를 닦아 준 것도 이상하다. 마스터야말로 진정한 고급 정보원이었다는 결론을 내며 그에게 인사했다.

"마스터. 오랜만에 보는 것 같네."

외부의 시간을 짐작할 수 없는 어두침침한 집무실에서 마스터는 오싹한 기운을 풍기고 있었다.

'오늘따라 기분이 안 좋아 보이는데.'

자주 봐서 그런지, 저 인형 같은 얼굴에서 나는 언뜻 감정을 읽어 낼 수 있게 되었다.

"마스터, 무슨 일 있어?"

"……공녀님이야말로 무슨 일 없습니까?"

"있지."

마스터의 지긋한 시선이 느껴진다.

"카페모카가 너무 달아서 부담스러워하는 고객들이 많다더군. 우유를 싫어하는 사람도 있고. 그래서 이젠 진짜 커피를 팔 거야."

"데보라 공녀님은 제가 단순한 동업자로만 보이십니까? 매번 만나면 용건만 간단히 말씀하시네요. 에누리 없이."

마스터가 입술을 삐죽거리는 것처럼 보이는데, 내 착각인가.

"단순한 동업자는 아니지. 마스터는 내게 아주 중요한 사람이야."

우윳빛깔 리무진 버스가 삐친 것 같아서 살살 달래자, 그가 약간 누그러진 태도로 헛기침했다.

"그렇다면 제게 뭐든 상담하세요. 문제가 생겼다면 해결해 드릴 수 있으니까요."

찻잔과 찻주전자를 허공에서 끌어온 그가 진지한 투로 말을 이었다.

"어느 누가 되었든, 심지어 명문가 가주나 후계자라도 약점을 파드릴 수 있습니다. 원치 않는 상황을 피할 수 있도록요. 루이 가젤 때처럼, 그…… 원치 않죠?"

"약점? 그거 비싸잖아."

보석을 한 움큼 쓸 만큼 뒤를 캐고 싶은 사람이 있는 것도 아닌데 굳이.

설마 요즘 마스터가 실적이 부진한가?

"싸게 해 드리죠."

"어쨌든 돈이 들잖아."

"공짜입니다. 됐습니까?"

갑자기 무료 정보 서비스를 해 준다는 말에 나는 잠시 고민하다가 입을 열었다.

"사실, 한 가지 은밀하게 의뢰하고 싶은 게 있긴 해."

"……뭐죠?"

"특정 기억을 삭제할 수 있는 마법이 있어?"

"제가 알기로 정신을 조작하는 마법은 없습니다만, 그런 질문은 왜 하십니까?"

"그냥…… 궁금하니까."

나는 대충 둘러대며 착잡한 기분을 삼켰다.

'이시도르의 기억을 없애는 건 글렀군.'

내게 술 먹으면 뭐 하나에만 집착하는 끔찍한 주정이 있을 줄이야.

"정말 고민이나 의뢰 없어요? 몰래 사람 하나쯤 생매장해 줄 수도 있는데."

근데 저 인간은 술도 안 마셨으면서 의뢰에 되게 집착하네.

"내가 고민이 많기를 바라는 사람 같다?"

"고민이면 그건 그것대로 짜증 나는데……."

그가 뭐라 작게 중얼거리며 차에 설탕을 듬뿍 때려 넣기 시작했다.

'오늘따라 이상하군.'

중요한 정보를 누락시켰다는 오해가 풀렸는데도 왜 나날이 수상해 보이는 건지. 매우 못마땅한 기색으로 찻잔을 빠르게 비운 마스터가 톡톡 손가락으로 테이블을 두드렸다.

'어?'

건반을 치듯 움직이는 커다란 손을 보면서, 난 이유를 알 수 없이 그날 밤의 기억을 떠올렸다.

"······난 피아노 잘 치는 커다란 손을 좋아해."

나는 왜 물어보지도 않은 TMI를 이시도르한테 떠들고 있었던 거지? 자의식 과잉이야?

술 취한 날의 기억은 양파도 아니고 까면 깔수록 민망하고 가관이었다. 나도 모르게 한숨을 삼키며 이마를 짚었다.

"역시, 무슨 고민이 있는 것 맞죠?"

"마스터."

"왜 갑자기 인상을 쓰십니까?"

"인상을 쓰다니? 무심한 듯 시크해 보이지 않아?"

나는 이시도르 앞에서 지을 표정을 슬쩍 연습해 보았다.

"입꼬리를 올리니까 시크해 보이긴 합니다만, 좀 뜬금없네요."

"그런가? 후우, 오늘따라 영 집중이 안 되는군. 집에 가야겠어."

결국 나는 어딘가 겉도는 대화를 끝내고 자리에서 일어났다. 어쨌든 이번 달 아르망의 매출 전표를 받았고, 2호점 오픈 예정일은 쪽지 안에 적혀 있으니 볼일은 다 본 셈이었다.

'그나저나 왜 갑자기 공짜로 남의 약점을 털어 준다는 거지?'

집으로 돌아가던 마차 안에서 나는 마스터의 수상한 말을 곱씹다가 뒤늦게 그의 말에 담긴 의미를 파악했다.

'혹시 몬테스에서 온 혼담 이야기를 들었나?'

루이 가젤 때처럼 혼담을 거절하기 쉽도록 몬테스의 약점을 쥐여 준다는 뜻인가?

'하지만 마스터는 남의 일에 먼저 나서는 타입이 아닌데.'

VIP에 대한 서비스 정신이라기엔 몬테스는 가젤과는 비교도 되지 않는다.

'이익만 좇는 수전노가 왜 갑자기 귀찮은 리스크를 지려고 하지?'

나는 아리송한 기분으로 창밖을 내다보았다.

'언제 봐도 잘생겼군.'

5황녀는 군청색 백기사단 제복 차림으로 걸어오는 이시도르를 보며 내심 감탄했다. 시녀들은 그를 예술작품 보듯 황홀한 얼굴로 구경하고 있었다.

"이시도르 경. 입실론 뒤풀이 이후로 처음인가? 그날 유독 만취한 사람이 많아서 엉망으로 끝났지."

귀엽게 취한 누구를 떠올린 이시도르가 애매하게 웃었다.

"아, 황녀님. 오늘이 마나 동아리 활동이 있는 날 맞습니까?"

"혹시 내 동아리에 관심 있나? 유감스럽게도 난 자네한테는 별 관심이 없는데."

"……그건 아니고, 데보라 공녀를 만나러 왔습니다."

"으음. 요즘 아카데미 강의 때문에 바쁜 모양이야. 오늘은 참석 안 할 것 같더군. 아쉬운 일이지."

'왠지 최근에 프랫 하우스 쪽에 오는 걸 피하는 것처럼 느껴지는데.'

하지만 뒤풀이 후로 불과 일주일밖에 지나지 않았다. 속단하기엔 일렀다.

이시도르는 잠시 고민하다가, 마법학부 쪽으로 걸음을 옮겼다. 동문에 서 있는 시모어 가문의 마차를 확인했으니 데보라 공녀가 아카데미 안에 있는 건 확실했다.

그리고 이시도르는 그녀의 동선을 잘 알고 있었다.

지난 봄. 자신을 1초도 쳐다보지 않는다는 것을 알면서도 굳이 그녀가 다니는 길목에 서 있었으니까.

'그때는 단순한 호기심이라고 생각했지.'

정보원으로서 그녀가 가진 비밀을 캐고 싶다는 오기도 있었고, 그녀가 자신과 똑같은 방식으로 도발했던 것도 그의 승부욕을 자극했다.

하지만 지금은 수많은 사람 사이에서 그녀만 뚜렷하게 눈에 들어왔고, 슬로우 마법을 건 것처럼 느릿느릿 흘러갔다. 그녀의 몸짓, 표정까지 하나하나 망막에 날카롭게 새겨지는 느낌이었다. 그녀는 매번 강렬한 잔상을 남겨 그의 의식을 점령했다.

차가운 얼굴로 마법학부 정문에서 천천히 걸어 나오는 데보라 공녀와 시선을 마주한 순간 이시도르는 문득 입술을 깨물었다. 그녀가 어제 블랑샤에서 본 것과 똑같이 화난 표정을 짓다가 이내 입술을 비딱하게 끌어 올렸기 때문이다.

겉보기엔 냉정하고 차가워 보이지만, 그녀의 귀 끝이 점차 새빨개졌다.

뭔가를 의식하듯이.

'헐. 이시도르잖아.'

은근슬쩍 피해 다니던 사람과 맞닥뜨리자 심장이 철렁 내려앉았지만, 나는 간신히 정신을 다잡고 그간 연습한 표정을 지었다.

'마스터가 인상 쓰는 것 같다고 했으니까 입술은 조금만 끌어 올리자.'

"오랜만에 보네요."

난 쪽팔림을 꾸역꾸역 삼키면서 태연한 척했다.

"흠. 이제는 안 오랜만이네. 난 바빠서 이만 가 볼게."

내가 들어도 냉정한 말투로 말한 뒤 걸음을 옮겼지만, 이시도르는 넓은 보폭으로 금세 날 따라잡았다.

"어디 가요? 공녀 만나러 왔는데. 내가 공녀가 없으면 마법학부에 올 일이 뭐가 있겠어요."

"나? 왜…… 왜?"

"왜일 것 같아요?"

"난 모르지."

나는 양심을 버리고 시치미를 뗐다.

"최근 사교 클럽에도 안 오고, 동아리 활동도 빠져서 어디 아프기라도 한 건지 걱정되더군요."

손에 집착하는 변태 주정뱅이의 건강까지 신경 써 주다니. 버린 양심이 갑자기 자기주장을 한다.

"아프진 않고, 보다시피 바빠서……."

"정말 괜찮아요? 귀가 빨개서 열이 나는 줄 알았어요."

'귀가 빨갛다고?'

나도 모르게 귓바퀴를 더듬다가 한번 헛기침했다.

"추워서 그래. 요즘 날씨가 갑자기 추워졌지."

사실 별로 안 추웠다.

"저런, 추워요? 따뜻한 차 마시러 가요. 나도 마침 손이 시려서 따뜻한 차가 마시고 싶거든요."

그가 갑자기 불쌍한 척하며 손을 대뜸 내밀어서 눈가가 경련했다.

'설마 날 떠보는 건가?'

"장갑 꼈으면서 뭐가 춥다는 거지?"

나는 더 퉁명스럽게 말했다.

"이거 얇은 면 재질인데, 한번 만져 볼래……."

킥!

"춥다. 따뜻한 차, 마시러, 가자."

순간 당황해서 재빨리 그의 말을 끊은 나는 영혼이 반쯤 탈곡된 상태로 그와 나란히 걸었다.

이시도르가 사람이 많이 다니는 아카데미 정문 쪽으로 나가더니 북적이는 번화가 쪽을 가로질렀다.

'연예인도 아니고, 엄청 주목받는군.'

그가 오늘따라 더 화려하긴 했다. 하필 체인과 견장이 달린 화려한 기사단 제복을 입고 있었기 때문에 이시도르를 향한 주변의 시선은 과할 정도였다.

문제는 사람들이 나까지 경악 어린 눈으로 힐끗거리고 있다는 것.

"오늘따라 사람이 많네."

나는 난감한 기분으로 중얼거렸다.

"뻔뻔한 누구 귀에 잘 들어가려면 이 정도는 되어야 하지 않을까요?"

이시도르가 악동처럼 짓궂게 입꼬리를 말아 올렸다.

'날 도와주는 거구나.'

몬테스 가문 쪽에서 한 짓을 들은 모양이었다. 혼담을 다시 꺼낸 지 얼마 되지도 않았는데, 내가 이시도르와 단둘이 다녔다는 소문이 퍼지면 그를 싫어하는 필라프가 열 받긴 하겠다.

'벌써 깨소금 맛이군.'

"그건 그런데, 지금 어디로 가는 거야?"

"괜찮은 곳을 알아요. 공녀도 마음에 들 거예요."

"생각보다 멀어서."

"다리 아프면 업어 줄까요?"

그의 장난스러운 물음에 나는 고개를 가로저었다. 눈에 더 띄긴 하겠지만 이시도르를 협박하는 것도 모자라, 이젠 노예처럼 부린다는 소문이 날지도 모른다.

'내가 지은 죄가 있어서 휘둘리고 있는데 협박이라니, 억울해!'

"그쪽으로 가면 안 돼요."

그가 내 손을 가볍게 끌어당긴다. 그의 말대로 장갑이 얇아서 그의 체온이 고스란히 느껴졌다.

"어, 어."

나는 화끈대는 손을 재빨리 빼냈고 이시도르는 말없이 고풍스러운 외관의 찻집으로 들어갔다.

'멋진 곳이네.'

나는 찻집 로비에 진열된 공예품에 무심코 시선을 던지다가 마중 나온 사용인을 따라 룸으로 들어갔다. 회원제로 운영되는 것 같았고 메뉴판에 가격도 적혀 있지 않은 곳이었다.

"이 차가 목에 좋다고 들었어요."

학부장 협박으로 아카데미에서 강의하느라 목을 좀 썼는데 그가 그런 내 상태를 배려해서 차를 추천해 주었다.

"그걸로 할게."

주문한 차는 고풍스러운 도자기 잔에 나왔고 나는 그와 가볍게 티타임을 가졌다.

"차 어때요?"

"향이 좋고 맛있어."

"입맛에 맞아서 다행이네요. 이 찻집에선 하인트 고원에서 소량만 생산되는 차를 가장 먼저 들여와요. 새로 들어오면 특산품을 저택으로 보낼게요."

"그, 괜찮아."

지난번에 선물로 받은 것도 있고.

"음? 로자드 경에게 승전 축하 선물로 보내려는 건데."

"……"

"농담이에요. 귀여워서 자꾸만, 윽!"

순간 울컥해서 맞은편에 앉아 있는 그의 정강이를 차자 그가 급소를 맞았다고 엄살을 부렸다.

"실수야. 실수."

나는 눈을 매섭게 뜨며 말했고 그는 볼우물을 패며 웃었다.

"공녀가 실수라면 실수인 거죠."

"공녀 말이 다 맞아요."

퍼뜩 예고도 없이, 그가 내 주정을 들어 주던 장면이 생각나서 나는 또다시 기함했다. 겉보기엔 분명 평화로운 티타임인데 내내 롤러코스터를 타는 아찔한 기분을 느껴야만 했다.

차를 다 마시고 로비로 나오자 점주와 이야기하던 그가 내게 뭔가를 내밀었다. 거북이 모양의 하얀 도자기 공예품이었다. 퍼플과 닮아서 로비를 지날 때 나도 모르게 빤히 쳐다봤는데, 그걸 그가 눈치챈 모양이었다.

"잠깐만."

이시도르를 멈춰 세운 나는 사용인을 불러서 고양이 모양의 도자기를 샀다.

"고양이도 살 걸 그랬네요."

그가 아차 싶은 얼굴로 말했다.

"내 거 아니야. 이시도르 경 선물."

슥 내밀자 그가 조금 놀라면서도 당황한 눈을 했다.

"고양이, 좋아한다면서."

"기억하고 있었어요? 지나가면서 한 말인데."

"뭐, 기억할 수도 있지……."

"……고마워요."

그가 잠시 머뭇거리다가 말했다. 어딘가 서툰 느낌이 드는 그의 조용한 미소를 보면서 나는 속이 간질거렸다.

'고작 고양이 인형인데.'

내 착각인가. 볼우물을 패며 해사하게 웃을 때보다 이상하게도 지금이 더 기뻐 보였고…… 나는 집에 와서도 그 미소를 머릿속에서 무심코 여러 번 덧그렸다.

'그렇다고 굳이 비스콘티 놈까지 만날 필요는 없는데……. 내가 알아서 처리한다고 분명히 말했거늘.'

데보라는 몬테스 부자를 열 받게 하려는 의도겠지만, 왠지 자신까지 짜증이 나서 시모어 공작은 인상을 굳히고 있었다.

'요즘 기분이 좋아 보이셨는데.'

'왜 하필 오늘 저기압이신고?'

정무 회의를 위해 모인 시모어 가신들과 방계 인사들은 공작의 눈치를 보며 침묵했다.

"왜 다들 꿀 먹은 것처럼 가만히 있어? 회의 시작하지."

오늘 의제는 로자드의 승전 행사였다. 최근 황실과 마탑 가릴 것 없이 모두가 저를 띄워 줘서 기세등등해져 있던 로자드는 회의가 끝날 무렵 부친에게 물었다.

"아버지."

"뭐냐?"

"최근 데보라의 혼담이 다시 오간다는 소문을 들었습니다. 만일 혼인이 성사되면 수식 특허권이 다른 가문으로 넘어갈 텐데 대책을……."

"픕!"

돌연 얄밉게 비웃는 벨렉을 보며 로자드는 눈가를 좁혔다.

'왜 저래?'

의문은 오래가지 못했다. 시모어 공작이 딱 1초 만에 불을 뿜었기 때문이다.

"몬테스 놈들이 개수작을 부리는데 네놈은 특허권 걱정이나 하고 있어? 데보라 덕을 제일 많이 봤으면서 대체 어떻게 돼먹은 인성이냐?"

"데보라가 필라프를 좋아하니……."

"네 동생은 마법을 가장 사랑한다!"

짜증을 낸 시모어 공작이 쌩한 얼굴로 회의실 밖으로 나가 버렸다.

"가문의 보배이자 유일한 여동생을 막돼먹은 필라프 놈과 엮을 생각이나 하다니. 인성 하고는."

벨렉의 깐족거림에 로자드가 헛웃음을 내뱉었다.

"데보라를 누구보다 멀리 보내 버리고 싶어 하는 인간이 바로 너 잖아?"

"내가 언제? 왜 날 모함하지?"

벨렉이 당당하게 시치미를 뗀다.

'저놈은 나처럼 득 본 것도 없을 텐데?'

자리를 비운 사이 모조리 뒤바뀐 내부 권력 구도 속에서 로자드는 혼란과 당혹감을 느꼈다.

그리고 불과 다음 날, 황도에는 데보라 공녀가 3년 만에 몬테스가에서 다시 꺼낸 혼담을 탐탁지 않아 한다는 소문이 돌기 시작했다.

탐탁지 않아 하는 정도가 아니라, 질색하면서 서신을 활활 불태웠다나.

거만하고, 시건방지고, 조신하지 않으며, 마법에도 문외한인 필라프와는 절대 결혼하지 않겠다는 구체적인 썰을 시모어의 사용인들이 공작의 명을 받아서 외우듯이 떠들고 다녔다.

"조신과 애교만큼은 누구보다 자신 있습니다."

소문을 주워들은 티에리가 양손으로 꽃받침을 만들자 5황녀가 경멸에 찬 얼굴로 혀를 찼다.

"자네는 마법에 문외한이니 탈락이지. 그리고 조신한 노름꾼이 이 세상에 어디 있나?"

"요즘은 경마 빼고 다 끊었습니다. 경마는 엄연히 스포츠……."

"따지고 볼수록 내가 가장 그 조건에 부합하는 것 같은데?"

5황녀가 진지하게 중얼거렸다.

"……그나저나, 데보라 공녀는 필라프 경에게 정말 미련이 한 톨도 없나 봅니다."

사실 조금이라도 고민을 할 줄 알았는데.

〈아라크론〉이 아닌 〈입실론〉에 입회했으며 이시도르와 무도회 파트너를 했지만, 모두들 공녀가 필라프에게 미련이 없다는 것은 믿지 않았다.

그 정도로, 데보라 공녀의 집착은 악명 높았으니까.

'미야를 괴롭혔다는 소문까지 돌았고.'

몬테스 쪽에서도 분명 그리 생각했을 텐데, 소문을 이용해 똑같은 방식으로 거절의 의사를 밝혔다. 시모어에서는 아니라고, 아예 못을 박아 버린 거나 다름없었다.

"그럴 리 없어."

필라프는 붉게 충혈된 눈으로 부하의 멱살을 잡아챘다. 이 상황이 도무지 믿기지 않았다.

사실, 그는 긍정적인 소식이 되돌아올 것이라고 막연히 기대했다. 데보라가 아무리 싫은 척을 해도 결국 혼담이 나오면, 못 이기는 척 받아 줄 거라는 믿음이 있었다.

자신은 누구나 사위로 탐을 내는 조건을 가지고 있었다. 데보라는 사치스럽고 화려한 걸 좋아하고. 제가 가진 배경과 재력, 공작 부인이라는 타이틀을 그녀가 거절하기 쉽지 않을 것이라는 계산속이 깔려 있었던 것이다.

하지만 상황이 경악스럽게 돌아가고 있었다. 데보라는 이시도르와 함께 번화가를 거닐면서 혼담은 안중에도 없다는 듯 굴며 자신을 우습게 만들었다.

명백한 거절.

누군가 둔기로 세게 내리친 것처럼 뒤통수가 얼얼하다. 그는 치욕스러운 이 현실을 부정하면서, 당장에라도 가신의 목을 조를 것처럼 살벌하게 외쳤다.

"아버지가 혼담을 더는 꺼내지 말자고 했다고? 지금 나랑 장난해?"

오기에 찬 얼굴로 분노를 터뜨리는 필라프를 보며 가신이 벌벌 떨었다.

"이놈이 또 시작이구나!"

필라프가 주먹을 치켜들었을 때 몬테스 공작이 분개한 얼굴로 나타났다.

"아, 아버지."

"장난? 삼 년 만에 온 서신이니 육 년 후에나 답변할 거라고 시모어 공작이 사석에서 농담조로 떠들고 다니고 있다. 장난은 시모어 놈이 치고 있다고!"

"물론 시모어 공작은 자존심이 강한 사람이지만, 시간을 두고 설득하면……."

"그 자식이 날 놀리고 있는데, 내가 왜 뱀같이 음흉한 영감탱이 비위를 맞춰야 해?!"

"이대로 물러나면 모양이 더 이상해질 뿐입니다."

"시모어에서 조신한 남자가 좋다느니 뭐니 하는 소문을 퍼뜨린 건, 네놈의 여성 편력이 마음에 안 든다는 걸 돌려 말한 거다! 지금도 충분히 모양이 이상해."

"……미야는 정리했습니다."

"그럼 뭐 해? 네가 빌미를 줘서 우리 쪽에서 시모어의 공식 서신을 가지고 있는데도 명분이 흐려졌어."

"하지만 제게 먼저 혼담 이야기를 꺼내신 분은 아버지 아닙니까?!"

몬테스 공작의 표정이 구겨졌다.

사실 그도 이렇게 시모어 공작이 단호하게 나올 줄은 몰랐다. 자식 이기는 부모 없다고, 그가 데보라에게 져 줄 줄 알았다. 하지만 오히려 똑같은 방식으로 돌려받았다. 판단 실수로 개망신을 당했다.

"네놈이 망쳐 놓고 감히 아비 탓을 해? 어째 너는 나날이 한심한 모습만 갱신하는 게냐! 정신 차려라!"

몬테스 공작은 버럭 화낸 뒤 나가 버렸고, 홀로 씩씩거리던 필라프는 자중하라는 명령을 어기고 다음 날 아카데미로 향했다.

"……그럼, 이번엔 데보라 공녀에게 필라프 경이 차였다는 말인가?"

"그런 셈이지. 공처럼, 뻥—"

"크흡. 그리 치명적인 척하더니. 혹시 이시도르 경한테 밀린 거야?"

"찼다가 도리어 차이다니. 체면이 말이 아닌…… 크흠."

"왜 그래? 힙!"

필라프가 근신하는 줄 알고 프랫 하우스에서 신나게 입방아를 찧던 몇몇 간부가 그의 등장에 입을 딱 다물었다.

"안 닥쳐?! 씨발, 누가 밀렸다는 거야!"

아랫것들에게 하듯 그가 욕설을 내뱉자 나름 유수의 가문 출신인 간부들이 미간을 찌푸렸다.

"진정하세요."

"우리가 가볍게 떠든 건 미안하네만, 이 일은 괜히 과민 반응해서 좋을 거 없어."

몬테스 가문의 자충수로 여론이 완전히 뒤바뀌었다. 이젠 필라프가 뒤늦게 데보라에게 매달리는 것처럼 비치게 되었다.

예전에 데보라가 그리 비쳤듯이.

"젠장!"

사납게 의자를 걷어찬 필라프는 시모어 가문의 마차가 서 있는 곳에서 그녀가 올 때까지 오랫동안 기다렸다.

"데보라!"

무심하게 걸어오는 그녀에게 필라프가 다급히 다가갔지만, 호위기사에게 가로막혔다.

호위 뒤에 서 있는 그녀의 붉은 눈동자는 무미건조했다. 예전 그녀의 그 집착 어린 붉은 눈은 역겹고 소름 끼쳤지만, 지금 저 무심한 눈은 필라프를 미치도록 자극했다.

이렇게 극단적으로 상황이 치닫게 되니 더욱 뼈저리게 알겠다.

데보라는 이제 자신을 좋아하지 않는다.

그리고 필라프는 자신을 좋아하지 않는 그녀가 신경 쓰였다.

그는 거친 적갈색 눈동자로 데보라를 쏘아보았다.

"데보라, 네가 무슨 짓을 한 줄 알아?"

"⋯⋯?"

"내가 너에게 쥐여 줄 보장된 부, 명예 모두 포기한 거야. 분명 나중에는 네 철없는 선택을 후회할 거다. 하지만 지금이라도 늦지 않았어. 잘못했다고 말하면…….”

풋, 하고 웃은 데보라 공녀가 고개를 비딱하게 기울였다.

“다 내 손으로 쟁취할 수 있는 것들인데, 왜 모양 빠지게 너에게 손을 벌려야 하지?”

“…….”

“망상은 집에 가서 하라고.”

데보라는 그를 아예 상대해 주지 않았다. 하찮은 벌레를 보듯 건성으로 말하고 마차에 올라탔다.

“씨발.”

필라프는 마차 뒤꽁무니를 닭 쫓는 개처럼 멀거니 쳐다보다가 욕설을 중얼거렸다. 속이 쓰리고 아프다. 마차가 떠난 뒤에 후회한다는 제국의 상투적인 속담이 머릿속에 떠올랐지만 부정했다.

자신에게 후회 같은 초라한 감정은 어울리지 않았다.

“너야말로…… 후회할 거야.”

하지만 그의 악에 받친 중얼거림은 허공에서 힘없이 부스러졌다.

‘필라프는 갖지 못하는 것에 집착하는 타입이군. 데보라 시모어처럼.’

나는 원작의 데보라와 필라프가 굉장히 비슷하다고 생각했다. 둘의 차이점은 데보라는 자신과 똑같은 필라프에게 운명처럼 끌렸고, 필라프는 끔찍해하면서 동족 혐오를 했다는 거?

‘뭐, 알 바 아니지. 이젠.’

내가 혼담을 질색했다는 소문이 쫙 퍼졌는데도 그가 계속 질척거리면 사교계에서 평판만 나빠질 뿐이다. 데보라는 잃을 평판이 없었지만, 필라프는 지켜야 할 게 많으니 귀족들 눈치가 보이겠지.

'그런데 내가 마법사가 아니면 절대 안 된다는 말을 했었나?'

최근 떠도는 소문에는 아버지의 의견이 많이 반영된 것 같다고 생각하면서, 나는 약간 애매한 기분을 느꼈다.

'이시도르는 기사라서 마법을 못 쓸 텐…… 엥? 방금 무슨 생각을 한 거지?'

나는 엉뚱하게 튀는 사고에 머리를 움켜쥐었다.

'악, 왜 이래!'

이게 다 이시도르의 그 수줍은 미소 때문이다.

'그 미모로 그렇게…… 웃으면 얼빠인 난 대체 어쩌라고.'

그 광경을 떠올릴 때마다 손끝과 발끝이 간질거린다. 괜히 책상에 머리를 콩콩 찧던 나는 서재 테이블 위에 올려져 있는 하얀 거북이 모양의 도자기를 조심스럽게 만지작거렸다.

이시도르처럼 에메랄드색 눈동자를 가진 거북이였다.

그는 그날 헤어지기 전에 내 속을 또 한 바퀴 뒤집어 놓았다.

"이제 술은 내 앞에서만 마시는 거 어때요?"

"어? 뭐? 왜?"

"궁금하면 가르쳐 줄까요?"

그는 긴 눈꼬리를 늘이며 부드럽게 웃었다.

"아, 아니."

"생각해 보니 나만 알고 있는 것도 나쁘지 않은 것 같아요."

사실, 나도 알고 있다. 이시도르는 섬세하면서도 남자다운 커다란 손을 가지고 있고, 그 손으로 못 치는 피아노를 죽도록 연습한다는 걸.

……아마도, 피아노 연주를 좋아한다는 나 때문에.

"미치겠다."

나는 고개를 푹 숙이며 중얼거렸다.

이시도르는 책상에 엎드린 채 고양이 모양의 도자기 인형을 하염없이 바라보았다.

데보라 공녀처럼 날렵한 눈매를 사납게 뜬 인형은 루비처럼 새빨간 눈동자를 가지고 있었다. 건드리면 곧바로 할퀼 것 같은 자세를 한 고양이 인형을 그는 혹여 깨질세라 조심조심 쓰다듬었다.

푸르스름할 정도로 창백한 그의 맨손에 도자기의 매끄럽고 차가운 표면이 느껴졌다. 이상하게도 사탕을 한가득 깨문 것처럼 달콤한 기분이 스며들었다.

'분명, 처음에는 이런 느낌이 아니었던 것 같은데.'

데보라 공녀가 제 손을 쥐었을 그 당시엔, 무언가에게 감각을 점령당하는 듯한 충격을 받았다. 뇌관이 타는 것 같기도 했다. 결벽증인 자신이 누군가와 맨살을 맞댈 수 있을 거라 생각한 적이 단 한 번도 없었으니까.

그 강렬한 느낌을 움켜쥐고 제대로 확인해 보고 싶다는 충동이 그를 부채질했다.

'갑자기 정신이 든 것처럼 곧장 도망가 버렸지만.'

혹시 자기도 모르는 사이 결벽증이 말끔하게 나았나 싶어서 다음 날 맨손으로 미겔을 만지려 시도했지만, 시도로만 그쳤다.

데보라 공녀만 예외일 거라는 확신이 들었다.

'중증이다, 정말.'

되새기고 돌이킬수록 손을 맞댄 순간이 점점 미화되었기에 공녀가 그때의 기억을 조금이라도 의식하고 있다는 것이 기뻤다.

고양이 도자기를 보면서 실실 웃고 있을 정도로. 실력이 잘 늘지 않는데도 틈만 나면 피아노 앞에 앉아 있을 정도로.

또한 공녀가 필라프는 안중에도 없다는 것도 저열한 기쁨을 가져다주었다.

'날 조금이라도 더 의식했으면 좋겠어.'

나만큼은 아니더라도.

"야옹—"

상념을 깨듯이 테이블로 펄쩍 뛰어오른 쿠키가 고양이 모양의 도자기를 빼앗으려 했다. 아무것도 없는 고요하고 텅 빈 방에서 유일하게 재밌어 보이는 물건이었기 때문이다.

"이건 안 돼."

이시도르가 쿠키의 코를 가볍게 튕겼다.

"아르르!"

쿠키가 작고 뾰족한 이를 드러내며 성질을 냈지만, 이시도르는 요지부동이었다.

유일하게 제 영역 안으로 들여온 물건이다. 그만큼 소중했다.

'처음엔 분명 호기심이었는데……'

궁금했고 오기가 생겨서 파고들고 싶었는데, 오히려 그녀가 거침없이 제 안으로 발을 들였다. 처음부터 주인이었던 것처럼, 제 의식과 감각을 점령한다.

그는 문득 짧게 한숨을 내쉬었다.

이제는 모를 수가 없었다. 붕 뜨는 것 같은 생소하면서 달콤한 기분을.

한편으로는, 가볍게 거론된 혼담에도 구렁텅이에 빠진 것 같은 이 지독한 감정의 정체를.

〈악녀라서 편하고 좋은데요?〉 3권에서 계속